我们阅读
WOMENYUEDU
魅丽文化
花火
花火工作室

U0921798

李丁尧　著

江苏凤凰文艺出版社
JIANGSU PHOENIX LITERATURE AND ART PUBLISHING

图书在版编目（CIP）数据

落下星 / 李丁尧著. -- 南京：江苏凤凰文艺出版社，2022.6

ISBN 978-7-5594-6476-7

Ⅰ. ①落… Ⅱ. ①李… Ⅲ. ①长篇小说 - 中国 - 当代 Ⅳ. ① I247.5

中国版本图书馆 CIP 数据核字 (2021) 第 269976 号

落下星

李丁尧 著

出版统筹 曾英姿

责任编辑 张　倩

特约编辑 叉　叉

封面设计 殷　舍

出版发行 江苏凤凰文艺出版社

南京市中央路 165 号，邮编：210009

网　　址 http://www.jswenyi.com

印　　刷 湖南天闻新华印务有限公司

开　　本 880mm × 1230mm　1/32

印　　张 10.5

字　　数 400 千字

版　　次 2022 年 6 月第 1 版

印　　次 2022 年 6 月第 1 次印刷

书　　号 ISBN 978-7-5594-6476-7

定　　价 46.80 元

目录

Contents

楔　子 / 001
第一章 / 灰烬月影 005
第二章 / 旋涡边缘 021
第三章 / 凛冬陷落 049
第四章 / 命运洪流 082
第五章 / 美梦光顾 106
第六章 / 风助火势 135
第七章 / 逆水行舟 157

目录

Contents

第八章 是祝太太 182
第九章 阴影之下 209
第十章 分开渡河 241
第十一章 一片茫茫 261
第十二章 爱意永恒 275
番外一 前尘往事 301
番外二 新的生命 314
番外三 佳期如梦 325

楔 子

……… ✦ ………

这个计划的核心太冒险了。

✦

一夜宿醉，再醒来时，成严窗外已经天光大亮，拉开一点窗缝，冷风灌进来。鸟在冬日枝头清脆地鸣叫，朦胧的雾逐渐散开。他披了件制服外套，给自己倒了杯热水，站在窗前望着逐渐醒来的城市。

早餐摊已经支起来了，袅袅上升的尘雾和热气笼罩着这一条街，骑着自行车的学生、叼着煎饼果子的白领、遛弯的老大爷，每一个路过的活生生的人影都叫他羡慕。

成严那位警校师兄以前也很喜欢凑早餐摊的热闹。哪怕要出紧急任务，师兄也会赶早买上两袋子分给他们，还要笑眯眯地辩解，说家里的小棉袄让他一定要好好吃早饭，可惜她只会炸厨房，便赶他出来吃。他是成严在参加工作的十五年中，见过的最明亮、纯粹、无畏的人。人到中年了，但依然是全所最帅的，业务能力顶尖不说，对谁都能掏心掏肺。他还跟成严吹牛，说："小成，除了加班不要命，对不起我家姑娘，我还真没什么缺点了，嘿嘿。"

成严昨晚回来参加了师兄的葬礼。说是葬礼，实际只是个晚来两年的小型告别会。当年跟那些人交手的过程中，除了成功逃脱的成严，其余人都未能回来。对方的人手段残忍又恶劣，又同时犯下几桩大案，最后却因为根深扎在国外，金蝉脱壳后逃之夭夭了。

这两年，成严日夜不休地做了很多努力，每天不停地跟不同的人打交道，只是要换一个机会——一个也许能为师兄做点什么、能让那些人落网的机会。

但难度越来越大，对方的势力在SN洲和SA洲都在扩张，作恶无数，搅了许多人的清梦。国际刑警组织那边跟各方合作，却几次三番地失败。那个华裔杰森如一道没入人间的幻影，他是那个集团核心中的核心，不找到他，要解决这一切就是妄想。

成严本来准备下楼买份糍粑油条，门还没出，一通电话把早餐计划打乱。

这通电话听得成严沉默很久，随后坐了下午的火车赶到那座边陲小城。

失败了那么多次，这个计划真的有用吗——不，应该说，有哪怕半点成型的可能吗？

一出火车站，之前的同事来接成严，勾肩搭背地递给他一支烟，笑了笑："能不能行，你看了就知道。"

成严是在一个小隧道里第一次见到他，准确地说，只是擦肩而过。那年轻男人站在隧道尽头，正低头拢手挡风点燃一支烟，火苗从他指尖一闪而过。那个身影让成严全身血液都冻住。

"老成，怎么样？"等他们走出一段距离后，同事才笑了笑，"像吗？"

成严嘴唇微微翕动，过了几秒才稳住心神找到声音："灰狼的能力怎么学？他以前在外籍兵团待过，反侦察能力一流，根本不可能——"

发现不了。

"放心，人家这两年也没闲着，过得不轻松。之前带他的是老原，去年年底把人都训进医院了。"

同事顿了顿，轻声道："而且……怎么不能发现，不仅要让他发现，还得到他身边。你放心吧，其实早就开始了，现在进展还行，明年开始你要搭手做接应。"

成严听懂了，那一瞬间他什么也没想，满脑子都是一个巨大的问号。

这个计划的核心太冒险了。

成严没忍住，扭头又看了一眼，那个隧道边的侧影让人印象深刻。今天这么冷，他的大衣里竟然只有一件薄款衬衫。

就像……暗夜中的一道影子，无声沉默却又如惊涛拍岸，让成严下意识地呼吸一滞。

不知道要持续几年的事，不知道有没有结果的事，不知道何时会掉落至粉身碎骨的事。

可是也太巧了，他们几乎长得一模一样，完全是命运开的玩笑。

"对了，还有个奇怪的事。"同事又给成严递了支烟，"我们负责的301铁路那边，最近怎么没动静了？那帮人跟原地解散了似的。"

"怎么会？"

对方轻叹了口气："算了，反正也不是坏事，我让鉴证科帮忙看了，可能是哪个女同事驻守到那边去了，到时候联系隔壁区的问问。"

成严皱眉："怎么可能？"

身在其中查这事的女同事不多，绝对不超过一只手，他还都认识。

"谁知道呢，再看看吧。哎，你回晴江了？"

"嗯。"

两人的身影在雪地里深一脚浅一脚，渐行渐远。

"老纪的女儿你去看了吗？把心意给人家了吧？"

"没找到人，我把钱给居委会了，到时候孩子回来肯定能收到。"

"唉……等这事彻底解决了，再去看看吧。"

"肯定，肯定的。"

隧道上空，云正上升，雪落满城。

第一章

灰　烬　月　影

……… ✦ ………

想疯也别挑今天。

✦

纪翘过了年就满二十八岁，前未婚夫的忌日刚好在年初六。

她便抽空回了趟晴江市。

纪翘跟老于交接的时候，他笑着问："难得回家过年，就走三天？"

纪翘也笑道："不过年，办点事。"

老于签完字抬头，笑着看了眼纪翘，她在请假理由那一栏填了四个字：家人忌日。

她在晴江长大，但在晴江没家，很早就离开了。

晴江是个四线小城，人情世故跟大地方不同，捕风捉影的消息无孔不入。纪翘当时和孟景只认识了一个月，便订了婚。

纪翘不要爱情，这事在晴江无人不知。

在最好年华的时候，纪翘生得突出，旁人都道她长了双漂亮黑眸，可惜她眼高于顶，心压根儿不在这座小城里，话里话外的嘲讽满得要溢出来。

二十三岁时，她织了张密实的网，似乎把未来牢牢网住了。

纪翘跟老好人孟景订婚了。孟景是个警察，跟她父亲一样。闲言碎语又流遍整座小城，都觉得孟景看错了人。可没多久，孟景就在一次公务中出了意外。火化完，纪翘便彻底离开了晴江，留下无数演变发酵的猜测。

只有一桩是事实，纪翘的确网住了自己更好的未来。中途她回了趟晴江，从一辆一百来万的黑色汽车上下来，有专人为她开门护头。消息上了本市论坛，高清图片足有 6.8M 大。

纪翘把一头大波浪的头发拉成黑长直，烟雨蒙蒙里，一只腿正往外伸，绷出道笔直的线，皮肤白得耀眼。

那时，梁越没截到她，赶回来时，纪翘已经不在。这次，梁越在晴江监狱门口堵着她了。

梁越是纪翘的初恋。

午后一点，纪翘一出监狱，就看到门口停的雷克萨斯 SUV。

天空阴沉沉的，飘着极细的雨丝。

纪翘本不打算浪费过年的大好时光，但孟景的堂弟又进了看守所，也没人管他。算上之前，这是孟裕第三次惹出事了。

孟裕的父母早就去世了，孟景生前很疼他，即使孟景的父母都觉得孟裕本性太恶，回不了头，难以扭转，但孟景从没想过放弃。他这个堂弟出事几次他便帮几次，苦口婆心地劝，嘴皮子都要磨烂了。

可孟裕确实是个无药可救的人。反正纪翘是这么觉得，就像她自己一样。也不知道为什么，明明孟景是个好人，可惜运气不佳，总想着帮一些半身陷在泥沼中的人，不然也不会伸手帮她。

纪翘跟孟裕没话好讲，他们之间也没必要见面，她送完必需品就出来了。

在她出来前的半小时里，梁越坐在车里抽烟，单手搭在方向盘上，思绪纷乱。他一会儿想纪翘，一会儿想着自己。更多的时候，梁越在复盘自己这五年。他逼着自己往上爬，爬到知名一线投资公司副总的位置，忙到脚不沾地，就是要把纪翘给他留下的耻辱洗刷掉。

他当年，是被抛弃、被围观、被淘汰的那个男人。

梁越一直以为自己恨纪翘，只是在得知她未婚夫孟景死讯的那晚，内心竟有一股烟腾似的喜悦，令他如遭雷击。

他那么恨她，竟还记挂着她？突然之间，梁越所有纷乱的思绪戛然而止，被一把扯回了现在。

纪翘出来了。

天光黯淡，万物罩了层灰，雾气弥漫。她看上去一点儿也不怕冷，穿了条丝绸吊带红裙，搭了墨色厚披肩。她比原来更瘦了，长裙很贴身，她走起路来，简直像火焰缠身一般，摇曳生姿。

恍神的工夫，纪翘已经走到了车边，抬手叩了叩窗户。

梁越赶紧掐灭烟，摁下窗户，镇定地看向她。

纪翘微微蹙着眉：“你怎么在这儿？”

她声线跟外表半点也不像，不纯也不媚，是副烟嗓，带着股笃定懒散的气息。如果梁越不是从中学开始就认识她，知道她的生活习惯近乎老年人养生，也会以为那是抽烟太凶的后果。

“我来找你”这四个字堵在嗓子里，梁越张了张嘴，怎么也说不出来。吞了口唾沫，梁越说：“来看朋友，你呢？”

纪翘低头笑了笑，笑意挺淡，很快就收了回去，看得梁越心口一紧。

“找我有事？有事就说吧。”

梁越咬了咬牙：“你有时间吗？我想……想跟你吃个晚饭。”

出乎意料，纪翘点头答应了。

“好啊，很久没见了。地方我来订吧。”

纪翘订了金玉堂，在晴江市的东南边。

梁越收到短信的时候，心情复杂。当初刚一毕业，他就联系不上纪翘了。谁也不知道她去了哪儿，都说她在金玉堂推销酒赚业绩，闲话满天飞，梁越不信，找了她整个暑假，最后一咬牙去了金玉堂。找到一半就被人丢出来，他当时压根儿买不起金玉堂的酒。

等梁越再次听到纪翘的消息，就是她和孟景订婚的时候。

而现在，她又选了这里。为什么偏偏选这儿？金玉堂也不是多适合吃饭的地方，她想提醒自己些什么？

屈辱、愤怒压过了重逢的喜悦，梁越改了主意。他已经不是原来的梁越，她配不上他，他不可能让她当女朋友，最多就是——

一个近乎疯狂的想法浮现，又被他压了回去。不，什么也不会有。

梁越愤愤地想，他不会再给她半点机会。

金玉堂名字起得俗，老板的品位也差不离，花梨木搭金碧辉煌的吊顶，装修风格是东西方乱炖，这压根儿不是吃饭的地方。

纪翘订了二楼的露台观景位，梁越特意迟了二十分钟才到。

梁越放轻脚步，悄悄地观察着纪翘，她正慢悠悠地翻菜单。今晚她穿了件修身针织衫，下身是墨绿色的伞裙，侧颜眉目清晰，下巴弧度瘦削，比原来更加光彩照人。

“纪翘。”他提了口气，叫她名字，比之前冷淡了很多。

纪翘侧身，看了梁越一眼：“来了。”

等梁越落座后，她把菜单递过去：“看看想点什么，今天我请。”

梁越没接，脸色很难看：“你觉得我连顿饭都请不起吗？”

纪翘莫名其妙，过了几秒，她一耸肩，从善如流地道：“你想请也可以，我当然没问题。”

主食选择不多，纪翘点了海鲜饭，梁越点了份菲力牛排。

沉默充斥着整个空间，刀叉和餐具互相碰撞的声音极为清晰。就这样吃了会儿，梁越开口问：“最近在做什么？”

纪翘正咬了口青口贝，头也不抬道：“老师。”

梁越切牛排的手一顿，诧异道：“老师？”

她怎么会找这么正常的工作？

听出对方话里的不可置信，纪翘神色如常，点了点头：“家庭教师。”

梁越急急地追问：“在哪里？”

如果她真有正规工作……就不一样了，他还是愿意给她机会的。

纪翘刚要开口，眼神余光越过阳台围栏，落到远方的夜色里，忽然沉默了。晴江市三面环山，晚上看着跟A市好不一样，隐隐约约可见远山的轮廓，被深夜的雾环绕。

纪翘在心里默数三声，还没数到1，门便被人礼貌地敲开了。

“不好意思打扰了，二位客人，我们这边可能需要你们暂时离开……”

梁越的暗火正没地方发，服务生刚好撞枪口上，只是他还没来得及开口，就被纪翘抢先了一步。

纪翘语气温暾：“金老板让清场的吗？”

服务生颔首：“是，是我们这边失误了，我们会负责并赔偿的。”

金玉堂自然也做些自己的生意，且老板人脉上很有两把刷子，晴江一些有头有脸的人物饭后选在这儿谈事的不少。

梁越认栽，冷笑一声：“行，以后你们这地方，我是不会来第二次了。往外赶客人……”

纪翘打断他：“今晚谢谢你，我们有空再聊。”

纪翘彬彬有礼，梁越也不好再说什么。

两人快走到电梯口的时候，梁越才发现，一眼望过去，整个一二层都空了，平时晚上九点正是人声鼎沸的时候。

梁越思忖道，就算天王老子来，五楼VIP包厢还不够坐的吗，非要清场。

电梯一开，梁越正想让纪翘先走，展现绅士风度，可纪翘没有要上去的意思，反倒退后一步，微微笑道：“下次再见。”

梁越看着她的笑脸明亮坦荡勾人，有点儿失神。

梁越不进电梯，电梯里的人还是要出来的。

"好狗不挡道——"

出来的也是个美人，不悦地丢了句不标准的普通话。被梁越拦在跟前，她脸色不太好看，余光一扫，脚步顿时停住了。

"哟，翘姐也在？现在干你们这行的都这么尽职尽责，假期都没有？"

金玉堂的老板姓金，平时不常出现。

二把手叫方应，这金玉堂的里里外外，都是他在打理。早年生意没做这么大，方应就在金玉堂看中了一个人，叫程盈，她喜欢跟金有关的一切，外号金丝雀，两人在一起很久。

程盈野心和干劲都有，她才不满足只做他人身边的一个过客，便花了三年时间证明自己。渐渐地，方应也愿意把一些对外沟通事务交由她打理。

在金玉堂，她从程盈变成小雀又变成盈姐。

程盈没想到会在这儿碰到纪翘。她知道纪翘回晴江了，但没想到纪翘敢带着男人来金玉堂。

纪翘以前在这儿工作过，她们是同一批进来的，纪翘卖酒的销售额惊人。那天纪翘请假没来，方应疲惫而阴鸷地走进来，迎面碰上了程盈，两人就此相识。从那以后程盈生活过得比原来顺畅许多。

程盈那时心里尤为畅快，因为她终于压了纪翘一头。但纪翘竟然说走就走了，没过多久，传来她在大城市混得风生水起的消息。

当然，金玉堂也好，晴江也罢，谁不知道纪翘算是找到了大靠山，踏上了一条原来想都不敢想的坦途。程盈总忍不住在心底将纪翘与自己对比一番。她们是差不多的人，都是靠着别人立住自己的营生，但她程盈已经跟纪翘完全不同了。

现在临近过年，内部传来明日要抽检的消息，程盈匆匆赶过来，要上上下下再检查一遍，决不能出什么岔子。毕竟金玉堂生意好，哪怕歇业一天损失都十分巨大，安全是顶天的大事。

当然，再忙，程盈讽刺纪翘的时间还是有的。纪翘那副风轻云淡的样子，看着就让人来火。

光从皮囊来看，纪翘是个顶级美人，长睫眉眼，线条骨骼，一笔一画都是上天恩赐，只是这美过于耀目，算不上平易近人，浑然天成的惊艳里融入了点攻击性，像一支绝不回头的利矢，直击心头。

纪翘现在年纪长上来了，褪去青涩，光彩夺目远胜当年，正是最好的时候。

程盈说的话，纪翘自然听见了。但过了半晌，纪翘上前两步，慢悠悠地伸手替程盈整理了衣领，嘴角微微一勾："借你吉言。"

程盈脊背一僵，脸色沉下来。

纪翘替她把领口丝巾重新系好，更细致更好看的一个结，衬得程盈人比花娇。

“现在什么生意都不好做，不过要是哪天成功了，我一定回来请你吃饭。”

说完，纪翘也不管身旁梁越的神色多难看，摁了电梯，施施然走人。

她出金玉堂时，外面的小雨已经停了。

纪翘的手机一直在响，她也没急着拿出来，先摸出支烟来点上，深深抽了一口，这才觉得踩到人间地上。

有对情侣骑着摩托从她面前飞驰而过，引擎咆哮着压过柏油路面，溅得水花四溢。

她突然想起了那个男人。他身边的女人从不抽烟，她们活得像神仙，似形态各异的精致容器。他要什么样，容器就能变成什么样，她们就能把自己装进去。

明明是怎么看怎么品行有亏的人，就像他自己不喜欢烟味，就不想闻到一丝烟味，但自己又抽，“双标”至极。

等晚上回了酒店，纪翘对着镜子卸妆，这才顺便把积攒的未读的语音消息听完。信息加起来快一百条，其中三分之一来自备注为“缃缃”的人，她现在很依赖纪翘。

纪翘的确是缃缃的家庭教师，这点她没骗梁越。女孩儿祝缃是被收养的，正儿八经办过法律手续的那种，刚上四年级，她跟不上课，话也少，请了几任家教都是两周走人。轮到纪翘，她破天荒地做了两年多。

表面乖巧的女孩儿其实是个小恶魔，闹人的手段花样繁多。

纪翘也不惯着她，第一天就跟她直白地摊牌，我确实别有目的，但你的成绩也必须上去。

祝缃剪开布娃娃的肚子，把棉絮洒得满天都是，笑起来酒窝很甜：“我偏不学呢，反正你下周就得走，纪老师。”

纪翘也笑：“那我会在你桌子下装炸弹。即使走了，也会晚上爬水管回来装。”

祝缃的笑容冻住，声音也冷了：“你不敢。”

纪翘耸耸肩，拣了颗坚果扔到嘴里：“你可以试试。”

纪翘向来不是善茬。

她从小长得好看，也自知长得好看。在成人世界，空有美貌是把危险的双刃剑。很凑巧，纪翘属于长脑子那一类美人。

凑不到学费的假期，她在金玉堂打工，推销酒的业绩突出，赚了三万元。

只是可惜了，最后也没能用在学费上。

那是四年前，未婚夫孟景火化后，纪翘坐火车北上。她买了上铺，捂在被子里睡觉。

每次火车穿过隧道的时候，她能清晰地感觉到那漫长的黑暗。

她侧着睡，但没有一秒是真正睡踏实的，紧绷着每一根神经，似乎随时准备抵御危险似的。

但这还不够纪翘在申城活下来。

她在酒吧工作，不懂进退地惹怒了个公子哥。公子哥平头正脸，前呼后拥地享极风光。纪翘不理他，他以为价钱出得不够高，把五万元现金扔到桌上说："照我说的做，这些都是你的。"

纪翘那天发低烧，没有伏低做小的心情，当即在五万上加码。

"劳烦，您先示范下。"纪翘笑了笑，"示范成功，这四万都是你的。"

公子哥的脸当即沉了下来，让纪翘有种再说一遍。

其实那四万已经是纪翘所有积蓄和底线了，她不够有种，沉默片刻后，转身就走。走着走着，她听见后面的动静，小跑起来。她一路跑出酒吧，随手拦了辆出租车，跟司机说随便开到哪儿，把后面的人甩了。

可后面的人哪里那么好甩，他们非要出这口恶气不可。这帮人一直围堵她到了港口，纪翘才体会到祸从口出。

纪翘躲无可躲。

纪翘跑起来的时候，突然觉得好笑，自己真像只被追杀的耗子。她这么一想，也真的笑出声来，明明自己快要被捉住打一顿了，却还有闲情逸致地想这些有的没的。

货运码头再往里是进不去的，但外围一圈儿掩体不少，纪翘合计半天，最后一咬牙，躲进了路边黑色轿车车底。

这辆车比普通轿车要更长一点，纪翘一米七几的身高，躺在那儿也不用缩手缩脚。

纪翘度过了一生中最漫长的二十分钟。

她听见跑车炸街的声音，听见他们打开窗户彼此互通信息，但是没人看见她。

没有人能发现她，只要这辆车别开。

虽然纪翘不信神佛，但她一直祈祷着。直到那些纨绔子弟的声响消失，她刚松了口气，忽然被人扯着头发大力地强拖了出来，蹭得她生疼。

纪翘挣扎了两秒，迅速判断出这完全是无用功，他们体力差距悬殊。她立刻举起双手放在头顶，喊道："您别误会，我就是借地一躲——"

但对方显然不信她的话，一拳狠挥过去，冲着她下巴打去。

纪翘一侧头，那记重拳擦着颊边儿堪堪过去，落了空。

但很快她就被人从身后揪着头发，稳准狠地用力掼在车窗上，砸得可真狠。被砸了三四下，纪翘觉得轻微脑震荡是躲不过了。腹部又挨了一脚，她被踹得跪下，内脏移位似的烧着疼。好在，她早已习惯了这种感觉。

对方的声音飘到了很远的地方。

——你想干什么？谁派你来的？

纪翘狼狈不堪地蜷在地上，额上磕得血缓缓滑下来，她艰难地舔了下嘴角，尝到了铁锈味，忽然很轻地笑了。

对方被这抹笑激怒，抬脚就要踢她，纪翘闭了闭眼。

她听到有道声音，像是很远，又像很近，带着上位者的漫不经心。

“苏校，可以了。”那人说。

即使很久以后，纪翘也能回忆起那个深夜。她神志涣散，五感消失，除了疼痛，一切都不复存在。

那道声音像是隔着水面传来，被扭曲，被美化过，轻巧低沉。

路灯照在地上，像太阳。

一双黑色军靴出现在纪翘视线里，裤腿利落地扎在硬底短靴里。

男人倚着车身，点了支香烟，蓝灰色的薄雾腾起，他正悠闲地抽烟。

纪翘努力睁开一条眼缝望向他，这人比她想象的年轻。

他注意到她的目光，低头瞥纪翘一眼。

纪翘看不太清楚，浮光掠影地扫到这人的面部轮廓，突然觉得喉头的血都呛住了。

“这人怎么办？”之前凶恶无比的那位，此时正垂首立在旁边，毕恭毕敬地低声道，“检查过了，车下没有任何多余装置。”

男人抬手，弹了弹烟灰，烟灰轻飘飘地落在纪翘手臂上。

“留着呗。”他夹着烟，下巴极轻地一抬，叼住了烟嘴。

他低下头，黑漆漆的眸对上她的，弯着眼眸很轻地笑了。

这人长得锋利，却超越了俊美本身，他的姿态优雅而温和。那双多情眉眼与柔软嘴角，又仿佛随时可与人堕入极乐之端。

他站在月光下不动，都像拉开了夜戏开场的帷幕。

纪翘被烟灰激得收回眼神，心跳如擂鼓。她下意识地要摁上手臂，却被人打断。

男人用鞋尖踢开她的手，鞋底踩在她白嫩、沾上血污的手臂上，轻碾了碾。

“去查查她是谁。”他随意指了指码头的方向，似是开玩笑，“查不到你就去游公海。”

“是，祝先生。”

后来，她知道了他的名字。

纪翘在网上试着一搜，搜出了十几页相关信息。

祝秋亭。

白手起家，时年二十九岁的祝秋亭，从金钱到生意到势力，一人顶五十个金玉堂。势力从内陆到K市到SN洲，很讲信誉的祝秋亭，是个进退有度彬彬有礼的男人。

纪翘那晚千不该万不该，不该躲到那辆劳斯莱斯幻影底下。她像但丁写的天使，天使如何用星仗叩开城门，她就如何愚蠢地用自己当钥匙，叩开了地狱的大门。

后来，纪翘跟在祝秋亭身边三年多，在这三年里，她恪尽职守，做好祝缃的家庭教师。

但在祝家本部，纪翘的名字早已深入人心。

人们提起她，前缀十分一致——那个想攀附祝秋亭、总是不成功的女人。

纪翘在这事上十分努力，换成其他人，早投降了。

可惜祝秋亭只当她是空气。

最绝的一次是在沙漠中的酒店，半夜三点，纪翘穿着睡裙给人送夜宵，竖着进去，横着出来。她被人裹得像菜青虫一样放在房门口，还惹了不少人围观。纪翘则面不改色，利用绝佳腰力挺身，直接回了自己房间。

纪翘是很美，她每次照镜子都要感叹，自己长得真不差，怎么祝秋亭就不为所动呢？很现实的一点是，祝秋亭身边根本不缺美人。

他是商人，用九年时间爬到今天这个位置，刀山血海里蹚过来，蹚到今天，眉目轻轻一垂，仿佛无欲无求返璞归真。温和硬朗的男人，身边的美人来来去去，走马灯般轮换。

纪翘早早没了双亲，又生得这样一副眉目，独自一人在红尘打滚，识人极准。有些人望着她的眼神，就像饿极的鲨鱼闻见了血腥味。时间久了，她也能分清所谓的入世老练，是货真价实，还是只沾了层油腻和腥味。

但祝秋亭不同，她看不透他。

纪翘花了无数个深夜研究，也不敢研究太深，怕没了小命。她不是没撞见过大场面，祝秋亭刚结束一桩大单，在飞雪的夜里回国，有女人在夜场缠着他，那真是令人忍不住心软的类型，长得很甜美，纪翘一眼望过去，都有点儿羡慕，她要是男的也愿意，她在心里疑惑，祝秋亭何德何能啊！

那个女人不一定知道祝秋亭是谁，但在繁华奢靡的夜场，看起来这么身价不菲的男人，能与其共度一天，长夜漫漫就算只看着，也能回本了。

祝秋亭一身衬衫西裤，与混乱夜场格格不入的气质。他在光影的劈杀厮缠里独独开了条光明道路，从容优雅得摄人心魄。

任人如何释放魅力，祝秋亭动都没动，手里轻晃着装着淡金色酒液的酒杯，冰块撞着杯壁，轻而又轻的声响，却带着某种磨人的节奏。男人的虎口卡住女人下颌，看着力道很轻巧，女人的表情却逐渐扭曲。

纪翘看得下巴都酸，她知道祝秋亭的劲儿有多大。

纪翘后来想，还是得好好锻炼每一块肌肉，他力气看上去还真不小。

她连咬肌都锻炼到了。被祝秋亭注意到的那天，她给祝缃熬夜复习，他们刚巧一起吃早餐，他喝了口咖啡，头都没抬。

“有面瘫早治。”

纪翘把果子连肉带核地吞下去，揉了揉发酸的面颊，说“不用不用”。

当天下午就有人把她请到了私人医院做全面体检，纪翘面带微笑，心说脑子有病。

跟这个脑子有病的人待在一起，她也不远不近地相处了三年多。

纪翘的心情其实是复杂的，可以庇护她的大树就在眼前，他却一点儿机会都不给。

另一方面，纪翘有那么一点庆幸。如果真成功了，或许就是被抛弃的开始。

打认识起快一千天时，她第一次主动离开这么久——说是回晴江三天，都走了快一周了。只有管外勤的老于还问一句，祝缃发点儿奇奇怪怪的分享。至于祝秋亭……他的反应就像她已经“挂了”，根本没有任何反应。

纪翘也就不急着回去。他不喜欢她，自然也不记挂，她乐得逍遥。晚上住在晴江市最好的酒店里，纪翘护肤流程走了两个小时，换了件丝绸吊带睡衣，坐在梳妆镜前打开了杯酸奶喝。她仔细端详着自己，到底是哪里不对呢？

长得也挺像样啊，怎么连一个参与的机会都不给她？

纪翘正走神时，门铃响了，服务员低声道：“您的夜宵。”

纪翘走过去回了句：“我没点啊。”

对方没听到，纪翘在这头重复，服务员在那头重复。纪翘耐性欠缺，干脆拉开了门，面对面道：“我说了，我没——唔！”

门外哪是什么服务生。

门开的瞬间，对方就捂住了她的口鼻，掐着她的腰蛮横地挤进了房间，用脚把门带上。男人推推搡搡地把纪翘往大床的方向推，纪翘激烈地反抗，手肘撞到了他下巴，把人彻底惹怒了。

中年男人保养良好，手臂的肌肉也有雏形。他一手卡住纪翘脖子，一手抓着她长发，猛地将她往墙上撞了几下。

“纪翘，你最好乖乖的，老子早看到你了，以前你在金玉堂太不乖了，”来人眼睛发红，声音阴沉，“这样很耽误你自己的，知道吗？”

来人是金玉堂的副经理，方应。

纪翘脑子昏昏沉沉，被他推到大床上。

方应当年真正看上的是纪翘，可惜她跑得太快，这么多年，他其实一直在后悔。

虽然这些年来他财路渐顺，不缺女人。但他一直对纪翘心心念念，如今听说纪翘回来，他轻松找到她的酒店住处信息，摸着就过来了。

方应贪婪地吞了吞口水，床边的灯晕开温柔的光芒，照着她白皙漂亮的脸庞。纪翘是真会长，清极艳极，人也偏瘦，看起来很好控制，所以极轻一声响，他并没有注意到。

“你要试试？”纪翘微弱的声音传进方应的耳膜。

方应眼神如野兽渴望血一样饥饿地望过去，刚想问她试什么，却对上一双清冷的眼。

下一秒，他身体一僵，太阳穴上顶了个硬邦邦的东西。

纪翘的笑眼很亮，说话懒洋洋的，天生微哑的烟嗓却透着成熟纯真：“用它送你上路，没意见吧？”

纪翘这三年来的老板，上司，祝氏的一把手祝秋亭，是天赋卓绝的商人。

这男人胆大妄为，什么生意都敢做。

这几年，她想达成的事虽然没成功过，但从祝秋亭那儿，她学会了很重要的一点。

波斯诗人鲁米说过的那句话：残忍是美人的天性，习惯，和教养。

第一次看到，纪翘就不由自主地想起了祝秋亭。

纪翘生命里很多个第一次，是在认识祝秋亭以后出现的。第一次在异国地界扣动扳机，是祝秋亭教的，在她二十六岁生日当天。

那天之前，祝秋亭休养结束，要飞SA洲，临走时想起她，像想起遗漏的挂件。

“你也一起。”

纪翘无权拒绝，放下电话匆匆赶到。

私人停机坪前，秋风吹起男人的衣角，天好像破了洞，总漏风，没有光。阴沉穹宇下，祝秋亭遥遥望她一眼，低声道：“你迟到了。”

祝秋亭语气温和，含笑看她，垂首吸了口烟，透过烟雾，他说：“过来。”

纪翘过去，他让她把手心给他。

几秒后，纪翘打了个激灵，祝秋亭看她一眼：“疼吗？”

纪翘吞了口唾沫，摇了摇头。

“下次准点到。”

她看着很乖，祝秋亭没再说什么，轻拍了两下她的脸：“记住了。”

他们去了C国。在第二大城市麦林市的最大酒店，她住了快两个月，祝秋亭她一面都没见到过，每天待在动不动断网的酒店玩斗地主，离疯就差一步了。

这人真记仇，就因为迟到了一次，就把她扔在了酒店。

纪翘又在房间里闷了三天，实在心烦意乱，从酒店窗户偷溜出去了。

刚翻出去，纪翘就发现自己运气不太好。很明显，她挑错了时间。

外面混乱成一团——千钧一发之际，纪翘听到身后传来一道低沉男声。

“拿稳了。你没吃饭？”

纪翘刚要说，我不会，真的，要不您自己来。

但晚了一步。

祝秋亭以最干脆利落的姿态，不由分说地教会了她，如何最大程度地选择保护自己。

那一秒，纪翘刚好听到城里钟楼的午夜钟声，敲开了她的二十六岁。

在祝秋亭看来，这一天，似乎只是教会她如何用拖鞋拍死虫子。

纪翘偶尔还是庆幸的，比如现在。她身上其实没带枪，一个玩具模型都能把方应吓得愣住。

她没多废话，用手刀敲在方应脖颈上。人晕了以后，纪翘找前台借了绳子，把人五花大绑后，塞进浴池。

她想了想，觉得不放心，还折返了回去，送了方应一记鞭腿，人彻底倒了她才离开。

刚出浴室，纪翘就接到了明寥的电话。

明寥是在祝氏长大的少年，如今已成为可靠的青年，他对祝秋亭言听计从。纪翘有时候怀疑，如果祝秋亭让他去跳崖，他也不会提出异议，可能还会追问得跳多少米高的。

但祝家哪个人对祝秋亭不是那样呢？祝秋亭可能给他们都下了迷魂药吧。

“你在哪儿？”明寥语气少见的焦急。

“晴江，我回来度假。”纪翘说。

“你来我这儿一趟，瞿辉耀跟HN杠上了。”

“HN”是祝氏旗下一个工厂的代号，分属于明寥负责的区域A市底下。

至于瞿辉耀，他是瞿家二儿子，但是个私生子。他爹跟祝秋亭打交道做生意，暗地里恨不能把祝秋亭大卸八块啖肉饮血，明面上却要摆一桌丰盛筵席，清茶铺开，笑眯眯地称一句祝九。

祝秋亭在做生意这事上靠的是他自己。

可另一边的祝九，是那尊大佛祝绫最小的儿子，从小含着金汤匙出生。换句话说，拔掉明面上的生意人身份，想动祝秋亭的人都要掂量掂量轻重。

瞿辉耀还真是胆子不小，动了HN工厂。当然，祝家主业是做国际贸易的，生意做那么大，每年自然有意外配额，就算整个工厂重建，损失都是可以接受的。纪翘不太担心，可等她花了三个小时赶到A市才发现，明寥真是不靠谱他妈给不靠谱开门——不靠谱到家了。

凌晨四点，纪翘披着人造皮草披肩，一副刚从民国深巷里穿来的架势，身材高挑，红唇饱满。

"这是'杠上'？"她跷着二郎腿，透过车窗指了指远方，火光冲天后只余了一堆灰烬，简直要气笑了，友好地提醒道，"大哥，这是烧没了。"

明寥坐在副驾驶位上，点头："我知道。"

纪翘叹了口气："你知道什么？！"

明寥一愣。

纪翘是祝缃的家庭教师，所有人都知道。就像所有人都知道，祝缃是祝秋亭收养的孩子。

但极少数人知道，纪翘在祝秋亭手下做了两年半的事。

纪翘是行走人间的一道影子，她借着家庭教师的身份掩护，进可谈判桌上撑场子，退可埋伏保护祝秋亭，脑子灵光话还少，除了祝秋亭不太待见她这点，可以说没什么缺点。

纪翘望向后视镜，和明寥的视线撞个正着。

"你不会以为，"纪翘勾着唇笑，"HN只是加工生产零件的工厂吧？我记得，二十年保密期的资料不都存那儿了？"

明寥脸色惨白。

祝秋亭上次如何处理犯了重大错误的陈达，他历历在目。陈达还是祝家的老部下，但当时陈达做的事，结实地踩在了祝秋亭的底线上，本来当晚失去祝家庇荫的陈达就会被寻仇，最后还是看在陈达亲哥哥曾舍命保护祝秋亭的分上，从轻处置的。

"害怕？"纪翘来了兴趣，嘴角挑了抹笑意望着他。

"怕什么，我是不是误了他事？"明寥一只手掌盖着眼睛，哀嚎道。

二十年保密期的资料，价值八百万再加个零都不止。

“放心吧，你大爷会解决的。”纪翘点了支烟，缓缓吐了个烟圈，尼古丁含量少，不得劲，满口蓝莓味。

明寥满头问号。

“祝秋亭啊，他应该知道。”纪翘耸了耸肩，“还是你愿意叫他祖宗？”

明寥无奈地摁了摁太阳穴，诚恳地问道：“翘姐，我车上有监听设备，他那边什么都能听见，你知道吗？对了，我还知道你差点被那个叫……方应的人，欺负了。”

纪翘无话可说。

祝秋亭是不是又能找到机会嘲笑她了。

这男人喜怒无常，对她尤甚。当着她面烧她辛苦种的玫瑰园、借她挡危险都是小事了。之前到大洋彼岸那头出差时，在沙漠里他们被人偷袭，纪翘为了保护他而受伤，祝秋亭当晚竟然给她裹上被子，让她自己蹦跶着去找医生。

他是什么样的人，可见一斑，没长心的人。

他们正沉默着，忽然有辆深黑轿车从远处的夜色中驶来，在空无一人的路口处转弯，最后横亘在明寥的车前，打开了车大灯，照得人眼睛快瞎了。

纪翘咬牙切齿，捂着眼睛正想骂人，忽然意识到那车是谁的，那金色车标太清晰了。

她的手机很快响了。

纪翘看了眼来电显示，又不能不接，她轻叹了口气：“喂。”

“下车。”祝秋亭说完就挂了电话。

纪翘依依不舍地准备开门，指腹摩挲两下，都没舍得打开。

明寥也轻不可闻地叹气，拍了拍她的肩：“去吧，翘姐，伸头缩头都是一刀。”

她心一横，下车后迈着极有节奏的步子，腰胯臀腿的曲线藏在长裙下，起起伏伏，勾魂夺魄得要人命。

纪翘走到劳斯莱斯前，伸手拉了下车门，没拉开。

下一秒，车门从里面开了，一双手揽着她的腰，风卷蝴蝶双翅般轻松，将她带进车里。

纪翘被人压在后座上，暗极的空间里，她就着月光看见祝秋亭的眼睛，像极深的湖泊，温柔旋涡里藏了风暴含着尖刀。他修长的手指插入她耳边的黑发，似是捧住她后脑勺的亲昵举动，节奏与律动都暗示意味十足，但姿态极悠闲，下一秒，他指尖便划过她脸颊，从腮边勾过。

“纪翘，”祝秋亭俯身，在她耳边笑了笑，“你胆子越来越大了。”

纪翘闭着眼，没有说话。

如果罪恶是条长长轨道，祝秋亭便是一道笔直的光束，他知道如何出发，如何到达。

渴望的深壑能超越最深的海沟，尽管他时常表现得兴致缺缺，仿佛一切只是游戏。极致的渴望里，也包裹着刻骨的轻蔑。

祝秋亭。

他像照进灰烬中的一抹月色，难以捉摸，光彩夺目。

第二章

旋 涡 边 缘

········ ✦ ········

想疯也别挑今天。

✦

祝秋亭有一双很养眼的手，骨节分明，指甲剪得平整而圆润，掌心翻一翻，指腹的枪茧昭示着他的过往。

他对亲自动手这事兴致缺缺。祝家如今既不缺为他卖命的人，也不缺为他拼命的人。

可祝秋亭对折磨人很有一套，纪翘对此体会颇深。

薄茧给她造成的疼痛微乎其微，毕竟他只是想把窃听器取出来，但动作时异物感明显得很，纪翘又被斜压在座椅上，直想吐。

祝秋亭收回手的时候，指间夹了个极小的东西，也就指甲盖大。

祝秋亭随手捏碎，丢到车窗外，拿手帕拭了手，头也不抬地问纪翘："我不来，你准备去哪儿？"

纪翘缓了会儿，撑起身子答道："工厂。"

祝秋亭指尖在膝头敲了敲，望着前方快要熄灭的火光，若有所思地笑了。

"记者和消防员都在忙，你要怎么进去？"他侧头望了纪翘一眼，没有讥讽，似乎真的只是好奇，"飞进去？"

纪翘面无表情道："嗯。变成蛾子飞进去。"

祝秋亭笑了，手臂支在窗沿上，撑着太阳穴："它背得动窃听器吗？"

纪翘准备去找瞿辉耀，顺手从明寥那儿摸了个窃听器，至于藏的地方……她穿的这身衣服实在不好藏。

瞿辉耀布局良久，依他的个性，办这种大事心态不崩都不错了，绝对会在周围匍匐等待着，以免节外生枝。

HN 的厂子不在工业厂区中心，大多数设备在 HN 南园，意外也发生在南园。工人和办公室在北园，毫发无损，人八成也会在那儿盯着。

瞿家发家早，做到今天的地位，跟创始人的风格不无关系。很多时候，暴力只是换了身皮出现，但有需要，让它现原形也并非难事。

在瞿辉耀看来，祝秋亭这拦路虎再大、再棘手，也就是一个商人罢了，是商人就有弱点。

瞿辉耀算盘打得是很美，现在计划也算完成大半了。

“走吧。”祝秋亭说。

司机踩下油门，黑车轰鸣着，沉默地疾驰，驶入更浓更深的夜。

要去哪儿？纪翘不知道，也不会问，总归不会把她卖了。

最主要的是，她问了祝秋亭也不会答。

纪翘就着透过车窗的月光瞟了祝秋亭一眼，明暗分界线很清晰。阴影蛰伏着，铺垫着，月光游走在他英俊脸庞的轮廓上，照出男人的平静。

祝秋亭身上总有一股很淡的乌木沉香，梵香缭绕似的。

纪翘鼻子很灵，五感通透，忽然想到了尖顶教堂，红杉树立柱支撑的顶端有十字架和荆棘冠冕。

那也是祝秋亭每周日的固定去处。他休假时喜欢找一个当地的教堂，一待就一整天。

她还挺好奇的，虽然是个危险事，但想想就觉得挺刺激。这人作风跟温良搭不上半点关系，还要跑去装一装。万一没用呢？

纪翘当年胆子大，就委婉地问了。那段时间祝秋亭心情不错，也和煦温柔地答了。

“因为知道没用才去的。”

纪翘记不清自己怎么回复的，总之表情管理应该做得不好。因为后来连续好几个月，在射击和体能训练间隙，她得抽出时间来默写旧约故事。

祝家那么多下属，就她一个需要用全英文默写，纪翘手都快写断了。

纪翘精神一向强大，但那段时间，每天睁眼就在考虑怎么死。成年人的世界真是复杂。

纪翘一直以为，要比自私、贪婪、虚伪，没人比得上她，谁想到人外有人，天外有天呢。

收回思绪，纪翘揉了揉疲累的眼，手上却被塞了个东西。

她低头看一眼手心，是云片糕。

纪翘不惊讶，祝秋亭奇怪的喜好很多，活得也讲究，讲究又细致。

“吃点东西，”他瞥了纪翘一眼，声线温和悦耳，“今天会很累。”

纪翘顿了顿，问：“哪种累？”随即转头看向祝秋亭，美目流转，一丝期望似乎缓缓升起。

祝秋亭笑了笑：“你需要熬通宵才能缓过来。”

今天要处理的事太多了。

A 市郊外有片新开发的区域，写字楼林立，但人还填不满。毕竟是三线城市，要招商走流程，要让这儿热闹起来，还需要时间。

有一栋写字楼鹤立鸡群，比其他的都要高，车停下之前，纪翘就发现了。

顶层在 67 楼。坐电梯的时候，纪翘想，还挺高。

67 楼到了，祝秋亭率先迈开腿走出去，进了道感应门。纪翘沉默地跟在后面。

这地界已经装修完了，风格就俩字儿：迷幻。墙面、地板和天花板都是玻璃镜面的材质，互相照射反光，把整个空间做成了华美万花筒。

甫一进门，暗蓝灯光射耀下，贴着四周墙面站了一圈人，不少都是祝家的熟面孔，他们负手立在阴影里，悄无声息。

纪翘听见有滴滴答答的水流声，还有很轻的风声。

祝秋亭根本没管她，朝着林域而去——祝家位高权重的三把手，在一张台球桌旁等他。

祝秋亭走过去，林域倒了杯酒递给他，低头跟他说了句什么。

林域越过祝秋亭的肩头，淡漠地看了纪翘一眼，但也没多问。祝秋亭想做的事，他一向不问理由。

纪翘没看到，也无暇顾及。但很快，她找到了声源。水流声和风声……不，是滴血声和呜咽。

人斜躺在台球桌对角线的墙根，瞿辉耀比资料上还要壮，脖子和四肢都粗，面容扭曲着，看不清五官，只有脖颈暴出的如蚯蚓般的血管很是清楚。看那体型，完全没继承他爸。

纪翘看着祝秋亭喝完酒，将西装外套脱下放在桌边，朝着瞿辉耀走去。

他走过去的时候背影修长挺拔，慵懒虔诚，从侧面望过去，眼窝与眉骨处光影交错，令人窒息的美。

纪翘看着他，微微失了神。

她听林域说，祝家两个下属的意外，跟瞿辉耀有一定关系。再多的信息，林域也没透露，但她能听明白。

祝秋亭单腿蹲下，姿态看起来温柔得要命。

他跟瞿辉耀说了句什么，站起来后，似要转身回来，但最终没有，而是抬脚踩在瞿辉耀的指关节上，但没怎么用力，嘴角还有丝笑，喟叹般道："那就没办法了。"

纪翘看着祝秋亭，面色无波无澜。

于旋涡里直面暴风眼，本来也是他最擅长的。

纪翘以为瞿辉耀会出事，但最后竟然只是挨了顿揍。瞿辉耀哆哆嗦嗦，话都说不明白，脸上跟打翻了颜料盘似的。

祝秋亭转身往回走的时候，纪翘知道，这事定了，他留下瞿辉耀了。

他没到，至少今天没到那地步。

"那些可留可不留的人，"纪翘忽然想起祝秋亭曾经说过的话，"你得留着，让人家觉得天无绝人之路。"

祝秋亭语气总是温和而懒散的、若无其事的，无论是恶意、欲望，还是过于极端的情绪，在他的口中都会像春日山峰的雪，在无形中化成了闪着光泽的风和日丽。

纪翘回过神来，才听到祝秋亭说话。

"白天时，把人送到黎幺那儿，"祝秋亭折返，捞过台球桌上的西装外套，"让黎幺把话问出来。"

林域答道："黎幺还在L国。"他虽然不喜欢姓黎的，但平心而论，黎幺在SN洲忙活了一年半，才刚开始休假，这才三天。

祝秋亭"哦"了一声，自然道："那多给他一天。"

祝秋亭看着林域，微微一笑："不过，他那么爱玩，要么现在回来，要么永远别回来了。"

黎幺很厉害，还没有他撬不出的答案。纪翘定定地望着，眼睛一眨不眨，望着瞿辉耀，不知道为什么，没来由地反胃想吐。

给纪翘十个胆子，她也不敢吐在祝秋亭跟前，于是低声地丢了句"我去一下厕所"，也不等回应，转身大步离开。

可感应门怎么都开不了，她望见墙边的方形感应器，按了好几下都没反应。

纪翘憋得眼睛都红了。忽然，她的右肩被人握住，有人从身后掠过，发丝擦过她耳郭，拇指指纹印在感应器上，嘀一声后，门应声而开。

祝秋亭垂眸，望了她一眼。纪翘没时间管他，夺门而出，冲进走廊尽头的厕所。她吐得很厉害，好像要把心脏也吐出来，整颗脑袋嗡嗡作响，像很久没上油的机器。

纪翘自己清楚，别人也清楚，她这位置多尴尬，不上不下，不好不坏，近似透明。

在非核心圈的人看来，祝秋亭一个眼神都懒得给她，祝缃的家庭教师而已，想立在祝秋亭身边，简直痴人说梦。如果祝秋亭真看上她了，根本不会让她当祝缃的老师。他信奉不在其位不谋其政，最讨厌混淆。

而少数的知情人，更觉得她够可悲。祝秋亭用她，也派人带她，但仅此而已，像她一样能干的人，祝秋亭手下数不胜数。唯一特殊点的，也就是好看点。

可祝秋亭看不上她，不知道为什么，反正就是看不上。

情欲向来难控，纪翘总在他面前晃，招数使尽了也没用。对于祝秋亭，她真的半点办法都没有，总不能强来。

她只是想努力，又不想送命。这事尴尬就尴尬在，就算她明天“挂了”，祝秋亭的反应八成是眼皮都不会抬，喝口咖啡点评一句：“是吗？可惜了。”

纪翘是无父无母一身轻，她想过，身后事都很好操办，天地都可做飘摇逆旅人的收留处。

等她吐得差不多了，直起身时，她听见了隐约的烟花声。现在只有在这种三四线小城还能听到，烟花声提醒她，快过春节了。

又快到春节了。

纪翘想不明白，自己的二十八岁怎么这么快就到跟前了。

等她漱完口，含了两颗薄荷糖压住，一抬头，望见镜子里惨白的一张脸，眼里浮着血丝。她的口红已经掉光了，幸好没画眼线，要不花得更厉害。

也不知道哪边的窗没关，纪翘能听见猎猎风声呼啸而过。她撑着台子，有些失了力，她不这样就快站不住了。

纪翘知道人肯定走了，一身力气全卸了。

纪翘抬头看着镜子，镜中的人也望着她。她今天穿了件长裙，是从晴江赶过来时换上的。她这么一通赶路，那唯一暖和的披肩没了，放在祝秋亭车上了。她穿着这身吊带裙走出大楼，可能会直接冻晕在街头。

纪翘恨，恨自己没多练点肌肉出来，总觉得够用就好，练壮点也好御寒。她抱着壮士断腕的心，大步流星地走出卫生间。

卫生间对面不远就是电梯，但她没走出两步，就觉得不太对，身后好像有人。

纪翘心中警铃大作，意识到这点后，身体已经先一步做出了反应，转身的同时手已经握住一把锃亮尖锐的匕首，纯黑的刀刃抵上了祝秋亭喉头。

他低下头，好整以暇地望着她，纪翘一阵沉默。

男人就倚在卫生间的外墙上，浅色衬衫，敞开的西装外套，黑色西裤裹住笔直修长的双腿。

祝秋亭要是不做刀尖舔血的营生，靠皮囊吃饭，一样能做到衣食无忧，别墅连幢。

纪翘见过很多好看的人，她也勉强算其中一位，但跟祝秋亭不一样，在纪翘的世界里，美人分为两类：一类是祝秋亭，一类是其他。

他那漂亮皮囊下有剧烈而见效慢的毒，渗皮透骨，是致命的。

这致命的一切吸引着纪翘，吸引着她几乎要继续用力，刀尖已经留下印痕，再深一分就会见血。她得用尽所有力量，才能克制着把欲望压下来。

放下手，他在看你了。

纪翘对自己说，想疯也别挑今天。

祝秋亭还是那样，似笑非笑地看着她，眼眸沉沉，叫人看不分明他的情绪。

纪翘收回手，神色如常，低头道歉："我看错了，对不起。"

祝秋亭道："拿来。"

纪翘乖乖地将匕首递过去。

他放在手上掂了掂，唇边浮起极浅的笑意："新买的？"

纪翘干笑了两声："是啊，打折。"

祝秋亭没说话，走近她，俯了俯身，手掌从她长裙处往上探。

她大腿上绑了有附包的枪套，匕首本来就小巧，之前是放在附包里。他掌心温热，碰到她冰冷的皮肤，简直像触电，也像点火烧她，可这个暧昧至极的动作，被他做得完全心无旁骛。

他动作很快，没有半分留恋，放好便直起身来，勾唇轻笑："那就好好保管。"

纪翘一背的冷汗，她咽了口唾沫，镇定道："嗯。"

她心头滚过八百二十句脏话。

她是二十八岁，不是八十八岁。要换个真心相待的美女，自信心能被这无良男人轰成沙塔。

他要是今天敢做点什么，她还能敬他是个男人，但他不会的，这点她很有自信。

纪翘跟祝秋亭一起下电梯，还听着他有一搭没一搭地嘱咐她春天留出时间来，提前给祝缃结课，到时候要跟老于去谈一批货。

祝秋亭还问她，想出去玩吗？

纪翘扯出完美微笑，说不了，您有事吩咐我，没事我就在家待着了。

祝秋亭是那种人活一天就得尽兴一天的人。事多，睡眠少，但又会玩，在哪儿都是受欢迎的常客。但祝秋亭极有分寸，说抽身退出，一秒也不会多待。管他上一刻输得一塌糊涂，还是赢得钞票堆叠如山。

祝秋亭从不干强求人的事，也不多解释，点点头说好。

沉默蔓延了极短几秒，电梯在 23 楼停了。40 层以下都是办公区域，被不同的公司包圆了。

纪翘靠在左边的角落里发呆。电梯门打开，她眼神无意一瞟，看见了西装革履的梁越。纪翘抿了抿唇，梁越愣住了。祝秋亭何等敏感，第一秒就窥见端倪，似笑非笑地挑眉。

纪翘看见梁越了，却决定装没看见。梁越没说话，只是电梯这镜子构造，想忽视他难看的脸色也有点难度。

梁越一直背对着他们，电梯一路下降。降到 6 楼的时候，梁越终于忍不住，扭身冲着纪翘失控道："你也不看看自己，现在怎么变成这么下贱的女人！非要挣那么脏的钱吗？你知不知道有句话怎么说的？命运的礼物都暗中——"

梁越原来好像是语文课代表，洋洋洒洒千字文，半小时写完。

纪翘想，这么多年过去了，他还是那么喜欢说教，看来时间有时候也没什么用。

"纪翘，"祝秋亭双手插在裤兜里，微抬了抬下巴，饶有兴致地笑，"要给你点时间解决吗？"

祝秋亭有着身居高位者的优点，克制情绪一流，令人感觉如沐清风。

也有着非常致命的缺点，在那绝高的双商下，他骨子里是个贪婪冷酷，又无所顾忌的人。这点，他在她面前从不避讳。

祝秋亭吻过她。那天，他喝醉了，捞着她的腰，炙热的吻寸寸往下，令她发烫颤抖，变成了一汪泉水的旋涡，完全无法逃避。微醺的酒气混合着窗外的月光，将纪翘卷进去，卷到命运的毒药里。

纪翘本来等着下一刻来临，但祝秋亭一句话浇得她透心凉。

祝秋亭把她压在沙发里，舔舐着她耳垂，像蛰伏的凶兽，在寂静夜里享受猎物的前奏。

他低低地问她，你知道祝绫是怎么死的吗？

祝绫是他父亲。

纪翘当时心一颤，下意识地觉得，他语气不太对。

他贴近她，皎洁月色照亮他黑眸，耀亮男人那一瞬间诱人至极。

祝秋亭笑了笑，却没回答，只是温柔地将她一束散乱长发别到耳后。

纪翘那晚临阵脱逃，后来被惩罚得差点脱了一层皮，三天内办事腿都快跑断了，但她不介意，身体上的疲惫她从来不怕。

她有时候，只是单纯不想看见他。

这个人站在那里，即便只是笑着看你，和颜悦色，你也不知道哪天会被他突然撕碎。

“不用了。”纪翘淡淡道，“我跟他没什么好谈的。”

他们擦肩而过的时候，梁越没忍住，狠狠地抓住纪翘手腕，将她压到墙角，眼角发红：“你走什么，我上次没跟你说完——”

这一出戏搁在文艺作品里，不是决裂就是复合的前兆，总之最后都会奔向疯狂的结局。

只是还没来得及说完，梁越忽然一声抑制不住的痛叫，双膝一软，跪了下去。

纪翘也有点儿蒙，视线上移，反应过来了。

“钱还分脏、净，你说话挺好玩。”祝秋亭明显对这戏码不感兴趣，挑了抹笑，悠然道，白衬衫两颗扣子都开了，锁骨线条清晰，连着男人线条漂亮的脖颈与下颌。

祝秋亭低头，像看一只流浪狗，同情而温和地笑了：“梁先生，你三十一岁了，不会才明白‘适者生存’这几个字怎么写吧？”

梁越做精英好多年，体验过失败的滋味，方案被驳回，生意谈崩，资金断裂……但一切都没让他有过今天的感觉。

雄性竞争的本能流在血液深处，梁越看见纪翘的第一面，视线瞥到她身旁男人，立刻就反应了过来。错愕，愤怒，羞恼……那其实都不是针对纪翘的。梁越知道，如果她挽着一个脑满肠肥的土豪老板，他可能也会愤怒，但他不会羞恼。

祝秋亭居高临下地看着他，梁越本该发火，该爬起来狠干一架才能泄愤，可他只是愣在那里。

像什么呢？坐飞机上升到万米高空，拉开窗往下看，无限的山峦起伏，没有标的物，只有恍惚，是只需一眼，极细微的触角能迅速传回来的敏感。他觉得自己像底下的某一座山峰。他抬头就能感觉到，太阳太远了，那感觉糟透了。

梁越看着祝秋亭，男人只轻轻地扫了纪翘一眼，抬脚离开后，纪翘紧随其后。梁越觉得，他曾经的明珠，成了别人的膝下之臣。

“后天一起出趟门。”上车前，祝秋亭说。

破天荒头一回，纪翘没有马上回答。等她惊醒般回过神，祝秋亭正靠在车门上，指间夹着烟看她。

“对不起。”纪翘下意识地站直，冷都感觉不到了，手心直渗汗，“好。”

祝秋亭没说话，目光在她身上扫视。将亮的天渐渐露出了鱼肚白，朦胧的天光照在他面上，照得人面容温柔又冷漠。

纪翘有点发愣，怎么会如此矛盾，又如此合常理呢。

他垂眸，最后吸了一口烟，扔了后碾灭，把火星踩在脚底。

“纪翘，很多人说，我要捧你到更高的位置。”

纪翘平静地望着他，她怎么不知道，奇了，“很多人”的别名叫祝秋亭吗？

祝秋亭抬眼，很轻地笑了笑：“确实。”

她穿着吊带丝绒裙，肩膀冻得泛红。闻言，她也挑了挑眉，觉得好笑，迫于眼前人还在，又把笑意收回。

“瞿应这私生子虽然很蠢，”祝秋亭突然转移了话题，顿了下，他又说，“但他成功了。

“要说没人帮衬着，你信吗？”

纪翘抬眸望他，目光凝重。

他的意思说得很明白，这里面有内鬼。HN的流水线重建不难，可要完全恢复到从前，困难重重。等明年招标，这事的影响就会彻底显出来，不只是金钱损失的问题，还有积攒的信用问题。

“所以用人这事，总不能让所有人都看明白了。你说呢？”

祝秋亭这个反问很诚恳，她不回答也不行。

“对。”为了表示自己也很诚恳，纪翘顺势点头。可她实在是没体会出前后文关联在哪儿。

“后天晚上八点，中山逸舍。”祝秋亭顿了一下，道，“我会叫人接你。”

有人为他拉开门，祝秋亭上车之前，温和道：“现在你可以自由活动了，想他，去找他也可以。”

说完，男人坐到车里，扬长而去。

纪翘站在原地，目送着黑色轿车消失，抬头望天，重重地叹了口气。

今天真的冷。

祝秋亭不发神经的时候其实都挺有绅士风度的，除了对她。可能打一开始，他就没把她看成女人。

祝秋亭在后座，透过车窗往外望，天际线远而模糊，这座城市还没醒，他眼看着天光渐亮。

“先生，纪小姐回申城的机票……”司机小心地从后视镜里望了眼。

“作废。不然呢？你替她坐？”他轻笑了声，抬起眼眸望向后视镜，看得司机后脊一冷，忙收回了目光。

祝秋亭想起什么，又道："帮我查个人。"

司机也是他手下人，立马应下："您说。"

祝秋亭双手交叠，淡声道："晴江金玉堂的方应。"

他现在不想看纪翘那张死人脸，脑袋里想着别人走神，真是翅膀硬了。但有人要动他的人，祝秋亭也是不愿意的。

苏校上次见他，汇报完直接就问，他是不是想重用纪翘？

祝家早不是道上那尊佛祝绫的祝家，是祝秋亭的祝氏了。规矩和底线不多，但上升的路线很清晰。SA 洲，M 市，YN 市南部，他都带过纪翘去，为了让她熟悉。明面的祝氏和水底下的祝氏，差别很大。

祝氏做贸易这条线，走的是沿海港口，辐射到大洋彼岸，很多订单也是从那两边来。当时祝秋亭没说话，而苏校问完又自知失言，抱歉地低头，知道是自己多事了。

祝秋亭晃了晃威士忌杯，冰块在澄金的酒液里直撞杯壁，在安静的包厢里，显得格外和谐又悦耳。

"知道就好，下次别犯了。"他说。

苏校是想提醒他，纪翘这样太容易被盯上，也太容易被利用。

但祝秋亭不想听建议，谁也没办法。

苏校知道，祝秋亭看人、用人都是一绝，眼光准得可怕。现在想想，祝秋亭当年从拳市擂台上救下那女人，就是有一天要为他所用。

而那时的祝秋亭让纪翘求着收留自己，还做出一副勉强答应下来的样子。

苏校觉得自己已经很不要脸了，但在心狠手辣、会演戏这方面，他得承认拍马都赶不上祝秋亭。这男人本性里似乎有猫科动物的特性，即便它们有时候不饿，也会捕食猎物，不吃，就在手心里逗着玩儿。

纪翘在本市订了家酒店，新买了很多很多衣服：秋衣、毛衣、绒线衣、羽绒服、冲锋衣。

她就不信了，这样还能冻着。她以后只要出门就穿五件以上，要让被无良上司丢进寒风里的悲剧永不上演。

纪翘开了电视，在酒店里点了花甲粉外卖，吃完调到国际新闻当背景音。

人类真能折腾。纪翘边看边想着，迷迷糊糊地睡过去了。

她已经很久不做梦了，这次却坠入很深的梦里。

纪翘清楚地知道那是梦，可根本无法抗拒。

她看到自己和一个穿警服的男人在种树，那中年男人五官俊朗，黑发茂密。

他正帮她挖土，说："翘翘真厉害，我们要种多少棵树啊？种到沙漠变少，对不对？"

纪翘撅着屁股，把小树苗往里搬，边搬边问道："那爸爸你能不能每天都陪我种？"

那男人笑着，表情有些哀伤。他说："我也想，那等坏人变少，爸爸就回来了，好不好？小翘在家要乖。"

场景忽然转了。纪翘差点崩溃，她还没来得及说话呢，哪怕是在梦里，让她多说两句也好啊。

让二十八岁的纪翘，再说一点以前来不及说的话。那么多年，那么多天，她有那么多话想跟他说。

第二个场景很热闹，周围都是欢呼声，混合着尖叫，简直要刺穿耳膜。

还有浓重的血腥味。

纪翘登记的时候，场方负责人让她签字，嚼着口香糖问她，确定了，真的学过吗？生死状，赢了二十万，输了……没有然后。

纪翘看了几秒，低头签了字，她实在太缺钱，又要去外地，没路费很难办。

——学过。

纪钺以前是搏击大赛冠军，从小就带她训练。

纪翘也没想到，自己把自己玩到坑里去了。

他们看她能打，让她在台上待着打车轮战。到后来，纪翘连右摆拳都挡不住，对方一记肘击断了她的后路。纪翘倒在围绳上，咳出血痰，恍惚不已。

可在对手扑过来的时候，纪翘还是努力地翻滚到了另一边，最后两人扭打在一起。

纪翘把毕生所学都奉给了对手，抱着"今天我即便死也不会让你好过"的决心，目光冷极又十分缥缈。

老板在下面也很兴奋，他这黑赛开了这么多年，女子赛都是冷时段开，从来没这么赚钱过，这个纪翘也太能打了。

比赛达到高潮时，有第三方叫了停。

那男人穿了件白衬衫，面料极好的纯黑大衣，腕表极贵，表下还藏着隐约刺青。

他要买断这场比赛，所有下赌注的也都算在他账上。老板漫天要价，对方也没还价，反而多加钱凑了整，然后松了大衣系带，拉开围绳跃上了台子。

老板正处在发财的狂喜里，余光瞥到，还是有点奇怪。

看着男人斯斯文文的，那么高的台子，一跃而上，跳得非常娴熟。

纪翘的整个世界都消失了。

她躺在地上，感觉到清风过耳，哪儿都不疼了，只能听见自己的呼吸声，还有重如擂鼓的心跳。纪钺的声音好像从很远的地方传来。他说："我们翘翘想做拳击手就做，爸爸觉得你能行。"

可她不行。

灯光越来越远，她视线里忽然多了道模糊的影子。对方蹲下来，耐心温柔地擦掉她青肿眼窝旁的血迹，俯身把她抱起来往外走。

祝秋亭救她的时候，大概以为他们之间只是初见。

但纪翘清楚地知道，这人她一个月前见过，在那个港口边，在那辆车旁，被他下属误认为是威胁，拽出来那次。

晕成那样，纪翘还是隐约有不太好的预感，也不知道为什么。

后来的无数个日夜，证明了她的预感。

在最初的年岁里，她接受的，被灌溉的，都是纪钺教的。

纪钺眼里揉不得一颗沙子，他让纪翘记得，道德是人生命里的光，不让光落在黑暗里，是最重要的事，甚至比生命本身都要贵重。

而她后来跟的人，为了保证安全性命跟的人，这男人他奉行的准则更像法国那位路易十五。

我死后，哪管洪水滔天。

"近日报告指出，许多跨国集团每年靠着越来越多的非法化学制剂、山寨商品与医药买卖，以及野生动物与木材走私……"

晨光直射某幢洲庭别墅，阳光懒散地洒在木质地板上，光尘像碎金一样飘浮。

客厅里传出粤语新闻的背景音，一对父女正坐在桌前悠闲地吃早餐，享受着难得的静谧。

祝缃还没过十一岁生日，已经出落得五官精致。女孩儿发色浅，浅棕在光线反照里，甚至映出了偏金的感觉。

祝缃故意问过老师，说："为什么我的头发跟别人的不一样？"

她那全能的家庭教师看了半天，答："因为基因，你母亲是外国人吧。"

祝缃的生父是祝家的得力心腹，生母是她生父在酒吧的艳遇。因为种种原因，一个死了一个不见了，留下她，被捡回来了。反正祝秋亭是这么跟祝缃说的，他从不在这些事上隐瞒。

祝缃被带回祝家时不过一岁，等她会说话了、听得懂了，就被告知了真相。

祝秋亭常年在外，祝缃既想念他，又怕他，不过总体来说还是想念多。

她小口地喝着粥，问难得陪她吃早饭的人：“刚才新闻里说的是什么？”

祝秋亭收叠报纸，把盘里的烤香肠挪给她：“说你要多吃点，免得长大了被人揍。”

祝缃叼着面包，很是无语。

她也不是三岁小孩了，祝秋亭满嘴跑火车她还是听得出来的。

祝秋亭道：“最近我不常回家，纪老师也要请假。寒假你想去哪儿，跟于叔叔说，可以约上阿林——那男同学是这名字吗？约他一起。”

祝缃喝粥的动作一停：“纪老师也不来吗？”

祝秋亭“嗯”了声，眼皮都没抬一下：“她有事。”

祝缃猫瞳似的眼珠转一转，水汪汪的：“要陪你吗？”

祝秋亭垂眸望她，眼里有笑意，也有拿她当大人的耐心真挚：“那是纪老师的私事，你可以发信息问她。”

祝缃咬着碗边说：“好。”

祝秋亭仅剩不多的温柔，基本都给了祝缃。

跟上一秒谈笑风生，下一秒能在对方咖啡里下毒，这种表面的“温柔”不同。祝秋亭对祝缃到底还是仁慈的，他没透露过她生父是怎么遭遇意外的，让她免遭噩梦。

毕竟意外也分很多种，有的“意外”注定要受不少罪。

就像瞿辉耀这次制造的“意外”，赌的就是胆子大。这城市紧挨边境，发生过很多起复杂案件。

管理HN工厂的明寥调查出那根本不是意外。在瞿辉耀看来，祝秋亭若是为了这事就跟瞿家翻脸，那也太蠢了。

瞿家是做材料起家的，正好跟祝氏在A市的产业能互补，能合作的话，利益不可估量。瞿应只是暂时过不了心关，他七年前被祝家摆过一道，损失惨重，至今心有余悸。

瞿辉耀地位不稳，想出风头，用了最蠢的法子也不自知。

瞿家那边没人觉得祝秋亭会翻脸，他是彻底的商人，懂得权衡利弊。

但工厂起火的第二天，祝氏在华运公司——瞿家主要货贸渠道之一的投资尽数撤回，他们正在发展新技术，正是需要钱的时候，但资金链直接断裂。

接着，瞿辉耀失踪了。从头到尾，祝秋亭连面都没露。

瞿应急了，请了面子大的人做说客，约在中山逸舍跟祝秋亭碰面。他们约的是周五晚上七点半，申城华灯初上，粼粼江水悠悠奔腾，几家欢喜几家愁。

七点二十分，被绿林环绕的私人高级会所，门口依然没等来今日贵客。

七点四十分，八点，八点半。事实上贵客直到下午四点，都还在A城没动，祝秋亭端的不是高姿态，是随你的便。

纪翘都头疼，祝秋亭也太难伺候了。让她回城的是他，她都走到机场了，又让她回去，机票两千多元呢，就这么废了，纪翘心在滴血。

纪翘沿着祝秋亭给的地址到了惠远峰底下。惠远峰是A市人常登的山，山上有座丘无寺。但最终地址不是寺庙，是寺庙后山。

半山腰没有想象中陡，非常开阔。说来好笑，据说这里风水极好，墓地快比活人房子里的厕所贵了。

纪翘感慨，山区管理人真是生意鬼才。

到了后，她无比庆幸今天穿的是深色羽绒服。眼前有两座新墓碑，有两个中年人跪在其中一座前，哭声凄哀，几欲昏倒。

祝秋亭立在旁边，一身黑色，神色静默。忽然，他似有所感，抬头望向纪翘。

过来。祝秋亭冲她做了一个无声口型，黑眸微垂，神色平淡。

纪翘把羽绒服脱下挂在手臂，大步走过去，给两座墓碑深鞠躬致意。

“我很遗憾。”她对着两个中年人低声道。

瞿辉耀干的确实不是人事，两个下属虽是祝氏的人，可不是祝家的人，这里面区别大了去了。换言之，他们只是讨生活的技术人员，寒窗苦读、一朝进入社会，辛苦是辛苦了点，为了不菲薪资，起早贪黑地在风雨里奔波。忽遭变故，家人自然受不了。

祝秋亭派人替他们料理后事，可能还是觉得不够，干脆自己过来了。

纪翘看到黑色墓碑前有一大束白花，上面有张手写卡片。她眯眼看了看，那字笔锋遒劲，内容一眼就能看得很清楚。

上面写着：花和人都会经历各种不幸，但生命的长河是无止境的。（宗璞《紫藤萝瀑布》）

山风荡漾来去，吹得人脸生疼。纪翘早就习惯了，她跟在祝秋亭身后，踩着石阶下山。

“你读宗璞。”纪翘没有问他，说的是陈述句。

祝秋亭也没回头，只“嗯”了一声：“在《金句大全》上看的。”

纪翘沉默了一会儿，说：“只有一家人来了，另一家……”

祝秋亭忽然停住了脚步，纪翘一个没收住，一头撞上他胸膛，好像有投怀送抱的意味。

他静静地看着她：“所以我让你来。”

另一家人得到巨额赔偿金，正忙着打架分钱，他们谁管死的人埋在哪儿？死都死了。这是他们的原话。

纪翘听得眉心直跳。

祝秋亭淡淡道：“那年轻人是个鲁莽的人，如果他能仔细一点……发现不对，他和同伴应该不会出事。”

纪翘沉默，她面对的是祝秋亭那张熟悉面孔，线条锋利，如折光利刃，眉眼却天生长了温柔多情的形状。

在他要转身的时候，纪翘咬了咬后槽牙，还是斗胆开了口：“可鲁莽……总比懦弱更接近勇敢。”

她以为祝秋亭会生气或是会讽刺她，那种堂吉诃德式的荒谬和所谓的鲁莽勇气，大概是祝秋亭觉得最滑稽的东西。

但祝秋亭竟然转头，目光在她面上仔细转一圈，然后很轻地勾了勾唇：“我同意。”

祝秋亭的衣角被风微微掀起，这是件黑色的风衣，但里衬的内边是浅卡其色，右边有黑金刺绣，刺有一句拉丁文：Nil Desperandum。这句话的意思是，永不绝望。

纪翘愣住了，突然觉得自己像是变成了山岗上的一棵树，山风吹得枝丫晃晃荡荡，她只会像树干一样定在那儿。

祝秋亭没管她，转身一步两阶地往下走。

“飞机是五点二十分的，你准备自己跑回去，我也没意见。”男人的声线很低沉，很快就随着风声一起进入她耳膜，撞得她脑袋嗡嗡作响。

纪翘站在原地没动，想起一年前的某次商业活动，在场很多记者，女明星江萤风头正劲，她是第二次见祝秋亭。

江萤把喜欢表现在面上，大大方方，美得光彩夺目。记者散了后，她送祝秋亭一个手工刺绣的书套，绣得工整精美，选的图案是西方白虎星宿，也是祝秋亭的属相。

这礼物，心意、时间、心血全汇聚在一道了。祝秋亭收下，笑得很和煦，说：“谢谢，我很喜欢。”

纪翘那时思忖，祝秋亭难道开始走文艺路线了？她立刻照猫画虎，有样学样，也绣了个东西，是每天晚上她挤出时间做的，绣好后将其悄悄放他桌上，结果被祝秋亭叫去，一块眼熟的长布被扔到她怀里：“你用脚绣的吗？返工重做。”

纪翘气得晚饭都少吃了一碗，当机立断地放弃了，钻到射击中心一通发泄，上百发子弹打出去才舒服。

时至今日，虽然她早忘了布料的颜色质感，但记得她选的内容。而刚刚，她在他身上看见了。

祝秋亭这人简直生来就带卓绝天赋，骨子里就知道如何收拢人心。

纪翘有点打战，忽然不知道到底该不该放弃。

往前走，是有祝秋亭的万丈深渊；往后退，是没有祝秋亭的万丈深渊。

车辆往机场疾驰的路上，纪翘十分沉默。祝秋亭说什么她就答应什么，让穿好点儿，好。让她乖点儿，好。她就像机械缺了机油。

祝秋亭收起电脑，伸手过去，用虎口卡住纪翘的下巴，手腕施力，迫使她看向自己。

“纪翘，看着人说话，要我教你吗？”他慢悠悠地道，眼里温度低下去。

纪翘微昂着下巴，以减轻一点疼痛，心说是，就这样，保持住，只要你还是你，我永远不会陷进去。

祝秋亭猛地松手，淡淡地吩咐司机换歌。

“是。您要听哪首？”

他的电脑正好在膝上，祝秋亭手指有序懒散地敲了敲，想了几秒，笑了：“好久没听到了。”

纪翘忍着捂下巴的冲动，猛地抬头看向他。

车载音响效果很好，很快传来雄厚激昂的前奏。

正是我堂吉诃德·拉曼查的英豪，这命运召唤我起航。

狂风吹开我道路，日月照我征途。

不管它通向何方……

光辉在邀我前往——

这首歌似乎对祝秋亭来说意义非凡。

每次一些重大事件发生前，祝秋亭都会循环播放这首短歌。

也许每个人的感觉与阈值不同，世人感兴趣的那些事都无法让他太过投入，似乎只有竞争、输赢，无论是生意场上还是与之有关的，才会激起他一点兴趣。

纪翘想，或许自己注定只能成为桑丘。

“我是他的乡绅，我是他的朋友——”

哦，也不对。唯一合乎他们情况的那句，应该是：

“我会跟随我的主人，直到最后。”

时钟摆至八点四十分，中山逸舍南门，一辆黑色宾利慕尚停在门口。

如果光是瞿应，祝秋亭确实不会来。

但瞿应请的说客是船王周家的现任一把手，周肆。

周家跟祝秋亭早年打过交道，在危难时曾拉过祝氏一把。这面子祝秋亭不能不给。

祝秋亭没换大衣，依然一身黑，肃杀感强劲。有侍应为他拉开古色古香的木门，男人走过时，微风掀起衣角。檀木淡香，跟他太不符。

侍应手一抖，正要合上门，却被扣住了，扣门这双手纤细白皙，指甲涂着亮而浓的正红色指甲油。

对方轻巧一用力，便把门推开了。

来的女人个子高挑，长相比指甲更靓，一件挺括黑色风衣，被她穿成连体短裙，掐腰显腿，夺人眼球。

“还有人呢。”纪翘冲侍应一笑，嗓音温和，“下次记得多看一眼。”

祝秋亭是不会等她的，她早习惯了。纪翘大步流星地迈步，绕过天井的假山喷泉，走向刚才男人消失的方向。她到的时候，听见包间内传来寒暄声。

“秋亭啊，自上次咱们在 YN 市碰过面，到今天有三年了吧？”一道温和稳重的男声含着淡淡笑意，是周肆。

“差不多。一直想找机会拜访您，可惜行程太赶，总撞不上好时候。”祝秋亭的音色太好辨认，对纪翘来说尤其好认。他的语气声线总是像净然平和的江上月，起伏不大，悦耳得很。

“年轻，趁这时候多跑动跑动，应该的……”周肆说到一半，门被推开，来者是个美人，黑衣黑发红唇，艳丽又冷淡。

女人一开口，声线是微哑的烟嗓，语气却很礼貌谦和。

她自我介绍说叫纪翘，是祝家的人。

祝秋亭起身，把人拉到身旁，让她坐下。随后，他顺势倒了杯茶，推给周肆。纪翘这才发现，这周家的一把手，年纪没有很大，大概四十岁，清俊温雅。她本来以为对方只是声音听着年轻。

她陪他办事，祝秋亭顺手将人带过来，反正今天也只是老友叙旧。

祝秋亭淡淡一句解释，叫对面一直沉默的瞿应更尴尬，他那儿子下落不明，即使全世界都知道人在祝秋亭那儿，但祝秋亭不承认，你能拿祝秋亭怎么办？

周肆收回探究目光，冲着祝秋亭笑了笑：“秋亭，我今天来，也是借着瞿老先生的光——”

祝秋亭拿银筷夹了块桂花糕，咬了一口，满口清甜。于是他又夹了一块到纪翘碗里，姿态极自然，好像他们天天这么做一样。

“是。”祝秋亭慢条斯理地笑了笑，“多谢瞿董了。所以今天不谈公事。听说二位都喜欢收藏，也有心得，前几日我偶然收了幅字画，说是明代……”

纪翘在祝秋亭扯皮的时候，低声道要去洗手间。

瞿应的脸色已经很难看，明显快到临界爆发点，可祝秋亭好似不察。

纪翘昨晚梦多而杂，没睡好，她想去洗把脸，清醒一点。如果有难缠的事，她也好打起精神应付。

而且看情况，她不在了他们才谈得起来。

她也不是很想复习，这男人端着笑脸看似温和的样子。纪翘熟悉，因为太熟悉所以抗拒。

果然，纪翘一走，瞿应很快开口打断祝秋亭：“祝总，你知道我为什么找你。”

他这几天好像老了十几岁，头发也没来得及染，已经露出了灰白色。本来他论辈分要高过祝秋亭，论年龄就更不用说了，快是祝秋亭的两倍。瞿家的产业是他一手建立起来的，瞿老高高在上多年，早就学不会如何伏低了。

但周肆明白地告诉他，祝秋亭软硬不吃，只有摊开来说，才有从祝秋亭嘴里听到真话的机会，但那概率非常小。

祝秋亭满嘴跑火车的能力，周肆是领教过的，那时候祝秋亭说的话，能信个标点符号就不错了。

祝秋亭现在话倒不多，他用银勺舀了杏仁豆腐送进嘴里，入口即化。他安静地听着瞿应竹筒倒豆子般的发言，顺便低头看了眼手机，有信息进来。

祝秋亭执着银勺的手顿住了。

那是一张在酒店拍的照片。

祝秋亭的谨慎细心，整个祝家无人能出其右，加上侦查与反侦查能力又强，照片的主角自然不会是他。等照片加载出来的时候，祝秋亭以为自己眼花了。

雪白的被褥里，女人昏昏沉沉地横躺。

瞿应还在就利弊深入分析，如果祝氏能够持续合作，新政策就能帮他们把市场扩到SA洲——

祝秋亭忽然站起身。

祝秋亭状似抱歉地打断他，但语气里压根儿没有歉意：“有点事，过几分钟回来。”

他甩门出去，踩着柔软厚实的地毯，直接拐到了走廊尽头的洗手间。

纪翘刚洗完手，蹲靠在墙边休息，头埋在膝盖里。她不想去大厅，那里有人迎来送往，免不了精神紧绷。这洗手间让她觉得安全，顶灯暗，清香剂淡，大理石地砖是灰色花纹。

但这平静被打破了，令她猝不及防。

她被一股大力拽了起来，摁……

不，是撞到墙上。

纪翘没反应过来，风衣带子被一把扯开，布料的撕裂声在寂静里骤响。她里面还有件短衬衫裙，祝秋亭要继续，纪翘可不乐意了。她大力挣扎，尖利的指甲从他手背上划过，迅速划出了血丝。

她咬牙切齿地低声道："祝秋亭，你疯了！"

祝秋亭轻笑了一下，忽然掐住她腰，将人带向自己，顺势俯身贴近她面庞，声线低冷道："纪翘，你在祝家待了三年，祝家教你的就是被人随便摔晕摁在床上？"

纪翘脑子转得快，反应过来，那天在酒店，方应差点欺负她的事他知道了。

肯定是嫌她丢人呢。

纪翘正要辩解，祝秋亭却更快一步。纪翘失去重心，不得不攀着他的肩膀寻找平衡，让她的旖旎心思全无。

他在她锁骨处留下牙印，纪翘心火如岩浆，烧得沸腾乱滚。

"都说你想做我枕边人，"祝秋亭用指腹摩挲她下唇，好似迷恋地垂眸望她，语气却玩味至极，"真的吗？我怎么一次都没见你跑到房间里等我呢？你敢来真的吗？"

纪翘有什么不敢？她不仅敢来真的，脸皮还厚，还能保证绝不争风吃醋。

论站到他身边，还有比她更合适的人选吗？没有。因为其他人对他都有要求，而她没有。

当年她能到祝氏，也是自己努力求来的。在快要撑不住的擂台赛场上，纪翘及时抓住了祝秋亭，就像抓住了一根救命稻草。

祝秋亭将她带离场馆，用大衣裹住她一身血污，这善意像错放的信号弹，燃烧绽放在山谷上，令人错将黑夜当白昼。

祝秋亭问了她两遍，说跟着我，你确定？纪翘的右眼眶骨折，眼睛睁不开，只知道郑重地点头。

祝秋亭沉默了几秒，说好。

他让黎幺带着她，更准确地说，训练她。黎幺那时候刚从M国回来，接到这个命令，看到纪翘时本来想掉头就走。

这女人长得太标致了，看起来跑两圈就会当场晕倒。祝秋亭竟然让他用常规法带训，他再三确认后终于答应了。黎幺在跟随祝秋亭之前，以无国籍单兵身份参加过猎人学校，训练计划不是正常人能承受住的。在黎幺看来，祝秋亭的要求也挺简单的：不管她再上什么擂台，绝对不能被人轻易打成孙子。

对纪翘来说，在极限越野里多跑十公里都不是事，但有时候隔天要见祝缃更难点——还得学着把伤口遮起来，装着若无其事的样子。

因为祝秋亭说，如果被祝缃发现，那她第二天就可以滚了。

让纪翘重新考虑和祝秋亭关系的契机是陈叔。陈叔在老于来之前坐的是老于的位置，他比老于更面面俱到，情商高、做事有分寸，替祝秋亭善后也做得漂亮。

陈叔对她很好，纪翘快饿晕的时候，他偷偷绕过训练场把门的给她送了一盆馒头。他鼓励纪翘，说对她有信心。说人选了一条路，总要付出点什么。

他教她明月高悬，有其冷也有其亮。

陈叔听祝秋亭的话，敬重他，但祝秋亭并没有对他网开一面留下他。

因为陈叔包庇了他儿子——

纪翘求过祝秋亭，虽然那时候见祝秋亭的次数不多，但她鼓起勇气拦下他，头皮发麻地求过他。祝秋亭没理她，轻轻拍了拍她的脸，让她从哪儿逃出来的回哪儿去。

那时候黎幺正满世界抓她回射击场。总之某一天开始，纪翘知道再也不会有人给她送吃的。

半年后，纪翘已被祝家不少双眼睛盯上了，但她的行迹依然自由。有天她在夜场看见有个女人缠着祝秋亭，软着嗓子，好像在求他放过谁。

背景音太杂，纪翘没听清，只一个恍神，她看见祝秋亭垂着眼睫，笑得黑眸微弯，说行。

祝秋亭答得随意又慵懒。

纪翘本来还在犹豫，从那时起便下了决心，她要站到他身边。不仅能让那些虎视眈眈的人放心，说不定，还能获得他偶尔的网开一面。

至于纪翘为何屡战屡败，她其实很清楚原因。

这种事装个表面姿态简单，要继续做下去，太容易暴露了。她是不是真心一测便知。纪翘的计划总是游离于表面，她自己都没发现，每次被拒绝后，转身离开时的背影要多轻快有多轻快。

现在，是祝秋亭第一次问纪翘，问她要不要试试。纪翘不太受得了激将法，半点也不服输，红唇勾着，说试就试啊，为什么不？

她的话音未落，祝秋亭便扣过她后脑勺吻了下来。

他是此中高手，进退勾连，把若有似无的烟草味渡过来，攻城略地，交缠中令她缺氧。

纪翘要躲，他不许，扣过她后脑勺，把人紧紧地压在冰冷墙壁上，姿态肆意强势，掌心扣住她腰捏了捏，指腹的薄茧刮得她后脊如过电般。

祝秋亭还笑了：“最近练得不错。”

祝秋亭把人一把抱起来，手托在她臀上，让她把全部重量挂在自己身上，还没做什么，纪翘忽然把祝秋亭的手摁住了。她离他太近，就在唇边，他稍稍倾身，就能吻住她。

不过祝秋亭还是抬头看她，很有耐心的样子：“怎么了？”

纪翘吞了口唾沫，勉强稳了稳呼吸：“今天日子不对。”

祝秋亭薄唇抿了抿，眼睫轻抖，黑眸弯了下，他觉得好笑。

纪翘也能看懂，祝秋亭的意思是，这还要选日子吗?

纪翘眉目一沉，又道：“累了，我想回去坐着。”

她的确是忽然不想了，这借口找得拙劣，纪翘自己也知道。

但这话一出口，她就知道错了。在他面前撒谎……纪翘想，人真是活得太顺就飘了。最近这半年祝秋亭基本在境外，她见他见得少了，心情好胃口好，脸色红润心情舒畅，一时间得意忘形。

祝秋亭垂眸看她，半晌，手从她腰上离开，温和地笑了笑：“那就改天。”

纪翘悬着的心渐渐回落，他也撤出两步，跟她拉开了安全距离。她整理好衣服，准备像迎宾小姐一样，恭恭敬敬地请他先走，祝秋亭却把她揪了回去，好像在抓一只叛逃的猫。

周肆喝了四杯茶，喝得都想去厕所了，才见祝秋亭施施然推门进来，礼数周到地道歉斟茶。

还得喝，谁喝得下?

周肆瞟了眼清茶，挂着笑，思忖着该怎么回绝。

倒不是怕上厕所。

祝秋亭敬的茶，自己也得有胆喝。

周肆心里这么想着，余光扫过祝秋亭身后的纪翘，突然觉得不太对，又细细地打量了一眼。她脸色比刚才白了不少，目光也淡了，口红都没补，看上去平静，但肢体紧绷，好像忍着不适。

“纪小姐……”

周肆蹙眉，刚一开口，祝秋亭把茶杯轻放在桌子上，推了过来，微笑道：“刚刚出去着凉，大概感冒了。”

“是吧？”祝秋亭侧头，关切地望向纪翘。

纪翘看到，也只有她能看到，祝秋亭无声地做了三个字的口型。纪翘便端起茶杯喝了口茶，唇边撑起一个堪称完美的笑。

整个下半场，纪翘的灵魂都悬空着，等到他们寒暄完，在中山逸舍门口告别时，纪翘才回过神来。

夜色又黑又浓，公馆建在葱郁竹林内，一弯三折的小径，车道也是独进独出一条，现在门口停一辆宾利慕尚、两辆劳斯莱斯，基本占据所有视线。

但纪翘本能地觉得不对，她五感都很敏锐，不动声色地四下扫一圈，目光在某个方向短暂停留。

有人在盯梢。

但她也不能确定对方目标是谁，便淡淡地转开了视线。

上了车，祝秋亭手一挥，让她滚去坐副驾驶座。周肆和瞿应刚刚离开，这男人神色就淡了，笑意也散净了。他抬手松了松衬衫衣扣，靠着椅背闭目养神。

纪翘沉默几秒，没提醒他，直接去了副驾驶座。

等黑色宾利随着深夜车流汇入城际高速，祝秋亭才嘱咐道："走 205。"

司机从后视镜看了眼，迟疑道："您回……"

祝秋亭早年手上有积蓄，买了不少房产。205 国道的方向过去有两处公寓，一幢别墅。

祝秋亭似是很轻地叹了口气，但声音太轻了，纪翘怀疑是自己的幻觉。

"那别克跟了十分钟了，你要等他跟到我卧室吗？"祝秋亭问。

司机轻打了个寒战，他平时绝不会如此迟钝，但今天实在太疲累了。

纪翘低头看了眼手机，已经凌晨一点半。

司机已经为祝家开了八年车，他打起精神，熟练地甩掉了后面的车。

一下城际高速，祝秋亭忽然吩咐他从辅道进去，停在一个加油站旁。他让纪翘下车，这地方其实很不好打车，但他说什么是什么，纪翘一句话没有，利落地下去了。

她打算目送着他离开，祝秋亭却摇下了车窗，抬眸望向她，诚挚地笑了笑："纪翘，以后想好了再做决定。"

他笑起来确实好看，嘴角翘起，眼眸柔和一弯。如果不是纪翘太熟悉他，可能真的会被迷惑住。他有时候笑起来，天真懒散狡黠像孩童，但在那战乱地界，下一秒便能让敌方雇佣兵溃不成军。

那些雇佣兵，是当地头目雇来的。他们只知道目标是个男人，一米七，截断过两批货流直接销毁。

但没有人告诉他们，这人比蛇隐入伊甸园还要灵敏无痕。想抓住他，简直是痴心妄想。

纪翘明白“良禽择木而栖”的道理。她比谁都明白，那是纪钺用性命教给她的。

她在寒风中望着祝秋亭的眼睛，那双惯用温和覆住杀意的眼。

“是。”纪翘很快应下。

祝秋亭转过头，不再看她：“二十七号，跟我去个晚宴。”

纪翘没有马上回答，祝秋亭却察觉到了，他把车窗全部降下，撑着下巴回望她，好像一个男人真心地在请求女人，语气里流露着令人心软的成分：“你不想去吗？”

纪翘摇头。

祝秋亭问她：“那为什么不说话？”

纪翘沉默了一秒：“我在想穿什么衣服。”

祝秋亭想了想：“只要不光着，什么都行。”

他像是想起了什么，突然饶有兴致地问道：“你以前跟别人一起去过吗？”

纪翘：“……”

纪翘不愿跟他分享太多有关自己的事，便继续用“大哥，是我听错了吗”的真诚表情望着他。

祝秋亭忍不住摇头，失笑。车窗又缓缓升起，他的眼睛很亮：“二十七号见，记得给祝缃补数学。”

“晚安。”

车窗合上前，她听见祝秋亭说。

等车彻底驶出视线，纪翘在原地站了会儿，并没有拿出手机叫车。她朝加油站的另一个方向走去，那里有条小路，通往一片刚建好的商业区。

纪翘堵住了一位青年的去路，他正在打电话，神态诧异地望了她一眼。

纪翘双手插在外套兜里，眉心都没动一下，神态自若地立在路灯下，像妖精撕开书跳了出来，眼尾上挑，语气含笑。

“先生，您电话拿反了。”

纪翘只说了一句，青年脸色就白了一层。他上峰跟那黑车去了，让他来盯这边，怎么第一秒就暴露了。

“你叫什么？”纪翘拆了个口香糖，扔进嘴里嚼了嚼，目光扫他一圈，最后停在运动外套里侧。年轻人真是虎，连工作牌都不摘。

“周——”纪翘毕竟没有透视眼，看不见后面的名字，索性放弃，耸了耸肩，

"喝一杯吗？"

周舟觉得自己的实习生涯完了，把他师父的脸都丢光了。

纪翘见这俊秀青年脸色不好，也不逗他了，递给他一个口香糖："要不？最后一个。"

周舟没接，炯炯有神的眼睛警惕地盯着她。

"虽然不知道你们为什么盯上他，"纪翘把口香糖收回去，感慨道，"但你得盯紧一点。我活了这么久，就没见过这种人……搞不懂他。"

周舟眯着眼，用自认为深沉的眼神望着她："哪种人？"

纪翘笑着说："用出世的精神，干入世的事业。"

顿了顿，纪翘又道："不过这点真的挺值得学的，你刚才跟过来的时候，脚都顺拐了。放轻松啊。"她朝他摆摆手，"祝你成为一个好警察，我要回家了，再见。"

周舟没见过这种人，连他师父其实都没确定他们到底跟那 J.r 集团有什么关系，他怎么可能轻举妄动？

虽然他已经暴露了，绝望都为时已晚，可要命的好奇心驱使着他鬼使神差地开了口："你叫什么？"

周舟问完才觉得口气不对，也太软了，便又硬着头皮问了一遍："你……叫什么？"

纪翘回头看了他一眼，勾唇很轻地笑了："纪翘。你不太适合做警察。"

周舟脸色很难看："你说什么呢？！"

纪翘头也不回地走了，背对着他摆了摆手，一个潇洒再见的手势。

纪翘确实没想到，这晚的偶遇会给她带来那么多麻烦。

不知道是公司里的谁盯上了她，直接把监控匿名发给了苏校和黎幺。

祝秋亭最核心的下属里，林域分管南部，黎幺负责海外，苏校在国内，也算分工明确。她跟黎幺、苏校来往更多些，有人想给她使绊子，自然也是从这两个高层入手，他们毕竟是离祝秋亭最近的人。

当然，他们与她之间的来往，仅限于观赏她被祝秋亭折磨差遣。

纪翘的第一反应是："祝秋亭知道吗？"

黎幺在电话里懒洋洋地哼了声："他在忙 HN 工厂的事，有客户来找麻烦，生产线断了也要给交代呀——"

纪翘直接打断他："这轮得到他？"祝秋亭还会自己去办这些事？

黎幺"嘿"了一声："你怎么说话呢？"语气里全是看戏的兴奋，"你以为他在干吗？跟你一样，喜欢在酒吧里找人玩翻花绳吗？"

黎幺就是唯恐天下不乱的性格。

纪翘给他绕了一大圈，还是没套出话来，祝秋亭到底知不知道，以及他人又在哪儿。

黎幺最后道："你还是想想怎么交差吧。祝九最讨厌别人私下瞒着他办事了，上一个人坟头草比你都高了。还有，你当祝家人都是傻的吗？还想勾搭祝秋亭呢，我看你是骆驼。"

纪翘问："什么骆驼？"

黎幺笑得开怀："得寸进尺的那种呗。进棚子前，骆驼说哎劳驾，我就放个小蹄子进来，接着腿进来了，然后屁股进来，再然后棚子就被挤塌了。"

黎幺收了笑意道："他不是教过你吗，你去年怎么能帮他解决 YN 市那事的？麦林市那边的流程你也熟，谁也不会太防着一无脑花瓶，虽然你没花瓶的硬件——但现在他们再看不出来，祝九想重用你，你就真把人当傻子了。"

挂了电话，纪翘正望着日光发呆，电话又打进来了。她看是陌生号码，没接。对方锲而不舍地打了三遍，是个意料之外的人，程盈。

她思绪正恍惚，稍微反应了一下，才把这声音跟金玉堂那边联系起来。

——那位跟着方应的程盈。

程盈的声音带着歇斯底里的崩溃愤怒，纪翘险些把手机扔出去。

"纪翘，我杀了你——方应在哪儿？！"

纪翘把手机拿得离自己三丈远，好一会儿才放回耳边。

"什么？"纪翘皱眉问道。那天她只是把方应弄晕了，第二天肯定会被打扫卫生的发现，真要到现在没人管，尸体都凉了。程盈这质问毫无道理。

纪翘抢在程盈前开口道："你的老板你自己看好，让我帮你看，你给我付费了吗？"

她直接把电话挂了。

纪翘被黎幺的话搅得心乱，自己会被祝秋亭放弃吗？

纪翘倒是不怕，但要因为误会被踢出局还是挺冤的。

她心乱了五天。一直到二十七号，纪翘打的去了 L.iK，离晚宴地点不远的一家高奢礼服店，她提前让人帮忙订了一件红黑渐变的浪花鱼尾礼服，里衬还绣着她的名字。

纪翘等了十分钟，听着周围一堆华服女人闲坐叽叽喳喳，八卦这种事总能最快将人与人之间的距离迅速拉近。

她听了一大堆没有营养的八卦，坐得屁股和脑袋一起疼，干脆起身进到里间去看看，结果发现裙摆脏污了一大块，深色的，也不知道是茶渍还是什么。店员正手忙脚乱地处理，见她掀帘进来，脸色都不太好看。

“纪小姐，抱——抱歉！”戴经理名牌的人忙躬身，将所有责任揽下，“我会在最快的时间……”

纪翘突然回头，淡淡地扫过那群人中的某一个。

那女人已经做完造型，栗色长发做成了精致的卷发，五官出挑动人，她也没聊天，正盯着纪翘的方向。是哪家的千金来着？她之前总缠在祝秋亭左右，祝秋亭其实对这类型不感兴趣，但在公共场合，总得卖她父亲一个面子，也不会把她直接赶走。

谁都知道，祝秋亭很少出席这类场合，出席了也很少带女伴，他把私生活分得很清，画出一条楚河汉界。

今天祝秋亭为什么要带她，纪翘也不知道。

纪翘懒得再看她，把帘子拉起来，冲经理道：“不用换了。”

晚宴是私人的，城东金家的主场。大概二十年前，金家一大半生意还在南边维港，祝家还不是祝秋亭的祝家，那时两家就有交情。

祝秋亭推了三次，实在不好再推。

最后他迟到了。纪翘低头看表，已经迟到了五分钟。

金家长子举杯致歉，说等贵客来了才能开始，高速肯定有点堵，请各位少安毋躁。众人也不在意，尽兴地聊天碰杯寒暄，给足了主人面子。等那宴会厅大门重新被缓缓拉开时，喧闹的嘈杂声才渐渐变小。

在场很多人其实没见过祝秋亭，只猜测这主人口中的贵客总得五十岁往上才正常。

但等极重的门开了后，走出一个相当年轻的男人。

金碧辉煌的水晶灯放肆折射，照得清清楚楚，来人纯黑的长大衣裹着深色西服，挟着一股风尘仆仆，肩上还有未融的雪粒，好像冬夜从星空裁了一角孤星，夺人目光。

“抱歉。”祝秋亭边走进来，边将黑手套摘掉，放到一旁侍者的托盘上，冲着众人颔首。

令人不得不屏息的存在。

这世界上帅气的人很多，漂亮的人也不少，但皮囊下的灵魂更有着无穷之力，它无孔不入，包裹在好皮囊下，杀伤力加倍。即使脚步再轻，也仿佛踏在人的心尖。

他目光扫视一圈，随后迈开脚步朝一个角落走去。

众目睽睽之下，祝秋亭握住纪翘手腕——

大家目光跟过去，下巴差点没惊掉。

那女人一头红发，礼服裙短到几乎及膝，一双修长勾人的腿，容颜清丽近妖，眼波动人。

祝秋亭也不问她什么时候染的，只轻柔地牵过她，低头问她：“怎么不等我？”

纪翘抬头望着他。

有位诗人说过很有趣的一句话，纪钺常用来教导她：不知原谅什么，诚觉世事皆可原谅。

她不知要修炼到哪天，才有这功力。

但祝秋亭凭一己之力，叫她认清这句话的变种——诚觉世事皆可为我所用。

纪翘任思绪一闪而过，很快亲密地挽住男人，贴近他胸膛，笑得很甜：“这不是等来了。”

第三章

凛　冬　陷　落

……… ✦ ………

星辰偏爱美人。

✦

祝秋亭在外面一向滴酒不沾，所以纪翘替他挡了一晚上酒，形形色色的目光如探照灯一样，她全然屏蔽，只管彬彬有礼地挡在他跟前。

她喝酒不上脸，这是天然优势。但不同的酒混着来，纪翘还是醉了，醉到想吐。

强大的理智让纪翘撑到了最后一刻，祝秋亭终于决定离开时，她松了一口气。

有那么一瞬间，纪翘想问他是不是故意的。这类场合他一向没兴趣多待，送完礼，晃一圈，找个借口就离开了。以前都是这样，今天他却格外悠闲，跟在她身后做甩手掌柜。

她转念一想，又觉得很可笑。

必然是的，她还能对他抱有什么幻想。

祝秋亭的车停在旋转门门口的喷泉跟前，水柱喷发的形状在纪翘眼里都走了样，她眯着眼失神了一瞬，很快回过了神。

“您一路走好。”纪翘朝祝秋亭礼貌恭敬地点头，看着清醒，其实脑子里装的全是糨糊，根本不知道自己在说什么。

车门已经拉开，祝秋亭却没上去。他将大衣挂在手臂上，小幅度地歪头望她，似笑非笑：“醉了？要我帮忙吗？”

纪翘沉默片刻，忽然笑了。

“你消失在我眼前，就算造福积德了。”

冬天的风真冷，在一旁的门童默默地往后缩了两步，努力把自己的存在感降到最低。

看来是醉了。

祝秋亭微挑了挑眉，嘴角微勾着：“纪翘，我想起来一件事。”

纪翘嘴角拉出完美的笑弧：“您说。”

祝秋亭垂眸点烟，没看她：“西源。你在那儿还有间宿舍，是吗？”

祝秋亭抬手护着风，火光在他修长指间一闪，烟雾缓缓腾起，他才继续道：“那儿的东西应该都没什么用了，前几天让人清场，都烧完了。你没什么意见吧？”

西源是个集训场，祝家的地方，当时黎幺在那儿操训的她。她每天累得爬都爬不起来，住处就在宿舍二楼。即使后来离开了，她也在那里留了间房，放一些东西。

现在的家，祝秋亭有权随意进出，她才想到把东西放在西源的。虽然都不值什么钱，但有日记有奖状，有些小字条还写着“纪翘今天很棒，得了三朵小红花”。纪翘一直到高中成绩都挺好，老师喜欢她，因为她成绩稳定前五，上“985”院校没大问题。

不值钱是一回事，重不重要是另一回事。

祝秋亭说得轻松，纪翘盯他好久才开口：“好。”

祝秋亭随意地点了点头，转身要上车时，手腕忽然被纪翘拉住了。

纪翘的手心很冷，手指纤细，却很有力。

他的视线下移，瞥了一眼。

下一秒，纪翘捉过祝秋亭手臂，冷不丁地咬了下去，死也不松口，隔着布料都深入皮肉。但祝秋亭也没阻止，面色平静地任由她这么做。

今天是一月二十七号，也是大年二十九，纪翘生日的前两天，刚巧是纪钺忌日。他这两年专挑这时候，非给她找点什么事，让她得不着空。纪翘也没问为什么，她知道得很清楚，他就是觉得有趣。

祝秋亭好像非逼她发疯不可。

她咬住他，半分力没留，血迹从白衬衫里清晰地透出。

纪翘这才松了口，胸口不住地起伏。

祝秋亭没把手臂放下来，只是问了句：“完了吗？”

纪翘嘴唇翕动：“完了。”

“好。”

祝秋亭说完便上了车，他将车窗开了一点，扔了句话出来：“纪翘，你活得太累了。我不喜欢。”

纪翘回家吐得天昏地暗，撑着到厨房烧了水泡茶。她泡了一大壶，往清茶里丢了冰块，咕嘟咕嘟灌了下去。

茶叶是祝秋亭随手丢给她的，不知道谁送给他，他不要了。

回到房间里，纪翘才稍稍醒了点酒。她坐在床边，回想起自己做的噩梦，咂摸了下。那个梦真是很要命，但是好爽啊，在梦里狠揍了祝秋亭一顿。

纪翘盘腿坐在地上发呆，觉得口干舌燥，刚想伸手捞杯子，耳边忽然传来极细微的声响。

这公寓是两室一厅的格局，纪翘待在最靠里的单间。这声响不近，不在房门口，但也不远，肯定就在家里。

拉枪栓上膛的声音，对方已经尽量把动作放轻。

但纪翘听力敏锐，如果不想让她发现，最好提早做好准备。

纪翘把黄页无声地推回床下，从地上站起身，赤着脚环视了一圈，在房间里找着趁手武器，好像名媛在挑选礼服一样仔细。

脚步声渐近，纪翘很快判断出来方位。门是半掩的，轻轻一推就开了。

她将长发用黑皮筋扎紧，随手从枕头下摸出把匕首，表面用碳酸盐处理过，黑色刃身能吸收一切反射。

纪翘咬着刀刃，踩着书柜无声跃起，惊人的弹跳力让她像猫一样敏捷，紧紧地伏在了门框最高处，门承受着她的重量，来回微晃了两下。

从她的角度往外望去，能够清楚看见来人至少一米八，壮得一个顶两个她，面上蒙得严严实实，只露了双眼睛，吊三角，眼神冰冷。她要硬拼绝对拼不过。

对方已默然停在了房间门口，枪口缓缓举起。很明显，他准备踹开门的同时扫射。

虽然不应该，但是纪翘在这种紧要关头竟然分神了一秒……或许都不到一秒。

她想起最讨厌祝秋亭的时候，他无所事事地晃到附近，刚好看到她训练时被高压水枪冲得很狼狈，黎幺想帮忙拽她一把，被祝秋亭阻止了。

他想看看，她能不能自己爬出来。

祝秋亭悠闲地读秒，数到最后很是遗憾，说去拉一把吧，应该不行。

但那段时间，也是祝秋亭最得闲的时候——闲到愿意教她。

他说所有的战斗都比你想象的时间短。近身或远程，一分钟足以决定命运，事实证明，他是对的。

对方极其敏感地抬头，手臂微动，余光瞥到纪翘时枪口已经跟着扫了过来。

但已经晚了，门上伏着的人是男是女他都没看清，快到他眼前一闪，只闪过了鬼魅的影子。对方就那样扣着门沿，在没有依托的情况下，腰胯拧转爆发出了巨大的力量，反旋拧踢破风而出，甚至还微微调整了方向。

即使他努力向后错身躲避，余下的力道也让人眼冒金星。

他咬着牙甩了甩头，正要将枪口对准她，纪翘没再给他这个机会，她比对方更快一步。趁对方疼到打战，纪翘飞身一脚踢中他手腕。

“哪儿来的？”纪翘把人抵在墙上，沉声问道。

祝秋亭胆子大成那样，也知道什么能碰什么不能。这人费劲地潜进家里，就为杀她？

纪翘确实想不通。

她话音刚落，这男人忽然看了她一眼，面罩下的嘴角似乎扯了扯。

纪翘心里升起不好的预感，她飞快地将他面罩掀开，但已经来不及了，他咬破了齿间的东西，人很快从她的桎梏里滑了出去，软软地倒在地上。一股很淡的苦杏仁味弥漫开来，纪翘愣住了。

祝秋亭赶到宴会厅的时候迟到了五分钟。他的事其实没办完，离开后又重新回去了。

苏校在楼梯口等他，从这儿一条暗道走下去，是这栋大楼里的另一方天地，进去的密码只认三个人的指纹。

苏校一眼就看到了祝秋亭手臂上的伤口，眉头顿时蹙起，脸色难看：“您要包扎——”

祝秋亭没心情跟他多说什么，摆了摆手，示意他滚到一边。

苏校看了半天那伤口，咬牙转开了视线：“那最多半小时，您就得出来了。要解决J.r的事，这回他们留给我们的烂摊子不小……”

祝秋亭恍若未闻，径直迈开步子，沿着楼梯消失在暗道的尽头。

底下虽然是窄窄的通道，但尽头是挺开阔的空房间，四面墙空到一片白茫茫。

祝秋亭进去了，门也没认真关紧，任它晃荡着。他含了颗薄荷糖，舌尖舔了舔，还挺留恋那味道。

祝秋亭走到房间里唯一的人面前，垂头看着他。

“吃吗？”他朝那遍体鳞伤的男人晃了晃糖盒。

男人用尽力气抬头，猩红着眼，手猛地抓住了祝秋亭的裤脚，狠狠地攥着：“你……有本事就弄死我……弄不死你等着。”

祝秋亭任他抓着，耸肩笑了笑：“你这是什么话，欺负你了吗？”

祝秋亭后撤一步，单腿蹲下：“一开始就说过，不占你便宜，一对一，都空手，你就这点儿能耐，我这人下手没个轻重，方总你就多担待点。”

方应恨不得撕碎他，死死瞪着，牙关紧咬——他就不信，这人真敢对他怎么样，也不查查他是谁！

祝秋亭漫不经心道："方应，四十一岁。爱好很独特，喜欢留些记录。"

祝秋亭也没看他，站起身来，漫不经心道："其实这些跟我没什么关系。"

方应不停地嗞声倒抽冷气，听见祝秋亭说："我翻了翻你留存的录像。"

"有个人你没得手，但你拍了她。"祝秋亭望着方应咬铁块的样子，目光闪烁，他语气很轻，"以前你怎么对她的？"

"方先生记性不会这么差吧。"祝秋亭垂下黑眸，叹了口气。

他穿着白衬衫，戴黑金袖箍，袖口挽了一点上去，颜色几相碰撞，在他小臂处绽开，衬得男人好像玉面修罗，套了张惊艳外皮，心却不是人心。

方应心里升起不好的预感，这男人果然是来讨债的，讨那个姓纪的债。

他不管不顾地狠骂男人，你敢动我，试试看——你要遭报应的！

祝秋亭笑了笑："给你科普个事。"

"'太阳照好人'……"他的笑意只在嘴角停留，喟叹似的，"'也照歹人'。"

祝家最近很触霉头。

A 市的厂被烧只是个开始，它带起的连锁反应，完全不在众人的预料之内。

祝氏海运这条线路上出了点差错，损失惨重。负责人是苏校的手下，四十来岁，一个经验极丰富的经理人。他跟这大单跟到头都快秃了，结果因为失误，竟然出了手续方面的低级错误。他得到确定结果，知道无法挽回的时候，腿肚子都吓得打战。

苏校是祝秋亭极为得力的手下之一，十分清楚祝秋亭的行事作风，只给了他一条求情的路线——祝秋亭晚上九点半坐越洋航班飞 S 国，还挺急，私人航线没批下来，买了最早的星航头等舱。

经理提前到机场，战战兢兢地等了两个小时。他很少直接见到祝秋亭，印象里是个还算温文尔雅的上峰，也没什么架子，就是手段稍微骇人听闻点儿。

他打起精神，视线终于瞥到正主。

男人从自动感应门处走进来，黑色及膝大衣敞开，里面一身干净休闲的西装，还戴了条灰色羊绒围巾，没打结，自然地垂下来。他步伐带风似的，也没管身后的人。经理终于看清，身居高位的淡漠令他距离感更重。

经理鼓起勇气走过去，拦住了祝秋亭，快速地说明来意，并讲清楚曾给他发过邮件的，但他日理万机，肯定是没时间过目。可现在就要做出决定，放弃还是继续争取……

出乎意料地，经理想象中男人的暴怒和震惊都没出现，祝秋亭只是停下脚步，平静地想了会儿，道："我回来以后解决，别担心。你先放个带薪假期，让苏校给你批。"

祝秋亭态度很温和，经理先是惊讶，继而喜出望外地松了口气，连连道谢后离开了，他都好久没跟妻儿团聚了。

等经理的身影彻底消失在门后，祝秋亭才继续往里走。

苏校听见他随口道："我不想在你那儿再看见他。"

"是。"苏校应下。

既然想团聚，祝秋亭不介意让他团聚个彻底，不用再回来了。

祝秋亭的标准是很奇怪的。他看重的人，他愿意给最好的，有时候好到在暗中将他们人生的某一部分承接住了。难处与委屈，他都尽力而为。

并不是因为纪翘特殊……他不只是对纪翘这样。苏校试着说服自己，纪翘这边，方应怎么说都还有口气，而且还体贴地把人送回金玉堂，能轻易被人发现的地方。

早年跟着他的另一个得力下属常年在SA洲那边，祝秋亭为他做过更多。

纪翘这种都不算什么了……

但苏校忍不住想，要是这事传出去了，要给纪翘暗中使绊子的人只会更多。祝秋亭到底是要帮扶她，还是要害她呢？

纪翘是苏校见过的韧性极强的人之一，身手底子好得很，就是还嫩了点儿，总以为自己在想什么别人不知道。

上飞机后，等待滑行的时候，祝秋亭已经拉下窗闭目养神，结果没几分钟就被苏校小心地摇醒了。

祝秋亭是真累了，他这三天加起来睡了不到八个小时。

他揉了揉太阳穴："你最好说点重要的事，要不然你就下去抱着机翼飞。"

苏校飞快道："纪翘好像……申请了总部这边的支援，地址是她的出租屋。"

很短的沉默后，祝秋亭很轻地笑了下："你这断句，让我以为她死了呢。"

"不是要替她找风水宝地的话，其他事别再烦我。"祝秋亭食指朝他的位置晃了晃，"回去。"

他已经做得够多，她自己的事得学着自己解决……更何况，她也压根儿没给他发信息打电话，更没有试图向他求助过。

而且这趟行程挺重要的，祝氏最近麻烦的不只是金钱损失，还有被怀疑跟横行A洲的犯罪集团J.r有关系。

祝秋亭想起来就心烦，下意识地摸了烟，这才想起飞机里不能点。他也就将其咬在唇间，任丝丝缕缕的烟草味散开来。

飞机舷窗外，零星光点散在无垠的跑道上，塔台传来了确切的消息，不多时，飞机沿着跑道起飞，高度拉起来以后，云团和星星就真的跑到了身边。

祝秋亭望着窗外，一望便望了很久。飞机轰鸣起落，他这一离开，在S国就待了大半个月。

回国后，祝秋亭又忙了五天公事，闲下来，才忽然想起一事来，问苏校："祝缃最近上课正常吗？"

苏校顿了片刻："还挺正常的。"

祝秋亭手中的钢笔闲闲地转着圈："哦？"

苏校犹豫道："不过她的家庭教师好像不太正常。"

祝秋亭这才暂时放下公事，过问了下当时的事。

纪翘是求了黎幺，但黎幺也顺势讹了她一大笔钱。总体来说，就是有人要杀她，结果失败了，她付钱请黎幺帮忙查查怎么回事。

整个过程十分流畅，祝秋亭也挑不出刺。她不会轻易跟他求助，他也不是第一天知道了。

纪翘这天结束了给祝缃上的课，把三角函数讲完，又夸祝缃做得快，最后才说老师要提前走了。

祝缃扎着两根马尾辫，咬着笔望她，语气有着跟祝秋亭三分像的懒散："老师你又要去蹦迪吗？"

纪翘皱了皱眉："不是……这词谁教你的？"

祝缃嘟囔："哟，准蹦不准说吗？"

纪翘纠正："不是的，也没蹦过啊。老师是去学做蛋糕。"

祝缃问："做了给爸爸吃吗？上次有个阿姨，她就很想让爸爸吃她做的草莓蛋糕，但是爸爸回来就丢了。"

祝缃想了想，甜笑道："你就别做草莓味的，他不喜欢。"

纪翘干笑，心说祝秋亭是半夜害怕鬼敲门，担心别人下毒。她才没那个闲工夫做蛋糕。

但表面上她还是很正直地答应了："好的，我接纳你的建议。"

纪翘走到门口时，突然想到了什么，又折回来，蹲下来问祝缃："缃缃，老师问你个事，你见过区医生经常来家里吗？"

祝缃拆了根棒棒糖，想了会儿："区伯伯，开男科医院的那个吗？"

祝缃摇头："为什么他会经常来啊？"

纪翘微笑的弧度完美而阳光："我只是担心你爸爸的健康……区伯伯不常来就好。"

哈哈哈，看来就是她纯粹没魅力呢，知道这个可真让人开心。

才怪。

四个小时后，半夜一点半，纪翘被酒吧街第八家店轰出来。

这是干吗？她不就是冒充了一下兼职DJ，不小心放了《运动员进行曲》吗，干吗这么对她？

纪翘退而求其次，在便利店买了白啤酒，坐在路灯下一听接着一听地灌。一直喝到有开大牛的富二代看到，下了车没奔酒吧，先向着她奔了过去——毕竟这路边除了车，最醒目的就是她那张清冷的脸。

“美女，自己喝酒多没意思，要不我们进去，我请你喝贵的——”

纪翘叼着啤酒罐，抬眼看他，半晌笑了：“你谁啊？”

“我——”富二代忽然语塞，他从来没做过自我介绍。

“你有时间吗？”

纪翘的下唇被啤酒罐的拉环划了道血丝，她也不在意。路灯散发着黄澄澄的柔光，洒在她面庞上，照得骨相英气美丽，眼波流转。

她问得好随意，问得富二代心里直跳，他心想，啊，这就是爱情吗？丘比特的箭终于射穿他了。

“有有有！”

纪翘低头，发丝自然垂下，瀑布似的落在雪白胸前。

“你想跟我一起吗？”她望着地面，眼神直勾勾地问面前的青年。

他差点以为自己耳朵听岔了，不可置信地问：“什么？”

纪翘好整以暇地笑了笑：“你听到了。”

“我……知道。但……这样，真的可以吗？”

富二代忽然结巴了，他耳根都红了。但不知道为什么，他除了狂喜以外还有点儿慌乱。

他喜欢这个类型，真的想正式认识她。

纪翘才没心思管其他的，只是觉得这日子很难过下去了，最近每一晚都很难挨。她一闭眼，咽到喉头的都是血腥味，迫切需要找个活人聊聊天、说说话。

好像那人肩头上那些血渍和氰化物的苦杏仁气味从未散去，一直萦绕在她鼻尖，甚至在她口中，蔓延得她全身都是苦味儿。

她曾远程开枪，为了自保，两次打中的都是异国面孔。但近距离搏斗、看着人倒在她面前，这是第一次。纪翘想，可能只有她是这样的，出了意外，只有她会每晚做噩梦。

“可以啊，有什么不行。”

她喝得有点醉意蒙眬，回答这年轻人的话音刚落，一声巨响忽然在他们身后炸开了。

富二代回头，看见自己亲手改装的车被人从后面撞了。

这人是没长眼睛吗？半夜一点半，这破路这么宽，他美美的车这么绿，绿到发光，还能被追尾——哦不对，看这激烈程度不是追尾，都快撞毁一半了，他的心都在滴血。

富二代的尖叫卡在喉咙，始作俑者倒先开了车窗，探出头来，撑着窗沿，眉头轻轻一挑：“手滑了，不好意思。”

冬风来回吹荡，男人微翘的嘴角仿佛闪着光，他哪里有半分不好意思，满脸的阴沉都写着几个字：不好意思，撞轻了。

富二代差点被气得背过去。最可恨的是，这杀千刀的下了车，把丘比特给他的恩赐带走了。男人还是随意一扯，拎着人手臂大力拉的那种。

富二代连车也不管，气愤地拉住他：“你干吗？轻一点行不行！知不知道怜香惜玉啊你？！”

纪翘差点被逗笑了，心想小弟弟他还真不知道。

祝秋亭瞥了她一眼，抬眸扫到富二代，唇边笑意淡了很多，目光冰冷，没了耐心，黑眸望过去，说：“滚。”

富二代被那目光一扫，简直像被狙了一样，后背一凉，下意识地往后退了两步。祝秋亭懒得理他，丢下一句会有人来理赔，在这等一个小时，说完拉着人就走了。

纪翘被祝秋亭带到一间酒吧，从侧门进去，这次没人拦了。

她进去前看了一眼外面的招牌，想起来了，之前自己没进来，是因为太贵了。

纪翘被祝秋亭一路拉到三楼最里边的一间VIP（贵宾）包厢，被丢到了沙发上。

祝秋亭把西装外套脱了，扔到一边，叫人送来好多酒，开了一瓶向她走来。

他走过来，手腕微倾，盛着冰凉酒液的杯子碰到她脖颈。

“清醒了吗？”祝秋亭问。

纪翘卧在那儿没动，那凉意让人打了一个激灵，她勾着嘴角笑了下。

“谢谢。”

她一手遮着眼睛，低声重复：“谢谢。”

确实清醒了。

如果可以，真想让他再帮忙揍她一顿，疼才更容易让人忘记一切。

包房内灯光昏暗靡靡，又变换着颜色，纪翘根本看不清祝秋亭，只觉得他那张脸隐在黑暗里，下颌线条被灯光亲吻一般，危险又锋利。

这感觉让她安全。

她希望自己每一寸都被碾碎，消弭在明天到来之前。

“纪翘，你听过一句话吗？”祝秋亭坐在她对面的玻璃茶几上，不小心碰到了遥控器，音箱自动放起了一首开屏老歌。

他也没提高声量，依然是不咸不淡的语气：“你们得不着，是因为你们不求。求也得不着，是因为你们妄求。”

纪翘看着天花板，愣愣的，也不知道听没听见。

“你求过吗？”

背景音乐悠扬温柔，纪翘忽然很轻地笑了笑。

“我求过。”

高考那年，她求过上天，不求前途坦荡，只求有大学可以上，让纪钺长长脸，让别人知道，他们以为纪钺那个明艳好动的女儿，是能考“985”，能给她爹长脸的人。

开屏歌好老，纪翘想起来，是当年的理发店总放的。

陈洁仪的《喜欢你》：“喜欢你，车窗上的雾气，仿佛是你的爱在呼吸；喜欢你，那微笑的眼睛，连日落也看作唇印……”

她年少时，也求过隔壁班的少年能喜欢她。但他只喜欢清纯校花，真是没眼光。

纪翘分不清眼角是酒还是什么，可惜下一秒，她就被从回忆里拉了出来。

她的腰被一双大掌卡住，整个人被摁在沙发深处，后脑勺被扣过去。

他没控制力度，腰被掐得生疼，纪翘没叫出来，只闷哼了声。他的吻深而凶，弄破她下唇，血珠的铁锈味很快在口中弥漫开来。

他扯开她的薄羊毛衫，布料轻易被撕开。

祝秋亭离开一些，居高临下地盯着她，温声道：“纪翘，有时候我真想看看，你能虚伪到什么地步。你真是永远能超乎我想象。”

在纪翘的记忆里，有关这类事的回忆都不太美好。

当祝秋亭俯下身来时，她垂放两侧的手蓦然攥紧拳头，无声发颤，身体也跟着微微发抖。

纪翘闭上眼，随着呼吸起伏松开拳，摊平的掌心向他靠拢，最后抓住了男人腰侧的衬衫。

祝秋亭没有闭眼，他盯着纪翘。在暗影灯色里，男人的眼神仿若暴风雨来临前，立在岩石上注视猎物的野兽。

他的人生，每一步都经过极其精准的计算，旁人看着只觉得他随性里带着谨慎，只有当事人自己知道，根根神经都紧绷，直到成为习惯。

无尽的沉默在他们之间滋生攀长，像沾着毒液的藤蔓，令人窒息。只有贪婪地索取和彻底地爆发，才能将它扯烂扬灰。

顶灯颜色变得快，时暗时明，照在纪翘俊俏漂亮的脸庞上，光影每寸转换都是美的，因为人是美的。

她今天穿了毛衣和长裙，白皙的锁骨斜飞入肩头，脖颈细长，好像是为了等待着毁灭才生成这样的。

纪翘抓着他腰际的手被束起，举到头顶，接着她听到敏感的声响，倏然睁开了双眼，在惊异中剧烈地挣扎起来："不——别——"

祝秋亭俯身。纪翘根本没有反抗之力，胸腔好像被猝不及防地撕开了一个口子，巨大的黑色的洞口，风和温度都迅速泄出去，呼吸也跟着急促起来。

祝秋亭在阴影里吻了她。

这次是真的吻，没了之前的漫不经心，他投入……不，应该说他投降了，向笼罩住他的情欲。

因为他那么轻柔而熟练地吻着，唇舌所到之处点了纷然而起的火，她每一寸都被烧着了。

男人指腹粗粝的大拇指在她唇上摩挲着，极有耐心地一路向下，又捉着她胯骨，把人往自己的方向猛然一带。

纪翘被人压着，呼吸慌乱，而他的动作却不紧不慢。即使包厢里有暖气，陡然一凉的温度还是让她脚趾都蜷缩起来。

祝秋亭也不急，微直起身来，垂眸望着她笑了笑："你冬天穿这么少？"

纪翘没说话，从牙缝里挤出几个字："你要不要继续？"

她的声音天生就带三分低哑，此时更是低沉到像气急了。

这人还有闲情逸致，当看画展吗？祝秋亭低低地笑了声，指腹温柔地抚过她。

纪翘感觉到他动作一顿。

她的手受限，没法动，只能无措地并拢腿，轻踢了踢他。

祝秋亭目光晦暗不明："这么耐冻？"

祝秋亭想起方才她仰起脸，看着那青年讲出那句话的口型。他抿着唇，看见纪翘难耐的表情，忽然改变了主意。

纪翘被他重新吻住了，这个深吻持续得如此漫长，温柔而强势。他一手将她黑色长发顺到耳后，露出整张脸来，他掌控着所有节奏，唯一不受控制的，大概就是……

——这人真能忍。

当她快溺毙在这个吻中的时候，纪翘模模糊糊地想。

忽然间，她下意识地屏住一口气，没等这口气出来，纪翘一声尖叫卡在喉咙，脊椎被细细密密电过，整个人都弹起，又被男人的重量压制住了。

纪翘被从虚假的美梦里丢了出来，她的呼吸越发急促起来，眼前一片模糊，什么都看不清了，只有万花筒似的幻觉和真实交错着，咆哮着袭向她。

那是什么时候？久得就好像上辈子了。

她考试失利，跟梁越分手，以为遇到人生最糟糕的事，可很快就收到了纪钺牺牲的消息。

那时，纪翘脑子混混沌沌。那晚她去了酒吧，她在一片混乱迷醉中，痛苦越发清醒，酒精也没用，纪翘越喝神志越清明。最后被一个男人拉到角落，吻得难舍难分，只有那一刻她短暂地忘了一切。

最后的时刻，她其实反悔了。

她感觉到极烫的热度，虽然对方已经耐心耗尽。纪翘捉着他手腕，角落太黑，她看不清男人的脸，只是凭感觉摸出他有强健的躯体，他的呼吸声重重落在她耳边，整个人好像都在颤抖。

纪翘慌了，说“对不起，对不起，我不想了”，他也轻声说着对不起，那个人说了对不起，却让她好疼，疼得大脑一片模糊，张了张嘴，发不出声音。

厕所的门被他一脚踹上，灯光忽亮忽暗地闪。纪翘也没让自己太吃亏，她咬着这野兽的手腕，恨不得把他动脉咬断一样，直到血肉模糊，浓重的血腥味在纪翘口中爆开。他任她去，也不知道过了多久，纪翘已经在晕厥边缘，意识涣散的时候，听见他低声说：“你可以去告我，对不起。”

纪翘想的却只是等白天醒了后，她要怎么过下去。不能每天都用这种方式麻痹自己吧，也太痛苦了。在那之后，纪翘试着交过男朋友，但每次不到后期都会陷入崩溃。交往与温度，都让纪翘条件反射地恶心。

现在纪翘又想吐了。

如果真吐到祝秋亭头上，她今天能出这道门吗？纪翘闭着眼睛想。

正神游天外地想着，她腰上忽然挨了一巴掌。

纪翘皱眉，猛地睁开眼，脸色有点难看，一肚子脏话，看到眼前面无表情的男人后，不得不咽了下去。

“你继续啊。”纪翘很有礼貌道，“不用管我。”

祝秋亭的脸色更阴晴不定了。但很快，他勾着唇笑了下，轻声道：“你太紧张了。”

纪翘看他俯下身去，忽然有不好的预感。

世界在她眼里旋转，消弭，纪翘的目光所及，只有祝秋亭挽至小臂的袖口，他摘了表，右手动脉处的刺青好像早就融进了血液。

是个十字架，缠满了荆棘的十字架。她早就知道，可今天像第一次见一样，大口地呼吸着，目不转睛地盯着。

祝秋亭身上穿得依然齐整，他微微直起身，这时门被短促地敲了两下，接着很快被推开了。

“祝先生，有人……”

几乎是瞬间，他一把捞起一旁的大衣扔到纪翘身上盖住，顺手抄起桌上一瓶威士忌，朝门的方向砸了过去。那瓶酒有些分量，男人力度又准又狠，直接把门框砸劈了，酒瓶清脆地应声而碎。

“滚。”包厢里的男声冷到极点。

最后祝秋亭还是被叫走了，大概是有很重要的事。当然，即便没有，他也没有留下的必要，他们的关系还没有亲近到这个地步。

这店是他投资的地方之一，可能赚钱了，可能赔惨了，他没闲到来过问这酒吧的年报盈亏，但管事的经理自然都知道他。

倒是纪翘，还真是第一次来。她一直知道这人工作之余的生活内容丰富，但他从没带过她。

纪翘缓过劲儿来，捞过手机看了一眼，已是半夜。这房间隔音好，里外互不干扰。

祝秋亭早让人送了衣服过来，看着还挺暖和。纪翘换完，摁了铃准备叫人弄点儿水，她快渴死了。这一桌酒精浓度极高，喝完她能原地归西。

但还没等服务生来，门就被人直接从外面破开了。对方拿着证件在她眼前晃了晃，飞快地扫了眼整个屋子，确定只有她一人后，严肃道：“这个酒吧涉嫌进行违规活动，请出示你的身份证，并跟我们回警局接受检查。”

纪翘确实吃惊，不过只有极短一瞬：“好。”

往下走的时候，她才发现一楼早都乱成一片了。

刚走出大门，纪翘忽然想起来正事，便问了刚才查她房的黄警官，有没有把老板也一起带走？

这黄警官看上去是几位里年纪最大的，估计是带队的。浓眉，国字脸，看着就坚毅可靠，无端地让纪翘生出一两分亲近感。直到上车，黄警官都坐到副驾驶位上，也能感觉到她的目光。

她问的是祝秋亭，黄警官却反问她：“蓝房的哪个老板？”

纪翘说：“除了经理，那个最大的老板今天也在，叫祝秋亭。”

纪翘话音刚落，捷达刚好急停在一个路口的黄灯前，车里的人全都打了一个趔趄。

等车重新行驶在午夜大道上，黄警官才回头看了她一眼，语气不无深意：“看来你是常客。我们执行任务时，一视同仁——再大的老板也一样。”

纪翘沉吟了几秒，老实道：“警官，您误会了。我也是这么想的。”

武东区警局。

凌晨四点半，一辆哈弗 H9 飞也似的疾停在门口，驾驶座上的人钥匙都顾不得拔，跳下车就往警局里冲，跟准备下班的黄警官撞个正着。

“黄耀！人给我留着没？！”

来人又高又壮，足有一米八五，明明生了一张白净清秀的脸，硬是在摸爬滚打中晒成深色，寸头清爽衬得他双眸嘴角更显凌厉。

祝氏的一把手，他们刑警大队那边盯了那么久也不敢贸然下手，这水太深，好不容易有了点儿那集团的线索，如果祝氏真的是清白的，只会打草惊蛇。所以瞿然听说祝秋亭被抓进来，几乎是飞车赶到的。

黄耀解开常服扣子，苦笑了下：“笔录做完了，留得住吗？”

瞿然难掩失望，又看到黄耀朝里面努努嘴：“喏，这不就是一个，刚做完笔录出来。”

他抬眼望过去，从一楼过道深处走过来个女人。虽然看不太清脸，但莫名地就跟别人不一样，黑暗里都像落了一身光，肩平腿长，走起路来重心下盘很稳，明明没怎么晃身子，却带着股懒散洒脱的劲儿。

等她从过道深处露了脸，瞿然下意识地深吸了口气。

纪翘很快注意到有人在盯自己，她对视线很敏感，平时懒得理，但毕竟是在警局，她回望过去，对方却很快收回了目光，两人没撞上。

瞿然急忙问道：“是你审的吗？他都说什么了？走，给我看看——”

黄耀把他往外拉了几步，站到了警局门口，头顶着模糊的夜色，点了支烟，也递给他一支：“人家能说什么？一问三不知，二问找律师，三问……”

黄耀想起什么，突然笑了下：“唉，瞿子，这个祝总挺好玩的。”他掸掸烟灰，看向极深的夜色，“等他律师的时候，他还跟我聊了几句。”

瞿然浑身肌肉都绷紧了：“聊什么？”

“聊洋湾冲突那事，问我知不知道。”黄耀看了眼瞿然，轻声道，“很奇怪是吧。”

这人一点儿也不慌，也不管黄耀接不接茬。

洋湾冲突发生在上个世纪，黄耀自然是知道的，但祝秋亭，横竖他在财经频道的新闻里总看到，祝秋亭这年纪搁那时候，也就上幼儿园。

但祝秋亭跟他如数家珍。

黄耀很难忘记那一幕，祝秋亭双手交叠随意放在膝上，饶有兴致地问他：“黄警官，您怎么看？当时信息化已经开始，我们为什么到那时候才开始转变？”

黄耀明明长他十来岁，却生出被这个年轻男人一眼看穿的错觉。他到底想说什么？黄耀不明白。

瞿然也不明白，他靠着外墙的圆柱，陷入了沉默。

“两位警官——”

突然插入的陌生女声把两人都惊了一跳，同时回头：他们竟然没有发觉身后站了人？！

纪翘礼貌地点了点头：“我是刚做完笔录的，蓝房那个。想问问，您能帮个忙吗？”她的态度倒是乖巧，就是话太滑稽了，“我打不到车，警车能载我一段吗？到瑞新路下就成。”

瞿然本来就因为J.r心烦，好不容易在祝氏这儿有点线索，现在却走进死胡同，连带着话也带了几分冷硬：“等几个小时不行吗？还有两个小时就天亮了，而且打车软件……”

他看着纪翘，忽然卡住了。

纪翘站在背光的地方，也许是幻觉，有极小的红点从她瞳孔一划而过，像激光笔。

纪翘极快地闭了下眼，又很快睁开，视线越过瞿然肩头，往远处寂静的街道望了一眼，街道上鳞次栉比的楼厦都沉睡在凌晨的雾里。

瞄准红星。

对方在警告她，又或者……是挑衅，和宣告。

瞿然话锋一转，皱着眉问纪翘：“你叫什么？”

她看了瞿然一眼：“纪翘。”

瞿然忽然皱了皱眉，问道：“我是不是在哪儿见过你啊？”

瞿然从进入警官学院那天起，就开始从吊车尾往上走了，什么都要争个先，只有情商数年如一日的低。

他这话一出，纪翘就低头笑了笑，黄耀也露出了迷惑的表情。

“我是认真的。”瞿然脸色一沉，他不喜欢被人误会，“你之前在哪儿上学的？出生地报下……”

一道亮似白昼的车大灯灯光忽然打过来，强势而刺眼。三个人都同时用手臂遮了眼睛。

这么暗的时候开大灯……真的很没公德心啊！

但纪翘是反应最快的，她猜到是谁，眯眼一看——还真是，黑色迈巴赫S600。

有人开了后门，车上下来个年轻男人。他头顶是昼夜交接的天幕，从深墨过渡到浅色，月亮从树梢落下。

祝秋亭走过来，步子十分悠闲。

瞿然眼疾手快地抓住了他，声线低沉而威严：“你又回来干什么？！”

祝秋亭先看了眼他泛白的手，又抬眸看了眼瞿然，轻笑道：“警官，我刚走没多久，有东西忘在这儿了，来取。”

瞿然脸色难看至极：“忘了什么，我跟我们同事说一声……”

祝秋亭轻松地挣掉他手，随意地甩了甩袖口：“麻烦让让。”

瞿然面色一沉，也火了，挡在他跟前：“没事你去警局里干吗？！”

祝秋亭长身玉立地站在那儿，面色很平静，黑眸甚至友好地弯了弯：“因为我忘的……在你身后。”他拨开瞿然。瞿然这才惊觉这男人力气真是大，刚才自己攥他时，不自觉地用了八分力，祝秋亭却像拂羽毛似的挣开了。

“天太黑了，她估计认不得路，人我先领走了。”祝秋亭没再理瞿然，冲黄耀打了个招呼。

纪翘看祝秋亭向别人垂眸微笑，姿态礼貌温和，待眼睛抬起望向她时，笑意分明只留在了唇边。

纪翘算看明白了，祝家人对他言听计从，不仅因为他是祝秋亭，还有他知道人的死穴在哪儿。

一年半前，祝秋亭帮一个下属跟进解决过家事。纪翘跟他理念不合，好言好语地劝他那件事要少参与，免得引火烧身。到最后两人却差点吵起来，急火攻心加上正发烧，她直接昏过去了。后来纪翘醒了后，第一个看到的人就是他。

那时天色未亮，正值夏日，男人站在窗边，穿着深色短袖，有一搭没一搭地抽烟，眉眼落拓。

这男人敏感得很，她睁眼没几秒，他就开了口，声音淡得像从很远的地方而来。他说以牙还牙，以眼还眼，这是我信的，你要受不了，趁早走人。

祝家不好进，更不好走，离开是有代价的。纪翘什么都没说。

她也不知道说什么，那时才发现很多事是没有标准答案的。

到今天，纪翘才明白当年那手下感受的十分之一。

她熟悉警局，本来是小时候常来等纪钺的地方，但后来更多的是恐惧。因为最后一次听到纪钺的消息，就是在家附近的派出所，她从此以后看见都绕道走。

纪翘其实早就撑不住了，脑子一团糨糊，手脚都在抖，但还是勉强控制住了。心脏剧烈地收缩。

她刚刚其实一步都迈不动了，忍着崩溃在跟瞿然求助。

现在她看见祝秋亭望过来，突然就绷不住了。

下一秒，祝秋亭扣着她手腕，将她一把带过来拥住了。他顺势用大衣将纪翘半裹起来，纪翘身高有一米七四，这大衣堪堪能将她裹住。

祝秋亭一向我行我素，也不管还有谁在场，什么都没说，轻拍了拍她头。

动作带着平淡的安抚。

纪翘最后失去意识前，想到的是他的眼睛。

真像鲁拜说的那一滴酒珠，自杯中奠洒，潜至地底深处，地底人目中焦火，便可借此消除。

徐怀意落座的时候，招标已经开始了。她选了个靠后的座位，将深色丝绒西装扣解开，顺手接过助理递来的文件。

“徐小姐？”

徐怀意侧了侧头，看见一张熟悉的英俊脸庞。

“黎总。”她微微点头致意。

去年他们有合作。黎家这两年投资眼光准，正是春风得意时。去年徐氏资金链有问题，正焦头烂额的时候，黎家二公子黎禹城直接注了近三千万美金进来。

他们低声寒暄了两句，徐怀意态度很客气，但也势在必得，说今天我不会手软。

黎禹城爽朗地笑了笑：“千万别。”

虽然文件在手上，但徐怀意没看，她从不打没准备的仗。

这是地政总署去年十一月公布的信息，公开招标拍卖龙新 4A 区 2 号内地段 6591 号。

相关资料数字她都熟稔于心，这次她势在必得。徐怀意一早算准，这事她爸会委托给她来办。毕竟她家那个扶不上墙的哥哥，实在是拿不出手。徐怀意提前调查过，大部分在场的人，出价会在七千万以内，超过就不值得了，她的势在必得并不是装出来的。

她并没急着叫价，听着数字从五千万起跳，基本以一百万为一个台阶递进。要跳到目标数字，徐怀意没急，黎禹城更不急。

到后来，加码速度明显慢了，徐怀意刚想动作，有人抢先了。

八千万——

没意外的话，这报价基本宣告着提前结束。

原本安静的场内小小骚动起来。

最后一众视线落到后面，从徐怀意头顶越过去。

最末一排坐了个年轻男人，方才应该是他身旁助理报的价，因为他正看手机，压根儿没抬头。

徐怀意不认识他，但只需一眼，她就能掂量出来深浅。

男人没穿正装，浅色休闲衬衫，深灰西裤。他很高，肩宽腿又长，坐在最靠边的位置，微微侧了点身，否则距离会显得太过局促。如果说造物主有偏袒，徐怀意是绝对赞同的，撇去外貌皮囊不说，这人气韵很绝。

徐怀意突然想起她从前学美术时，画过最喜欢的作品。在喷薄扩散的火山爆发时，天空被一片极红的火烧云占据了，火山灰飞扑向空中，灰蓝红白，画面在沸腾的那一瞬停住。

“放弃。”黎禹城只往后瞥了一眼，回过头来低声吩咐下属道。

徐怀意看了他一眼，抿了抿唇，眼里没有半分犹疑。

“八千五百万。”她道。

几秒后，那不速之客扔出来的数字，让徐怀意彻底死了心。

结束的时候，徐怀意望着男人背影早已消失的方向，轻声嘱咐道：“去查查那是谁。”

特助还没应下，黎禹城的声音从背后传来。

他用粤语懒懒道：“唔使查，我嚟告诉你，果个系祝氏嘅话事人。”（不用查，我来告诉你，那是祝氏的话事人。）

徐怀意反应了下，失笑，眉头英气地扬了扬，熟练地切了频道：“就系董事咯？你系二十世纪嚟嘅咩？”（就是董事咯？你是二十世纪来的吗？）

黎禹城挑眉，走上前来，大掌从她细软腰间揽了一把，暧昧地轻掐了掐，语调也沾了些别样意味：“佢老豆系祝绫，你可以去查……今日嚟我屋企饮杯热茶好唔好？”（他爸是祝绫，你可以去查。今晚去我家里喝杯茶？）

徐怀意躲开他的怀抱，他是刻意提醒，她才不接茬：“公共场合，请黎总注意一点。”

徐怀意眉眼有点冷，跟之前的她全然不同。

黎禹城虽然花心，接受的总归是绅士教育，而且他们也就是一夜的交情而已。他立刻退到安全范围。

须臾，他又反应过来，惊讶道：“你不会是……看上他了吧？”

徐怀意气定神闲地笑了，望着男人消失的方向：“有什么不行？”

黎禹城欲言又止，这千金家里干实业出身的，后来才转房地产，她这几年拼得很，不了解其他行业的翘楚也正常。

“他叫什么？”

黎禹城沉默。

徐怀意嗤笑，扔下一句我自己能查，转身要走时，他开了口：“祝秋亭。

“我还是劝你，最好不要肖想他。”

没多久，徐怀意再次见到了他。

她去国外出差，临回国前两天被邀请到了一个港口办的游艇晚宴，主办人是祝秋亭。

徐怀意自小家庭富足，徐父在二线城市也是数一数二的企业家，家里有败家哥哥，周围的白富美也深谙精髓，但这晚宴一掷千金的程度，还是令人咋舌。

灯火通明的游艇内部被大力气改造过，分内厅外厅，装饰、酒水、来宾礼物无不透露着派对的奢靡，据说午夜还有烟火师设计燃放的烟火。

徐怀意穿着星空礼服，端着香槟晃了一圈，都没看见今天的主人。

但无意抬眼间，她透过窗望见了男人正在甲板上。

他穿了件黑衬衫，西裤也是同色的，黑金袖扣在夜里熠熠生辉。

徐怀意看见他身边有一个娇媚的大美女。女人也不怕损坏精致妆发，作势要软在他怀里，被躲开她也不介意，脸色微红地抬头跟他说着什么。

徐怀意眯眼看了看，那不是黎星女士吗？本地富二代圈里出名的有钱有闲又年轻，日常爱好就是谈恋爱，身边的人一周一换。

她想了想，端着酒杯走出去，大大方方地跟祝秋亭打了招呼：“祝先生？”

祝秋亭看了她一眼，还没等徐怀意自我介绍，他便点头致意，彬彬有礼道：“徐副总，之前多有得罪。”

徐怀意心下震荡，这人知道自己是谁，不仅如此，还知道自己也在招标现场，对自己的称呼是徐副总。

徐怀意也希望别人看到自己的第一身份，不是徐家的女儿，也不是面目模糊的徐小姐。

这举重若轻的一句话，含在里面浅的深的礼数、人情，已经非常清晰了。

甲板上的月光肆意流淌，星星沉默地挂在天边，徐怀意在如此美丽的星空下彻底愣住了。回过神时，黎星不知何时离开了，甲板上只剩她和祝秋亭。

那些资料上没有夸张，面前的男人的确有那个能力。

“哪里。”徐怀意真诚地举杯，认真道，“徐怀意。”

祝秋亭黑眸微垂，弯着眸子笑了，跟她干脆地碰杯：“祝秋亭。”

徐怀意所向披靡二十六年，头脑、狠劲、毅力都不缺，她一直是不停奔跑的徐家二女儿。可是望进祝秋亭眼里的这一秒，她突然又变成手足无措的徐怀意。

直到被响声吓得回过神。

她扭头，看见亮金、银蓝穿插着绯红在天际升腾，光焰火花耀目地绽放在海平面上，绚烂得像一场绮丽的梦。

美得令人心颤。

“漂亮吗？”祝秋亭的声线低沉慵懒，带着不自知的天然蛊惑意味，但细听下去，只是随口一问而已。

徐怀意目不转睛地点头，来不及说话。

祝秋亭轻笑道：“那就好。”

“我接个电话。”他礼貌地抱歉道。

徐怀意点头：“你自便。”

她趴在栏杆上，任海风吹着长发，耳朵却不自觉地竖了起来。

——说。

——嗯，成绩下来了吗？

——那不就行了？新老师人不好吗？

——她太忙……没时间带你了，老于还挺闲，叫他吗？

——祝缃。

男人的声音并没有明显冷下去，只是淡淡一句，那边的动静立马小了很多。

即使如此，徐怀意还是听得清楚。

那边的女声委屈地嘟囔道。

——我就是想见见。她生病这么久了，你也不回家，你是不是把她扔了？

祝秋亭揉了揉眉心，轻叹口气。

——她给你下蛊了？有这善心，你分出一半给学校老师，行吗？

祝缃的声音更低了两分，透过听筒寂寥地传来。

——我想她了，我想纪老师再穿那条印邦尼兔的裙子给我看。真的好好看。

祝秋亭沉默两秒，闭了闭眸，又很快睁开，声音终于透出点冷意。

——祝缃，你最近是不是被人宠坏了？

那边嘿了声，很快撂了电话。

大半个月前，祝秋亭把纪翘带到了医院，她发了高烧，陷入昏迷。祝秋亭不是医生，也不是她爸，没有等着她好的义务，于是第二天就出差走人了。

最开始的一周，苏校还会给他汇报一下状况，后来看祝秋亭根本不在意，也就没再继续了。高烧之类的情况，也不会因为祝秋亭花心思多听一分钟，她就能变好了。

况且二月中旬来这儿是早定好的事，这块地不能出差错，因为祝秋亭不打算把它让给任何人。

如果这块地被徐怀意拿走了，交给她父亲，徐家那个老油条拿到很快就会转到那个人手里。那人花了大价钱，让徐家出面替他做这个事。因为靠他自己，他没办法。

活在暗处的鬼魂，即使有一座金山，也只能待在自己的山洞里。

十二年前被国际刑警盯上，九年前轰动内地的恶性案件，国内也加入追踪，越查越深，可最后所有的线索都断在晴江市。紧接着，又有更多的人为了这个案件付出了生命。

主谋狡诈又狠毒，他想要达到的目标，从未落空过。很多年了，J.r这位核心主角，是所有人欲除之而后快的存在，也是红色通缉令的老朋友。但他也极其谨慎，在国内几乎搜寻不到他的身影。

他人不在，手还伸得挺长。

这人在国内很少吃瘪，这应该是第二次，还是栽在了同一个人手里——

祝秋亭。

祝秋亭也不是为了其他，只是单纯跟他有过节。

几年了，这人在暗他在明，祝秋亭不喜欢。他这人不开心了，也不会让对方太过得去。

“外面风还是挺大的，要不我们进去吧。”

烟火已经放完了，徐怀意心都被泡软了，意犹未尽地转头，冲着祝秋亭眉眼都笑弯了：“祝总，你找的烟火师能推荐给——”

他们处的位置在甲板最西边，往里随意一望，就能透过窗户看清里面。

灯光四溢，照着里头，是夜场，也是温柔乡。酒精香水欲望的味道混在一起，潮湿的空气会令人昏沉迷蒙，这儿没有冬天，常年温度友好。

徐怀意望过去，看到祝秋亭平静又出尘的侧脸，被遥远月色淡光勾勒，好似被月光一寸寸吻过，她心下叹息。

星辰都会偏爱美人。

夜里的海风吹过他们头顶，仅仅是跟他在一起站着，都让她觉得被某种深远的浪漫击中了。

他目光有些出神地望着某个方向。

徐怀意开始意识到，祝秋亭并不是在放空感怀，从他不发一言地咬住支香烟，点燃那刻起，就在认真思索着什么。他单手插在裤兜里，下颌轻抬，唇间吐出口烟雾，模糊了面容，衣领遮住的脖颈，拉出道极性感的弧度。

“徐副总。”祝秋亭忽然叫她。

徐怀意回过神来：“嗯？”

“他，你认不认识？”祝秋亭夹着烟的手指骨节分明，虚点了点。

徐怀意往他指的方向看了眼，玻璃窗内，内厅有不少漂亮的男男女女，精致又养眼，但……她在心底暗自评判，没有一个比得上祝秋亭。

很快，徐怀意的对比暂停了。

黎禹城跳进她眼里，他正在跟一个新勾搭的女伴调情，用酒杯冰对方的脊背，两个人贴得很紧。即使只有个侧面，徐怀意也能感觉到，黎禹城勾搭的是个美人。

“他？”徐怀意不确定，祝秋亭点了头。

“黎家爱烧钱的那位。”祝秋亭浅浅地吸了口指间的烟，神态很淡，叫旁人摸不清情绪，但语气透着好整以暇，“你跟他在一起过吗？”

徐怀意一僵，还不确定这话里意思是不是她理解的那种，就听到男人笑了笑又说了句：“算了。”

祝秋亭用指腹把烟捻灭，直起身来，迈开长腿走到了内厅。

黎禹城今晚艳福不浅。

游艇上遇到个尤物，银色露背亮片长裙，裙子长度一路到脚踝，除了背，其他地方裹得倒严。但黎禹城阅人无数，美人还是能分辨出来的。

“这里人太多，”黎禹城咬着她发烫的耳垂，单手揽着她腰低声道，“我们换个地方。”

女人哼了一声，小声说：“都可以。”

“我家离这儿不远，”黎禹城说，“去吗？”

“你叫什么呀？”

她抬起眼，吊灯灯光一下落在女人的面容上，妖异清凌，浅褐眼睛清澈得能望到底。

黎禹城一时语塞，几乎看呆了。

“黎……”

“黎禹城。”有人替他先答了。

黎禹城下意识地点头：“对。”然后才意识到不对，他飞快地扭头，看见不速之客勾着浅笑。

“黎公子，幸会。”

男人是全场唯一没有穿正式礼服的，一身浓烈到底的黑，衬衫和西裤样式简单，招呼打得也清淡，可一出现便吸引了所有人的注意力。这人不仅外表打眼，优雅底下，锋利而幽暗的气质直从骨子往外渗。

黎禹城不得不承认，打眼一望，他站在那儿，周围都像暗下来。近看才知道，这句话不是文学性的夸张。

“幸会，祝总。”黎禹城赶紧跟祝秋亭碰了碰杯。

祝秋亭跟他认真地寒暄了两句，甚至知道他最近在忙的项目二期已经启动，搞得黎禹城有点不好意思，暗喜又感慨，自己真是走运！

“希望你享受今晚。”祝秋亭说。

黎禹城点点头，再一转头，迷茫了。

刚才那个美女呢？

美女逃得不要太快。

她踩着八厘米的高跟鞋，如履平地，熟悉地钻到了二楼，准备从那儿再跳到甲板上。

是，纪翘承认，她一开始是奔着祝秋亭在这儿才来的。

但她现在已经改变主意了，在 K 市玩几天不好吗？俊朗高大的男人多得是，指不定就撞见正缘了。

她翻到二楼客厅，无声地落在地毯上，跟小时候学超人一样，下意识右手撑地，左臂向空中一伸，接着跟螃蟹似的，被人钳住了手腕。

纪翘被那股力猛地拽起来甩到了墙上，她望进祝秋亭的眼睛，在瞳孔里看见了自己的倒影。

“你倒是灵活。”祝秋亭不怒反笑，指腹随意地摩挲了下她光滑下巴，问她，“来干吗的？找男人？”

纪翘破罐子破摔，一甩长发：“对啊，来找你，你那么守身如玉，那我就看看其他人咯——”她一顿。

“你别说，他还真的不错。”纪翘舌尖舔了舔唇，眯着眼回忆了下，“很可以。”

祝秋亭的笑意淡了。

纪翘感受着山雨欲来的气氛，竟然有种莫名的快意。

他忽然撩起她长裙下摆，直接上手，纪翘短促地叫了声，也就是客气一下，结果祝秋亭只是取走了绑在她大腿上的短匕。

祝秋亭掂了下，笑了笑：“纪翘，你可以的。”

纪翘却突然发力夺了回来，接着猛然转身，使他们之间的位置瞬间调转。即使穿着高跟鞋她也没有祝秋亭高，但也够她发力了。

纪翘拽着他，死命地把人往下拉了一把，顺势跟着他一起，沿着墙壁滑了下来。

直到那致命红点从他身上转移，在墙上出现了一瞬，又飞快消失了。

纪翘判断得没错，对方高度不够，无法对准窗沿底下。

她松了口气，卸了力，这才对上祝秋亭的眼睛。

“你——”纪翘下意识要骂，咬了咬牙，又将话咽了回去，低声道，“谁都不带，连苏校都不带，等着当别人的靶子吗？”

如果有两个想杀他的人敢付诸行动，那后面至少有十倍想要杀他的人等着。

他还不能死，至少现在不能。

祝秋亭没听到似的，顺势坐在地上：“你来多久了？”

现在这竟然是重点？

“两个小时。”

她的声音有些不易察觉的疲累：“怎么了？”

祝秋亭弯唇笑了下：“这么一会儿，就认识了小黎总吗？”

纪翘想跟他对着来，但祝秋亭现在这个样子，她还是挺熟悉的，缩了缩脑袋退了几步，淡声道：“想好好认识来着，没来得及……啊！”

她没退成功，被男人捉着腰拖回来，压在墙角。他们近在咫尺地交换着呼吸，沉重而缓慢。

“没有就行。”祝秋亭将她的碎发别到耳后，温柔道，“要不然挺麻烦的。黎总就这个儿子能用，我会很难交代。”

纪翘听着他说的话，低声咒骂了句，尾音还没溜出来，就被祝秋亭扣着后脑勺带过去，她失去重心跌进他怀抱，差点撞在男人喉结上。

纪翘听见他轻声说了两个字。

“我在发烧。”纪翘声音很哑，面无表情道。

“你最好是。”祝秋亭解掉手表，随手扔到一边，嘴角的笑意并未到眼里。他俯身吻了吻她眼角，满不在乎道，“可以传染给我。”

“反正刚刚差点一起死了，不是吗？”他笑意加深，冷不丁将她抱起，朝着里屋休息室大踏步走去。

“对了，想跟别的男人……”祝秋亭用脚带上门的时候，漫不经心道，“你最好只是想想。”

休息室主卧是永恒的二十七度。

纪翘穿着这么薄一件礼服，都感觉不到冷。她昂起头，从玻璃舷窗望出去，漆黑的海面映着一轮上弦月。

他没有开灯，光源全从海上来。此消彼长，视觉弱了，其他感官变得敏锐。

她能听见游艇一楼的热闹狂欢。纪翘分不清，让她觉得冷极又热极的，到底是高烧还是他漫不经心的吻。

她想象不出有什么事能令他束手无策。

祝秋亭没有弱点，也没有漏洞……至少表面看上去如此。如何叫人陷入情欲这种事，他更是个中高手。

纪翘被分成了两半，冷眼旁观理智剥离，身体沉溺意乱情迷。她连爬起来都没力气，更没力气反抗，任由他去了。

他的掌心隔了层布料，温度都能将她灼伤燃尽。吻更是富有耐心，带着轻柔又懒洋洋的温柔，铺天盖地地笼住她。在她一时失神时，他又会扣着她把人往自己的方向狠带一下。两人的胯骨撞在一起，纪翘轻嗞了声。明明衣服完好地贴在身上，纪翘却有种坠落悬空的错觉。

这是她辛苦用心也没求到过的，好好享受才是上策。纪翘平静地给自己做心理建设。

纪翘现在在意的其实不是这个，没什么大不了，他喜欢什么，她配合呗。纪翘只是能明显感觉到，无论温度有多炙热，他心不在这上面。

她手搭在祝秋亭脊背上，纯黑衬衫下肌肉的起伏蓄着无限力量。

这男人有着野兽般的直觉天赋，大多数人是需要学习、剖析、实践后，才能慢慢理解这个世界，理解自己，弄清楚自己想要做的事。

但他不需要。纪翘观察他很久，才遗憾地确定，这不是练习学得来的。

那天赋能帮他达到逻辑的终点，途中没有多余的路线，他天生知道做什么对自己有利。

纪翘在他低头吻住自己前一秒，低声道：“祝秋亭，你是不是挺讨厌我的。”

他离得很近，这个距离，他们能看得清彼此眼睛，望得见清明神色与置身事外的冷然。

纪翘的眼神滑下两厘米，落在他突起的喉结上。

她忽然弓起身子，唇落了上去。

来之前，纪翘觉得脸色太差，难得认真地挑了半天，最后选了一支漂亮的番茄红色的口红，重涂了好几次。

她知道，男人一般看不出来。祝秋亭更不会在意，对他来说，差别只有红和不红两种。看上去是没用，现在不就有用了？

纪翘的吻牢牢地印在上面，离开时那个清晰的唇印让她非常满意，今天的色号没白选。

祝秋亭看得见，她嘴角挂着小孩儿恶作剧成功的轻笑。

纪翘的直觉一向很准。虽然平时他不常带她在身边，也没有情绪外露的习惯，但她能感觉到，祝秋亭对她有旁人难以察觉的不满——倒也没到厌恶的程度，但足以让他在这种时候，可以完全抽离自己。

如果哪天憋到功能损伤，纪翘想，她会因为幸灾乐祸被祝秋亭丢出去吗？那可太亏了。

“是。”

祝秋亭忽然轻声道，手背轻抚了抚她脸颊，情人般的无限柔情，贴着她耳郭：“讨厌你自作聪明，自作主张，无法无天，不认规则。”

“那没办法。”

纪翘望着他，白皙纤长的手臂搭在祝秋亭身上，贴紧他，姿态暧昧又轻佻，舌尖轻探出一点，轻蹭了蹭那个唇印。

“谁让我已经来了呢。”

她遗憾道。

祝秋亭扣在她胯骨两侧的掌心猛然一紧，但纪翘眉头都没皱一下。

他们必须短暂沉沦……装也要装出来。

让藏在暗处的人以为，自己第二次袭击能轻易得手。即使纪翘不来，也会有别人被他拉来做掩体。也许是那位徐女士，也许是别人。

纪翘望着祝秋亭平静而幽深的眼眸，眨了下眼，笑得乖巧慵懒。

“别盯着我了，最多三秒。”

她用气音说话，但即使没声音，祝秋亭读唇语也能看懂。

纪翘话音未落，一道厉风随着破板的声音倏然而过，从意想不到的地方袭了过来——

天花板正上方！

他们几乎同时往床侧飞快地翻身，祝秋亭动作反应明显快她很多，人都没落定，手已经摁住她后脑勺把人往里掼，低声道：“滚进去。”

祝秋亭看也没看地，低声撂下这么一句，转身人就没影了。纪翘听着动静，意识到他是要她去床下待着，不想被她拖了后腿。

她心情复杂，他竟然没准备抓她挡在危险前面，这种陌生的感觉让人……“受宠若惊”。

纪翘知道如果是苏校、林域或者祝家随便哪个人，必会身先士卒地冲在前面，祝秋亭的命多金贵啊。

她以前也是那样的。

但现在纪翘学乖了，她很累，而且被吊到一半的感觉确实不是很好，加上病没好全，影响发挥。

所以她按照祝秋亭说的照做，爬进去的同时，诚恳地加了句：“加油啊。”

不知道是不是错觉，祝秋亭稍侧了身，极无语地瞥了她一眼。

这一句纯属多余，她清楚，但还是加上了。

不过，听声响也不是多余。

祝秋亭解决的速度都要快一点。

也不知道对方是脑子出问题了，还是前期调研不足，竟然选择跟祝秋亭近身搏斗，缠得死紧，让他根本无法对准自己，疾风般的扫腿冲着祝秋亭腕部而去。纪翘余光刚刚扫到后，看清了对方的体格，那一身肌肉，完全是练家子。一旦踢中，祝秋亭手当下肯定废了。

但祝秋亭只是轻巧地偏了偏身子，下一秒不知哪儿来的武器精准脱手，将对方肩膀钉在了背后的书柜上，又单手抓过那人领子一掼，发出巨大的声响。

对方用尽最大力气将咽在喉咙里，眼中闪着利刃似的光，杀意十足地盯着他。

祝秋亭也没问对方“哪儿来的”这些问题，想要他命的人能绕着太平洋排两圈，他一个个追究能累死。

他只是视线下移，扫了一眼，对方脸色剧变。

祝秋亭叹了口气：“回去告诉那个人，想要我死不是不行，总得让我见点诚意。比如说自己来。”

“不过要是真来了，小心一点，”祝秋亭侧着头，挑眉笑了，黑眸却覆了层阴郁，“排队等着抓他的人太多，可别在碰到我前，自己先倒了霉。我不好意思让你白来一趟，拿点东西走，不介意吧？”

对方脸色一层层白到底，肩上的剧痛都没让他腿软……还不如给他个痛快。

纪翘听到动静，头从床下钻出来，烧还没退，看戏倒是津津有味。

这是第一次，他们位置调转。是看她生病的分上吗，他突然这么体贴，自己上了？

纪翘不知道，也无意追究，但不用去冲锋陷阵的感觉还不错。不错到她都忘了此时太安静。

“其实有跟没有也没什么区别。”

纪翘轻声感慨道。

“不行了也有手……”

这次她看清了，祝秋亭回头看了她一眼。

纪翘内心警铃大作，乖乖地缩回了床下。

唉。这年头说句真话好难。

祝秋亭今晚的游艇局，祝家没派任何人跟着。

动静一出来，一楼的人都蒙了，所有人乱成一团，很快大厅便空了。苏校和林域都还在国内，黎幺刚好离得近，很快赶来解决问题，把事交给专业人员处理了。

黎幺解决完，下意识想踹门进去，意识到谁在里面后，脚迅速收了回去，规矩地敲了门。祝秋亭还在里面，他还是热爱生命的。

推开门后，墙边的人是在黎幺预料之内。

黎幺招招手，示意手下把人抬下去止血包扎，视线在两人之间转了转。

纪翘毕竟是他带过的人，她什么性子他一清二楚。黎幺浑不吝得很，训练时下手没轻重，男的都扛不过来，纪翘那半年硬是顶住了，就为了祝秋亭随口一句话。

别的不说，黎幺觉得，祝秋亭想要天上的月亮，纪翘找个梯子就敢上。

他俩在一起，纪翘肯定会铆足了劲儿，学习孔雀开屏的精神，努力逗他开心的，但现在气氛怎么会这么僵？

黎幺清了清嗓子，刚想说什么，就见靠在窗台上远望的男人收回视线，捞过一旁桌上的手表，边戴边朝门口走。

握着门把手时，祝秋亭又停住了。

他平静道：“纪翘，下次不要自说自话。”

“我没有叫你，”祝秋亭指腹轻点了点门把手，双眸望住她，“就不要让我看见你。”

“对了，”他又说，“祝缃换新老师了，不用再去找她。”

祝秋亭离开后，黎幺才走到大床旁问纪翘：“怎么了？”

他完全是幸灾乐祸，看热闹的语气。

纪翘披着一块纯色毛毯，之前礼服被祝秋亭弄变形了。

她拆了颗薄荷糖，本来在看海，现在黎幺骚包的身影往她跟前一伫，挡住了大半景色，她也懒得叫他起开。

纪翘问：“吃吗？”

黎幺摆手，嗤笑了声："我不吃这玩意，幼稚。"

纪翘只有两颗，他不要，她就收好了糖，把之前祝秋亭说的，一字不改地告诉黎幺。

自作聪明，自作主张，不认规则。

黎幺都不信，点了支烟笑了："纪翘，看来他对你很不满意啊！"

纪翘要什么，其实明眼人看得很清楚。

她扒着祝秋亭，表现出绝对臣服，从里到外都由祝秋亭做主的样子，外围不明就里的人瞧不上她，近的又有人觉得她太假。毕竟她不是一开始就跟祝秋亭，自然带着三分不可靠。

她要什么？

她不需要偏心维护，她要的是安全。

确保自己能安全地暂时待在祝家，让祝秋亭对她满意。他要什么，她就能给什么，哪怕她没有。

苏校和林域他们早都发现了。他们如果听见祝秋亭这评语，估计也会挑眉一笑而过。

但黎幺一点儿都不惊讶："他今天叫你了吗？"

纪翘没答，只问："烟还有吗？"

黎幺抽出一支来丢给她："没火。"

纪翘将烟叼在嘴里咬着："无所谓。"

黎幺没被她打岔，继续好耐心地道："他没让你来，你自己循着踪迹就跟来了，如果他本来有什么计划，打算自己一个人做的事，可能就给打断了。"

黎幺一摊手："尤其是最近那么乱，多少人在盯着，瞿家的老狐狸为了他那废物儿子，什么都能做。最近也真是不顺。你说他气不气？"

纪翘用食指和中指夹着烟，垂眸时，一丝不耐烦极快地浮现在她的脸上，又隐了下去。

黎幺在撒谎。祝秋亭最近状态岂止是不顺，更不可能单单是因为瞿辉耀。

她从晴江回来，在 HN 工厂外见到他时，他就有些不对了，像是倏然间被卷入暴风眼的一叶舟，抬眼就能瞧见天际线变得极黑。

他状态不好了，身边人如她也会被影响。就像最近，他说不让她带祝细就不让了，也没多余的解释。纪翘想到回去后不用再做这事，心里竟空落落的。

黎幺白眼都快要翻到后脑勺了。有些东西他都能看得出来，祝秋亭瞎了才看不透。

"走了。"

黎幺懒得理纪翘，他能看出来她情绪不高，不知道两个人又在别扭什么，但他也不是她妈，哪管得了那么多。

临了，他关门前还是探头扔了句："纪翘，祝秋亭是个什么人你也清楚。他对你……已经算不错了。"

黎幺想说仁至义尽，但想想还是改了口。

纪翘的背影安静而沉默，她立在窗沿旁，像一幅静止的画。

最后黎幺合上门前，似乎听见了极轻的一声："我还想教她。"

那是纪翘生活里难得的喘息时刻了，当祝缃靠在桌子上做题的时候，她会错觉自己真的是……真的是纪老师。

回程的私人飞机上，黎幺早到，等了会儿，看见祝秋亭一个人上来。他呢子大衣的肩上沾了点儿雨迹，头发也湿了点，人映在微雨天幕里，没有光线的一片雾霭沉沉里，呈现出恣意的赏心悦目。

今天是周日，祝秋亭不知去哪里的教堂做完礼拜才来。他拂掉雨水落座，坐下时脖颈间的一根细绳吊坠差点滑出来，隐约间能看出是块深色玉石。

起飞前，黎幺开了口，他顾虑的本来就没苏校那么多。

"其实，纪翘也是担心你，估计没想其他的。"

黎幺还是斟酌了语句，仔细道："当然，她做事确实欠考虑……"

他长了眼睛，看得清。很多事，祝秋亭不会在她面前做的。这也是黎幺有底气开口的原因之一。

"你最近事是不是很少。"

祝秋亭坐在右边，报纸翻开一页，看得认真，语气平淡。

黎幺闭紧了嘴，纪翘这次算是好心办了坏事。他看她也挺委屈，但祝秋亭的底线就是这样，没什么中间地带。

纪翘回去后没几天，病又重了，烧得意识模糊，被送进了医院。

医院的人通知了黎幺，他也不知道该不该告诉祝秋亭

现在看样子，祝秋亭完全不关心，他也就没再多说什么。

明天过后，他们还要去 SA 洲协调解决一批单子。

纪翘……毕竟还是一个年轻女生。

黎幺望着窗外连绵细雨，难得升起点同情。

远在异地，人生地不熟、语言也不通，总表现出一身盔甲无懈可击的样子，生一场病要扛过去简单，情绪要翻越过低谷，恐怕还要点时间。

纪翘转醒后，最先见到的是位意外之客——

徐怀意。

她刚好放下花束和果篮，纪翘睁开眼，视线从白色菊花缓缓转到徐怀意那儿。

撞个正着。

“……”

“醒了？”

徐怀意也没想到这么巧，都几天了，一问秘书，那天送过来的这位还在医院躺着呢，想想还是来了。

徐怀意能看出来，那天他们两个人眼神隔空一撞，徐怀意就反应过来，这个女人跟祝家那位分明有什么关系。

但具体是什么，她不是很清楚。所以这一趟，徐怀意也不能说完全无私心，但她刚到，纪翘正好转醒。

纪翘刚退了烧，神志清明了不少，这些天一些零碎的片段涌入脑海。

“醒了。”

她用手撑了撑床，要坐起来。徐怀意倾身帮她取了个枕头，垫在背后。

“谢谢。”

纪翘颔首道谢，语气几乎带了点郑重。

徐怀意有些意外，面前的女人即使病成这样子，轮廓眉眼依然美得极其出众，清艳凛冽的气质是独一份。

美人怀傲气的不在少数，何况那天，徐怀意相信她也看到自己了。

她这么平静，也许他们真不是自己想的那种关系。

徐怀意心下略感意外，面上倒没表现出半分：“没什么，还是黎禹城提醒我来看看，难得有缘，之前就见过面，回这边又见到了。”

“嗯。”

纪翘点点头，没多说什么。

徐怀意：“你明天办出院？”

纪翘：“今天，我等会儿就去。”

徐怀意递给她一张名片：“那我叫人帮你吧，你要急着回去的话，我秘书刚好也在帮我订票，你可以直接跟她联系。”

纪翘接过，正要说什么，徐怀意被一通电话打断了，她抱歉地去了门外。

话还是能零星飘进来，带着很重的情绪。

——养和医院。

——怎么回事？

——办案不要命了你？

——生日……

——瞿然！

纪翘靠在床头，盯着自己手指发呆。

无论如何……她昏昏沉沉地漂浮在黑暗里，被无限向下拽的时刻，这人拉了自己一把。

徐怀意看着是个美丽又强悍的人，但纪翘半梦半醒间，能感觉到，有人俯身给自己盖了被子。动作轻柔又耐心，一路将被子拉到她下巴，微凉的手背在她额际盖一盖，就是声音有些低哑，轻不可闻，祝她早点好起来。

纪翘虽然神志模糊，可对所有善意都很敏感。那轻声一句，将她从煎熬的冷热里拽了一把。至少让她知道，在那个瞬间，她不是一个人，在这点上，纪翘很感谢她。

徐怀意进来时，说自己有些急事，必须要回公司一趟，请她谅解。

纪翘摇摇头："您去忙。"

等徐怀意两个小时后再来，病房已经空了，护士转交给她一个小礼物，说是纪翘留下的。

她拆开一看，是今年的新款项链，不算贵重，但款式是挑过的，还有一张卡片，字迹娟秀有力，写着很简单的几句话：

徐小姐：

谢谢，麻烦您了。

小小礼物，不成敬意。医药费会通过您秘书转到您账户里的。

祝万事如意，平安顺遂。

第四章

命　运　洪　流

········ ✦ ········

愚昧人，总把瞬间当永恒。

✦

徐怀意有些惊讶，她只进去了五分钟，也就拉了拉窗帘，纪翘就给了她这样正式的谢意。她为自己之前的一些猜测而后悔，正看到最后一行时，卡片突然被人抽走了。

她抬头一看，是上午在电话里说工作太忙、怎么都赶不到的人，穿了一身常服，俊朗面庞上的笑容有些得意。

“你——不是说很忙吗？！”

徐怀意拧眉。

“再忙，”瞿然晃了晃卡片，笑了，“咱妈过生日，必须得回来啊。你不知道我们手续多难批，你说她老人家怎么就不出山呢？”

徐怀意拿这个一同长大、同母异父的哥哥一点办法也没有。早年他一意孤行要做警察，她妈怎么阻拦都没用，后来气得登报要跟他断绝关系。

“这是什么啊？”

瞿然的好奇心转到卡片上：“怎么没落款？”

徐怀意没好气地夺回来，在他面前仍是小女孩模样：“关你什么事，你先想想自己吧，到时候妈问起你个人问题，你可别又说跟案子结婚了。”

瞿然耸肩：“最近确实在忙大案，求爷爷告奶奶的，碰到铁板了，一把手不想合作……唉，不说了不说了，走，喝茶去。”

他们闲聊的当口，纪翘已经坐上了回程的飞机。她戴上眼罩，想睡却很难睡着，大概是这些天睡太多了。

听苏校那边说，祝秋亭又飞去出差了。之前就是苏校无意间透露，方应的失踪真的跟祝秋亭有关。

“没什么，他休养一段时间就好了。”这是苏校原话。

纪翘发呆很久，问他，祝秋亭在哪儿。

再三逼问下，苏校说他一个人去了K市，除了一个处理文件的助理，没带任何人。

也说不清是什么在驱使她，纪翘病没好透，就订了来这边的机票。

不想让他真的出事。

她已经有经验，生活就是问题叠着问题，怕什么来什么。

能抓在手里的，要抓紧。这是纪翘花了好些代价学会的。

她把座椅放下去一些，经济舱最大限度也就放这么多了。

祝秋亭去哪儿，现在跟她已经没什么关系。

她接到紧急电话，让她回一趟晴江市。监狱里的人打来的，说孟裕突发心脏病死了。纪翘乍一听这名字，一时间有些恍惚，有点儿没反应过来。

半分钟后，纪翘想起来了，孟裕是孟景的堂弟。虽然有血缘关系，但他们从里到外一点都不像。

虽然跟孟景订婚的时间不长，但在她心里，这个男人始终占一隅独特位置。

纪翘又回了晴江，在监狱门口跟孟裕的父母，也就是孟景的叔叔婶婶，撞了个正着。

对方瞪大眼睛了，在看到她的那一刻，迸发出异样的光来。

那种终于找到开闸口的兴奋。

愤怒似乎是能压过一切痛苦的良药，他们不可置信，又理所应当地给了她一记耳光。

原先在孟家，他们就看不过眼孟景的这个未婚妻，各种冷嘲热讽没少过。

孟景是多么直白的一面镜子，体面正直干净善良，照出他们的狰狞困苦不堪一面来，本来对生活五十分的不满，被嫉妒榨一榨，恶意便水涨船高。

连他找的未婚妻，都漂亮得不像话，看上去那么嚣张一个人，在孟景身边时乖得要命。

再看看他们的儿子……

甚至还怪他们，说是他们惯出来的——是孟景和他父母帮得太少了！

凭什么早年扶持，到后来停了他们的经济援助？！既然要帮，就该帮到底才是啊！否则无处可走的孟裕，自己那可怜的儿子，怎么会因为郁闷去沾不该沾的？

又因为犯事进了监狱？

反过来看看孟景，公务员、小警察，孟景的父母——他大哥明明有退休金，也不肯帮他们了，后来孟景出事，他们的一口郁气才出了一点。

后来又发现，那女人只是个水性杨花、爱攀高枝的货色，快慰又添了三分。

“你真是丢尽孟家的脸了！你这个女人怎么还有脸出现？！”

纪翘穿着平跟鞋，但比孟裕他爸还要高一点。

她面无表情地垂眸：“你们怎么有脸出现，我就怎么有脸出现。”

孟裕进了几次监狱，他们早就甩手不管了。

现在会过来，无非是来闹一闹，能闹一点是一点。

中年男人面上的兴奋迅速消失，他和妻子惊疑警惕地互望了眼，反应过来了。

她肯定也是来争赔偿金的——这个女人！

孟裕的父亲是个用惯了暴力的主，儿子和老婆没有他不拿来出气的，何况夺人财路犹如杀人父母。他拽过纪翘就要下狠手，却反被她一脚干净利落地横踹在肋骨上，剧痛之下直接飞滑了出去！

“哎呀！杀人了，杀人了！快叫警察！”

孟裕他妈赶紧去看，一边扯着嗓子叫，一边抓着纪翘，不让她走。

围观的人越来越多，纪翘脸上一丝波澜也没有。

“你再叫一声，”她轻松挣开妇女抓着自己的手臂，一把抓过了对方衣领，几乎是将人悬空提溜到自己面前，“跟他一起进医院。”

纪翘抬了抬下巴，示意了下躺在地上直抽搐的男人，扫到噤声的女人，目光平静得像一潭深湖：“闭嘴。听见了吗？”

对方哆哆嗦嗦，跟看见恶鬼似的猛点头。

这种家事纠纷，也浪费不了她多少时间，纪翘当然能确定这点。

她只是没想到，孟了奚来了。

孟了奚是孟景的亲姑姑，当年意外发生后，她没有跟着孟景的爸爸妈妈离开伤心地，倒是辞了工作，开了家餐馆。

孟了奚把纪翘从混乱里救出去，带到了自己小店里，又泡了杯茶给她，搪瓷杯握在她手里还是热乎的。

这个女人温和又柔丽，当孟景的父母都对纪翘有些不满的时候，只有她支持孟景的决定。

她说纪翘是个好孩子，让孟景好好珍惜。

孟了奚只有小学学历，但天生知道怎么使人感觉舒心。孟了奚跟纪翘自然随心地聊了几句，问她现状，生活得幸不幸福，周围人对她怎么样。

一句话，问得纪翘不知怎么回答。

很好，她过得很好。面对一个可靠的长辈，她是想这么答的。

但是纪翘没法说出口，她牙齿轻轻打战，然后猛地咬紧牙关，抱歉道：“太冷了。对不起，有点儿冷。”

孟了奚抿紧唇，握着她手拍了拍，很轻地叹了口气。

一个人过得如何，是不用问的，他的眉梢眼角，唇边心上，自有答案浮现。

“我给孟裕送过一次东西，他们说，之前来的人是你。”

孟了奚温和地望着她：“这些事你不必做的。”

纪翘没说话。

孟了奚垂了眼眸，有些苦涩无奈地笑了：“是阿景对不起你。”

纪翘什么都没说，只是摇了摇头。

孟了奚沉默了下，声音低下来，悲伤多得似能滴出来：“如果他……喜欢你，你们真的是一对，该多好。我拼了命也会跟我哥一起，让你们过得好好的。”

她没孩子，她带过一段时间孟景，他就是她的孩子。

纪翘终于开了口：“不是的。”

她轻呼了口气：“景哥很好。他有喜欢的人，没什么不好，只是……少了点运气。”

在孟了奚想开口前，纪翘握紧她的手，轻声道：“您别跟我争了。他什么毛病都没有，喜欢谁，喜欢怎么样的人……都不是他能控制的。我从来都没后悔过，您要说这话，高攀也是我高攀，我这条命是景哥搭救的，我要怎么还呢？”

孟景多像纪钺。

她第一次见，就这么觉得。那天她拙劣青涩地自以为报了仇，从 301 道逃出来，拖着受伤的腿被孟景捡到。养伤期间，他认出她了，说你不要这样莽撞，有的事需要时间去解决，你还太小了。而且你想办的事，是我们的责任。

如果孟景要她帮忙，上天入地她也会去。

他对谁都那么好，对纪翘尤其照顾。为了按住她不到处乱跑，给她在家里名正言顺待下去的机会，他跟她订了婚。

孟了奚神色复杂地看着她：“纪翘，不要这样。”

每个人都在变，这么些年来，大家都在变，可纪翘的某一部分一直留在她身上。

孟了奚感伤地轻抚着她的长发，好像要透过她的脸，看到另一个人：“别人对你好一分，你恨不得还一百分，还怕不够。”

总怕不够。

纪翘这个人很轴，她认准什么，便会一往无前。

死亡总是带走些什么，又带来些什么。即使是孟裕这样的人，也一样。

比如让她能下定决心，跟孟了奚透露出更多的自己。

纪翘沉默了很久，把一杯茶一口气喝完，跟孟了奚断断续续说了很多，瞒一些，说一些。

“其实是我上司。”

纪翘想起祝秋亭，心脏莫名扯着刺疼。

但她想解释。她低声跟孟了奚说，不是那些人传的那样。

孟了奚是个绝佳的倾听者，姿态耐心而柔和。

纪翘说了多少她自己都忘了，但最后还是绕不过那件事。

祝秋亭让她跟着的一次，在SN洲。他们要找一个商业间谍，那人使祝家那条线损失了百分之三十。人已经抓到了，就剩对方十六岁的儿子班亚还没找到。当时纪翘在那地方待了半个月，混迹的地方就是班亚活动的区域，那个肤色黝黑眼眸明亮的男孩，教她怎么躲忽然飞来的子弹，眉飞色舞的样子让纪翘印象深刻。

最后说人可能躲到了仓库里，就在他们当时在的一座四层小楼。

但找了半天都没有，大家都已经撤退了，快走到门口时，车上的男人忽然发了疯，拼了命地想挣开黎幺，大吼道仓库里有炸弹，有人撞了炸弹，求他们去找儿子——

纪翘下意识就往里面跑，祝秋亭准备上车了，转身一看人没了。

在所有人反应过来之前，祝秋亭眼疾手快地把人抓了回来。

“疯了吗你？！”

纪翘一把甩开他：“人在里面！”

祝秋亭声线很冷，带着点不易察觉的咬牙切齿：“他比他爹狠多了。想为这个赔上命，你就去。”

纪翘看他一眼，没说话。

她还是去了。

人们都说，他要什么，她就能给什么。她理智地计算着得失，只要在祝家安全。

其实她才不在乎，什么安全不安全，她比谁都疯。

祝秋亭恨死她这点了。纪翘的性格像钻子，理智只是覆在上面的一层霜雾。她要觉得哪块山石得凿开，凿到天荒地老才甘心。

非要等背上背的少年一刀刺进她肩膀，纪翘才确定，有的山石确实不该凿。

她心里其实早有感觉，不知道救他会不会后悔，但不救一定会后悔。

她跟那少年本来差点交待在那里，最后是祝秋亭把他们带出去的，在爆炸前几秒。

纪翘把事件人物改了，说自己决策做错了，害得大家都被拖了时间，损失很大。

孟了奚没见过她那么伤心。

孟了奚顿了顿，问：“你想知道阿景的墓地在哪儿吗？”

孟景的父母坚决不许她告诉纪翘。

除了孟景的同事，谁也不知道具体的地方。他们太过伤心，不想让任何人打扰他。

纪翘抬头，有些愣住了：“可以吗？”

她是第三天去的，把孟裕的事解决完以后。

纪翘发现，从祝秋亭那儿学来两分置身事外的能力，都能快刀斩乱麻处理很多事。

孟景的墓地在山上，是晴江很宁静的半山处，面朝着瞭望台，能将大半个城市收入眼底。

纪翘特意看了天气预报，选了天好的周四，挑了束满天星，买了瓶茅台，穿了身颜色亮丽的休闲装。孟景的品位真的很俗，喜欢大红大绿，以及所有鲜艳的颜色。但是他喜欢，她也没办法。

她放下花和酒，看到远处的云霞呈现出雨后的温柔叠色，玫瑰红是主色。

纪翘想说什么，想想也不知道怎么说了，把蓝牙音箱掏出来一放。

“景哥，有三件事：一、孟裕死了，你别去接他。我早跟你说过了，你不信。二、我去看过……你喜欢的人了。她现在很好，继承了爸爸的店，你别挂心，但人家让你有空多去梦里走走。三、我过得还行。姑姑也还可以，叔叔阿姨……我不清楚，你自己去问。”

她望着墓碑上的照片，是他笑意最粲然的一张，阳光温和。

“你不是喜欢听她的歌吗？我给你放。”

纪翘调出手机的歌单，按了播放键，曲调小范围地飘荡开来：

还记得当天旅馆的门牌
还留住笑着离开的神态 当天整个城市那样轻快
沿路一起走半里长街 还记得街灯照出一脸黄
还燃亮那份微温的便当 剪影的你轮廓太好看
凝住眼泪才敢细看
……

纪翘轻声哼着，她现在的粤语比原来好多了。

就算你壮阔胸膛 不敌天气
两鬓斑白 都可认得你

还没播完，纪翘就盘腿坐了下来，唠嗑似的轻声道：

“景哥，我有时候想，是自己太天真了。那时候遇到危险，被你救下，你帮了我那么多。

“活得越久，我怎么越想信一信命。

“我认识个人，他没什么良心。他跟我说，他待过的地方，只有两种人。没良心赚大钱的，没良心也不赚钱的。他就很相信命运，总要求点什么，好不好笑？

“正义，你信吗？”

她伸手拿袖子擦了擦墓碑。

有雨落下了。但越擦越多，因为雨势越来越大。

什么破天气预报，纪翘瞪了一眼天空，脱下外套要盖住墓碑。

忽然，有阴影笼罩，挡住了雨势。她的头顶多了一把黑伞。

纪翘一僵，余光瞥了一眼，疑心是梦。梦这东西，只要到高潮迭起，就全醒过来了。

她没再往上看，因为听到声音，便能百分百确定。她认识的所有人里，没有人的声线像祝秋亭。

“求什么，求了才知道。”

纪翘望着前面，低低地问道。

“那你现在知道了吗？”

纪翘其实没事都在琢磨他。她很难琢磨出来，他怎么能用那么平静的语气，制造出让人听了下意识想发抖的效果。

她现在突然意识到，他是那种与其在天堂为仆，不如在地狱为主的人。

“神藏四海，道隐八荒，没什么用。”

祝秋亭给她撑着伞，望着墓碑上的照片，蹲下时放了一枝白玫瑰，清劲嗓音撞进她耳膜，懒懒道：“还是靠自己吧。”

蓝牙音箱自顾自地正播到歌手的《暗涌》：

让这口烟跳升 我身躯下沉 曾多么想多么想贴近
你的心和眼口和耳亦没缘分 我都捉不紧
害怕悲剧重演 我的命中命中

越美丽的东西我越不可碰 历史在重演……

纪翘望着这座城，她生活过的、无聊而安逸的小城，埋葬她的青春、亲人、挚友的城，山雨欲来风满楼，乌云如歌所播，暗涌无边。

她觉得极深的悲哀跟着翻涌而上，兜兜转转，还是被扼住了咽喉。

这一生，她发誓避之不及的存在，记挂与爱。洪流一般抵达的命运，直白冷然地显示给她真相。

你完了，纪翘。她听见冥冥中，有声音说。

“杰森所处的组织规模有 150 ～ 200 人，活动范围：西南边，SN 洲，SA 洲。”

四楼会议室，成思国写完，把马克笔扔到台子上：“J.r，代号灰狼，在座各位应该都了解大致情况，但我还是简单说下。

“十一年前，我们跟他在境外打过交道。灰狼在海外的曾用名是约书亚，现在是杰森。十年前，武科市与晴江市交界的 312 案发生以后，我们发现了更多灰狼在国内的行迹，多起大案发生在八年至五年前。”

“灰狼本人极少在国内露面，他的反侦察能力极强，”成思国神情肃穆，俯身撑着桌子，“国际上我们与三方签了合作，但目前我们手里也只有灰狼的画像。我会将资料分发到各位手里。现在我们有足够的证据显示，去年年初，至少有两起案子跟灰狼有关系——他回来了。这次，我们绝不能任由他再逃脱。但首先，希望大家将最近手头的信息整合一下……瞿然，从你开始。”

瞿然：“好。去年年初的 34 号案，是在我们辖区发生的。跟以前一样，灰狼很谨慎。贸然行动，只会打草惊蛇。所以我们查到了一些其他的……”

瞿然手里的钢笔转了两圈：“您介意我用下白板吗？”

成思国让出位子。

瞿然拿过黑色马克笔，快速地写下几个字，环顾了一圈会议室。

“祝氏，创始人和董事都是一个人，祝秋亭。这家企业主营国际贸易，规模可观，他们也会比普通企业更加敏感小心。但是我们发现，祝氏跟灰狼之间总有些……巧合。

“祝氏一把手祝秋亭，他父亲是 K 市人，二十世纪的生意人，跟各方关系都很好，回归以后重心转移到了内地。但资料显示，祝秋亭本人于 K 市长大，小时候曾出国留学了几年，教育背景非常简单。”

瞿然顿了顿，补了三个字：“看上去。”

在他刚出警校实习的时候，有位前辈曾经教他，没有找到证据之前，猜测永远只是猜测，猜测的最佳去处就是自己心里。

会议持续了整个下午，结束的时候，夕阳已经落了山。

瞿然是最后一个出来的，他把警帽摘下，微微躬着背靠在墙角里。

那前辈还教了瞿然许多。瞿然当时老想着，请人吃顿饭，在那个小城里承蒙他太多照顾。

那前辈偶尔开玩笑，说要带自己女儿认识他，未来找另一半也好有个模板。

瞿然当时在操场拉练完十公里，闻言甩了汗珠，开玩笑："找我不行吗？"

据说他的女儿出了名的漂亮，瞿然这个刚来没几天的实习生都有所耳闻。但命运并没有给瞿然这个机会，瞿然也没见到他引以为傲的女儿有多好看。最后的一切，只停留在葬礼那面目全非的遗体上。记忆轰然而至，那感觉并不是很好。

瞿然能听见自己呼吸的声音，直到思绪被人打断。

"那个，您好……"

对方声音很清亮，瞿然睁开眼，淡淡道："什么事？"

"我叫周舟。"小警察的外表跟他声音很相合，带着点小心翼翼的谨慎，"我找您是想交流点事。"

"您知道，祝秋亭他……除了资料里说的几个重要下属外，还有一位比较亲近的手下，叫纪翘吗？"

瞿然紧紧地盯着他，目光渐渐聚焦、凌厉。

"纪翘？"

他知道这个名字，她去警局做过笔录。

那应该是祝秋亭的女友或者女伴。亲近？那怎么会完全没露过面？

"你怎么知道？"

周舟有很多想说的，但最后挑了最紧要的讲："我们分局也负责祝氏的调查。一直有人跟着纪翘，他们应该不是男女关系。但只是亲近，不是很重要。因为从前天起，追踪不到她了，那位祝总也不是很急，在晴江附近照常办公。"

想好了吗？

祝秋亭这么问过纪翘几次。

如果纪翘的回复是肯定的，他的答案也没变过，说"好，我知道了"。

刻入骨髓的有两次，一次是想跟他进祝家，一次是求着他用她。

纪翘废话也不多，只跟他说，别把我当女人，祝秋亭，他们怎么保护你，我也可以。

当时祝秋亭反应是怎样，具体的记忆已经模糊褪色，但他那个轻笑，纪翘却记了很久。

那意思并不是“就凭你”？而是“我知道了”。不管你能不能办到，我都接收到了。

纪翘确实做到了。那次在外洲沙漠的酒店里，她反应极快，替他挡下一次袭击，代价是一枚 m99 弹头，穿透伤，她也不介意，裹着被子又蹦回隔壁房间了，过了二十分钟医生才到。后来传成了她半夜别有用心地要送夜宵，被祝秋亭无情地扔出来。

她后来想了想，无论做事说话，祝秋亭在情绪上简直有道天然屏障，说不清是天赋还是后天培养的。

他那漫不经心、彬彬有礼的外表下，包裹着凶猛而强韧的灵魂，仿佛不知绝望与恐惧为何物。

早期祝氏失败过不止一次。商业竞争，势力角斗，没有一关是容易的。纪翘在的第一年，祝秋亭几乎是在风口浪尖度过的，当时风头正盛的对手要趁势将他摁到底，四条海路全断，陆路被封，这只是明面上祝氏遇到的动作，暗地里祝家遇到的难题更多。

对手还是看在祝绫面子上，曾帮衬过祝秋亭的长辈。因为了解多，下手也狠。商场本就瞬息万变，祝氏股价当晚跌停。

即使在那个时候，纪翘也没见祝秋亭情绪有过太剧烈的起伏。

苏校担心到快住在公司里，好几个晚上熬通宵，等祝秋亭从外面回来。

纪翘无意间看到祝秋亭，电梯门一开，他手中挂着件神色大衣，大踏步往外走，脊背修挺笔直。祝秋亭路过苏校时，听见他低声问自己撤资的事怎么办？还要不要继续？

祝秋亭倒先笑开了，文件往人怀里一砸，说往上爬，掉下来。就这两条路，选一条。

纪翘这才确定，别人或他自己的痛苦，都会化成帮他开路的熊熊烈焰。她想学，可实在很难，痛苦无法帮她开路。

纪翘看望完孟景，把上司祝秋亭送到了本市最好的酒店，回家途中，多年尘封的邮箱忽然收到一封邮件。

里面有截图，文字，视频。

时隔多年，纪翘第一次看得那么清楚，纪钺的最后一面。

当年警局里的人说没遗体，后来过了两年才办葬礼，她又远走了。确实，那甚至称不上遗体了，无法辨认，惨烈模糊。

她也有点庆幸，当时没有收到这些。现在她都扛不过去，更别说十年前。

纪翘也不知道自己要走到哪儿去，在晴江找到一间不歇业的地下酒吧，待了通宵也没喝醉，后来不知道喝了什么断片酒，终于哭了出来。

她一直停留在那个通讯录页面，没拨出去，服务生替醉了的纪翘打了电话。

最后，她是被人扔到车上，带回了家。

纪翘还记得这是自己家，不是因为她有多清醒，是因为这个她从小住到大的家里，餐桌旁的高柜上，纪钺的照片正对着大门。

纪翘被人拎着，进门就对上了纪钺那双含着笑意的眼睛。

她上去就把照片摁倒了。

从祝秋亭的角度望过去，纪翘真是狼狈得要死。

头发散乱地披着，一绺一绺地贴在脸上，混合着汗和泪，细白的脖颈上青筋根根分明，快要暴出来。

他忽然伸手，轻摁了摁。

那处血管被摁下去一点，她整个人也像气球被戳了极小针眼，全身乏力，顺着墙蹲了下去。

“祝秋亭，求你了。我就求你这一次，你走吧，行吗？让我安静安静。”

这是纪翘今天跟他说的头一句话，她嗓音哑得不像话，神情陷入茫然。

祝秋亭靠在她对面餐桌的边沿，低头点了支烟，细微火光从指间一闪而过。

“纪翘。”

他走到她面前，单腿蹲下，右手抬高她下巴，这样纪翘整张脸都在他目光范围里。

祝秋亭说：“你想跟我，因为你想让其他人知道，你有靠山。今天如果祝氏在别人手里，你也会对他这么做。”

“我不想……”

他低头深吸了一口烟，笑一笑，停住了话头。

看她止不住地咳，祝秋亭好一会儿没说话。

他望着她，很久没有说话，视线最后落在她的薄唇上，即使崩溃成这样，她唇峰和嘴角弧度依然上翘，仿佛永远不会下沉。

“你得理解，”祝秋亭摁灭烟，轻声道，“弱点，它很麻烦。”

他伸手抚过纪翘的长发，垂眸望着她在痛苦里挣扎，连反应都给不出来。

而他依然从容温和，靠近纪翘温热的耳廓时，低声将话送进去：“酒喝多了伤肝。”

“你要跟我吗？”祝秋亭问她。

纪翘终于给了一点反应，她抬起满是血丝的眼，紧紧盯着他，吐出两个字。

“现在。”

她一刻，不……一秒也等不了了。

纪翘想从熔岩里爬出来，刺她一刀也好，对着她开一枪也罢，能让她暂时忘了当下，做什么都行。

她话音刚落，祝秋亭便把她从地上捞了起来。

这间屋子很小，客房离这里不过几步的距离。

门一合，纪翘被他狠顶在门板上，后脑勺却撞在他手掌心。

喘息和心跳声被无限地放大，温度升高灼热得简直要将她点着了。吻比以前更漫长，但也没了以前的耐心，凶狠猛烈地卷过她，似乎要将所有温度与津液吸取殆尽。

“想好了吗？”

祝秋亭问。

黑暗中，纪翘隐约间看见他额际的青筋和起伏的结实胸膛。

她有一点恍惚，湿润的眼角泛红，人愣愣的，忽而又反应过来，狠扯着他皮带，声音几乎带着愤愤：“你为什么穿那么多，你——”

她语气忽然软下来。

“祝秋亭。”

这短促到几不可闻的一句话，仿佛是烈火烹油里误落的一滴水珠，祝秋亭被轰然点着。

这是她的家。纪翘曾经在这儿住了许多年。

在这个破旧窄小的房间里，过去的、现在的、未来的纪翘在这一刻都并成了同一个人。这个认知让祝秋亭疯狂，跟她每一寸每一厘都紧贴着，每一秒每一瞬都交融着，时间也被拉扯得无限漫长。

纪翘怀疑自己要被碾成粉末，她看不见，但是感觉足够清晰，脊柱仿佛被一路电到神经末梢。

祝秋亭扣过她下巴，啄吻很轻：“离天亮还早，我们有的是时间。”

结果他也只是说说而已，后半夜便放过了她。纪翘昏沉地睡过去，没多久便醒来，身边已经空了。纪翘在黑暗里睁开眼，望着天花板，墙皮有了点年份，她数着霉点，一颗、两颗、三颗，像数星星。

房间不大，窗户开得不大，风从窗沿渗进来。纪翘翻身下床，她低头看了看，一片狼藉，跟身下这张床一样。她开了衣柜，随手扯了件浴衣出来披上。

这个家像有刺，每分每秒都向内延伸的尖刺，不断扎着她、提醒她，没了就是没了。所以她回来得少，但每个月都找人来打扫，只在去年回来住过一阵子。

纪翘环视了圈，挺干净的。纪翘翻箱倒柜，从书柜底层只找出一盒薄荷糖来，她扔了颗进嘴里。

全身酸疼的劲没过去，她很不舒服，得做点什么转移注意力。

具体过程……纪翘眯着眼想了想，竟然记不太清了，就是疼，现在到处都疼。

她扒开浴衣瞥了眼肩头，那里疼得最厉害。有个牙印，明晃晃的，那男人真是属狗的。

她咬着烟晃到没开灯的客厅，无意间抬眼，看到阳台上的人影，愣了愣，走过去把门拉开。

“你没走？”

祝秋亭虚靠着阳台栏杆，他正抽烟，闻言也没回头，“嗯”了声。

他穿着没换，只是衬衣下摆随意地扎在西裤里，没系皮带，裤腿垂在脚背。人快要嵌在夜色里，她一眼扫过去，分界线都模糊了，白日里的人像是一道幻影。

“借个火。”

纪翘看了几秒，走进来把阳台门关紧，冲他道：“没找到打火机。”

祝秋亭这才看了她一眼，那目光很安静，给了纪翘错觉。

“过来点，太远了。”他语气柔和。

纪翘没走两步，就被他拽了过去。他自己做事快人几步，看谁都慢。

祝秋亭俯身在她唇上很轻地落了个吻。

他是操纵情绪的高手，是与生俱来的天赋。说一句想，都像海面下藏匿了冰山。

想要，又不止于此。我想要日头升起，日头落下，在你肩头。风从北边的江河，刮向南方的海，有关你的所有风景，都是崭新的，那里每一个细节都会被我妥帖珍藏。

愚昧人，总把瞬间当永恒。

很快，那个轻柔的吻变得有些激烈起来，又透着些静然的从容。这感觉很奇妙，因为是在自己家里，像被家人环绕着、看着一样。

看吧。纪翘环着他的肩，失神地想，以前的她在哪儿呢？早丢了。

下一秒，纪翘差点惊叫出声。

“专心点，”祝秋亭衣衫齐整，掌心扣着她的腰，似是有情人纵情一吻，无限贴近她薄唇，耐心地低声道，“但别太费心，我不值得。”

她是聪明人，祝秋亭知道，她也知道。

纪翘没说话，不知道多久后，她被抱到沙发上，此时天光已经要大亮。

枕在他胸膛，纪翘听见他说，照片删了。

纪翘沉默了几秒，平静道：“好。”

在卧室的时候，纪翘看他睡着，鬼使神差地用手机拍了一张。后置摄像头都对准了他，不知道怎么回事，手还是一抖，入镜的画面很混乱，前额黑发，细致英挺的眉眼鼻梁，可惜是糊的，还有他胸膛处雪白的一截手臂。她不是有意搭在那儿的，但无意中成了张合照，还是他们认识以来唯一一张。

纪翘手又一抖，摁了红心，照片被扔进了我的收藏。

她真是多事。他最后还是没有放过她，从里到外，祝秋亭一向如此，什么都逃不过他的眼睛。

纪翘睡了个很沉的回笼觉。她一向没有这个习惯，以前也不喜欢，回笼觉把一天都打散。纪钺以前跟她说，长大了以后要少睡一点，保持清醒。

她难得睡这么久，醒来的时候，窗外的天空布满阴云。纪翘靠在沙发上看了会儿，去厨房烧了壶热水，倚着料理台发呆。

家里很安静，人早就走了，钟表指针已经指到下午一点，这一觉睡得够长的。

水开了，她回过神，倒了半杯开水又掺了点凉水，一大口灌下去烫得直跳，好一会儿都没缓过来。

不过，她现在有的是时间。纪翘想到之前，简直像上辈子的事，那时候神经总是绷得死紧。其实几点教祝缃哪一门课，是什么大事吗？祝秋亭什么时候需要她，又是她能控制的吗？

她仔细想一想，忙了半天，也不知道为了什么，都是瞎忙。祝秋亭骨子里谨慎至极，这几年，她跟着他看过做过的也不算少了，但只负责其中的环节，太多事她仍然未知全貌，也没有试图探究过。

现在祝秋亭不让她再做祝缃的老师，也没有提出任何要求，释放的信号已经很清楚。

他暂时不再需要她了。

纪翘能想象到流言会怎么传开，看热闹的人总是比较多。她不在乎，横竖祝秋亭留着她还有点用，不会真的解决她，这点他们彼此都知道。

纪翘有时间休息，刚好不用飞回去了。在哪里倒下就在哪里躺下，纪翘高兴还来不及。

她查了查银行卡的余额，这几年存的，如果每天吃二十块钱外卖可以吃到地老天荒。纪翘放心地点了一堆垃圾食品，打开电视放着《动物世界》，正式当起了“米虫”。

说实话，如果不试一试，纪翘不知道每天躺着这么舒服。整整大半个月，她连门都没怎么出。吃了睡睡了吃，衣服床单丢进洗衣机，餐盒丢进大垃圾袋，只有孟景的姑姑孟了奚偶尔上门来看她，带着自己做的饭。其他时候，她活动的范围不超过方圆五米。

即使这样，祝秋亭也没完全消失。财经频道，他有半分钟的露面。纪翘本来准备换台，但最后还是没有。隔着电视屏幕，从签约仪式到商业晚宴，他换了两套正装。晚上那场被拉住接受采访时，他身边还有徐氏的副总徐怀意。

这张脸她已经看到化成灰也能认出来，可他很少上电视，在镁光灯、摄像机下，流畅漂亮的骨相占尽了优势。

祝秋亭冲着镜头弯起嘴角，语气不紧不慢。打太极都打得舒服，好像机关算尽的人是另一个陌生存在。别的不说，在不达目的誓不罢休这一点上，纪翘确实佩服他。祝氏几年前涉及基金的投资，正值新制度落地执行，祝秋亭那时在国外，被人用时间差打了个措手不及，当时负责那桩公事的人已经绝望了，他飞回来接手，用新条例的规则硬是扭转了局面。

他的洞察力和直觉都是一流，别人学不来的。

纪翘咬一口薯片，懒洋洋地看向屏幕，喜欢怎么可能藏得住呢？除非把自己眼睛挖了。

那晚祝秋亭跟她的事，现在回忆起来像个梦，还是噩梦。纪翘记得清楚，全程他根本没看她眼睛，一次也没有，只是有次他扳过她的脸亲吻，很快又松开，转而低头咬上她肩膀，疼得她想把他踹走。

不过没有也好，省事。

纪翘吃完一包薯片后，躺平在沙发床上，翻个身睡了过去。

已经三月初，申城的温度依然很低。

祝秋亭上车的时候，坐在副驾驶的苏校都能感觉到一股寒气袭来。

他刚要说话，祝秋亭先开了口。

“手机。”

今天祝秋亭的私人手机忘在办公室，那上面的号码有没有超过五个在，苏校都存疑，其中甚至还包括他父亲祝绫的手机号码。反正苏校是从来没见祝秋亭用过，但他最近去哪儿都带着，今天忘了，都等不到回去，让苏校提前拿过来，在宴会厅这儿等他。

“这里。”苏校递过去。

“有电话吗？”

祝秋亭接过前一秒，淡淡地问了句。

苏校思忖着，也就低个头的事，他怎么连这都懒得看了？

但职业素养让苏校很快回答：“没有。”

祝秋亭"嗯"了声，接过手机也没有看，直接扔到了一边。

苏校说："您今天遇到徐副总了吗？他们那边之前一直在争取那块地，徐董还提过。虽然这肯定不行，但他们那边提到明年T市的市政项目，我觉得可以考虑。徐家有背景，跟他们合作利大于弊。"

祝秋亭没回答。

苏校又扭头看了他一眼，人已经靠那儿闭目养神了。

车内很暗，夜色里车飞驰而过，街灯一盏又一盏地掠过视野。

他最近似乎有点儿不对，但苏校说不出哪儿不对。明明状态挺好，身心健康，就是比起以前来，好像更喜欢自己待着了。

"噢。对了，"苏校看了祝秋亭一眼，又道，"等会儿在四季酒店的约，是周肆那个得力手下。瞿氏的那事，周……周总他帮了不少忙。"

祝秋亭眼都没睁，懒散道："南边新开的港口，为了那个来的。"

苏校迟疑了一秒："还有一个事，周总可能想跟您要个人。"

祝秋亭揉了揉眼窝，"嗯"了声："要谁？"

挖人不是什么大事，周肆那边的人也曾跳槽到祝氏来。

苏校硬着头皮道："最近……很闲的那个。"

祝秋亭倏地睁开眼，盯着苏校。

苏校心下一颤，还是勉力补充道："他可能想着，如果这边不想用纪翘了，扣着也没意思，而且她是……"

苏校没再说下去。

祝秋亭说："是什么？"

他换了个舒服的姿势，好整以暇地抬眸，似乎很期待苏校的答案。

他们都心知肚明的答案。

苏校心一横，低声道："您知道吧，纪翘不是那人的女儿吗？虽然她人没二心，但这事被人知道了，总归——"

祝家的人不少都是祝绫时期跟过来的，很多人也没走到过纪翘之前的位置。

祝秋亭没说话，指腹依次敲在膝上，忽然笑了笑。

"被人知道了，怎么样？"

车已经停在四季酒店门口，司机听见他们的对话，大气也不敢出。

门童已经在车门处等待。

苏校沉默几秒，听见祝秋亭又说："我想，所以我做了，就这么简单。谁有意见，让他来找我。"

"可——"

苏校刚说了一个字，发现祝秋亭已经下了车。

祝秋亭走路一向步子大，潇洒不顾人，但今天这背影看起来，火气也大。

最近祝氏本来就遇事太多，祝秋亭现在脾气又在临界点上，真要命……苏校头都要炸了。

真是不想干了！

苏校气得安全带都解得慢了，拔了两下，眼神落在后座某个地方。

他下车绕到后座，从椅缝里摸出一个皮夹。

苏校正准备将皮夹放兜里，等会儿拿给祝秋亭，快要合起来的那一刹，动作忽然顿住了。

苏校打开皮夹，从最里层抽出露出一角的照片。

昏暗无章的背景里，唯一一抹亮色，是一只素白修长的手，完全是放松状态。

苏校整个人震住。

这真的是祝秋亭会放的照片吗？跟……恋爱中什么都记录的傻子一样。苏校黑着脸要把照片塞回去，他余光突然瞥到什么，又拿近看了看。

照片最角落里明显还有另一个人，只占了照片很小一部分。他的指关节轻触着女人的小指，一不小心入了镜。

祝秋亭难搞这件事，傅于天是体会过的。

船王周家一把手周肆，是傅于天从二十岁就跟着的人。周肆没忌惮过谁，却给祝秋亭让过步，还为他做了一次说客，瞿家小儿子失踪的时候，瞿家请了周肆帮忙，还没帮上。

周肆一向不做没有把握的事，那次从中山逸舍离开后，傅于天以为他会不高兴，但他没有。周肆上了车以后，傅于天小心地提起今晚的饭局，周肆却毫不在意，说“祝秋亭不会的，我知道”。

瞿辉耀毁了祝秋亭的厂子，还有一堆图纸文件不知道有没有抢救出来，会原谅才有鬼。

换他他也不会，睚眦必报是他们这类人的做事风格。

让周肆有点意外的，倒是那个祝秋亭的女下属。在洗手间的那点时间，都要逮着空欺负人，吃错了药一样，完全不是他风格。

当然，那位女下属长得是真好，又高又美，清艳凛然。

不止周肆记住了，傅于天也记住了，不仅记住了，还惦记上了。

一般美人盘靓条顺，叫人心心念念。顶级的能勾魂夺魄，深夜入梦。

祝家近几个月坎坷颇多，工厂被烧以后，海运一条路受阻，业内有风声传祝秋亭跟通缉要犯有千丝万缕的关系，快被警察盯上了。如今，终于轮到祝氏需要周家。

周肆这周不在国内，便让傅于天先跟祝秋亭谈。

傅于天已经做好等上一小时的准备，可祝秋亭竟然没迟到。

有求于人真是不一样。傅于天心里冷笑，面上摆得很热。祝秋亭落座的时候，傅于天半直起身来，伸出手要礼貌地跟他握一握。

祝秋亭没搭理，径直坐下了。

傅于天脸色微微一僵。

祝秋亭没动咖啡，喝了口柠檬水，问："认购合同周总应该看过了，有什么问题吗？"

傅于天："啊，法务这边已经看过了，有几个条款要改，主要是……"

祝秋亭身子前倾，指腹在桌上敲一敲，清脆地打断他："法务改完了吗？"

傅于天："已经让人传过去了。"

祝秋亭点了点头："行，我会看的。还有事吗？"

傅于天不自在地在沙发椅里动了动身子，目光犀利地盯着祝秋亭。傅于天长得不善，看上去很不好惹，这也是周肆一开始用他的原因。

傅于天："既然说到这儿，我有个不情之请——"

祝秋亭漫不经心地垂眼："那就别说了。"

傅于天顽强地继续："听说最近祝氏人员变动比较厉害，我想您不介意的话，到时候精简人员的时候，想跟您要几个人。当然，这边肯定会有相应的回报。"

祝秋亭端起迟来的热茶，吹了口气，慢条斯理地问道："谁告诉你人员会变动的？"

傅于天一愣，他确定自己的情报没错。反应过来后，他又道："是……听说的。"

祝秋亭"哦"了一声："从谁那儿听的，找谁去。"

说完他站起身来，冲傅于天礼貌一笑："你慢慢喝。"

傅于天没想到祝秋亭拒绝得这么彻底。明明是一块到嘴的肥肉，他还有很多条件留着没提。

恼羞成怒下，傅于天冲祝秋亭背影冷声道："祝董，您辞掉的人，我们有需要，有好职位提供给她，您就当积德，大家互相行个方便，还有好处拿，何乐而不为？"

纪翘在祝家三年，一直扒着祝秋亭不放，这事尽人皆知。祝秋亭不回应，很多人也清楚，他不喜欢纪翘。可私底下，谁知道呢。

祝秋亭身形一顿，而后转过来，盯着傅于天几秒，忽然弯着眼睛轻笑。

“周肆没告诉过你吗？人长着嘴，不一定非要用来说话。”

说完也不等他回答，祝秋亭径直离开了。

傅于天一口郁气堵在胸口，狠狠地踢了脚桌子。

祝秋亭都快自顾不暇了，还在那儿护个手下？他看这也是幌子，纪翘的作用恐怕只有祝秋亭自己知道。

傅于天忽然有点后悔，在祝秋亭面前贸然提出这事，只会让人提高警惕心，要是压根儿不提，趁祝氏忙到头疼的这段时间，找个时间直接截和，把人挖过来估计会更快。等祝秋亭想起来的时候，大不了花钱赔人情。

现在看来，真是打草惊蛇了。

纪翘最近确实很忙，忙着养老。虽然认定她快被祝秋亭踢出祝氏的人不少，窃窃私语嚼舌根的也不少，但纪翘一概充耳不闻。

三月中旬开始，温度终于攀升，她开始在附近的公园锻炼，躺在河边的长椅上看书晒太阳。

黎幺偶尔会给她通个信，毕竟带训过，他俩性格里又有相像的一股劲。在她被完全遗忘的当口，黎幺乐此不疲地给她播报祝秋亭的近况——

到M国了，飞C国了，子公司剥离集团放出认购股份了，合同签完了，去MA区玩了，有美女坐大腿了，口红印落衬衫了。

总之，黎幺的人生乐趣除了去L国度假，就是惹纪翘发火。纪翘虽然情绪总是不高，但生气的时候极少。

现在黎幺似乎看出点端倪，并不想错过这个机会。

纪翘正对着青山绿水翻书，闻言干脆地打断：“口红颜色很好看吗？什么时候有视频了再说，记得发我。没别的事别找我。”

“哎，等等，还有——”黎幺笑嘻嘻地添了句，“最近还真有个新人。”说完，给她发了张照片。

贴身保镖，女的，短发。

纪翘放大照片看了眼，蹙了蹙眉。电话那边还有黎幺看好戏的挑衅声音：“怎么样，有你好看吗？”

她没说什么，摁断了通话。她踱步回了家，回家路上还买了烤猪蹄和奶茶。纪翘挺喜欢吃这些的，只是小时候想练拳击，纪钺说那得放弃很多很多，她哪里知道答应一个“好”字后面的意义。纪钺把她扔给开拳击馆的师兄，教练又凶又严，教她忍字头上一把刀，心无杂念才能斩妖除魔，所有零食都是妖和魔。

等长大了她更不能乱吃，拜某人所赐，随时可能会被仇家下毒。

这回家期间还接到了孟了奚的电话。

她扯了几句闲，纪翘也回了几句，后来主动问："姑姑，你有什么事吗？"

孟了奚的声音在那头担忧地低了几分。

"小翘，我有几个店员住你家附近，他们认识你，说是最近看到你散步，附近有人跟着你。我找附近店家调了监控，在扬里路、东兴路的拐角……"

纪翘："我还在外面，那我尽快回家，你别担心，等我到家给你发信息。"

孟了奚顿了顿道："好，一定啊。"

纪翘"嗯"了声，抬头看了看，街道一如往常，午后的店面有些清冷，有母亲抱着孩子从她身旁经过，阳光温暖，小城太平。

可有人在的地方，永远不会太平。

纪钺的血曾经流在这座城的青砖缝隙里，这让纪翘每次回来，都觉得安心。那种安心就像……即使下一秒死在这里，她也没有任何遗憾。

纪翘晃回了家，甩上门的那一刻，便被穿风而过的尖刃钉穿在门板上。

在纪翘"养老"的这段时间，祝秋亭只问过两次她行踪。

第一次，听说她最近在读《资本论》，每天两小时，坐在窗口书桌旁，雷打不动，读完还认真地做摘抄。

祝秋亭打断，说："知道了，下次这种事就别说了。"

苏校也满头黑线，什么这种事那种事，还不是你自己要问的。

第二次，苏校过了好几秒才回答，说不知道，人不见了。

祝秋亭笔尖一顿，沉默了一会儿才问道："什么意思？"

即使不专门跟踪，对于祝家人来说，查个行踪绝对不会有"不见了"这种答案出现的可能性，因为一个人只要活着就会留下痕迹，凭空消失，也没有其他行程，除非人已经死了。

苏校提了一口气，冷汗冒了出来："是……我已经派人去查了。"

事实上，谁不知道纪翘早晚是一颗弃子，其他人也不知道她之前有什么用，只知道除了做祝缃的老师，他会留她在身边，本来就是很奇特的事。苏校不知道祝秋亭为何突然转变心意，可苏校乐见其成。

纪翘会影响祝秋亭，这个预感比任何存在都令苏校觉得可怕。

祝秋亭想了一会儿，说："好，我知道了，你先出去吧。"

苏校应下，离开前，想了想还是提醒他："下周一，YN 市那边他办的宴会，如果您不想去的话，我可以叫人——"

祝秋亭说："出去。把门带上。"

虽然苏校有很多想说的，但最后还是没有说出口，在这个节骨眼去……这个决定无疑非常冒险。

虽然有很多人愿意冒险，很多人不怕死，但没人不想活着。

活着，冒险得来的成功才有意义。

可祝秋亭不太一样。他愿意冒险，不怕死，想赢，可他不渴望什么。

苏校很早就觉得，这个世界上，没有祝秋亭非得到不可的东西。

他的野心自始至终只是源于三个字——不想输。

苏校本来担心，祝秋亭的状态会被影响，那遇到危险就会非常麻烦，毕竟不是他们的主场。这也是祝秋亭第一次接受对方邀请。祝家截了那边多少生意，现在一个敢请，一个敢接受，真是人间奇景。苏校不想，可也没办法。祝秋亭对对方非常感兴趣，这么多年都没变过，现在被对方盯上了，他也不避嫌。

苏校要留下接洽周家的事，没法跟着一起，只能让自己最得力的手下跟紧点。

两天半后，苏校收到报告，一切正常，状态正常，才关了静音，放下心忙别的。

过了两个小时，他又看了眼手机，二十分钟前收到的信息，只有短短几个字。

——情况很乱。

——祝总不见了。

M 国。

YN 市西北边山上，宴会所在地去年重新装修后，格局保留了一部分，贵宾厅和主厅的电梯各有两个，到了晚上，这里通常是方圆几里灯火通明之盛。宴会主人大方极了，布置、酒水、食物、娱乐安排都是最高规格的招待。

突然间，宾客们觥筹交错的愉快气氛被刺耳的声响打断。

短暂的安静后，人群尖叫着四散逃开，头顶的灯骤然灭掉，偏窄的旋转楼梯挤满了人，一部分人选择了电梯，然而电梯也出现了故障，根本摁不开。

而电梯轿厢内的人，能体会到猝然下坠的失重感。

纪翘紧紧贴着厢壁，一动不动。

在这里遇到 J.r 的人并不奇怪，但她根本没空想这些。

她现在很生气，非常生气。

她在晴江刚引蛇出洞，死里逃生了一回，就听说祝秋亭接受了一个商业邀请，来参加在 M 国办的宴会。

黎幺直接挑明了跟她说，他们就是盯上了祝秋亭，想把他先引到 M 国来。

可纪翘没搞懂的是，怎么会有第三方搅和进来？这帮人应该是 J.r 在这边的对手，要找麻烦，也是找到 J.r 身上，怎么会盯上了祝秋亭？这事肯定跟 J.r 脱不了干系，但这种不死不休的架势，就像是 J.r 能万分确定……这帮人一定会搞错，直冲祝秋亭来——

纪翘没时间想那么多，她当下的人生理想已经短暂改变，变成亲手拧断这男人脖子。

可现在面都没见着，她就得交待在电梯里，纪翘才不会甘心。

纪翘正集中精力考虑怎么把厢顶打开，她的感官灵敏，听力极好，这钢缆已经被人动了手脚，那细微的声音清楚地传到她耳朵里。

在短短一分钟里，电梯又往下滑了半层楼。

现在到底在几楼——

纪翘还没想完，忽然间砰的一声巨响，平地炸雷般在头顶响起。

电梯猛然间急速下滑，金属摩擦火花四溅。

纪翘神经与肌肉都绷紧了。

厢顶无疑落了个人，如果对方掀开，她怎么躲都是瓮中之鳖，在电梯坠落到底之前就会被射成筛子。

纪翘紧咬后槽牙，紧紧地盯着被打开了一条缝的厢顶盖。

开始几秒厢顶没什么动静，似乎是卡住了。下一秒，对方不再犹疑，猝然发力将顶盖掀开，扣着边缘翻身跳进来。

从头到尾那人的动作快得她几乎看不清，等人落地了，纪翘才看到一双熟悉的黑眸。

“这时候进电梯，”祝秋亭把手枪的保险栓拉开，顺势瞥了她一眼，“你怎么不从窗口跳下去更快？”

纪翘死死地抿着唇，睫羽极轻地颤动，没说话。

好久没见了，第一句就是这个。

算了，那又如何。她来也只是为了这个目的。

人还活着就行。

“因为想早点儿……”

纪翘被他拉过去，祝秋亭把她一起绑在伸缩带里的时候，她忽然开了口。

“早点儿见到你。”

祝秋亭手上动作一滞。

从纪翘的角度看过去，他黑发下的轮廓有些模糊，只有隐约的弧度，像他本人一样，矛盾又有冲击力。

真正的美是那样强悍，在灵魂深处被紧紧攥住。

人甘愿被它击败，溃不成军也甘之如饴。

“一天到晚想什么，”祝秋亭声音有些难得的冷，“闭嘴。”

“想你。”

纪翘笑了笑，鼻尖额际滑下细小的汗珠。

在祝秋亭看向她的时候，纪翘耸了下肩，潇洒又好整以暇道：“想你是不是还活着。”

第五章

美　梦　光　顾

…… ✦ ……

美梦如期光顾。

✦

两个人都逃出去了。一进市区，犹如鱼游进了大海，影都没有。

这消息很快就传到了万里之外。

一幢远离尘嚣的庄园，二楼主卧内，刚起床的人张开手臂，任人帮他松开浴袍带子换衣。

听到这消息，男人没什么太大的反应，只伸了个懒腰直接打断："今天要处理的事太多，我不想听废话。抓不到祝秋亭，也没法让他回来。那他跟姓纪的之间什么情况，有人能告诉我吗？"

那头一片寂静。

之前信誓旦旦地保证纪翘绝对逃不出手掌心，现在怎么开口。

他轻叹了口气："这点事都办不好，你们也让我很为难。"

对祝秋亭，他才不急这一天两天。

他只是更好奇，纪翘到底怎么跑祝秋亭那儿去的？

还有，他们是在对方身上安了全球定位系统吗？

如果哪天能把那女的找来，他一定会弄清楚。

好奇的不止他一个。

林域代替苏校去了 M 国，负责善后，但连祝秋亭的影子都没摸到。

林域、苏校和黎幺同时收到消息，各自分工，暂要将幕后的人先揪出来。只是他们谁也不知道祝秋亭去哪儿了。

祝家从当年到现在都是如此，以牙还牙，以眼还眼。祝秋亭把这一点发挥到了极致，该讨的债要五倍十倍地讨回来。

祝家早年有资历老、胆子大的人，评价过他，说这种行事风格，真以为能混长久吗？

人当着祝秋亭面说，也算是有几分胆。祝秋亭也没发火，笑了笑，说包你有钱赚，有家回，不够吗？不想待就走，门在那边。

规则就是只论输赢。祝秋亭既是这么想，也是这么做的。

不过在苏校看来，对于现在的祝秋亭来说，规则只是用来一次又一次打破的。

他没有第一时间飞回来，正常。没有见到林域，也正常。

但他跟纪翘在一起……两个人怎么又在一起？苏校听到下属的回复时，一口气差点没缓过来。纪翘是会瞬移吗？还是身上装了吸铁石、卫星导航系统？

两人的通话还开着，黎幺倒是满不在乎道："又不是不回来，你急什么？"

苏校心平气和道："我怕他猝死。"

黎幺呸了一声："咒谁呢？"

苏校说："那是纪翘，你又不是没见过……哦，你确实没见过，以前祝九教训她的时候，你都被罚到外面务工了。有次纪翘跟祝九顶嘴，吵完架他不爽，一把火点了让纪翘种的园子，还让她看着。"

黎幺抽了抽嘴角："他不是一直这样吗？"

苏校冷笑："点之前，祝九把他们一起种过的花草，连着附近长的爬山虎都先摘走了。"

黎幺："啊。"

苏校对此下了判断："纪翘真是有手段。"

黎幺听了这话就不开心了，纪翘他自己带训过的，十公里负重越野途中，纪翘帮忙捡回过他丢了好久的"女儿"，一只杜宾狗。她是缺点一堆，但要说她有手段勾引人，那可太搞笑了。

黎幺冷哼了一声："她除了皮囊好一点，哪里长脑子认真勾引过他了？祝九就那样，他要想让纪翘过去，还需要费心思找理由吗？"

苏校无语凝噎。

黎幺又笑了笑："要我说，你也别操心那么多了，他俩互相祸害，祸害遗千年，不会出事的。"

黎幺其实也没猜错。

虽然外面乱成一团，但有个遮风避雨的地方，纪翘就能短暂松一口气。

市中心的五星级酒店，硬件确实差很多，但是已经很不错，有热水有床，浴室够大。

缺憾也有。

纪翘在进屋前后都问了，说："你没带钱吗，还是全酒店只有一个房间了？总统套间没了，其他房间还多得很，我可以帮你开。"

祝秋亭无视她，直接走进去，顺带把她也拉了进来。

"谁说要睡觉了？"

祝秋亭把纪翘抵在墙边，似笑非笑地勾了勾嘴角，顺势将一旁的灯调暗。

浴室是个好地方，落地窗也可以。反正人在这儿，地点是哪里都无所谓。

纪翘手肘撑在祝秋亭肩上，背脊靠在冰凉的墙上，身前温度灼热。她没说话，只能听得到自己的呼吸声，胸口止不住地起伏。

他忽然又咬了一口她肩头。

"谁让你来的？有没有点分寸？"

祝秋亭的语气冷了下来，掐着她腰的大掌也多加了几分力。

如果不是他多个心眼，看了监控，他现在已经可以给纪翘办后事了。

纪翘定定地看着他："死有什么可怕的？"

她问得很认真，好像他问了个全世界最蠢的问题。

但是她不需要回答。她知道祝秋亭听得懂，也看得懂。在这个问题上，他们是站在同一条线的人，有着相似的逻辑和想法。

祝秋亭果然没回答，嘴角极轻地扯了扯，眼眸像一潭深不见底的湖泊。

在祝秋亭出手拉着她靠近自己时，纪翘冷不丁地开了口，轻声道："我也问你个事。"

她从不害怕他的怒火。能让祝秋亭发火，也不是容易的事。

纪翘的目光越过他的肩膀，在墙边某处落下，那里的衣架上挂了件长款风衣。

"你的大衣，"纪翘顿了顿，平静道，"为什么总买大一号的？"

漫长的沉默仿佛海水倒灌一般，瞬间将整个房间淹没。

纪翘没等到祝秋亭回答。也是，他不想回答的事，谁也没法从他嘴里撬出半个字。

她无意间抬眼，面前异国他乡的酒店陈设，让纪翘想起过往。实际上，她不是第一次来 M 国，上次来还是五月的春天，正赶上雨季。离开的时候，她曾发誓不会再回来。

现在看来，誓言就是拿来违背的。她想起这茬时，有些暗无天日的回忆一并跟着涌上来。

她只分神了极短一瞬，神色变了变，直接推开祝秋亭，冲进洗手间，一阵反胃干呕。只是太久没吃饭，她什么都没吐出来。

她洗了把脸，看着镜子中的人，觉得苍白又陌生。

纪翘自嘲地轻笑了下。都过了多久，可想起那些，还是恨不得吐上三天，能把记忆吐出去最好。

等那股劲终于过去，纪翘调整好状态，练习了几次嘴角上扬，找到最佳弧度后，一把拉开了门。

祝秋亭就在门外，靠着墙有一下没一下地玩打火机。

纪翘还没来得及把练习付诸行动，祝秋亭先开了口。

她试图分析他的情绪，可惜语气太平淡了，什么都没分析出来，很好。

祝秋亭问："吐完了？"

纪翘道："嗯，不过一会儿可能……"

这话意思明白，今天晚上肯定不行。纪翘知道，在这种事上祝秋亭从来不会强迫人。

可老被打断，总不会爽到哪儿去。

纪翘想了想："要不要帮你？"她扫了一眼，大大方方地问道。

祝秋亭本来没看她，闻言侧过头瞥她一眼，打量了一会儿，又很快收回目光。

祝秋亭说："不用，休息吧。"

纪翘点头："好。"

纪翘知道他会找其他方式解决，刚要恭恭敬敬地摆出"您这边请"的姿态送走他，就见人转过身，大步流星地往屋里走。

纪翘傻了。

她快步跟上去，试图拦住他，但还好他只是坐到沙发椅上，她微松了口气。

祝秋亭问："上次你去的哪儿？迈市，勐市？"

他取了一个新杯子，给自己倒了杯茶。那是纪翘随身带的花茶，刚才泡好还没喝，现在已经快凉了。

纪翘沉默地看他低头饮茶，祝秋亭耐心不太够，等了半分钟等不到回答，抬头望着她，不咸不淡道："才一年就记不住了？"

纪翘："勐市。"

勐市在M国东北，掸邦东部首府，与N省接壤，边境三大赌城之一。

她上次落了单，几天后才被黎幺带人捞出来。

用黎幺的话说，就那半条小命还不如不捞，全身上下找不到一处好地方。他边埋怨，边把她运回祖国的怀抱扔进医院，她躺了两个月，后来还黎幺医药费还了半年。

祝秋亭说："没来 YN 市逛逛？"

纪翘："没来得及。"她回答的时候低着头，他只能看到她的发旋。

祝秋亭把杯子放到桌上，指腹在桌上轻敲了敲："抬头。"

纪翘照做，姿态和顺，像最初来时的她，小心翼翼，如履薄冰。

她长了张经得起细看的脸，轮廓流畅，线条如刻，眉眼饱满而浓烈。

祝秋亭想，她大概不知道，她并不擅长演戏，自以为将情绪好好藏在暗处，实际上满得快溢出来了。

祝秋亭盯了她几秒，忽然笑了："想骂我？"

何止。他能好好活这么大没被揍，纯属命好。

当年她本来不用来的，祝秋亭也没提是出国。可她还是跟来了，因为他需要。

四十秒，她能打出三十发子弹，听声响隔一堵墙命中两百米内的目标。

纪翘有点天赋，这点她自己知道。她只是没有伤人的天赋，能避则避。

可是那次不一样。

当时在边境，一次行动需要祝家帮忙，因为那时祝氏有不少业务驻扎在 M 国。

所以纪翘就去了，忙是帮了，但差点没出来。

黎幺把她从那村庄的地下室救出来当晚，给祝秋亭打了个电话，她听得清清楚楚。

电话那头男人声音也很冷，问黎幺为什么让她去，除了拖后腿，她过来还有其他用处吗？

纪翘不是喜欢翻旧账的人，可她脾气一般，还记仇得很。

祝秋亭这么一问，问得她火气一下上来了。

纪翘笑盈盈地起身，走到祝秋亭面前，双手抓着沙发椅把俯下身去。这个姿势像把他整个人圈进了自己的势力范围，她的黑发自然垂下，落在他手背上。

纪翘："我敢吗？"

她懒洋洋地勾着嘴角："借我十个胆子我也不敢惹你……"

纪翘轻叹了口气："我很惜命的，而且我的人生还没开始呢。"

她这个姿势够居高临下，这让纪翘心情好了一点。

纪翘望进祝秋亭眼里，笑意也深了几分："我才二十八岁，这种日子哪天过烦了，我就找个脾气好的谈谈恋爱，到时候看在这些年的情分上，还得麻烦祝总帮忙把关了。"

祝秋亭没回应，两只手自然地搭在椅把上，指腹极轻地摩挲，他指甲剪得齐整，手指骨节分明漂亮。他安静地看着纪翘，听她说这些屁话时，眉头也没挑一下。

纪翘瞥了一眼，笑盈盈地低头靠近，鼻尖轻碰了碰他的，好像情侣间极温情的一瞬，但彼此都得见，明暗光线里，含蓄的试探，所有与沦陷无关的尖锐都藏在眼神中。

“可以吧？”

她话音刚落，就被男人一把拉起，反压在身下。窄窄的沙发椅，哪里承受得了两个人，差点倒向一边。

祝秋亭把腕表解下扔到一边，手从她松开的衣摆下探进，神色自若，扣过她后脑勺，薄唇近在咫尺，却没落下一吻，只是从上到下，慢悠悠地打量着她。眼似无形手，看得人发抖。

“好。”

祝秋亭终于笑了笑，低头在她下唇轻咬了咬，将话渡进来：“帮你。”

纪翘以前谈过几次恋爱，在梁越之后，孟景之前。平心而论，从条件来说都不错。她那时觉得，这个综合条件不错，纪钺会满意的。这个性格平和，纪钺会觉得可以。

她仔细想过，那时的挑选标准是带到纪钺墓前，能够讨他喜欢。

可惜最后都没维持住。

对男友们来说，一开始的新鲜劲过去了，美看多了就那么回事，跟沉默的人过平淡如水的日子，谁没意思谁知道。

那些人喜欢她的皮囊，纪翘清楚。

他们爱人灼灼美丽，望人重情重义，一旦不合心意，又习惯性弃之如敝屣。

纪翘同意王尔德的定论，人不去美的殿堂还能去何方呢？

纪翘曾见识过。前年有一晚，她以为祝秋亭会在夜场待到天亮。她离开前，有美女刚缠上去，他衣领袖口都被酒液沾湿，腰际被人柔柔环住。一般这种情况，是不需要她跟在旁边保护的，纪翘乐得轻松，赶紧逃之夭夭。

当时刚从训练场回来不久，她在一家爵士酒吧认识个混血的朋友，叫理查德，追她追得紧。那晚纪翘难得有兴致，回了他微信，对方兴奋地给她打了个视频，邀请她出来吃夜宵，又涨红着脸说不是那个意思。纪翘觉得这人很有趣，想交个朋友，结果最后全泡汤了。

因为她临时被苏校一个电话叫回去，去接祝秋亭。

苏校说了地址，是之前那家夜店，而后又附了句：注意北边，我会发你线路图，有两条路，别走错了。

纪翘赶到时，发现地址最后定在了后巷，一条很窄的单行道。她只能下车步行进去。

纪翘记得很清楚，那晚月亮比平时更近，嵌在楼宇中。

黑色宾利停在路旁，路灯的光亮跟月色比起来，都显得黯淡许多。

祝秋亭倚着车身，月光洒了他一身。他深色衬衫没有换下来，酒渍还在，指间夹的黑金色烟身偏细。

那是女士烟，寿百年黑俄罗斯。纪翘一眼就认出来了，这款烟味道很淡，尾调还有点劣质雪茄的感觉，旁人闻起来烟味又重，不是上好的选择。她不久前刚买一盒，纯粹觉得好看，抽了三根就放弃了。

可拿在祝秋亭手里，纪翘觉得好看即是价值。

他的衬衫即使打湿了，也依然合身。这会儿他低着头吸烟，领口微敞，锁骨线条直飞斜入肩头，颈项弯着漂亮弧度，长腿懒懒地支着。月色与街灯，两厢映照的光源下，整条后巷都因其存在而熠熠生辉，黑暗里藏着璀璨。

纪翘没出声，看了会儿，才叫他名字。

祝秋亭将烟取下，放在指腹间捻灭，侧头看了她一眼，算是应答。

吸引力是怎么回事，那天以后，纪翘明白了。除了眼目的情欲，还能关乎什么？她自己都不免会为了这些时刻停留驻足。

可喜欢看是一回事，付诸行动是另一回事。

纪翘觉得自己比《叶公好龙》里的叶公惨多了，叶公好歹是“以为”自己喜欢，她是非常清楚，清楚自己的嘴炮很安全，勾引只做个面上功夫就够了，横竖祝秋亭也不会答应，他不是没分寸的人，绝不可能喜欢她。她暂时还有用处，他把她留在身边也很正常。祝秋亭这人行事很谨慎，有用的一切都要先留住再说。

之前是意外，可现在没有酒精，没有冲动，什么都没有，他们在异国他乡。这里只有两个人，神志清明，刚刚逃出生天的两个人。

这家酒店的硬件设施不怎么样，房顶却是模糊的金色镜面。纪翘只要稍稍抬一抬眸，便能看清一切。背靠的墙壁冰冷，她的血液却奔涌如岩浆。

纪翘累了想逃开时，祝秋亭还是把她拉了回去，捉过纪翘的手腕轻吻了吻，他自己的手腕处全是纪翘狠咬过后留下的齿印。

“最后一次。”

他笑了笑，俯下身来，克制着极慢的喘息，脊背额际也被汗打湿。祝秋亭本来装都能装出君子端方，现下却原形毕露，双目仿佛燃着一丛火焰。

他疯一样地盯着她，仿佛要将她拖入地狱，死也要一起，化成灰也得是交缠的两把灰。

她听见很多声响，比如窗外呼啸的风声。她仔细地听，听着它们在外面回旋的声音。

事实上，祝秋亭那双黑眸凝视着她，覆着一层很淡的水光。她仿佛听见了木柴在熊熊火焰里烧断的声音，噼啪作响，断裂后便掉进了无底深渊。

纪翘觉得自己是疯了。

风平浪静后，祝秋亭将她丢进浴缸里洗了个澡，等重新躺倒，纪翘只休息了几分钟，便起身披起浴衣去泡了杯茶。她问祝秋亭要不要，他点头，她也就递了一杯过去。

纪翘把床头灯调暗了点，从另一边爬上去，盘坐着小口喝茶。

“其实我有点理解你们了。”

茶太烫，她用手指绕着杯沿等待，有点感慨道。

“生气的时候，人还是得找点别的事转移注意力。”

祝秋亭垂眸看着清茶，没喝：“第一次知道？”

几个小时前，她整个人状态都不太对，满心满眼都有火气，现在明显舒缓多了。虽然不知道想起了什么，不过祝秋亭一向只问结果不问过程，对原因并不是很关心。

纪翘失笑，扬了扬眉：“怎么可能？以前也知道啊，”她耸了耸肩，“今天是知道得更清楚了。”

她觉着祝秋亭此时状态心情还行，也不藏着掖着了，反正都是成年人有什么不能聊的，说起话来也没遮没拦的：“怎么，你感觉不好？”

祝秋亭抬眸扫了她一眼，声音轻了不少：“哦？”

这个“哦”字很是精髓，无疑，表达着主人的好奇心和急需答案的意思。

纪翘拍了下大腿，恍然大悟：“是不是人上了年纪，容易对自己没信心？别担心，你是这个。”

她又竖了竖大拇指。别的不行，夸人她擅长啊，夸祝秋亭她更擅长。

祝秋亭深深地盯了她几秒，没说话一口把热茶仰头灌完。

纪翘看得倒抽了口凉气，不嫌烫啊？这可是滚烫的开水啊。

纪翘忍不住鼓了几下掌：“厉害厉害。”

祝秋亭把杯子扔到桌上，又指了指地上：“休息吧。”

纪翘以为自己听错了。

她尝试着提出异议：“可……这是我的床？”

而且她的腰已经趋近断裂。

祝秋亭反问道：“嗯，所以呢？”

纪翘恨恨地裹起被子，自觉地把自己裹成菜青虫，睡到了地毯上。

亏她还夸他呢，怎么会有这么小气的男人！

祝秋亭躺了一会儿，越想越心烦，刚想把人拽起来，却觉得意识越来越混沌，最后彻底陷入黑暗前，纪翘的身影从眼前晃过，她笑得似乎有几分调皮，那是几乎不会在她面上出现的情绪。

“感谢您的服务，我挺满意的。好好睡吧。”

纪翘帮他收好茶杯，穿好衣服拎了件飞行夹克，走到窗前时，又扭头看了床上熟睡的人一眼。

很快，她收起乱七八糟的思绪，扣着窗沿飞身而下，身形快得几乎只剩影子。

来 YN 市除了帮他，她还有另一件正事要办。

当时在勐市，在那间地下室里，她第一次陷进那样绝望恐惧的境地。

来 M 国帮祝秋亭这事，她甚至没跟他提过。只是听黎幺说，祝秋亭是纯帮忙，不为了任何利益。难得祝秋亭能这么有觉悟，她脑子一热就过来了。还没怎么着呢，就在勐市附近出事了。

那年跟她一起被关起来的少年，递给她一颗糖，用蹩脚的英语鼓励她活下去，当着她的面——

他大概到死都相信纪翘说的那句，我会带你出去。所以他毅然决然地挡在了她身前。

这仇不报她不配姓纪。即使一直在国内，她也从没放弃过查对方来路的机会。后来摸清了信息，就差个来 M 国的契机。纪翘觉得，这种事还是自己解决比较好。

纪翘找到早联系好的当地向导父子，因为祝秋亭，她被迫把时间推迟了。从窗户翻下去的时候，她差点撞上一个无辜路人，对方戴着帽子，明明没看路却精准地躲过了她。纪翘差点没收住步子，连连道歉，对方早都走出好几米了。

下一秒，纪翘却周身一僵，如坠冰窖。

她差点看错。那个身形好像祝秋亭……还以为给他放的安眠药失效了。

就算把祝秋亭蒙上脸丢到人群里，那个身形骨架也是绝对的鹤立鸡群，更重要的是，他周身有一股天然压制的气场。

这个她差点撞上的路人，竟也给了她相似的感觉。

对方头也不回地走了，纪翘收起思绪，往目的地赶去。她最后还是迟到了十分钟，向导阿芒很客气，但他父亲已经有点不悦，上下打量了纪翘半天，不屑地轻哼了一声。

纪翘也不在乎，把武器拿出来上好，顺便仔仔细细地擦了擦。

司机和老向导都吓了一跳，车在崎岖不平的路面走了个大 S 形。

纪翘皱了皱眉，抬起眼皮瞥了阿芒一眼。

阿芒跟祝家的线人有合作，清楚她的来路，赶紧安抚了两边。

车在寂静的夜路上行驶，越开越偏。纪翘睡得也挺起劲，脑袋在车窗上一撞一撞，车最后停在一个集市的巷口后面，再往里车已经不好走，接着她被阿芒推醒。

“行，在这儿等等。”纪翘手指了指车上，比了个数字，“十分钟。”

阿芒能听得懂简单中文，她也早交代过要走的路线，第一站就是这家隐蔽的刺青店。

她熟练地翻身下车，想了想又折回，把带的防身武器扔给阿芒才走。

当日揍她的和拿鞭子的不是一个人，在他们身上繁复迥异的刺青中，只有手臂内侧角落的图案是一样的，线条和花纹走向相似。

纪翘跟老板提前联系好，把复制出来的图案和枪一起扔到桌上，问他见没见过这个图案。

老板是华裔，这店虽小，但开了不少年了，他明白识时务者为俊杰的道理。

见纪翘这架势，他合起外套，抱着茶缸叹了口气：“怎么都这么暴力——”

纪翘把枪栓拉开，老板赶紧举了举双手：“好好好，别那么急嘛，你是老于介绍来的，我能怎么样？”

他把知道的和盘托出，花了将近十分钟。

从头到尾，纪翘只是安静地听着。

最后，老板搓了搓手，期待的小眼神盯着她，希望把瘟神赶紧送走。人看着漂漂亮亮的，怎么眼神冷得像淬了毒。

纪翘收起纸和枪，眼神无意间一瞥，忽而折返，视线定格在墙上的某张作品上。

“我能看看那个吗？”

老板见她目光所至，扫了一眼就知道她说哪张图，确实精美吸睛。

“这是客人当时自己拿来的设计图，”提起作品，老板眉梢里都带着点得意，“我当年求了半天，才把原图留下来的。”

荆棘丛中缠绕着十字架，线条下坠，化成一把剑的形状，剑、十字架与荆棘互相制约又不显混乱。非常……熟悉。

纪翘听见自己的声音好像远得从另一个空间传来。

“你认识这个客人吗？”

老板看了她一会儿，眯起眼笑了笑，反问她：“你不认识？这图案是他自己设计的。”

她翻过来看了看，后面还写着很短一句话。

如果说之前还有哪里不确定，现在这笔迹已经不言自明。

昏黄灯光下，那字迹颜色略褪，力透纸背有金戈铁马之势，内容却完全相反。

那上面写的是：求灯照她暗途，美梦如期光顾。

纪翘看着那行字，这么短。她很难形容这种奇异的感觉。

一生中多少有些恍惚时刻，像是被抛进遥远深处，旧有的规则顷刻间便化作飞灰，文明世界里，所有曾无比重要的意义将不复存在。

它短暂而漫长，直白而朦胧，拧着人的头，逼你面向生命的节点。

刀锋时刻。过去就过去了。过不去，也不会有下一次机会。对她来说，纪钺的死算一次，天旋地转持续数月。

但现在，这种感觉明显不同。

纪翘捏着这张纸，很快回过神来。她随意地倚着桌角，老板几次三番想伸手拿回，她只当没看见，反倒津津有味地来回翻看。

纪翘头也没抬地问："有烟吗？"

老板："没有。"

纪翘定定地看了他几秒，手忽然动了动。老板一看，这是往腰上娴熟地伸去，不是拿刀就是取枪啊，他下意识地抱头就要蹿桌子底下，结果被她拉起来。

纪翘话里带点无奈："干吗啊你？"

她拍了两下桌子，声音清脆利落："换吗？"

老板瞥一眼，这才看清她扔到桌子上的东西。

两包软中华烟。

在M国这偏僻地方做文身生意，人员混乱，拿什么抵账的都有，九分威逼一分利好罢了。真拿好东西换的可不多，老板心痒犹豫几秒，还是忍痛拒绝了。

老板："我这……这其实是复制的！不值当！"

纪翘耸肩："不用给我原图。"

老板思忖半晌，转身进里屋办了，他出来递给她的时候又问："姑娘，别怪我多嘴，你要这个能有什么用？"

纪翘捏着复制图边角，盯着那十二个字看到眼睛发涩，才抖一抖卷了起来："保持清醒。"

不管这十二个字是送给谁的，一想到是他的手笔，纪翘都觉得很荒谬。祝秋亭……以前还挺痴情？

纪翘算是明白了，冥冥之中，这不是上天在拉她一把？敢对他上头起心思，立马让你尝一尝清醒的滋味。

纪翘不知道那人是谁，可她还是得承认，确实有点……有点像心被扎了一下。

这认知让她都愣住了，是嫉妒吗？或许吧。

别人就算了，她成天在祝秋亭周围晃，对男人喜怒无常的劲，算是领教够了。有的女人明明不错，经常跟在他左右，等纪翘开始琢磨她们的喜好了，没过多久人就离开了，这事根本说不准。

他还有爱而不得的时候？好笑。

纪翘不发一言地回到副驾驶位，气压很低，阿芒感觉到了。

阿芒问她："南边还去吗？"

纪翘把座椅放平一些，左腿屈起，才算舒服点："不去了。今天能到迈市吗？"她往后递了张字条，上面用当地语言写着两个简短的词，是某间建筑的名字，刚才那老板写的。

M 国的这类支柱产业，做的大多是跨国生意，越靠近人群的地方越红火。勐市在打洛口岸对面，迈市在德宏州对面。这两年比之前严很多，勐市很多产业已经关门。她当年是从勐市入境，那群人到底是不是 J.r 那边的人，纪翘得自己去看看才知道。

阿芒虽然为难，但三百现金递了过来，他眼前一亮，很快想到了办法："抄近道，争取……今天七点前！"

纪翘"嗯"了声，这段路越发颠簸，她头没晃晕，但晃困了，头靠着车窗上下起伏。

半梦半醒间，她看着朦胧的雨景，在一片浓绿里等待着。

很快，纪翘意识到她在这个梦里等什么。

那是她第一次在境外无条件地协助别人，祝家派去帮忙的都是强人。

至于纪翘，她只是被黎幺抓过去练手的，在掩护里一直等待，两个小时一动没动。

雨中密林，是沉沉的绿与浓灰，目之所及的一切好像全都褪色了。

忽然，眼中出现了一抹浓烈颜色。

纪翘几乎是下意识要扣下扳机，手背却被握紧，耳旁是极轻一句——别紧张。

她努力平复呼吸，再度扫了眼瞄准镜。

一抹浓烈的正红——一朵野花。

不知道从哪儿摘来的，他就这么随意地插在她枪口上。

"好看吗？"祝秋亭甚至有闲心问她一句。

纪翘刚想回答什么，虹膜里倒映的世界突然剧烈扭曲起来，她猛然惊醒。

阿芒和司机都被她的反应吓了一跳，阿芒直接探身过来："怎么了？"

纪翘额上全是细密的汗珠，她望着车窗外刚刚亮起的天色，心里升起强烈的不安。

虽然安眠药算好了剂量，但要是他起不来，又有人闯进去怎么办？

思虑再三，她还是给苏校打了个电话，报了祝秋亭的确切位置。

意料之内，苏校差点气昏过去，平时祝秋亭是二十四小时身边都有人的。苏校咬牙切齿地让她等着，纪翘没什么可辩驳，说好。

收了线，纪翘低头看见那张图纸，自嘲地笑了笑。幸好发现得早。她还有太多事没办，一朝把自己扔到无数人跳过的泥潭里。要是被他发现，才不会是一脚踢开那么简单。

她抹了点随身带的风油精，抹在太阳穴上，闭上眼的那一秒，那朵小花猝不及防地又浮现。

纪翘认真地算了算，她得到的温柔之最，不过是枪口那抹红，还是人家随地摘的。

可有人早在许久之前，就得到了他一整个世界。

那十二个字哪里是祝愿与倾心，那是默许。无论向我求什么，我若在这里，必定会给你。

纪翘不死心，又仔细地回想了这三年，祝秋亭有没有拿她当人的时候。

想来想去，她只回想起几个小时前，他说继续时的语气，带着几分失控，完全没顾她的求饶。

当时安眠药放少了，后悔。

八点整老板要开门，卷帘门拉到一半，又停住了。

来人挺稀奇的，但也不算太意外。

老板赶紧泡了壶好茶，给杯中斟满，对方却完全没有要长谈的意思。

“来了吗？”

“来了来了，四五点到的。”

“除了那件事还说了什么？”

“没……哦，”老板一拍脑袋，指了指墙上，“看我这记性，她要了张图，给她复印了一份带走了。”

对方没说话，朝他勾了下手。

老板笑了：“人挺好，没给我什么。”

抬头悄悄地看了眼，老板赶紧收回眼神，无奈地转身取了东西。

“就这。”

老板把两盒中华烟拍到桌子上。

他掂了下，把烟收进口袋，推了个信封过去。

老板瞟了眼厚度。

“瞧不起谁呢？”

“没拆开看看？”

老板摇头：“还没来得及。”说完，又叹了口气，“想留着晚上再拆来着，早知道刚才先来两根了。”

对方笑了笑，没说话。祝秋亭把烟盒打开，磕了支烟出来，里面却又掉出来一张叠得四方的字条。

——西北角 120° 方向楼顶，小心。

老板脸色微变。

“都被人盯上多久了，”男人咬着烟，没点，“成队真是老了，这都要靠别人提醒，真行。”

眼看着他要离开，老板开口叫了句。

“祝九，那真是‘别人’？你不熟？”

老板眼神在祝秋亭脖颈上转了一圈，痕迹一路往下延至胸膛，压根儿掩不住，之前发生了什么，昭然若揭。

遑论他们认识合作多久了，祝秋亭什么人他再清楚不过。学什么都像，只有逢场作戏都不会做全套，中途抽身倒是常有的事。

没人能逼他。只有这次，看上去……心态完全不一样。

对方倚着门框，慵懒地勾了下嘴角，初升的旭日照得他笑容一晃：“对你而言是。”

迈市和勐市都靠着N省边境，如果从瑞市走，经陇川去迈市，只要不到一小时。从 YN 市过去反倒麻烦些。迈市有特区，区边上驻扎着当地人的营地。

苏校接到手下消息，说祝秋亭想在那儿多待两天，他心里已经升起不好预感。他和林域、黎幺，实实在在跟过他最早那几年，成天往外跑，冒险是冒险，但机遇也多。

祝秋亭从祝绫那儿继承过来的东西不多，最值钱的也不过是个名头。祝绫儿子之一——已近消逝的时代里，已近消逝的势力，得到了防备、暗枪与冷眼，其他都是虚的。祝秋亭显然深谙富贵险中求的道理，要赚钱，要手握实权。早年在 M 国跑动的时候，一向不拿自己的命当命。

即使调了几个下属过去，苏校还是担心。现在是不一样了，但以前得罪过的仇家，谁知道什么时候会出来放个冷枪？

何况祝氏的事务堆积了三天，已经足够可观。最诡异的是，祝秋亭的手机直接关机。

失联过去一天半，苏校抽不出身，只好让黎幺抽时间过去一趟。

黎幺呸了一声："工厂这边老子不得擦屁股，还得分个身过去？回来他找我麻烦，你负责？祝秋亭不是有纪翘贴身跟着吗？"

苏校说："她毕竟是个女的，有危险自己跑了怎么办？"

黎幺知道苏校和祝家大部分人，都觉得纪翘属于随时可以倒戈的阵营，防她跟防贼差不多，但这么直接在他面前说出来，还是让黎幺很不爽，声音都冷了几分："你怀疑我带的人？就算断她一只手，挑你手下那几个都没问题。别在这边跟老子搞这套，你当祝秋亭傻还是我傻，把会倒戈的废物带在身边这么久？"

他撂了电话，该过去还是得过去。

等到了 M 国，他才发现事情确实挺麻烦。

失联的哪是祝秋亭，是纪翘。

进了迈市，甩了向导，她就像游进大海的鱼，再摸不到半点影子。

祝家手下说出这句话，黎幺都觉得有点好笑，他最近这两年跑 M 国跑得少，都知道边境赌场常开不倒的就那几家，以他们的能力连纪翘都跟不牢、找不到，压根儿不可能。

除非——

黎幺唇边的笑猛地凝固了。

当年在勐市怎么失踪的，今天就可以怎么失踪。

明面上消失，只是一个信号而已。

"祝九他人呢？！"

"到迈市了，"手下声音越来越低，"上飞机前，我就要跟您说的……"

黎幺坐不住了，黑着脸冲到酒店走廊，咬牙切齿道："备车，去迈市。"

在勐市那次，他们其实没完全失去纪翘的消息。她的定位追踪器信号一直在，找过去不是问题，怎么突破重围进去才是问题。当时支援的火力也不能随便撤出来，最后祝秋亭懒得跟那帮人周旋，亲自去了一趟，把人要了回来。

黎幺也奇怪，纪翘对祝秋亭来说，到底算什么？

一个重要的下属，一个值得留恋的女人？

或者两者都是。但无论答案是什么，他怎么都想不通，勐市那次费了心血和时间，人情全推给他黎幺来做了，自己连面都不露。纪翘在之后那一年里，可以说，用百分之一百二的用心回报了他这救命之恩。

祝秋亭可不是爱做慈善的人，在涉及她的事时，却截然相反。

黎幺在去迈市的路上，设想过很多场景。

但他没想到，最后在那贵宾厅里找到人时，情况比想象中平静那么多。

迈市这边规则跟MA区挺像，实行积分制。

黎幺进去的时候，听人议论说，三个贵宾厅中最大的那个，被人包了场。他直接过去，推门就看见祝秋亭坐在主桌中位，输了也不急，慢悠悠地吸了口烟，笑吟吟地道："再来一局。"

黎幺远远看着，刚开始有点心情复杂，纪翘现在人不见了，他倒玩得挺欢实。

但过了一分钟，他就觉得哪里不太对。

气氛也太怪异了。

除了祝秋亭本人笑眯眯的，其他人的神情都十分凝重。

他还没问出口，旁边靠墙的一个侍应忽然冲过来，颤颤巍巍地跪在祝秋亭脚边，脸色惨白，抓着祝秋亭的裤脚几乎要哭出来，声音直抖："先生，我们真的不知道老板去哪儿了，我……我们正在帮您找，但您千万千万别冲动——"

黎幺顺着那侍应的眼神望向赌桌底下。

难道底下藏着人？

黎幺刚想走过去看一眼，顺便在他面前晃一圈，走到半道便倏然停住脚步。

黎幺不用看也知道桌子底下是什么了。

确实是祝秋亭的作风，黎幺头有点儿晕。

祝秋亭没理他，咬着烟自顾自地玩，老神在在地推了五十万筹码进池子，选了数字16。

那侍应就单纯找份生计，可没想能遇到这种疯子。而且这个疯子明显是来真的，他整个人都要崩溃了："那……那我帮您去找人，丢的是哪位，老板他……他不知道，说不定有人知道，可您要找的人到底在哪里——"

祝秋亭黑眸抬了抬，上目线随之弯出一道弧度："我要知道干吗找你老板？"

男人站起来，撑着桌沿懒懒一靠，红色筹码抛起，又落在他掌心。

吊灯就在他头顶，灯很亮，流光溢彩般地倾泻，照出他面庞轮廓惊人的美。

"怎么说，"他低头掸了掸烟灰，忽然笑了笑，"反正比我的命金贵。"

有很长一段时间，纪翘是在瞄准镜里看祝秋亭的。

楼顶风大，一待就是小半天。呼气拉得很长，肌肉放松到极点，整个世界就在眼前。

黎幺训练她的时候也奇怪，狙击的训练最漫长辛苦，她倒最感兴趣。

纪翘家里从小就有瞄准镜，是她八岁第一次跑五公里的奖励。它更像一个玩具，但被纪钺擦得锃亮。她有事没事，收了练习回家，靠在家里窗台边，拿着它一看一下午。偶尔视野里会出现纪钺回家的身影，他从不空手而归，要么拎只鸭子，要么拎一条刚宰好的鱼，很快就会飘香十里。那是纪翘最快活的时候。

等她再次从瞄准镜里看人，就是为了保护人。

跟纪钺不一样，祝秋亭是一直待在她视野里的人。

在国内人手多，用不上她。去SA洲的时候，祝秋亭不喜欢她近身，忘了她的存在都是常有的事，她后来干脆跟苏校说了声，提前踩好位，在制高点待很久，避免意外出现。

纪翘也见过了祝秋亭许多时刻，虚与委蛇，温情脉脉，推杯换盏，浓情蜜意。为了帮盟友搞死对手，不惜以自己为饵，允许对他有意的人得到假意的特权放肆，在耳麦里收到确切消息的下一刻，把人掀翻，细心擦拭自己被对方碰过的地方。无数人来来去去，不论男女，上演着出出老戏。争风吃醋仰慕发疯，试探恐惧推进撤离，戏码无聊，纪翘看来看去，觉得最有趣的还是祝秋亭。

纪钺出现，手上总会带点吃的。而祝秋亭出现……在她目之所及，他永远保留着一层伪装。

又或者，伪装本来就是他的真实。

他好像不懂什么是恐惧。在麦林市，敢从灰狼手里截断他们的货流，那种挑衅谁都忍不了。连苏校都在私底下问他，你非要这样不可吗？祝秋亭漫不经心地点头，说对。下一秒他似有所感，抬眼扫过来，偷听的纪翘立刻闪身消失，心跳飞飙到130。

纪翘曾对他有多少好奇心，她自己都掂不清。

但纪翘发现，想了解他，也不是全无好处。

几年前在勐市，她第一次知道痛可以到什么地步。尺骨、桡骨被枪托砸断，盐水浇在皮开肉绽的背上，明明神志已经涣散，疼痛却还那么清晰，每一分每一秒都从内而外地撕扯她。隐约中，纪翘幻觉里听到了他的名字。

你知道任何有关他的事吗？

不知道。

想到他那一瞬间，纪翘浑身打了个激灵，忽然清醒了一点。

如果是祝秋亭，他会允许自己死在这儿吗？在某一刻——筋骨与希望都被压断的那刻，坦然接受这样的命运……他会吗？

那时候，纪翘想着他，把自己当作他，也就能撑了下来。

这事她永远不会让他知道，但这仇她要报。至少得知道是哪些人干的……她必须知道；跟J.r有没有关系，她更要查清。毕竟她与J.r之间，才是血海深仇。

纪翘得到的线索在东方酒店的 VIP 厅出现，这知情人的外形特征很好辨认。纪翘在角落无声地打量他。

男人身形微胖，不超过一米七五，手上戴了块假的名牌手表，性格倒是谨慎，电话不断。上一场输了不少，他看起来还想继续，却匆匆离开了。纪翘便换了个地方跟。

祝秋亭教过她不少，比如打蛇打七寸。

他们在酒店走廊“偶遇”。被对方抓包跟踪的第一时间，纪翘就梨花带雨地哭倒在墙上了。

“陈老板，是我，您忘了吗？”纪翘咬着唇，泣不成声。

对方警惕而狐疑的目光在她身上来回转，纪翘忽地从他视线内消失了。

她飞快地坐到地毯上，抱住了陈老板的大腿，泪水涟涟，惹人心疼得很：“您说的，有机会就把我带回家的……”

纪翘抬起头，长睫上挂着盈盈泪珠，语气微微发颤：“终于又见面了，自从上次以后，我就一直……呃，一直很佩服您呢陈总——”

纪翘好恨，业余生活太不丰富，成天跟上司周旋，看看现在她连几句漂亮话都说不出来！

陈老板的目光在她脸上和胸前来回打转，在回忆和现实里挣扎了一下，很快放弃。

“那再让我回忆一下？让我开心了，就带你走。”

陈老板捏了捏她脸，眼神冒着光。

纪翘破涕为笑，蹭着他站起来，用小腿轻撞了撞对方膝窝，半撒娇半喜悦地低声道：“那……走吧？”

陈老板看了眼表，还有半小时，够了，放心地将纪翘往怀里狠狠一搂，手在她腰上不安分地来回动：“你最近都待在这里？”

纪翘顺从地靠在他怀里，眉眼乖顺，娇嗔道：“能见到您我就暂时不走了。”

陈老板拥着她进了客房，刚关上门，就传来安全锁落下的声音。他转身看了眼，今晚送上门的美人正在解外套拉链，里面只穿着简单 T 恤，都能看出凹凸有致的曲线。他满意地点头，眼神黏着没舍得移开：“是你上的锁？”

纪翘温顺地笑了笑：“怕人打扰。”

陈老板点点头，盯着她：“也是。”

纪翘眉头微挑，语气温柔：“那是您过来，还是我过去啊？”

陈老板呵呵一笑：“有区别吗？我过去，还是你过来？啧，看不出来啊——”

纪翘低头摘表，眉毛都没抬一下。

“区别就是你下个约还要多久，我得看着来。”

陈老板皱了皱眉，等后知后觉地察觉到不对，人已经僵住。他脖颈处被尖刃抵住，对方手臂看起来那么细，但竟半分也挣不开，牢牢地锢住了他。

“这是我新买的，”纪翘“啧”了声，叹了口气，“便宜你了。”

离迈市最近、最大的地下赌坊在西边，位置很偏，过来要翻座山头。内部装潢简陋老旧，一二层打通了，木质楼梯吱呀作响，平时被本地人占着，今天却被人包下了。

陈宇到的时候，先去贵宾厅给坐主位的人磕了三个头：“吴扉。”

主座的人在玩牌，是个青茬寸头，一件背心一条松垮长裤，眉眼细长，鼻梁轮廓硬挺。他周围站了一圈人，但无一人在他旁边坐下。

陈宇见他没反应，也不敢停，直到额头渗出血，才被叫了停。

被称吴扉的人抬起头，瞥了眼角落，陈宇今天不是自己过来的，他还带了个女人过来，手下跟陈宇正低声交谈着。

“这谁？没事别带些乱七八糟的人过来。”

“不好意思，就这一次！”

陈宇慌得手直抖，战战兢兢地看了眼角落的女人，要是被继续问下去，他可没借口能搪塞了。

“阿裕问的事怎么样了，人还在吗？”

陈宇踌躇着，下一秒就被人一脚踹翻在地上。

吴扉弯下腰来，正要说什么，却看到陈宇脖子的伤口，不深的划痕，但看上去很新。

沉默片刻，他问陈宇：“哪儿弄的伤？”

昨天才在别人的视频里看过陈宇，那时候都没有，到现在不到二十四小时，明明连迈市都没出过，他们又才刚赶来M国，谁能动他？

陈宇没说话，吴扉便切换了普通话，一字一句地阴沉道：“要我问两次？”

吴扉之前失了误，货出了岔子——最后还被最不该截走的人截走，为他人做了嫁衣裳。为此，吴扉被灰狼雪藏了两年，今年，他决不允许自己再犯错了。在今天这种情报交接的重要日子，更要步步小心。

“不，不是！”

这边，陈宇简直进退两难。

那女人有备而来，将他捏得死死的。但这一边，又是吴扉，吴扉的背后可是不能招惹的人。

“是她！”

陈宇心一横，指向了规矩地站在角落的纪翘。

“是，我半夜不小心，我着了她的道——”

陈宇硬着头皮继续。

吴扉便指向纪翘：“过来。”

纪翘看了看左右，没人理她，无助又为难地挪了过去。

吴扉问：“你是陈宇的人？”

纪翘迟疑了下，点了点头。

吴扉上下看她，蹙眉道：“我以前怎么没见过你？”

纪翘毕恭毕敬地道：“最近刚变性，才敢回来找陈老板。”她叹气，“攒了好久的钱。”

吴扉冷笑一声，用食指抬了抬纪翘的下巴，话却是对着陈宇说：“你出息了，找了个满嘴跑火车的。来，说说，他怎么受的伤？”

纪翘一指陈宇，目光纯净，语气天真：“陈老板要求的呀。”

周围人勉强忍住了笑，但八卦是人类共性，所有人的眼神都往陈宇身上瞟。

吴扉也笑，眼眸透着股阴狠，淡声道：“示范一个看看。”

陈宇一抖，连忙往后缩坐，但并没有躲过去。纪翘“为难”地凑过来，揪过陈宇的领子，手刚扬起就被人一把扣住。

吴扉把她的手甩掉，盯了纪翘一会儿，忽然觉得她有些眼熟，收了笑意问她：“你原来做什么的？”

纪翘望着他，老实地答道：“在酒吧唱歌。”

没等吴扉发话，她径直转身，走向挑高落灰的台子。吴扉手下有人要冲上去捉她，却被吴扉拦住了。

这地界原先占了个好位，像带舞台的宴会厅，设备齐全，就是好久没用。她进来的时候就注意到了，以前辉煌时，估计是上面有歌舞表演。设备复杂，她折腾了一会儿，只把麦搞活了。纪翘从兜里翻翻找找，掏出自己的手机，绝对不会超过 1500 元的国产机。

找伴奏的间隙，她拍了拍麦，被扬起的灰尘呛得不轻。

吴扉在底下都给气笑了。

这半路哪儿杀出来的人？路子真野。

纪翘把伴奏放到最大，对准了麦，清了清嗓子，悠悠地跟着拍子唱了起来，调子很熟，还是首粤语老歌。她的发音漂亮又标准，音调天生偏低，烟嗓咬词不重，懒懒散散的，整个人跟着曲子闲适地晃动，穿着最简洁的 T 恤牛仔裤，依然很亮眼。

莫说青山多障碍，风也急风也劲
白云过山峰也可传情
万水千山总是情，聚散也有天注定
不怨天不怨命，但求有山水共作证
聚散也有天注定，不怨天不怨命——

纪翘眯着眼，站在稍高的地界，打眼一扫，把情况摸了个大概。

二楼十五人左右，一楼二十人左右，应该全是这男人的部下。有三分之一的和勐市那时候的人有相似文身，当然，那时的几个并不在这里。问题来了，一对三十五，她有胜算吗？像对付陈老板那样？可这些人看起来都长了脑子。

这个大胆的想法……纪翘捡起来又乖乖放下。

她离吴扉，直线距离有三十米。

但如果——

可惜，很快就没有如果了。

二楼有人大吼出声："刀！小心她有刀！"

一楼的人看不见，二楼望下来，有经验的人一眼能看穿她把匕首藏在哪里。

本来只想踩个点，早知道这样，她就把枪带上了！

纪翘沉着眸，咬了咬后槽牙，这一天天的，怎么除了后悔就是后悔呢？

吴扉听见提醒声后，下意识地望了过去，然而下一瞬，他才意识到对方在他身后。

就在电光石火之间，纪翘已经从台上飞身跃下，在人拔枪上膛的当口，她看也没看地将腰间的一把短匕抽出，回腕飞出，钉在西侧一人掌心——谁让他举枪最快。

吴扉是第二个，银质沙漠之鹰很快对准了她，子弹旋即射出，却打中了一把椅子，木椅瞬间四分五裂！

他定睛一看，是纪翘！她用脚尖挑起椅子，旋身一记鞭腿，将椅子直踢了过来，人却瞬间没了踪影！

"底下！桌子底下！"

陈宇艰难地俯身，赶紧给吴扉报位置，所有人的注意力都集中在了长桌的另一端——

然而不过几秒，纪翘却从中间冒了出来，快到让人几乎看不清影子。她脚尖点着桌沿，几乎是飞身上桌，拧腰飞膝，膝盖狠扣进了吴扉的肩窝，让他半个身子几乎瞬间麻透。纪翘左手手刀顺势砍在吴扉腕上，吴扉的枪险些脱了手！

最后，吴扉虽然勉强握紧了武器，但纪翘拿着的另一把黑色的军匕已经牢牢抵上来，冰凉的铁刃抵在吴扉的脖颈上，纪翘的左臂仿佛一道铁箍，紧紧地卡住他的大动脉。

轻敌真是大忌。

吴扉定了定神："你以为你能威胁谁？"

他冷冷地道。

"你们打呀，"纪翘耸了耸肩，"我的命又不值钱，一换一，值了。"

吴扉这辈子都没经历过这种时候，折在过女人手里，简直是奇耻大辱，他几乎是被气笑的："是吗？那就换个试试。"

纪翘能感觉到，这人青筋暴起，对手下人的反应不满到了极点："你们愣着干什么？！"

有二楼的人终于下定决心，拿枪缓缓地对准了他们。

纪翘没说话，手上又多用了三分力，上目线抬起，冰冷而锐利地盯着二楼。

他们不会迟疑太久，最多不会超过半分钟，一定会有人敢冒险。

千钧一发之际，吴扉突然开了口："你是谁的人？"

他捕捉到一种极致的熟悉感。

纪翘嗤笑："和你要跟我一起下黄泉有关系吗？"

吴扉想到一个人，冷冷地勾唇："是祝——"

纪翘挑了挑嘴角："祝我什么？祝我下去顺利？"

拉个垫背的她没意见，拉祝秋亭下水就算了。

J.r 这群人真是不到黄河心不死，为首的连头都不敢冒，手下屁事还挺多。

她可以失误，但是自己的锅自己就得背好了。这点都做不到的话，纪翘死都觉得没脸。

何况能带个人一起走，还是 J.r 那边的小头目，她也不算亏。

祝秋亭就算想怪她，报复方式……最多就是不给她烧纸钱。万一刚好赶巧了，这人有点儿作用，就更好了，她也算帮忙铺过了路。

虽然祝秋亭是个浑蛋，但至少……

至少他跟 J.r 水火不容。

他要干翻他们，只是时间问题。那到时候，纪钺和她的仇，也算报了。

这样一想，更不亏了。

纪翘不想被动地等死，手腕微动，正要一鼓作气抗争到底，给彼此都来个干脆的，二楼却有了动静。

纪翘本来不想分神，那动静不会比踢翻椅子更大，但还是抬头瞥了一眼。

果然是人倒了——

视线所及，已经一片混乱。

纪翘想，死前还能看到内斗，自己真是有着卓越超群的看戏体质。

很快，刚才还老神在在的吴扉脸色比她更难看了。

不到一分钟，二楼已经没有吴扉的人了。这大概不是内斗，内斗哪有这么突然。

纪翘再后知后觉，这种行事风格还是挺熟悉的。

很快就轮到了一楼。

她看了眼不远处脸色惨白的陈宇，忽然有点不忍心，提高声音叫了句陈老板："你从窗户翻走吧。"

酒店有监控，被翻出来的话，她一世英名不保不说，陈宇怕是想死都难。

陈宇有幸围观了现场，人都成木头了，看样子是一个字都听不进去。

"装傻一流。"

吴扉没抖，更没求饶，只是冷冷地看着，笑了一声。

纪翘懒得反驳，她现在没心情管他，周围已经陆续进了祝家的人控场，证据摆在这儿了，她确实没什么好说。

纪翘手上没松，目光已经游移了一大圈。

祝秋亭到底来没来？

没来还是别来了。来了的话，最好忙着处理其他事情，别来管她了。

她希冀的小火苗还没升起，就被灭得干干净净，寸草不生。

祝秋亭来了。不仅来了，他进来第一句，就挺为她考虑的。在这种午夜凌晨，容易困倦的时刻，提神醒脑的效果相当好。

他说："纪翘，滚过来。"

纪翘拿出了三辈子没用的"狗腿"技能，还没走近，出其不意地甩了句："你今天真好看。"不止言语，她确保眼神和肢体都保持在一个姿态，仰慕恭敬的姿态。

要认真说的话，纪翘也算不上在说谎。

祝秋亭今天难得穿了浅色，米白羊绒衫里是件银色衬衫，西装裤换了暗色刺绣条纹款，至少跟之前那套不一样了。纪翘偶尔会想，要是死了，变成游魂野鬼，她就还缠着祝秋亭。什么也不干，光看他。他的生死与事务跟她无关，纪翘只想看个够。

祝秋亭信奉那句话，恶人的亮光必会熄灭，火焰永不照耀他。

若真冥冥之中自有定数，命运是让他来克她的。如果美能让她陷落一次，那就能陷上千次万次。同理，祝秋亭能让她陷落千万次，烧灼她的火焰将永不止息。

她一旦开始渴求什么，就真的完了，人必须学会及时止损。

纪翘想起文身店里看过的东西，还在恍神的间隙，被祝秋亭淡淡两个字震到清醒得七七八八。

“是吗？”

纪翘终于意识到不对，今天祝秋亭不太一样。

等等。

上次分开之前，她是不是给他……下了几颗安眠药？她都快忘了……

纪翘顿时有点后悔，刚才应该跟那位同归于尽的。

死到临头，纪翘只能硬着头皮道：“是的。比平时都好看。”

祝秋亭扯了扯嘴角笑了，眼眸却冷极：“想穿件能显气色的。”

纪翘下意识地后退了一步，靠着桌椅，手微微抖了下，话里终于多了丝迟疑：“不给我一次机会吗？”

这么多祝家人看着，她刚才还看见一旁的黎幺了，真是有点儿丢脸。

祝秋亭看起来气得不轻，神态透着股诡异的柔和：“给你机会？你要我给到什么时候？”

她从来不会试着改变他的想法，祝家也没人这么做过。

于是纪翘不再说什么，只是觉得，命运还真是奇特，兜兜转转，又回到最初的原点。本来以为逃不过吴扉了，现在看来，是逃不过祝秋亭。

她撑着桌子，有些松了口气般，指腹轻画着圈。

早知道，刚才她就告诉那个吴什么的，是的，祝秋亭就是我老板，有什么事尽管找他。

纪翘勉强镇定下来，长叹了口气，抬起头来望着他。

“一个小请求，”纪翘真诚严肃地看向他，“看在这些年我没有功劳也有苦劳的分上，给个痛快的。”

纪翘说完，整个场子瞬间静到了极致。

黎幺转头，用见了鬼一样的眼神看了她一眼。

纪翘是够厉害的，苏校把酒店监控传过来，她穿着一身再普通不过的衣服，在走廊里勾引人勾引得熟练万分，当时黎幺是跟祝秋亭一起观摩的。那一秒……怎么说呢，千山鸟飞绝也不过如此。黎幺没敢看他，都感觉周围直冒寒气。

可以这么说，如果纪翘平时“勾引”祝秋亭的水平是幼儿园水准，那监控里怎么也是个研究生水平。

纪翘今晚是在用脚思考吗？

黎幺真的迷惑了，他都替其他在场的祝家人尴尬。

祝秋亭疯了一样地找人，就是为了把她救出来，再把她送走？

他已经不忍心看当事人脸色了。他要是祝秋亭，能气得现在立马手起刀又落。

可惜他不是。他舍得，有人可舍不得。

祝秋亭沉默了一分钟，拽着纪翘的领子将她拎过来，现在祝秋亭说的每个字，好像都是从牙缝里挤着蹦出来的。

“纪翘，你是不是真想死？”

纪翘几乎陷入迷思，顿了几秒：“所以你要我怎么样呢？要我活着我就活着，要我死我不就去死啊。你救我那天我就说了命在你手里了，现在想要我干什么直说啊。我不是你肚子里的蛔虫，没法猜透你一天到晚在想什么。如果嫌我碍眼——”纪翘话也冷了下来，“就让我别出现在你面前。你发一句话，我会不听你的吗？”

黎幺有点担心对面的人一口气上不来，会不会背过气啊？

不过显然，祝秋亭也不是普通人，他放开纪翘大步流星地走到陈宇身旁，祝家下属立马放了手，他将人狠狠掼到墙上，力道之大，发出的声响简直像硬物相碰。

陈宇也没怎么剧烈地挣扎，哼了一声便软软地瘫倒了。

“晚点叫 YN 市的人来帮你收，姓吴的留着。”祝秋亭淡淡地甩给黎幺一句，抓过纪翘就走。

纪翘被他捉住的瞬间，痛叫了一声。

黎幺心道，真是不作则已，一作飞起，就这么碰一下喊成这样，纪翘也是死猪不怕开水烫了。

祝秋亭抬眸看了纪翘一眼。

胳膊一片青紫，毛细血管破裂，红点渐渐浮现出来。

他便换了一个地方握，然后扣着她手腕，把人拽到了车上。

祝秋亭根本没在 YN 市继续待，坐飞机连夜回了国，下了飞机就直奔平时不常住的郊外别墅。

从庭院穿过时，管家都有点惊奇，鞠躬后正要问祝秋亭有什么需求，就听见祝秋亭让他滚。管家这才注意到，身后可不是还有个女人，虽然灰头土脸，但轮廓漂亮得惊人……不过，这不是纪翘吗？

“好的。要撤光——”

管家还没问完，就见祝秋亭停下脚步，回头看了他一眼：“全，部，滚。”

祝秋亭拽着纪翘去二楼，将换洗衣服扔到她怀里：“洗澡。”

纪翘低头看了看，这丝绸吊带睡裙，不是她喜欢的风格。

但她也不介意，他好像挺满意这颜色的。

纪翘换完出来，去了一楼，体感比二楼凉了几度，她不自觉地缩了下肩。

一楼的落地窗有三面，虽然对的是自家庭院，但要是在这儿……

纪翘蹙了蹙眉，他不会这么疯，等着自己被附近邻居的无人机拍到吧？

她低估他了。

刚刚纪翘下来时，看见祝秋亭在开红酒，她还以为他气消得差不多了，要喝消气酒，但他把红酒都给她了。

一整瓶。

今天横竖也逃不过去了，纪翘没多想，掀开他的衬衫，掌心贴在他腹肌上，把冰凉酒液也送他一些。

祝秋亭躲开她送上门的嘴唇，低头从她下巴吻起，分分寸寸都不放过。纪翘低声求饶了几遍，他都不肯放过她。

“我错了，”纪翘攀着他肩，柔软的胸口贴得亲密无间，“我认错。给我。”

她离得多近，怎么会看不见，始作俑者的眼早就烧红了，只是为了让她告饶罢了。

纪翘整个身子都微拱起，脖颈仰起一道性感的弧度，她看见了落地窗外的月亮，一直在视野里不停晃动的月亮。

纪翘在祝秋亭低头吻她的时候，忽然抬手抱住了他脖子。

“祝秋亭，”她一边陷入失神，一边却郑重地叫他名字，像小动物埋首一样，与他交颈，在男人耳边求着，发丝尽湿，声音极轻地颤着，“以后你要是有爱人，别带到我面前。求你了。”

祝秋亭盯着她的眼睛，忽然将纪翘调了个方向。

不知道过了多久，纪翘才在意识模糊里听到答案。

“再说吧。”他说。

“但你别死在我面前。”

纪翘差点累哭了：“大哥，我快死了，现在就快死了——”

祝秋亭怎么回答的？他好温柔，温柔地将她抱起，抵在窗台上。

不过这样也好。

情欲可以永无止境地冲向雪山之巅，但有些东西，最好永远盘旋在山岗寂夜。

祝秋亭像疯了一样，纪翘腾不出很多精力细想，这样的祝秋亭她也没见过。

战线拖得太长，纪翘绷不住了。今天本来就够累的，连夜赶回来，她到现在都觉得头晕，被迫卷入这场漫长得仿佛像是看不见终点的长跑——纪翘决定向他求饶。

祝秋亭一向的好耐心这次却不见了。

最后在浴室，热气弥漫，水雾缭绕，他抱着她，让她叫他名字。

祝秋亭握着她的腰低头吻她，纪翘哼了一声，掐了把他劲瘦的腰。

“我是谁？”

他稍稍离开一些，将她长发捋到耳后，低声问她。

纪翘很累，干脆将全部重量压在他身上，他俩默契倒足，她卸力他就接住了，祝秋亭还在等答案。

纪翘看着他的眼睛，明明未曾装进过任何人，多情汹涌起来，欺骗性十足，误人太深。

“祝秋亭。”

不知道他为什么这么想要答案。但既然想要，纪翘想，那就给呗。

她凑近他，刚想说话，男人手臂力气忽然一松，搞得纪翘一口气上不来下不去，惊叫出声。

最后的时候，纪翘意识已经很模糊，隐约间，似乎听见他说了什么，可还没等她消化留存，人就晕过去了。

纪翘发了一整夜的烧。

家庭医生老覃凌晨四点半赶来，进来时一眼看见男人站在阳台上。

男人随便套了件黑色T恤，穿了条松松垮垮的长裤，靠在栏杆上，边抽烟边打电话。隔着一道玻璃，覃远成看见他垂首，掸了掸烟灰，神色阴郁。

他走过去，刚想说一声自己到了，阳台门都没拉开，就听见祝秋亭冲电话那头冷笑一声：“等不了就去死，转告姓吴的，摆正自己的位置。”

话音刚落，祝秋亭抬眼看见覃医生，顿了一秒，勉强压住火气：“先押着，我明天过去。”

纪翘也是能挑会找，在那地方堵住灰狼最得力的下属，吴扉。人正半夜叫嚣着让祝秋亭赶紧滚过去，要问什么尽早问。

覃远成在祝家很多年，是祝秋亭的私人医生，除了危急时刻，祝秋亭很少大半夜的把他叫来。

进了主卧，被子一掀，覃远成了然，瞥了祝秋亭一眼：“祝九……”

祝秋亭不想听，指腹揉了揉太阳穴，极疲累的样子：“闭嘴。”

“小纪也是够惨的，”覃远成认识祝秋亭七年，才不吃他发暗火这一套，自顾自地说着，似连珠炮一样，“平时辛苦就算了，风里来雨里去，原来还要当那小魔鬼的老师，一份工资操三份心，还要担心自己的小命——跟着你那是一般人能做的事？上次自勐市回来小命都快没了，啧啧，太惨了……”

覃医生一侧头，正撞见祝秋亭面无表情，他见好就收地住了嘴。

“人怎么样？”祝秋亭没看他，问了句。

覃远成看了眼体温计：“还行吧，39.5℃，死不了。”

祝秋亭没说话，只是倚在一旁墙上看着。

“给她吊个水，再开点药，过几天就好啦。这几天她不会没假休吧？”

覃医生干巴巴地安慰两句，说到最后又警惕地看了祝秋亭一眼。

虽然说跟之前M国比起来，是小巫见大巫，纪翘体质也好，但休息不好落下病根还是麻烦。

祝秋亭好像没听见他说什么。他只有人在，魂不知道飘去哪儿了。

覃远成清楚，也没奢望自己再说一次，这男人就能听清了。

他转过头准备翻药箱，身后却传来道男声，轻得像一吹即散的烟尘。

“有时候觉得，她死了算了。”

覃远成扭头看了他一眼，面上是洗耳恭听，心里是我听你吹。

房里只开了床头灯，暗暗一盏，照在纪翘安静沉睡的脸上。

祝秋亭有点烦躁，别开目光不想看纪翘，正想点燃一支烟，动作却顿住了。

祝秋亭跌坐回单人沙发椅，指间捏着烟，狠狠碾了碾，面色平静。

“她心脏像长在我身上。”

第六章

风 助 火 势

……… ✦ ………

比月色更甚。

✦

覃远成正调点滴流速，闻言头都不抬："小纪，醒了就别装了。"

他不用回头，都能察觉到身后男人僵住了，一切动静像丢进真空，瞬间收了声。

覃远成直起身子，转头冲祝秋亭扬眉："年纪大了，看岔了。"

男人脸色难得一变。

覃医生见好就收，做了个嘘声的姿势，把人拽了出去。

客厅不能待，随便一点动静，二楼听得清清楚楚。

两人去了阳台吹风。

覃远成没披外套，冻得直哆嗦，余光瞥到火星倏然一亮，男人刚刚没点成的烟续上了。

"你也抽得下去，"覃远成状似无意地向外扫了一眼，无奈道，"人家全给你记着呢。"

警方盯得紧，他的几处住宅全被暗中布了监控。

尤其是今天，刚回国的当口。

"想看就看。"

祝秋亭神色很淡，弹了弹烟灰，侧头问了句："还有多久？"

覃远成知道他记挂着什么，自然也知道他问的什么。

"我在K市待那么久，就为了那姓瞿的，什么时候是个头——"

抱怨到一半，祝秋亭看他一眼，覃远成及时拐了回来："拜你所赐，一直没问你这儿。你到底在想什么？”

覃远成转头望了眼屋内：“不招惹她，别让她起什么心思，有那么难？你自己知道，她被那些人盯上了，真成靶子了会怎么样。”

祝秋亭没说话，低头用手指把烟捏灭。

他习惯这样灭烟，不知道多少年了。指腹脱皮成常事，指纹也会越来越模糊。

“等他们知道你有兴趣……被狼盯上就晚了。你应该比我了解他。他现在想引你回去，苦于无处下手，你又不是看不出来。”

覃远成轻声丢下一句，走到阳台门口，脚步一顿：“我虚长你十岁，也只能提醒你，别因为一时冲动，让心血都付诸东流，更别让以前的苦都白吃了。他最近明显在试探挑衅你，本来HN工厂里的东西可以送他进去，现在不也不行了……反正具体你自己掂量——”

他话音没落，一道微风从他身旁掀过。

“去哪儿？”

“去看看狼养的狗，牙有多利。”

祝秋亭语气听起来很淡漠。

开门前，祝秋亭顿住脚步：“她退烧以后，你帮我把人送回去。”

“你要去找吴扉？！”

等祝秋亭背影消失，覃远成猛然反应过来，他冲到二楼，抓起外套就走，却被一道女声轻唤住了。

“覃医生？他去哪儿了？”

覃远成扭头，看见纪翘半个身子都挂在窗沿，有些迟疑地望过来。

吴扉是个很难打交道的人。他常年剃一个青茬寸头，个高手脚长，线条处处都显得很凌厉，嘴唇极薄。

灰狼器重的人里，敢常年在国内晃荡的不多，他算一个。

数年前，吴扉在SA洲活动，最后跟了灰狼杰森。

吴扉知道祝秋亭不敢拿他如何，祝秋亭敢对他动手，那就是螳螂捕蝉，黄雀在后。

他只是没想到，祝秋亭真有胆子出现。

“哇！”吴扉靠坐在沙发上，嘴角溢出一丝笑意，紧紧地盯着祝秋亭，脸上那一丝不可思议变成挑衅似的笑意，目光在他脸上逡巡，“祝总，好久不见。您看着更……成熟了。”

这里是祝氏郊区一处写字楼，顶楼办公室，吴扉待得仿佛是自己家一样随意。

祝秋亭把门带上，慢悠悠地卷了袖口，没应他。

“这次在M国，真是好巧。”

吴扉笑嘻嘻地扬唇：“可惜没能好好聊聊。”

“唉——看我这记性，”吴扉一拍大腿，鹰隼般凌厉的眼眯了眯，“杰森他去哪儿，您就去哪儿，这不是肯定能遇到吗？”

祝秋亭倒了杯茶，抿了一口，问道：“没什么想问我的吗？”

吴扉跷着二郎腿，语气渐冷：“那我问了？

“祝总，为何这么热衷跟我们作对啊？”

呈凡港，龙新，晴江，连SN洲都有他的身影。

如果那时不是看在祝绫三分薄面——

“是吗？”

祝秋亭两手交叠在膝上，笑眯眯地截断了吴扉的话：“大家都是为了生计，理解一下。”

“轮到我了。”祝秋亭给吴扉倒了杯水，推过去，姿态闲适懒散，“晴江当年的事，我一直很奇怪。为什么有个人找不到？”

吴扉盯着他笑了笑：“你说呢？”

那中年人太狡猾，意志力也顽强。

在C国的大庄园里，吴扉亲手为灰狼砌过一面墙，类似陈列馆一样的存在，保存了灰狼胜利的痕迹。

“别担心，有位置给祝总留着呢。”

吴扉站起身，冲祝秋亭嬉皮笑脸地笑道：“那是留给您的……”

他尾音刚落，瞳孔猛地一缩，脸色阴沉，有一闪而过的光点在他额际正中间出现。

“别担心，”祝秋亭也道，“那不是留给你的。只是闲着无聊，玩玩。”

祝秋亭说得很诚恳。

吴扉咬了咬后槽牙，皮笑肉不笑道：“那就下次，有缘再见。”

贴身的手机已经振起来，他该走了。

“噢，对了。”吴扉握着门把手，问道，“迈市那个女人，跟你很熟吗，你对她还挺上心？”

“纪翘。”

祝秋亭语气很平静：“纪钺的女儿。”他看都没看吴扉一眼，“想知道？回去问灰狼……你不认识？哦，对了，那段时间你们301的点被撬了，你正忙着逃命呢。”

——他人生至今唯一的惨败。

做人能无耻到这个地步，也挺绝的。吴扉恨得直想把他撕碎，但还是得维持表面和平："噢？不记得了。"

吴扉面上有些遗憾："不跟你抢了，本来觉得她人挺有意思的，想借几天呢。那这样，龙新的地，跟祝总那边买回来，反正你不缺——"

祝秋亭说："那你把纪钺的女儿带走吧，"他已经明显不耐烦，蹙着眉倚在门框上，唇边勾了个懒洋洋的轻笑，"地我有用。"

吴扉的目光简直要把他穿透，恨不得挖开他心脏，仔仔细细地检查，他说的是真话还是假话。

最后，吴扉倒也笑了，有咬牙切齿的意味："祝总真会开玩笑，一个人就想换那块地？"

祝秋亭没再说什么，做了个请的姿势，意思是您那边滚。

从天台离开的时候，纪翘盘算着，刚才要是当着祝秋亭的面扣了扳机，祝秋亭会怎么样？不过，覃医生显然靠不住，她叮嘱过不要告诉祝秋亭，他却还是说了。

纪翘下楼梯的脚步轻快，是自己都没察觉到的轻快。

她大概能猜到，祝秋亭会说些什么。

横竖狗嘴里吐不出象牙来。现在烧没完全退，纪翘自己能感觉到。刚刚他是有收获的，纪翘更能感觉到。

祝秋亭的神态变化极细微，没让对方看出半分破绽来，可她那双视力5.2的眼睛看得清清楚楚，最后吴扉走的时候，明显一肚子没处发的邪火。

祝秋亭的气人能力她是晓得的，想想都开心。

此时正值中午，日头照得人脸都发烫。

纪翘大步流星地走到轿车旁，敲了敲车窗："唉——"车窗没摇下来。

她刚要再抬手，有人在背后敲了敲她。

转身一看，不是祝秋亭是谁，纪翘眉毛微扬："你怎么不在车上？"

她脸上仍留着病态的红晕，祝秋亭顺手一探，有点烫手。

他垂眸，对上纪翘仰起的头，那双藏着希冀的眼。

这张脸他明明看过无数次。即使未来某一日，面前这人化作一把灰，他也能认出，现在他却想避开。

纪翘在等，等他分享一个信息，大概率是好消息，从对方那里套来的好消息。毕竟她刚刚在瞄准镜里看着，吴扉肯定没讨到好。

当然，更有可能的是，祝秋亭什么也不愿意说，嗤她一句，烧都没退，跑来等死？

但都不是。他今天一反常态的沉默，那种累极的沉默，纪翘从没见过。有那么一个瞬间，她甚至有拥抱他的冲动，像拖住大洋上漂流数年的孤岛。

这想法一出来，纪翘就头疼。什么玩意，母爱瞎泛滥，泛滥到祝秋亭身上，嫌活得太久了？

她刚想找个借口脱身，手却被人不轻不重地握住。他冰冷的手覆在她温热手背上，把她右手拉了过去。

祝秋亭以额抵住了她掌心，一并盖住了眼，羽睫极轻地扑在她手心，像蝴蝶挥翅，大洋彼岸风暴因此而起。

他总是提要求，难的有，刁钻古怪的也有。

他今天却说，一起走走，这个提议太少见，也简单得让纪翘诧异。

纪翘没多想，点头应下："好。"

她把手抽出来，转头要找合适的掩藏位跟着。这条街是主干道，梧桐树种满两侧，掩体却不多，距离一百米以上，要及时做出反应保护他就很麻烦了。

祝秋亭没让她抽走，轻声地重复了一遍："一起。"

纪翘眉心一蹙："为什么？"

她歪着头反问，嘴角沾了点笑意，好整以暇地回望。

纪翘是故意的，难得她病着也有兴致。能看他笑话的时候太少，纪翘就是快死了，听到有祝秋亭的热闹可以看，爬都会爬去的。

祝秋亭看着她，温和道："低血糖。"

言下之意再清楚不过，他倒了也得找个垫背的。

纪翘点头，差点笑出声："行，您扶好了。"

她说完总觉得有点熟悉，等抬眸撞进祝秋亭眼睛，纪翘想起来了。

但说这话的人得换成他，祝秋亭可不会用敬语。

这一出让纪翘不爽，压根儿无心轧马路，被动地跟着他走。林荫道很长，他们之间的距离却短，他的衣角偶尔碰到她。他的风衣已经换成薄的，手表还是没换。

纪翘漫不经心地想着，视线掠过他手腕。

祝秋亭活得算细致，表却不常换。多年前一款白金材质的表，黑色珐琅表盘文着藤蔓，有复杂的计时功能。

纪翘有块同品牌的女表，款式和颜色都不一样。

是忙了一阵子后，正值春节，也是在祝家第一年，算是新年礼物，祝秋亭送的。他送了她一块表，送祝缃一套高年级人教版《五三天天练》。

看着有点贵，她偶尔会戴，戴的时候通常很小心。视线从手表滑到交握的手上，纪翘嗓子突然有点干。

他抓得太自然了，而后又转过头，一副心无旁骛看风景的样子，纪翘也不好强行抽出手。

她顺着他的视线扫了一眼天空。

今天的天空是烟蓝色的，还透着点灰。

——有什么好看的，天上不就那两只鸟。纪翘想，要是在野外就好了……想到吃，她才意识到有点饿了。

“欸，”纪翘无意地瞥了眼，迅速拉住他，“能等下吗？我想买点吃的。”

路边这家小店简陋得很，开在郊区，现在又不是饭点，门口挂着大牌子，白底红字地印着推荐，她只看得进“排骨年糕”四个字。

祝秋亭没说什么，在原地站定。

这就是同意了。

纪翘立刻速战速决，十八块一份，多加五块给个鸡腿，排骨炸得酥脆金黄，年糕上淋着酱油、甜面酱，她还加了点辣椒酱。

纪翘拎着塑料袋回来，手上捏着两根竹签，可以当筷子用。

她这两天都没好好吃饭，这会儿是真的饿了。

纪翘对高油高盐食物爱到骨子里，现在一是能吃，二是借这个为由也好乖乖地跟在他身后，压力小一点，跟他并行累得慌。

“那我……”纪翘站在他后面半米，礼貌地微笑着请他先离开，她就可以就餐了。

祝秋亭视线在排骨年糕和纪翘之间徘徊，目光微动，最后化成一句很淡的话。

“我的呢？”

纪翘的笑容凝固在嘴角。

她没买啊。这么明显的事，还要解释吗？

纪翘还没来得及说话，祝秋亭便从她手上抽走一根竹签。

第一口，这可是最珍贵的第一口。

纪翘气到一半，视线瞥见祝秋亭慢条斯理地吃年糕，又觉得有点好笑，真是整条街装得最正的。

“饿了？”纪翘大方地插了块排骨，递到祝秋亭手里，又指了指前面，“林新路拐过去有家馄饨店挺好的，环境一般，鲜虾云吞做得不错。”

到了以后，祝秋亭沉默片刻，问道：“店？”

准确地说，那只能叫路边摊，座位都不超过十个。

纪翘抓过一把椅子，拿纸巾仔细地擦着，顺便科普：“原来是早餐摊，做得好，能摆到中午以后。本来还卖米线的，牛肉米线最好吃，后来就不卖了。”

祝氏在这边的办公楼位置偏，祝秋亭不常来，她以前帮忙做事时经常跑，把附近摸得门清。

祝秋亭看她弯腰擦椅子，擦得很起劲。明明还发着烧，动作却很麻利，整个人带着快要开饭的喜悦，满得都溢出来了。

也许是熟悉的地方让她觉得亲近，人都放松了不少，也不纠结别的事了。

祝秋亭看了会儿，接过椅子：“不用擦了，没什么区别。”

她叫了一碗鲜虾云吞、一碗云吞面，替他拆好筷子递过去，自己拆了一双，在桌沿轻快地敲出节奏。

注意到祝秋亭的视线，纪翘头也不抬道：“要是有不同容器，我可以敲出一首歌来，”她指了指筷筒，“这个也可以。”

祝秋亭嘴角轻勾，凝视着她，声线懒懒的，似乎只是无意一问：“你闲着就研究这些？”

纪翘耸肩：“只能敲简单的，《小星星》、《生日歌》什么的。”

想起什么似的，她又笑了下：“我也没什么文化，研究不出什么有趣的，看书又怕头晕，以前孟哥给我——”

纪翘猛地刹住话头，她真是放松过头了。祝秋亭会对这些乱七八糟的事感兴趣吗？

她看向祝秋亭，却没在他神态上寻到不耐烦，便继续轻声道：“买了火车轨道玩具，我那时候无聊，装完能玩一晚上。”

祝秋亭静静地听着，末了轻笑了笑：“喜欢这个？你还真是挺闲。”

纪翘没在意，祝秋亭嘴本来就毒，自然看不上这些爱好。她支起身子看了眼进度，馄饨已经捞上来了，翻腾在热腾腾的汤里，摊主正往里加着虾米和紫菜。

她又坐下来，嘴角和眉目都很舒展，姿态难得的放松潇洒：“年轻咯。最擅长浪费时间。怎么，羡慕吗？”

她本来是开玩笑，祝秋亭却盯着她，没说话。

纪翘这才注意到，他眼里泛着淡淡的血丝，情绪翻涌其中。

她下意识地蹙眉，怎么也没想出来哪句话说错了，戳到他哪根筋了？

幸好摊主这时候来解了围。

“你的云吞。”纪翘接过碗，迅速地给他推了过去，避开他视线。

“羡慕。”祝秋亭忽然道。

纪翘怔住了，抬头望着他。

风吹抽芽的树枝，吹云，也吹得她心狂跳，心脏像被大手狠狠攥住，捏碎前又松开。

《鹧鸪天》里讲，给雨支风券，留云借月章。祝秋亭更甚，玉楼金阙都不在他眼里。

但他现在是在……难过吗？纪翘被这个想法震飞了。就因为她开玩笑说他不年轻了？

“我羡慕得发疯。”

祝秋亭望着她，声调很轻，又像费了极大的力气。

祝秋亭有一把好嗓音，明潮暗涌都在其中。可这内容不是纪翘一时能消化明白的，于是空气陷入停滞般的死寂。

没人说话。纪翘心神微动，不动声色地抬眸。

刚刚竟然只顾着跟他说话，太大意了。

无论行走坐卧，永远不可松懈。分析，观察，等待，蓄势待发。这还是面前男人教过的。

这条街不在主干道上，馄饨摊又没几个客人，纪翘抬眼一望，视线扫过街对面又收回。

她舀了口汤，垂着眼将话题转开：“手腕那个什么时候文的？”

纪翘不喜欢打探别人隐私，尤其是祝秋亭的隐私。

祝秋亭手腕上的文身，在纪翘和他第一次见面时就有了，明显带着纪念意义。

其实，就算纪翘想随便找个话题做给盯梢的人看，也没必要聊这个。但在M国刺青店内，发现的那张图和字，总在她脑海里萦绕着。

她没想到，祝秋亭真的回答了。

“很早。”

纪翘握着勺子的手一顿，很快又若无其事地松开，转移了话题。

“他们在这儿多久了？”

她顺手拿餐巾纸擦了擦嘴，压在唇上低声问。

祝秋亭看她一眼，惜字如金。

“很久。”

便衣跟梢，跟了不是一时半会儿。

尽管早知道警方盯得紧，纪翘还是有点意外，都跟到了日常生活里？

祝秋亭不是喜欢坐以待毙的人……但很快，她意识过来祝秋亭今天为何这么反常，又是闲逛，又是在摊上磨时间的——

他没打算回公司，就是要待在外面慢慢磨时间。

市公安局三楼，办公室和走廊里常年忙碌，泡面味都快渗进了墙缝。

瞿然从办公室后门走出来透气，最近他为一个室内凶杀案忙得昼夜颠倒，出来时没注意，迎面撞上一个人。他抬眼一看，面孔白净清秀，还有几分眼熟。

“瞿哥——”

周舟刚要开口，就被瞿然扣住膀子，抓小鸡似的拎走了。

天台上，瞿然把门仔细地关好，又检查了两遍，才转头看向周舟：“你说。”

周舟扶了扶警帽，有些不安：“这样好吗？成副局已经不让查这事了……”

瞿然打断他：“停。他老人家生怕我闲着，最近连塞给我两个案子，我听到他名字头疼。你就说说吧，有什么发现吗？”

瞿然这个人，业务能力拔尖，但性格也轴，阻力越大，他越有冲劲。

周舟皱眉回忆：“没什么特别的，他生活很规律。”

“去M国出差前，谈生意，工作，常出入的酒店是四季、安缦。从M国回来后，在郊外别墅住，又去了祝氏分部，见了一个叫吴扉的人一面……噢，但是今天有点奇怪，”周舟顿了顿，“他是在路边摊吃的午饭。”

瞿然皱眉问道：“跟谁？”

周舟看着他：“纪翘。”

瞿然拿出烟盒倒了支烟出来，递给周舟一支，周舟摇头拒了。

他就自己抽了，一只手支着栏杆，能看出来心烦意乱。

周舟想想，还是问了：“瞿哥，其实我想问，你为什么认准祝氏这一把手跟J.r一定有关系呢？他们做国际贸易的，来往打交道的人员复杂，基数也大，如果有几个——”

瞿然打断他：“祝氏报过警。”

他咬着烟，视线投向老树伸长的枝杈：“晴江附近，他们有个工厂被炸了，那儿的警局接了案子，到现在也没结果。

“可我了解到的情况是，有重大作案嫌疑的人失踪了。”

周舟正努力想把这些信息串起来，就听见瞿然说：“没有意外的话，那人是J.r在国内的线人之一。”

瞿然还想继续说什么，视线无意一瞥，脸色顷刻间变得极难看。

“趴下！”

他猛地压下周舟肩膀，另一边，狙击手已然扣下了扳机。

子弹破风而过，从他们头顶堪堪擦过！

那子弹不单单是冲着瞿然来的，尽管最近他已经收到不止一次死亡威胁。

但瞿然非常清楚，这恶劣至极的挑衅，已经不是在太岁头上动土，而是在太岁头上挖坟。

这帮人从没变过，嚣张得无法无天。

瞿然咬牙切齿地想，别让老子逮到你们中任何一个，不把你们剥皮抽筋，老子跟你姓！

徐怀意难得接到兄长的求救电话，瞿然当年做警察没经过家里同意，这么多年也没有开口问家里要过一分钱，现在却要借两百三十万，而且是现金。

她挺奇怪，但很快答应下来："知道了，我在外面忙，给我一天时间。"

徐怀意今晚代表徐家例行参加一场商会晚宴，特地多花了三个小时打扮。

因为她听说有一位稀客会来。

主办方是船王周肆，众人都说祝家那位是卖他一份薄面。

坦白说，徐怀意此刻的心情有些复杂。

祝秋亭不仅是难得露面，也是闹出新闻后，第一次出现在公共场合。

一周前，这人出现在了娱乐新闻版块。当天他与人街边约会，被全方位拍了下来。

初春的暖阳太盛，给简陋的桌椅也镀了层淡金。虽然两人之间没任何亲密举动，但那流动的氛围不言自明。

男女主角都相当赏心悦目，男方自不必说，女方长得美，低头吃碗馄饨吃得怡然自适，身份又扒不出所以然，灰姑娘的故事永远为人津津乐道，这事在网上被疯狂地热议了三天。

祝氏和他本人都没有出来解释或辟谣。

在晚宴上见到的时候，徐怀意发现所有的忐忑和不安都没了意义。

宴会厅的水晶灯已经这么亮，照得出所有细节。祝秋亭今天穿了一身纯黑西装，剪裁利落修身，白衬衫却解开一颗扣，锁骨隐约冒尖。整个人透着股漫不经心的性感。徐怀意想，无论什么时候，他都像跟整个世界隔一道透明屏障，不在乎任何人，也不介意——

徐怀意目光一转，登时屏住了呼吸。

祝秋亭今天带了女伴。

女人踩了八厘米高跟鞋，红裙摇曳，黑发如瀑，眉目如画，下颌线瘦削清晰，周身好像携着股明火。

全场人的目光都追过去，落在她身上。

但她眉头都没挑一下。

开场十分钟，纪翘端着盘草莓慕斯蛋糕，截住了徐怀意的道。

“徐小姐，问你个事。”

徐怀意淡淡地扫了纪翘一眼，没接腔。

纪翘也不在意，流利地报了一串数字：“这号码你熟吗？”

徐怀意哪有心听，等反应过来后，才蹙眉看向纪翘：“你？”

那是瞿然的手机号。

纪翘：“你跟号码主人应该很熟吧？提醒一下他，手上的事该停就停。”

徐怀意皱眉，脸色有些不好看：“你在说什么？”

纪翘咬了口蛋糕，耸了耸肩：“总之，你帮忙转告，他会明白的。”

顿了一秒，纪翘又道：“如果不明白，可以让他来找我。”

那帮人的配合已经炉火纯青，根本不是一两个人能抵抗的。

他上司为他着想都把他拉出来了，这人真犟，还要执意蹚这趟浑水。

要不是看在他是纪钺认识的熟人分上……她才懒得管。

可她最近不明白的事越来越多。远的不说，祝秋亭这种莫名其妙的态度，更让人头疼。

拿她出来挡枪，任由别人以为她已经上位，纪翘的仇家瞬间多了一个连，搞得她一个头两个大，然而人在屋檐下，不得不低头。

像今晚这种局，祝秋亭说让她来，她能怎么样？

纪翘把手里的慕斯蛋糕解决完，又换了盘黑森林蛋糕，端着盘子准备跟徐怀意说再见，却被拉住了。

“怎么了？”纪翘问。

徐怀意像是经过漫长的天人交战，才轻声问道：“在你眼里，祝总是什么样的人？”

她的目光越过纪翘肩膀，对上一双黑眸。

纪翘这才后知后觉地意识到什么，她仔细地打量了徐怀意几眼，有气质，长得好看，戴的珠宝看着也有品位，还是警官同母异父的妹妹。

大概是近墨者黑，纪翘现在扯起淡来，眼睛都不眨一下：“温柔体贴，善解人意。”

纪翘从侍者那儿顺了杯香槟，递到徐怀意手里，语重心长，循循善诱道：“你可以试试。”

不知道为什么，徐怀意有种……纪翘在甩烫手山芋的错觉。

温柔体贴——祝秋亭？

“徐副总，人借我一用。”

他终于出口打断她们的谈话，男人的声音温和有礼。

徐怀意勉强掩住失落，笑一笑："好。"

很快，纪翘深刻体会到温柔体贴的真意。

在金碧辉煌的卫生间单间内，她被抛上浪潮巅峰，又被裹挟得说不出话来。

一片狼藉。

他是操控欲望的个中高手，能轻易让她溃不成军。

纪翘猛地仰高了头，脖颈拉出一道绷紧的弧线，手指没入男人黑发，在崩溃边缘打转时，忽然痛叫一声。

他咬她？！

"纪翘，"祝秋亭直起身把人压在门板上，声音低哑地在她耳边问，"你想干什么？还记得自己姓什么吗？"

敢拿他当工具人，胆子大得没边了。

纪翘没说话。她理亏时很少顶嘴，一向如此。

祝秋亭做事是不需要原因的，他想要什么，她都得尽量给。

纪翘望着天花板几秒，平复了呼吸。在男人松手要放下她的时候，纪翘忽然用手臂圈住了他脖颈，头埋着，像小动物一样用鼻尖轻蹭了蹭他，声音极轻，懒散得要命。

"我想姓祝，你给吗？"

祝秋亭僵住。这么多年，他刀尖舔血的生活已经数不清多少时日。还是第一次，他生出一种冲动。

望命运仁慈，未来让他归于这一抹红。

希望那是他避无可避的结局，一开始就写在掌心。

纪翘只是随口一问，带了点戏谑心思，当然没有期待过答案。

可他们此刻离得那么近，他的掌心紧贴她的腰，她的头发垂落在他肩膀。

纪翘没见过祝秋亭的母亲，照片资料都没有。她猜想，如果祝秋亭像他母亲，对方会有双好看的眼睛，优美无尘，极具欺骗性。

他的黑眸仿若一潭深湖，深不见底。

纪翘总觉得祝秋亭想要说什么，仔细一看，又像是她的错觉，他可能只是在压着把她塞到厕所里冲掉的冲动。

纪翘轻拍了拍他，示意他们该出去了。手刚抬起来，她就听见洗手间的门被推开。

她僵了几秒，决定暂时不出去给人看笑话。

站着也不合适，长眼睛的一看就知道，单间里两个人。纪翘想着，勾着祝秋亭的脖子，考拉抱树似的又往上攀了攀。

攀到一半，纪翘察觉到不对，及时停住了动作，沉默地看了他一眼，又不给面子地继续往下瞥了一眼，意思是您这反应是不是不太合时宜。

祝秋亭这下真想把她冲到马桶里了。

纪翘刚要说什么，忽然耳尖地听到了自己的名字。

“哎，那女的叫什么来着？纪翘？”

“嗯。”应和的女声还挺悦耳，轻哼了声，“人跟名字一样，没品位。徐家千金傻得跟她搭话，真是掉价。”

“我让我爸费了那么大功夫，连他的联系方式都没搞来……你说祝秋亭怎么看上她的？脸看着倒是挺贵的，估计下了不少血本。”

“你管呢？野鸡毛插得再鲜艳，也成不了凤凰。别说徐家和你了，今晚在场的，有份儿扒上祝秋亭的，一个都没有。”

“滚！”女声愤愤地嘟囔道，“他是还没见过我，上半场他身边都被人围满了，等会儿你——”

“你知道他前一任是谁吗？”

短暂的耳语后，响起一阵倒抽冷气的声音。

“她？！真的假的？！”

“当然是真的！我在L国度假的时候听人说的。新闻被祝氏压下去了！”

“她之前的片子可是我哥最喜欢的，不是说她单身吗……”

补完妆的两人声音渐渐飘远。

大门合上的那一刻，砰的一声，最左边单间的门从里面被人踹到报废。

纪翘迅速贴边，小心翼翼地挪了出来，瞥了眼已经变形的门：“这可不是我弄的，酒店赔钱别找我。”

祝秋亭把袖子往上挽了两折，抬眸扫她一眼，突然轻笑了笑：“纪翘，你脸皮真是够厚的。”

她一边挡着门，一边听得津津有味，那意犹未尽的劲儿，像是在听别人的八卦。

纪翘低头，把红裙理顺，扯了扯布料褶皱的地方，语气平静：“这是我的优点。而且就这程度算什么？更难听的我也不是没听过。”

祝秋亭沉默几秒，音调偏冷：“你今天来就是要见徐怀意，提醒那小警察——”

纪翘开口截住他话头：“不小了，跟您差不多。就是看着年轻。”

她走到洗手台旁，倾身摸出把常用的防身物件，慢条斯理地装好，才低声道：“吴扉留在了国内，就在本市。他从M国入境，却跑到了东边，这代表短时间内他不会离开。瞿然再继续，会很危险。”

纪翘顿了顿："虽然我们没聊过这事，但吴扉背靠着谁，您不会不知道。"

J. r 据点常年在国外，他们的一把手、二把手都不会轻易换地方，现在吴扉却在国内开始露脸。

这不是个好信号。

纪翘撩开裙子，把防身的物件重新放好。

"下半场您跟周总好好聊，瞿辉耀的事，祝家欠他一个人情。还有，看好徐怀意。其他事就别管了，让小闫也不用盯了，回去休息，他总不能真把吴扉怎么样。现在闹翻没必要。"

祝秋亭没说话，只是看着她。

纪翘什么都清楚。她知道吴扉近在咫尺，知道徐怀意已被盯上，知道祝秋亭今晚为何会来。徐怀意要是成了筹码，被 J. r 那群人握在手里，事情会麻烦很多。

当然，这一切的一切，前提是——

"祝总，您跟他们不会扯上什么关系的，对吧？"

纪翘微眯了眯眸，看向祝秋亭。

J. r 这种存在，人人得而诛之。

在一切变得更复杂之前，纪翘只想先保证认识的人远离那帮疯子。

瞿然查得比想象中的快，祝氏快被他翻个底朝天了。

J. r 那帮人有了危机感，怕牵连到自己，自然会给瞿然一个教训。一次不够，就两次。

纪翘听到不远处的脚步声，微微蹙眉："我先走了，我负责楼上，您负责看好徐小姐，等会儿——"

祝秋亭直接打断："纪翘，'您'字你说够了吗？"

纪翘没想到祝秋亭发火的点这么奇特，耸了耸肩，转身要走，又听见他说："那两个人，你准备怎么办？"

纪翘愣了愣，才意识到他说的什么。

明白过来后，纪翘说："不怎么办啊。"

她握着门把手，眉眼透着股冷淡英气，笑了笑："没办法，志不在此，那种流言跟我无关。"

纪翘侧身对着他，看见祝秋亭的神情，忽然将长裙一撩，修长漂亮的腿上有伯莱塔和小巧军匕。

她轻声道："这是你给我的，谢谢。"

他教给她子弹不一定要打出去，但你一定得有。要有自保的能力、勇气和决心。

祝秋亭轻声道："我没你那么大方。"

话音落下的时候，纪翘已经闪身走人了，压根儿没听见他说的话。

祝秋亭回到宴会厅后，让侍者去找徐怀意来。

转个身的当口，一道身影挡在眼前。

傅于天，是周肆的手下之一。

祝秋亭花了一秒，想起来这人的光辉事迹——跟他要过纪翘。当时所有人都觉得，纪翘已经被祝家放弃了。

祝秋亭从旁边的托盘上取了杯酒，眼神从他身上掠过，抿了口澄金的酒液，语气很是平淡："你怎么还在？"

周围许多宾客本来就注意着这边，祝秋亭不管和谁交谈，都是焦点，不管什么内容都能被听得清清楚楚。

傅于天脸色瞬间变得极难看。

"我的意思是，"祝秋亭虽然面上笑盈盈的，眼里却没那个温和耐心，"周总身边不留蠢人，我以为这不会变。"

傅于天脖颈上的青筋暴了暴，眉头一松，又咧着嘴角笑了："祝总，我是找您有事，人多口杂，我们不好在这儿说，不然换个地方……"

祝秋亭看都没看他，懒洋洋地道："说吧。有什么不好说的，说出来让大家长长见识。"

傅于天偶然得来的信息，本来想以后拿来要挟祝秋亭的，不过祝秋亭这种态度，他实在忍不下去了。祝家的丑闻，影响的反正也不是他！

傅于天挺了挺背，在众目睽睽之下，冷笑一声道："祝总，您有位好下属，纪翘纪小姐，以前做过小千金的家庭教师，现在她在哪儿呢？"

当然是在你未来安睡地蹦迪——

如果纪翘在，大概率会这么呛过去。

祝秋亭垂眸，因为想起纪翘而失笑。在傅于天看来，刺眼得很。

傅于天一字一顿道："听说纪小姐可是您的得力一员，祝氏也都知道，您当时出手救了她，还被传为美谈。不知道您还记不记得，当年是怎么认识她的？"

在场有一个算一个，不敢明目张胆看热闹的人，一时间都将目光投向了祝秋亭的方向。

祝秋亭态度倒诚恳，简洁明了的两个字打了回去："忘了。"

傅于天咬了咬牙，目光阴鸷道："您第一次遇见纪小姐，是在港口吧？哎，就那么巧，纪小姐刚好就出现了。后来那场比赛，投资的老板跟您也是老相识吧？那个赛季你就去看了一次，她一个女人也莫名其妙出现在上面，祝总不觉得奇怪吗？是巧合的相遇，还是纪小姐……算好了一切呢？”

傅于天这话一出，周围空气明显一凛。

周围都是在商界踏足的人，“商业间谍”这种事听起来滑稽，但因美色跌到陷阱里的人，不在少数。

纪翘这名字，今天所有人都耳熟了。祝秋亭第一次在这样公开的大型场合带进来的女伴。

祝秋亭“嗯”了声，给足了耐心：“你想说什么？”

傅于天心里暗骂了一声，装到这种地步，这男人也太绝了。

但已经到这个地步，他总不能跟着祝秋亭一起装傻。

傅于天假惺惺地笑了笑：“被人算计的滋味，不好受吧？祝总，您能咽下这口气？”

要人那次，傅于天脸面尽失。他不是心胸宽阔的人，总想着人和面子，他总得抓一个回来。

等纪翘被彻底抛弃了，傅于天拾个漏，也就是顺手的事，还能在美人那儿落个好。

祝秋亭转了下酒杯，淡淡道：“所以，你是想知道听后感？”

傅于天咬了咬后槽牙。

这宴会上的客人都是入世的老狐狸，察觉到气氛不对，现在祝秋亭明显反应过来了，一个个都背过了身，假装热火朝天地投入了社交，觥筹交错推杯换盏，好不热闹。只有些年轻的女客，竖起了耳朵仔细地听着，满心激动地等着。

祝秋亭把酒杯放回托盘，拿了块暗色手帕拭拭指尖，那儿沾了几滴酒液。

他擦得很仔细，音色也带着相似的细致性感。

“我的想法就是，”祝秋亭头也不抬，慢条斯理，“荣幸之至。”

同一家酒店的高层江景套房，从落地窗望出去，霓虹倒映在江水里，波光粼粼，很是耀眼。

吴扉横躺在沙发上，黑色背心下裹着结实的肌肉，靠在沙发上咬牛肉干，电视里正在放实时精彩大戏。

监控画面有三个方向，吴扉调出了其中一个，放大屏幕后，便可以窥清对方神态，连带收下了周围人弹眼落睛的反应。

祝秋亭那四个字一出，吴扉轻哼一声，半直起身来，冲等在一旁的酒店服务生道：“东西放下。”

他叫了夜宵，有五荤三素，四道小吃。

服务生推着三层餐车，候在一旁等了快十分钟，闻言照办，却又被吴扉喝住。

“等等。”

吴扉从沙发上跃下，走到餐车旁，俯身将餐车垂盖的布冷不丁掀起！

空空如也。

虽然早有预备，服务生还是被吓了一跳。这客人气势骇人，眼风扫过来，鹰隼似的。

吴扉勾起嘴角笑了下，虽然安抚效果几近于零：“行了，菜放桌子上，走吧。”

解决完饱腹问题，也要解决其他问题。

今晚软玉温香在怀，吴扉却兴致缺缺。

他心思早飞了。

祝秋亭是老狐狸修炼成人形了，难得想忽略他一次，专注徐家姐弟，他却自己跑出来抢中心位。

荣幸之至？

吴扉脑子转得飞快，比谁都清楚这是什么意思。

这是明白地昭告天下，动她如动我。

但……为什么？

这两年交锋次数很少，盯他盯了那么久，有眼睛的都能看出来，纪翘的地位在祝家一直是尴尬的不温不火。

眼前忽然闪现她似笑非笑的嘴角，吴扉想起纪翘那张脸，莫名恼火。

偏偏是这个时候，柔弱无骨的女人手臂攀住他，可面前的脸越发模糊，他一把将人推开。

吴扉忽然想到了一件事。

几年前，吴扉还没进核心圈，但在J.r已经很有名，他是那时的三把手米歇尔亲自挖来的人。

那是J.r异常顺利、占了上风的一个春天，正是上升期，他却栽在一次简单的清除行动里，栽得很彻底。

对方只剩一个人，一把匕首，当时他手下的人全都狼狈逃走。吴扉一时大意，也落了进去，蒙着眼睛，被五花大绑，那个人让他带一句话回去。

——跟灰狼说，我会亲手抓住他。

没人看清那人的脸，看清他的人也没机会开口了。

吴扉记得那人的头发很短，身材清瘦修长。

这么多年，在追查这件事时，他一直存在一个误区。

——对方绝对是男的。

直到在M国，他跟纪翘打了照面，她身影从眼前划过，致命的熟悉感扼住了他咽喉。

J.r上层要深查她，偏偏……这个时候，祝秋亭又要插手，态度一百八十度大转变。

吴扉眼眸沉了沉，正要抽出一支烟来，火还没点上，门就被敲响了。

吴扉随便套上一件长裤，抬腕看了眼表，不到十一点半，宴会还没结束。

他没好气地拉开门，神色变了几变，最后悠然倚在门边，轻笑道："祝总，这么晚了，找我干什么？"

祝秋亭站在门外，笑了笑，眼神从吴扉上身滑过，眼里半分笑意都没有。

"来接人。"

他神态平静，耐心却早已告罄，拨开吴扉径直进来，直奔里间主卧。

床上狼藉一片，被窝里卷着个肩膀光裸的女人，正瑟缩在角落微抖着身子。

虽然知道不可能，但祝秋亭毕竟是个严谨的人，扣过那人肩膀扫了一眼，随即甩手扔开。

"祝总，您要找谁，跟我说啊！"吴扉跟着进来，眼睛紧紧盯着祝秋亭，嘴角扬了扬，"怎么说我也是这房间暂时的客人，要是真在这儿丢了谁，跟我也脱不了干系……"

吴扉话没能说完，额头便被什么抵住了。他顿了顿，无辜地一耸肩，缓缓举起双手以示清白。

祝秋亭看他一眼，平静地道："你话太多了。"

吴扉紧了紧后槽牙，忽然想到什么，笑意深了些："祝总，看来她一个人也能抵得上龙新？那我不用去找徐家那位大小姐了？"

祝秋亭散漫地扫视一圈，看都没看他，漫不经心地"嗯"了声："凭你的能力，再过八十年，应该可以。"

"纪翘，我数到三。"

祝秋亭话锋一转，忽然道。

"三。"

吴扉终于无心再陪他周旋下去，正阴沉着脸要开口，身后却传来一声不大不小的动静，伴随着"砰——"一声，有什么落了地。

随即那人低声说了一句："我在外面等你。"

吴扉转身，余光只捕捉到一点身影，女人溜得飞快。

祝秋亭也跟着转身离开，临出卧室时，步子一停，侧身把手里的枪扔过去。

吴扉眼疾手快地接住，迅速调整到正位上了膛，下意识地对准了祝秋亭。

祝秋亭单手插在西裤兜里，弯起眸笑了笑：“当年从你们那儿借的，物归原主。保管费改天结一下。”

吴扉咬紧后槽牙——人能不要脸到什么程度，他算是见识了。杰森为什么不喜欢回国，他现在非常理解。

他不明白，杰森为什么非要跟祝秋亭耗下去，还再三警告人要留住……可祝秋亭跟他们，绝无可能回到同一条路了。

纪翘是来干正事的。她要盯着吴扉，替徐怀意挡掉危险，那毕竟是瞿然的姐姐。

她牢记着这点，才不至于被他那番话震到差点掉下来。吴扉播放的声音放得太清楚了，不想听都不行。

出了门，她安静乖巧地等在一旁，跟在男人身后，每一步都踩在厚厚的地毯上，视线也黏在上面。

怎么下的楼，怎么被各方打量，怎么出的酒店上的车，她统统不记得了。

唯一有记忆的，是在酒店门口的喷泉跟前，等着门童把车开来。她被风吹得打了一个寒战，今天这礼服是要风度不要温度，纪翘靠仅有的理智站直了，要是抱着膀子瑟瑟发抖，未免太丢人。

下一秒，带着体温的西装就盖在她肩膀上，纪翘愣神的工夫，已经被人环过肩，带着往前走。上了车，开出好一段距离，也没有人说话。

纪翘望着窗外变幻的夜色，心绪复杂到极点。

被人算计的滋味，不好受吧？傅于天当着那么多人的面这样说他。

纪翘本应忙着想借口，但在那一刻，只觉得内心被愤怒填满了。

傅于天讥诮的口气，周边人看祝秋亭的眼神，在她耳边和眼前萦绕不去。

她想说，你算哪根葱？

可想一想，真的把他置于那个境地的，哪里是傅于天，而是她自己。

她当时听着，心一下提到了嗓子眼。

祝秋亭一句荣幸之至，把她元神都打散了。纪翘本来以为，这么久了，她看不穿他七八分，也能有五六分。现在看来，想太多是病，得治。

“没什么想说的吗？”

他们分坐两端，中间仿佛隔着条银河。祝秋亭一句淡淡的问话，把纪翘拉回了现实。

纪翘下意识地答：“有！”

答得还挺清脆。

祝秋亭道：“说。”

纪翘把碎发统统捋到耳后，深吸了口气，盯着自己的手："傅于天没说错，我认识你，比你想象的早。"

祝秋亭示意她继续："嗯。"

纪翘说："苏校在车下发现我的时候，我确实……"

祝秋亭做了个收的手势，瞥了她一眼道："你什么时候对回顾过去这么有兴趣了？"

祝秋亭问她："以后，怎么打算？"

纪翘沉默，摸不准他是什么意思，于是朝着疑似正确答案迈了一小步："你是想让我离开吗？"

祝秋亭摁了摁太阳穴，这动作表明他情绪已经到边缘了，放轻了声音："你想去哪儿？"

纪翘反应过来，有些迟钝道："噢。也是。"

纪翘问："那我们现在去哪儿？"

她现在敢摸逆鳞，是有原因的。

察言观色是纪翘的生存本能，她感觉，就算像现在这样装傻充愣，他也不会中途把她扔下车。

为什么？她也说不清。

那句话怎么说来着，敌不动我不动。

祝秋亭没回答她，车最后停在了一幢尖顶建筑旁。纪翘有点惊讶。

今天和明天都不是周日，来教堂？

教堂没开门，纪翘跟在祝秋亭身后，望着他修长平静的背影，月光冰凉柔和地罩住他，就像罩住了一个美梦，她曾经做过的美梦。

他在门口中央站定，抬头望了望那十字架，目光很温柔，比月色更甚。

纪翘从来没见过祝秋亭这样，但她也不是傻子，很快反应过来是怎么回事。

八成是突然想起什么过往，来怀念旧人了。

应该是……是收到过他心意的人。

什么美梦如期光顾。酸掉牙了。

祝秋亭突然转头问她："你以前抄过的书，有喜欢的句子吗？"

纪翘："让我想想。"

那时是被罚抄，又不是被罚背，记得住什么。

祝秋亭往后倒退两步，目光依然远望那尖顶十字架，轻声道："我有。"

纪翘试着摆出一脸求知若渴的神情："嗯，是什么？"

祝秋亭想了想，语气平静而柔和："你当像鸟飞往你的山。"

祝秋亭低头，轻笑了笑：“过了这么久，我发现我根本没有抵抗的力量。也许在我出生之前，我的山就定好了。”

这一次，纪翘没再捧哏，她沉默了几秒，声线低下来：“你为什么不当着她面说呢？”

她发现，她并不想听到祝秋亭对别人说的情话。相比起来，她宁愿被罚上三个月体能。

祝秋亭极轻地叹了口气，又好像是她的幻觉。他的语气很快恢复了平时的微冷：“过来。”

纪翘胸口哽了口气，于是她雄赳赳气昂昂，踩着高跟鞋踏步走近了他。

“什么事？”

她问。

祝秋亭望了她几秒，冷不丁地揽过了她的腰，左手扣过她后脑勺，俯身吻了下去，舌尖相触的瞬间，仿佛点燃了一片火。

第七章

逆 水 行 舟

……… ✦ ………

你也没有得到你爱的人。

✦

纪翘很记仇，五岁就会把人家的小书包扔进河里随波漂流。纪钺注意到后，从小注意培养她与人为善，结果……收效甚微。

祝秋亭认识她时就发现了，她是会把记忆刻在石头上，而非写在沙上的人。

可纪翘从他这儿吃了很多苦头，她都不恨。又或者，她是不在乎。

纪翘分得清主次，她真正日思夜想的事，他也知道。但祝秋亭觉得，他在纪翘这儿，连次的分量都够不上。

覃远成曾不留情地戳穿过，说祝家对纪翘来说，差不多就是个跳板，你看不出来吗？

祝秋亭那天谈完一桩大单，翘了晚上的拍卖会，闲得不得了，心情看上去不错，靠在吧台旁悠闲地问他："蹦上去后，她想跳哪儿去？"

覃医生看他心情好，笑道："可能就没想着要被谁接住，想找她爸去。"

祝秋亭当时笑了笑，说："也有道理。"

后来整整三个月，累到吐血的覃远成都在后悔，后悔这一晚嘴太贱，这男人心胸多狭隘他又不是第一次领教，怎么每次都重蹈覆辙？

现在纪翘在他怀里，祝秋亭又无端想起那晚。

他想问问她。当他睁着眼，看见她仰起头承受他的亲吻时，一轮月正在她头顶升到最高。她睫毛很长，天生带着上翘的弧度。急促湿润的喘息在唇齿之间弥漫开来。祝秋亭大掌更用力，将人带向自己。

纪翘终于察觉到不对，猛地推开他，在夜色里望进那双眼，胸口起伏不定，极力压抑着喘息，眸色复杂：“你……”

他吻技高超，虽然她之前基本没怎么体会过。现在发现，她也不亏。

纪翘都麻得快没感觉了，人才反应过来了，以前即使最亲密的时候，他也很少这样吻她。纪翘脑子里闪过一个想法，立刻被她抓住了。

她神色变了几变，想说什么，张张嘴还是咽了回去。她下意识地拿手背蹭了蹭嘴唇，口红算是掉完了，今天还涂了正红。

祝秋亭直起身来，看她默不作声地低头，心头直拱火，眼底都暗了几分。

纪翘仿佛没感觉，只盯着手表，忽然开始轻声倒数。

从五数到一，看到秒针变化，她冲他晃晃手腕，轻笑了下：“十二点了。”

今天是十一号。三月十一号，每年这时候，他都有些反常。纪翘记得清，因为有一次他甚至爽了祝缃的约，她还赶过去，帮忙临时照顾了女孩儿一天。

纪翘问他：“今天是什么日子吗？”

见祝秋亭没搭腔，纪翘拢紧身上的西装外套，换了个问题：“你说，吴扉会不会跟过来？

“不打招呼就走，周总会生气吗？”

纪翘自言自语，也没指望祝秋亭回答，把高跟鞋脱了拎在手上，蹲下来疯狂吐槽：“不过，他们的自助晚餐真的一般，那个鹅肝是喂鸡的吗？我饿得前胸贴后背——”

“我父亲的忌日。”

这一把男声清淡无起伏，让纪翘瞬间收声。

祝绫？她怎么记得资料上写的不是今天。

她的头靠在手肘上，手肘懒散搭在膝盖上，闻言抬头诧异地看了他一眼。

说实话，纪翘现在这个蹲姿，任谁看了都会觉得，太像村口唠嗑的大爷了。也亏长裙是开衩的，她是蹲得舒服，看他的眼神还带着满满的震惊和迷惑。祝秋亭心情有点复杂。

她这个姿势，搞得他们就像拜过把子的……兄弟。

他捉过她手臂，将人一把捋直：“起来。”

纪翘意识到有点儿过了，赶紧站直：“噢。”

她看了眼黑暗中恢宏沉默的教堂，迟疑道：“那你来这儿给他……超度？”

祝秋亭语气温柔：“我来给你超度。”

纪翘沉默了一秒，很快扯出一抹微笑：“谢谢？”

祝秋亭微眯了黑眸，从上到下悠悠地打量她。纪翘被看得发毛，背也挺得更直，梗着脖子，像警惕的小动物，表面上一动不动，其实每根神经都绷得死紧，一有风吹草动就能迅速跑路。

但今天祝秋亭耐性明显不错。他抬手，从脖颈间摘下了什么，冲她说：“过来点。”

纪翘紧紧地盯着祝秋亭手里的东西，又瞟了一眼他的脸，好像他手里正握着炸弹。

纪翘非常坚定地一步也没挪，祝秋亭便上前两步，手臂绕过她细白颈间。他体温偏凉，纪翘就被轻碰了一下就要跳开，又被他摁了回来。

“别动。”

祝秋亭声线沉了很多，是个不容置疑的命令。

纪翘便没再动。离得很近，她一转眼就能看见。

祝秋亭是哪天身无分文，凭皮囊也能轻松吃饭的存在，这点她一直知道。

以前纪翘以为，他握着枪与匕首时，最令人心悸。那时在他眼里，任何人都没有亲近与疏远之分，只要有需要，任何人都可以消失。

他垂首停留的这几秒，纪翘比被人用枪抵住还心颤。

仿佛一侧头，他们便能贴面吻住。

他的骨相极流畅，眉骨到鼻梁的侧影被黑暗包裹起来。纪翘用目光勾勒了两遍，祝秋亭已经直起身来。

她若无其事地垂眸，拉出他戴上的东西看了眼。

这是一小块深色玉石，表面光滑，成色如何……她也看不出来。但她依然努力地盯着看了半天，好像能看出花一样。纪翘想，这是他戴过的，无端送给她，里面不会有追踪器吧？

“纪翘，”祝秋亭用通知的语气平静道，“从现在开始，希望你暂时扮演好我固定伴侣的角色。”

纪翘下意识地握紧了那块玉石，蹙眉问：“为什么？”

祝秋亭的眼神很温和，那似乎是对智障才会有的温和，一下打碎她那点儿旖旎幻想了。

他反问道：“你说呢？你觉得你还有第二条路，可以阻止回过神的 J.r 吗？等吴扉意识过来，除了把你拎过去交差，还有其他可能吗？”

祝秋亭继续淡声道：“如果你只是我的下属，他们根本不会忌惮。最近解决完 SN 的事务，最迟三个月内他们会把重心放回国内，到时候你能躲得过去吗？还在这儿上蹿下跳管其他人呢。”

纪翘满脸一言难尽。

他们不忌惮纪翘，但……明显也不忌惮祝秋亭啊。祝秋亭截断过 J.r 无数生意，搞黄了人家的财路，现在 J.r 要是想腾出手回国内造孽，首先要做的不就是找上他吗？

祝秋亭顿了几秒，一眼看穿了她在想什么："不一样。"

纪翘耸耸肩："哦？哪里不一样？"

祝秋亭忽然抬手，摩挲了下她颈间，轻声道："区别就是要分主次。如果你是我的人，他们会等我死了，再来找你。就算他们想拿你威胁我，其一是威胁不到，其二，我没死，他们就不会轻易对你下手。"

J.r 的行事作风，她听说过，她还是很热爱生命的。

纪翘："好。但我还有最后一个问题。"

他为什么要这么帮她——

她话音刚落，祝秋亭就已经猜到她要问什么，径直道："因为留着你还有用。还有问题吗？"

纪翘沉默了几秒："没了。"

祝秋亭转身朝停车的地方大步走去："没有就走吧，我还要休息。"

纪翘的声音随风飘了过来。

她问："所以，我们跟以前会有什么不同？有什么要注意的吗？"

他以前留在过身边的女人，是什么风格？她几乎想不起来了。

祝秋亭脚步一顿，侧了侧身："没有。"

纪翘迈开步子走近他："好。对了，你需要买点花吗？也可以白天再来……"

祝秋亭开口打断她："过几天搬到明樾去。"

那是他市中心的一套顶层公寓，他平时基本不会去住。

纪翘说："好。"

上车前，祝秋亭扣着车门，低声道："他不需要花。"

在坐进车里的前一刻，祝秋亭的手腕忽然被扣住。

他还没来得及反应，腰际已经被人环住，纪翘把头虚埋在他背上，绕过的手在他背上轻拍了几下。

她能感觉到，手下这具结实的身体似乎有些僵硬，但她没在意，又坚持了四五秒才放手，轻声丢了句节哀，才从另一边上了车。

祝秋亭过了好一会儿才坐进来。

"以后别这样。"他声音很淡。

纪翘也觉得浑身不自在，知道是越界了，却没马上答应说好。

她不太想对他随口说谎了。

等回了别墅，祝秋亭下了车，她以为他要离开的时候，他却来到另一边，把她拉下车。

纪翘一头雾水，还没反应过来，便被他扣着腰抱起来，双脚略微腾空。为了平衡，她不得不双手环住他脖子，有些恼怒：“祝——”

“拥抱是这样的。”他环紧怀里的人，低头用额头轻碰了碰她。

男人身上檀香木的气息若有似无，却无孔不入，钻入她感官。

“肢体接触最容易被人看出端倪，以后要么别碰我，要碰就装得像一点。”

纪翘怔了一瞬，忽然抬手圈住了他的脖颈，像小动物一样蹭了蹭他。

纪翘知道祝秋亭效率高，但没想到他效率这么高。

不出半个月，全世界都知道祝家这位在金屋藏娇。祝秋亭以前不是没绯闻，但是他本人基本跟娱乐媒体绝缘，更没有什么定下来的伴侣，现在风向却变了个彻底。

祝秋亭最近的业余爱好从拍古董、字画、表、石头，转向收集珠宝钻石了。

被胆大的记者问了，祝秋亭也不回避，直接甩一句“给家里人带的”。

问话的记者是年轻女生，入行不算久，胆子也大，见他根本不像传闻里那样阴晴不定，眉角眼梢甚至带了点思人的眷恋，便开玩笑地追问了句：“那祝总会收人钱吗？”

有保安要拦，祝秋亭却伸手挡了，嘴角勾着笑，望了眼记者：“你说呢？”

难得见他在公开场合这样轻笑的神态，含着三分温柔懒散，问得小记者脸腾地烧了一片。

苏校、黎幺、林域也看到报道画面了，只是不能完全确定对象是谁。这时热爱神隐的覃医生冒出来，在微信把他们三个人拉群发了疯：我天我天看到了吗公孔雀开屏了？！

过了很久，黎幺才回了他一个标点符号——？

覃远成看了眼群成员：五个人。

——祝秋亭也不小心被拉进来了。

原地解散。

很多生活用品也源源不断地被送进了明樾，俯瞰江景的两百八十平方米大平层，最近被许多快递堆满了。

新床垫、衣柜、电视，这是大的，堆在客厅左边，压根儿没有拆封过。

戒指、项链、衣服、鞋，这是小的，堆在客厅右边，也没拆封。整个公寓都快塞爆了。

祝秋亭门开到一半就进不去了，他隔着望了一眼，砰地将门带上。

他拨通纪翘的电话，那边倒很快接了。

“喂——”

背景音嘈杂，纪翘扯着嗓子说话，有些失控。

见对方没出声，她看了眼来电显示，屁滚尿流地从舞池滚到外面走廊，紧紧地靠着墙，尽量减少这边的噪音，语气非常乖巧：“哎，我在。”

祝秋亭有把纪翘抓回来，再从五十二楼扔下去的冲动。

祝秋亭温声道：“原来你还活着。”

他这半个月出差九天，忙得头昏脑涨都腾出时间来选东西，为了查哪种枕头舒服查了半小时，结果人家压根儿没回来过。

纪翘干笑了一声。

她这半个月忙着找瞿然。这人真轴，纪翘只是想跟他简短聊一次，毕竟他盯梢祝秋亭也盯了那么久，手里应该也知道不少信息。纪翘现在不能确定，祝氏到底是不是被无辜拖下水的，还有……

祝秋亭跟灰狼到底是什么关系——

只是瞿然压根懒得理她，轻轻松松就能躲开。

她今天也诧异，瞿然空闲时竟然会来这么热闹的地方，纪翘深感自己年纪上来了，在这么吵的场所待不了太久，不知不觉就头昏脑涨。

现在猛地一听到祝秋亭的声音，尽管画风是老样子，可她还是笑了。

纪翘单手环胸，倚着墙仰头，望着迷离变幻的灯光，嗓音懒洋洋的。

“活着啊。活着多好啊，还可以想你。”

纪翘咯咯地笑得清脆，她不满地轻哼了两下：“好多鱼在天上飞。”

祝秋亭摁了摁直跳的太阳穴：“你在哪儿？”

纪翘用肩夹着手机，边玩手指边回答，声音像小猫不自觉撒娇似的，道：“不知道。”

她酒量不错，刚才喝得也不多，但头就是昏昏沉沉，不受控制，瞿然也被她跟丢了。

纪翘干脆靠着墙，滑身蹲下：“我——”

她话还没说完，那边就挂了。

纪翘看了眼手机，在膝头上砸了一下，嘟囔道：“这么不耐烦。”

“纪翘？”

耳边忽然有人叫她名字，话里话外都沾了点惊喜。

纪翘循声抬头，撑起脑袋望了一眼。

那是个戴眼镜的年轻男人，白白净净的，书生气很重，有点眼熟。

噢，想起来了。

她指着来人，笑得止不住，手指在空中点了三下。

“前男友。”

孟景之后，这位是纪翘短暂恋爱史中的一个对象，脾气最好、学历最高、家庭最干净，她最配不上的一个。

好在她也很快意识到，自己只是仰慕对方，没多久就放人自由了。

“你怎么在这儿蹲着？”

他蹲着问纪翘，目光不敢往她短裙上瞟：“你……是不是喝多了？”

纪翘摆摆手：“嗯？没！”

徐修然看她这样，怎么也不放心她就这样待这里，上前小心地扶起她：“走吧，帮你打个车，送你回去。”

徐修然站在路边，很快就被事实教育了。谁能从一个神志不清的醉酒人士那儿问出地址？

他也不能贸贸然把人往家或酒店带，这传出去对纪翘也不好。

徐修然正纠结着，忽然被一道远光灯闪得眼疼。他一手遮住眼睛，一手赶紧扶着纪翘让她站直。那是辆黑色宾利慕尚，一个急停停在路边。

准确地说，是停在了他们俩跟前。

徐修然心下有预感。

等驾驶座那边下了人，男人走过来，徐修然对上他视线时，那预感便落实了。

说不失落是假的，但想想也是，纪翘身边怎么会缺人。尽管八成能确定，徐修然也没立刻把人交给他。

“请问你是？”

祝秋亭打从走过来开始，就没有一秒钟看徐修然，等他开口，才抬起眼皮扫了他一眼。

祝秋亭本来五官皮相就突出，不带情绪盯人时，气场骇人，像把极利的刀锋。现在上目线微微一抬，平添两分阴鸷感。

人的自我保护机制向来强烈，徐修然在大脑反应过来之前，人已经往后倒退了两步，手里的纪翘差点没扶稳。

下一秒，她就被男人接了过去。

祝秋亭还没说话，纪翘突然在他怀里诈尸似的抬头，看见他后，眼眸都被点亮了。

她手唰地伸出去，掌心朝上，放到祝秋亭下巴底下。

纪翘转头看向徐修然，笑得很灿烂，像介绍商品一样：“哎，徐老师，给你介绍一下，我男人。”

在两人同时的静默中，纪翘兴奋地问出了下半句：“是不是很帅？”

徐修然眼看见面前男人神情发生变化，笑意一路延伸到眼底深处。

车大灯还亮着，照得彼此都很清晰。祝秋亭俯身将纪翘抱起，冲徐修然礼貌地颔了颔首，补齐了自我介绍：“如她所说。”

男人那张耀目面孔上，写满了柔和与骄傲。

好像实现了一个非常……非常久远的愿望，连抱着她的指尖都记录着想念。

这晚纪翘做了个梦。这个梦很长，又很真实，她一时分不清到底该不该醒来。梦里她还在晴江，最大的心愿是考到650分，以及等纪钺退休。只有这两个愿望。

只是一切像镜花水月的泡影，转瞬即逝。

下一个画面里，她跟纪钺终于有了独处的时间。但很快，他们竟被绑架了。

纪翘活了十几年，在纪钺的放养下，从来不知怕为何物。被蒙着眼睛捆住手脚，动弹不得这一刻，她怕了。纪翘能隐约听见细微凄厉的惨叫，像从很远的地方传来，又似乎近在耳边。血腥味浮动在空气中，铁锈味甚至能让人闻到一丝甜。

幸好纪钺在旁边。他轻声叫着她名字，说：“乖，我在这里，别怕。”

纪翘心跳得没那么快了。确实，如果是跟纪钺在一起，死也没什么可怕的。

命运大礼最后降临了，他们都活了下来，绑架者被绳之以法。一切看上去重新进了轨道，纪钺受了点轻伤，不到三周就回了岗位，因为知道始作俑者是谁，他追击起J.r更不会手软。打那以后，他对纪翘的安全十万分的上心，上心到纪翘都嫌他啰唆。

纪翘记吃不记打，很快将那几晚的恐惧抛之脑后。

直到那天。

她跟纪钺前一天还在吵架，那次考试又退步了，纪翘一回家又扑到了电脑旁，痴迷于给网友发邮件，纪钺恨铁不成钢，放狠话说烤鸭套餐不会再带她去吃了！纪翘气得跳起来，说不吃就不吃，我存钱了，明天自己吃三顿！

那是她跟纪钺说的最后一句话。

大概从这一天开始，她的人生就清楚地划出了分水岭。

她成了一颗尘土，不怕飘得远，更不怕落下。

再后来她认识了孟景，同样的职业，他没纪钺那样明亮、凌厉、潇洒带风，相反，孟景是温和而有力的人。他将纪翘从满眼血丝的噩梦里拖出，用了很多个长夜。也跟她讲了许多旧事，让她学会相信正义，相信事情一定会有个结果。

孟景去世以后，她很快离开，整个晴江市都在嘲笑孟家，选了个这样凉薄的人，看吧，皮囊有什么用？自作自受。

纪翘打了很多份工，每个月固定时间，三分之二工资打到孟景父母账上。

她试图按照孟景说的那样活下去，可是太难了。

纪翘记得那个晚上。边陲小镇的深夜大地寂静，301据点有J.r的几个人。对方没有防备，一切超乎寻常的顺利，最后她让一个人带话回去。

本来想让所有的痛苦在那一天结束，但那天，她看着地平线上升起的朝阳，想着要不就多活一天？

纪翘决定活下来后，留了长头发，去金玉堂卖酒。

早晚J.r会找到她，或者她会找到他们。她想把J.r的人挫骨扬灰。可在那之前，她总得找个地方，一个能让她尽量延长时间，保护自己的地方。

反正在别人的口中，她已经声名狼藉了，不差这一次。

至于选到祝秋亭，完全是个意外。

——倒也不算。

她第一次在网上翻到祝氏资料时，就决定了借这里庇荫。

纪翘知道，他会留下她。

她只是没想到会那么顺利。更没有想到，他给她留下了一个绵长的难题。

他跟J.r，跟灰狼到底有什么关系？他为什么总给她一种很熟悉的感觉——

纪翘好像能在祝秋亭身上看到那个影子。她几乎能确定，绑架过她跟她爸的人，在她的生命中一闪而过的灰狼，也是类似的身形，气质这个东西本来就虚无缥缈，但那样强烈、阴冷、令人胆寒的气场……真的能那么像吗？

可感觉是若有似无的，说祝秋亭像绑架过她跟纪钺的人，纪翘也没有证据。要是真的，那她就别无选择了，他和她之间就只能活一个。更矛盾的是，祝秋亭看上去明明在跟J.r作对周旋，把吴扉都气到头顶冒烟。祝秋亭跟吴扉的交锋，又让她觉得他们像是早就见过……甚至相熟。

怎么可能呢？

纪翘有太多太多疑问，但在答案出来之前，她决定姑且先信着他。

纪翘醒来的时候头疼欲裂。

她躺在沙发跟茶几之间的地上，水晶吊灯在她视野里晃。她爬到沙发上，发了一分钟呆。

这客厅布局显然不是她之前的狗窝，而是在明樾的公寓。之前整个客厅堆满没来得及处理的家具，现在已经清理得干干净净。

纪翘回忆起了很多，跟徐修然有关的画面，他喋喋不休的问话、焦急的眼神，还有……祝秋亭。

她起身，光脚穿过走廊，在书房门口停住。书房是磨砂材质的推拉门，隐约透出点光。里面有声音，不像是祝秋亭的。而且有男有女，纪翘听出来是在开多方会议，似乎是讨论科盛所属子公司的收购，对方正谈到股权应对应的权益账面。

科盛是徐家底下的产业之一，女声是徐怀意的声音。

林域代表祝氏提了 1.7 个亿的价，如果是整个科盛，那就太便宜了，可要是子公司，又太贵了。

纪翘懒散地靠着门，正在走神，门突然被拉开，她整个人靠空，打了一个趔趄跌进去，被人一把接住了。

祝秋亭居高临下地望着她，声调平淡。

“躲外面干什么？”

纪翘反应很快：“想……一点事情。”

她指指电脑，音量放低：“你不是在忙？”

这回答不知道哪里取悦了他，男人神情有些微妙的松动，薄唇抿了抿。

“想什么事？”

纪翘想了几秒，决定道出部分事实：“刚才在酒吧遇到的朋友。”

祝秋亭沉默两秒，忽然松了手，退后一步。纪翘本来百分之七十的重量都靠着他，这一下直接跌了个狗吃屎。

她心里暗骂了两句，表面上还是飞速爬了起来，瞥了眼电脑，还是视频会议，现在几方不约而同陷入了死寂。

“那我先出——”

祝秋亭没理她，转身走到书桌跟前，终止了会议，礼貌冷淡地改了日期。

几个小时前，网上出了铺天盖地的新闻。

他那辆座驾车牌太显眼，又被拍到抱着女人上车的画面。没几个小时，纪翘被扒得干干净净。

美女，还是在当地名声不太好的大美女。

会议中，祝秋亭跟平时一样，开口不多，但也不会走神。除了林域的其他几方人，本来都把绯闻当假料了，现在平地一声雷，下线前神智被炸飞。

纪翘赤脚靠在墙边，听见祝秋亭冷不丁开口。

“徐修然，二十九岁，A 大本科、哥大硕博，回来后在 A 科大任教，父母也是大学教授。”

他把电脑合上，直起腰，转身望着纪翘，饶有兴致地勾着嘴角，目光沉沉地盯着她："条件很不错，怎么最后没在一起？"

纪翘没精力去猜他的心思，便顺着他的话说了一句："没那个缘分，不太配得上人家。"

她想休息了。看外面天色都没亮，从酒吧回来到现在，估计也没过几个小时，她整个人还是很困倦。

祝秋亭靠着书桌，衬衫袖子卷至手肘，手臂青色的血管微凸，整个人笼罩在昏黄的灯色里。

听到她回答后，他思索了几秒，低头将手表慢条斯理地解开。

"这样。"

祝秋亭迈开长腿朝她走来，绅士地站定，掌心却握住她的腰，把人压实在墙上。

纪翘试图挣扎了一次，被他摁住手腕。

"那我呢？"

祝秋亭俯下身来，靠近她耳郭问："配吗？"

说得好像她能答别的答案一样。

纪翘没正面回答，只低声道："你别……你注意安全……"

他漫不经心地吻她，从他的角度看，夜景和她都能尽收眼底。

感官的快意堆积累叠，最后一刻前，纪翘忽然轻声开口问道："你是不是——很早就见过我？"

有个秘密纪翘对任何人都没有说过。一方面是，她早已经失去了可以讲述秘密的对象；另一方面是，这个秘密太失真。

十六岁被绑架那一年，她并不是一直蒙着眼。

在从一间地下室，被带到另一处的途中，她从窗户望见过一个人影。有人跪在他面前，所有人对他言听计从，他虽然只是懒懒地站在那儿，但那种上位者的姿态，还有那道侧影，长久地烙在纪翘心里。

J.r的灰狼没人见过，官方的画像不保真，三方专家给的不同相貌，但身高她记得是在一米八六至一米八八。

这也是祝秋亭的身高区间。

祝秋亭没说话，纪翘又短促一笑，声音低不可闻："算了。"

这种藏得最深的秘密，怎么会就这样问出口，根本不可能得到答案的。她真是疯了。

她到他身边来的目的之一，就是探寻这件事。如果祝秋亭真跟J.r有关系，甚至是国内没人见过的灰狼——

纪翘当然会亲手送他上路。

突然间，她身体卸了力，又没有靠向他，只是下意识往后仰，一半身体都快弯到栏杆外。

祝秋亭及时将她拽回，把她整个人往上一托，又拽过她手腕，让她掌心覆在自己右手动脉处。

那道青色文身下，皮肤有些许凹凸不平，是旧伤口。她粗略一摸，猜不出是什么造成的伤。

祝秋亭看着她，风将她黑发吹得很乱，可还是很美。

“纪翘，”他叫她名字，非常平静，“我给你一次机会。”

江水悠然浩荡，月色都映入他眼中。

纪翘听见他说：“我这条命，你来处置。”

纪翘心神微动，问他：“什么？”

她的声音轻不可闻，等他回答的时候，她下意识地屏住了呼吸。

祝秋亭黑眸深得像潭湖，吸收一切，没人能探究深湖。

她看见他沉默了几秒，然后笑了笑。

“累了。我有点累了。”

祝秋亭笑容很淡，仿佛溺水的人终于放弃挣扎。

纪翘也想了很久，最后什么都没说，只是垂下头，唇在男人喉结上轻碰了一下。

他们都知道，这不是吻。

“那就睡一觉。”

劫难总会在，可人只要还有一口气，就不能被它淹没了。

“醒了再说。”纪翘嘴角淡淡一勾，“我们都是烂人，从骨头烂到外面，舍不得这条命的。”

她走到阳台门口，听见祝秋亭的声音从背后传来。

“我舍得。”

与此同时，打火机擦出的微小动静钻进她耳膜。

他点了支烟，低头吸了一口，像是自言自语般：“我没什么不舍得。如果死在你手里的话。”

纪翘回头的时候，看见祝秋亭咬住烟，领口敞开，吻痕咬痕交错斑驳，微微仰靠在栏杆上，顶着夜色星辰，这么说道。

弗朗西斯科与平日一样，清晨五点半起来料理一切，整座法式庄园还在沉睡之中。

麦林地处阿布拉山谷，常年四季如春。庄园在远离市中心的南边，四周被安第斯山脉环绕，地理位置绝佳。

弗朗西斯科在C国出生长大，做家族管家三十余年，现任亚裔主人是最省心的一位。

他沿着长廊走进餐厅，意外发现人已经在长桌旁，开始吃起早饭——一杯黑咖啡，一块烤焦的鸡蛋吐司。

男人穿着深灰色的烫金丝绸睡袍，阳光正好从窗格落进来，整个厅室被烘得暖洋洋的。

弗朗西斯科注意到，他吃得很优雅，眼神专注地落在电视上。

最新出炉的晨间新闻，报道了首府波市的波萨区，一幢高级住宅中，C国警方搜出了上亿的现金和大量黄金。

这些暂时撼动不了J.r的现金流，但要重新安排人员、调查信息并不是简单的事。何况他不是只有一个地方要顾及。

弗朗西斯科将目光收回，提醒道："杰森，从A洲启程的货卡在了K市港口。"

这批货对于J.r来说，是不可或缺的一环。只要能绕过拉萨罗港口，来到C国就顺利了，但现在看这情况，甚至都无法运抵S国港口。

杰森懒懒散散地戳着盘中的吐司，早起的倦怠一览无余："我知道，所以吴得过去。"

吴扉是他当年亲手挑选、培养的，尽管不是最完美，但应付这些事也够用了。

他的嗓音有些沙哑，垂着长睫："难解决的是那些人，弗叔，他们不肯开口。"

弗朗西斯科难得地沉默。

SN洲这一块，有对方的人并不奇怪。他们跟J.r作对不是一年两年了，奇怪的是，一切方法都用过了，那些人依旧守口如瓶。

男人也很无奈，想知道的又不多，只要一点点……一点突破口就够了。

男人打开笔记本，屏幕自动苏醒，页面停留在关上之前的内容。那是一页简单的资料，A洲祝氏。最近一则新闻，却停留在娱乐版块的一角。

杰森伸手用指腹轻柔地划过屏幕，干净的指尖泛着光泽，眉眼带着温润笑意。

他将冷掉的咖啡一饮而尽："弗叔，帮我订张票。这批货我自己来办。"

一周后。

蓝屋这家店通常十一点才热闹，这晚九点不到，店门口已经停满了车。

今晚有人做东。

这人不是一般人，是短短半个月，靠包场买单在本市出了名的人，吴扉。各店经理互相通过气，姓吴的客人出手阔绰，但通常只待在二楼VIP区域。

他待的场子，闹事的都少一些，这人青茬寸头五官凌厉，身高将近一米九，身边还有保镖作陪，谁想醉酒闹事也得掂量三分。

夜幕降临，整个一楼空间像把扇子，由中心舞台向两边延伸，分成上下两层，被酒精、音乐与荷尔蒙轻松点燃。

二楼私密性极佳的VIP大包里，非富即贵的公子哥们玩得都很疯，横竖那位吴老板会买单，三十万以上的酒开了不少。作为回报，好的东西统统先推到吴扉那儿去。没多久，吴扉便左拥右抱，好酒满桌，主要负责灌酒猜拳，听人吹牛，话倒不多。

吴扉乐趣不在此，即使心不在焉，也没让人看出来。

他买过单的地方，风格、装修、功能侧重点各不同，只有一点是相同的：都是祝氏娱乐业底下的分支。

这段时间，祝秋亭别说露面，吴扉手握的情报网也没能捕到他半点影子。

但没人不知道他的新闻，说他跟一个图他钱的女人在一起了。

这类场合八卦更是不绝于耳，更甚者直接越过客人对上了线。

“才二十七八岁，爬上来的，你没看新闻吗？啧，某些人不会还在做飞上枝头变凤凰的梦吧？”

“呵，是，就算她是，祝总会娶她？也就这时候耀武扬威了，找小报发发新闻，除此之外还能怎么样？”

“是啊。唉，命没人家好啊——”

砰！

忽然之间，玻璃碎裂的响声打破了喧嚣热闹，所有人怔然之下，回头看向声源。

吴扉面无表情地站起来，踩在碎玻璃上，面孔阴沉：“话那么多，舌头不要就割了。”

不知道为何，明明是恐吓的话，他的神态语气却像能说到做到似的，全场登时噤若寒蝉。

“过来，”吴扉忽然上前两步，一手拽一个，抓着头发将两个女人拖过去，勾着唇笑了笑，下巴微抬，示意墙角，“看清楚，那是谁？”

长发凌乱、浑身狼狈的人哆哆嗦嗦，声音发颤：“是……是个女……女人。”

纪翘藏在暗影里，及脚踝吊带黑裙，肤色细腻漂亮，抱着胸靠坐在墙角，从头到尾没人注意过的角落。

吴扉手上猛地使了三分劲，将右手边的女人往前拉了拉，眉眼弯了弯：“是，原来是那位祝总的，现在是我的，听清楚了吗？！”

既然被提到，纪翘也抬了头，迎着各异的目光，点了点头，算是自我介绍。

“我，”纪翘顿了一秒，看了眼吴扉手下脸色苍白的女人，决定从善如流。

她笑眯眯道：“心机得很，大家小心。”

纪翘想起那晚和祝秋亭在阳台上的对话，忽然觉得自己真是蠢得可以，竟然信了祝秋亭的鬼话一分钟。

结果呢？第二天他就被拍到绯闻照片了，小报记者还把她当根葱了，找了渠道发给她，意思是价格你看着办吧，不给钱就发了。

纪翘把照片放大看，那千金年轻美貌，而且有双清澈纯净的眼睛，崇拜又羞涩地望着男人。

祝秋亭虽然没看她，依然不影响整张照片的温馨氛围。

回忆了下，她跟祝秋亭的新闻照片，拍得就像狗血伦理剧一样，那种恶毒美貌小三即将被打的氛围呼之欲出。

纪翘回了记者一句：没钱，随便。

但最后还是没见媒体，八成是被祝氏公关解决了。

没过两天，祝秋亭就出差回了K市，把她一个人撂这儿了。按理说，不该用撂这个字，但祝秋亭走之前，直接把她禁足了。

门口保镖二十四小时轮换。

纪翘有一颗野人般向往自由的心，选了个夜黑风高的夜，动手把人解决，逃出来了。

她找到了吴扉。

吴扉当时很有兴趣，问她：“凭什么觉得我会留你一条命？”

纪翘反问他：“你在申城待了这么久，挖出了祝秋亭什么信息吗？没有吧？”

吴扉来不只是这一个任务，这虽然是顺带的一件事，但确实有吸引力。

虽然他们彼此心知肚明，话里可信度有几分，但吴扉清楚她是演戏，她也清楚吴扉没那么傻。吴扉把她带来，只是想确保她留在自己眼皮子底下罢了。纪翘投奔他？吴扉半个标点符号都不会信。

就算她嘴里没真话，等这两天货出了港口，有了时间，人在这儿，他总会问出点真话的。

“心机？”

不知怎的，吴扉轻扯了下唇，闲适地靠坐在沙发上：“纪翘，你倒是很有自知之明。”

他用食指随意点了下纪翘，环顾四周，问周围：“哎，你们见过比她更漂亮的吗？”

公子哥们玩乐耍坏可以，可在这真坏种面前，有一种本能的求生欲。大家面面相觑后，有识相的抢先附和："没有没有，吴哥你有眼光，是漂亮，真的漂亮。"

"对对，怎么说我也混了十几年，我打包票真没见过。"

"吴哥，美就行了，管那么多呢，是吧？"

"那这样，"吴扉转了转食指的玉扳指，挑眉问道，"送你们，要吗？条件只有一个，把她——"

吴扉兴致盎然地说到一半，兜内的手机振动了下。

他掏出来随意瞥了眼，面上戏弄了人后的懒散还未褪去，神色便一点点地冻住了。

货不顺利，全数冻结在港口了。

吴扉脸色顿时难看得如坠冰窖，手臂青筋根根暴出，下一秒便起身，一言不发地冲了出去。

这下换纪翘饶有兴致地欣赏着他背影，边欣赏边挑了桌上一瓶轩尼诗李察拎着，前后晃了晃。

"问一下。"

纪翘打破了沉默，把众人的视线成功地拉了回来，彬彬有礼道："刚刚哪几个说我漂亮？这酒可以请我吗？"

等吴扉走了，被压了半场的气势也能找回来了，有个憋坏的公子哥立刻爆了："这酒多少钱，你知道吗？摔了你干三年都不够赔的！"

这种对剩下十来个人而言，已经是完全熟悉的场景。众人暗中松了口气，看热闹的有，嬉笑劝人的有，更多的是冷眼旁观。

在这种场合，只要有一个靶子竖出来，所有的情绪、该被发泄的欲望，都将由那个靶子负责。

纪翘没看说话那人，轻耸了耸肩膀："我也是帮老板做事，没办法。"

她边感慨边扫视了一圈，微微笑了下："我再问一遍，刚刚说话的是哪几个，出来挨打。"

短暂的死寂后，有年轻的跳起来猛地抓过她手臂，还没碰到她，差点被一整瓶轩尼诗李察砸中。对方身子还没来得及拧回来，跟瓶身险陷擦过。只听见一声巨响，酒瓶迸裂，酒液四溅！没等那人喊疼，纪翘一把拽过对方领子，中指顺着他锁骨下窝云门处扣进去，把人直接掼在墙上，轻声道："我都说了，谁先说话谁先挨打，怎么就不听劝呢？今天我心情不好——"

"啊！这酒你赔得起吗？今天姓吴的还没买单呢！"

有个鬈发女人冲过来尖叫："客人不付款是会算我账上的，你个疯女人，要死啊？！"

“算我账上。”

有一道陌生男声突然横插进来。

“你知道这酒多少钱吗？！算什么啊算？！”

鬈发女头都没回，声音直发抖。

对啊。众人幸灾乐祸地想，这么贵的单还想充冤大头——

顺便循着那道男声回头看了眼，众人噤声。

——毕竟这单的确能算他账上。

祝秋亭着实忙了一阵子，要让吴扉跟灰狼真感到头疼，并不轻松。祝秋亭托周肆找了人，那老板做海事公司相关的业务，港口上的事能帮得上忙。他们一起吃了顿晚饭，餐厅景色很好，玻璃窗外整个海港尽收眼底。

老板的小女儿也来了。

祝秋亭从不干无利可图的事，也不白白拿别人的。一顿饭吃到一半，该谈的事谈完，他让利了 15 个点，大方得令人吃惊。老板中途高高兴兴地出去接电话，一去不复返了。

他没吃什么饭，也没碰酒，靠着椅背沉默地望向窗外。

霓虹灯下，江水滚滚流，货轮和游轮擦身而过。这世上美景太多，相似的也多，能让人记住的没多少。

祝秋亭准备离开时，被人揪住了袖口。

他转头，对上一双我见犹怜的杏眸。在这地界，二代千金能长成这样，是上天给的好福气。祝秋亭不着痕迹地抽开手，问她什么事，他没用粤语。

千金哽了下，心里有些委屈，用不流利的普通话道：“爸爸有急事先走了，想让你帮个忙，送我一下。”

祝秋亭没说话，坐在那里，手里转了转杯子，自上而下地扫了她一眼。

那一眼没什么分量，少女心事仿佛被全然看穿般，让她腾地红了脸庞。她裙靓人也靓，男人却显得兴致缺缺，叠好餐布压在骨碟下，说好。

出去时，天公作美，飘起了雨丝。正好有车飞驰而过，她没看路，重心不稳差点滑倒，吓得一把抱住男人手臂。

一秒都不到，她便被人拎开了。

“车到了。”

祝秋亭说完，低头掸了掸手臂上不存在的灰。

“我叫梁美，”上车前，依依不舍的千金丹蔻搭在车门上，“吴——梁美。”

他们在很久前的宴会上有一面之缘，不过看样子，他记不起来了。

祝秋亭笑了笑，做了个请的手势，示意她进车躲雨。

“吴小姐。”

车门关上之前，他忽然叫住她，吴梁美才发现，原来失望转快乐只要一瞬。

“你的项链很美。”

吴梁美听见他问道：“哪里买的？”

她眼睛一亮，飞快地报出品牌，那单词被祝秋亭轻声重复一遍，勾掉她三魂七魄。

“谢谢。”祝秋亭微微一笑，“希望她也会喜欢。”

他回去后，纪翘连影都没了。祝秋亭倒不意外，反正现在吴扉那边也不敢轻易动。这点他能确定，否则也不会刻意给媒体放出风声。

无足轻重的人当然可以随便对待，站到他身边就是另一码事了。目前来说，最危险的地方也是最安全。

他有定位追踪。但那是饮鸩止渴，远远不够。苏校半夜找他汇报，最近出幺蛾子的工程承包商捅了个大缺口，亟待解决。

祝秋亭听到一半就打断了他。

“事办完了。改签，改最早的一班。”

赶到了酒吧开门时，纪翘正凶神恶煞地捶人，一副山中无老虎猴子称霸王的样子。祝秋亭还没到门口，遥遥望了一眼，干脆停在那儿，看了一分钟戏才进去。

知道这点小伤无关紧要，他还是问了她疼不疼。

纪翘瞪大眼，满脸都写着：你说呢？

祝秋亭背对着所有人，只有纪翘的角度能看见，他用口型说的那句无声的话，她看懂了：我知道你不想看到我。

祝秋亭恶作剧般地轻勾了勾唇，把她猛然拉近，贴近她道：“可是我想。”

她乖乖地把头靠上去，用下巴轻蹭了蹭他西装，小兽讨人欢心一样，用方圆五米都能听见的分贝说：“谁说的。想啊。我每天做梦都能梦到你。”

纪翘生了双英气凛然的眉，眉峰锋利，底下偏又生了双多情目，骗起人来毫不含糊。

她抬眼无声地扫了圈，欣赏到弹眼落睛的场面，周围这圈人仿佛石雕大赏，纪翘相当满意，就是她的腰被掐得有点疼。

祝秋亭回头望了一眼，十秒之内，所有人都退了出去。

沉默没再继续蔓延，祝秋亭看了眼表，让纪翘去附近的四季酒店待着。等吴扉确认完港口的货，估计会恨不得直接取掉他项上人头。那货不仅被卡住，吴扉本人也会遇到麻烦，暂时是出不去了。

“回来再跟你算账。”

他用房卡轻拍了拍她脸颊，仔细听总有点阴恻恻的。

不过，这男人常年这样，对外人如春风拂面般和煦，对她如秋风扫落叶般冷酷，纪翘早习惯了。

她刚接过房卡，又听见他淡淡道：“你再联系瞿然和姓徐的，以后回家从窗户走。”

这一周多，纪翘在吴扉身边，负责转移他注意力，难得没被限制人身自由，闲着没事也是没事，便帮那瞿警官暗中查他朋友被绑架的地点。虽然她不可能弄到具体坐标，但纪翘嗅觉比狗都灵敏，缩小搜索圈，帮瞿然节省时间还是可以的。

除此以外，她还跟前男友徐修然喝了两次咖啡——

准确地说，是偶遇。

听到祝秋亭这么讲，她在心里很硬气地想，你知道得还挺清楚，但关你屁事。

纪翘在心里问候完，才道：“记得徐小姐吗？瞿然不是她弟吗？上次他跟徐小姐借了两百万现金，就是为了他一个朋友。”

她在那次宴会上提醒瞿然，不要插手，不管有没有那两百万赎金，对方都不会轻易放人。

纪翘顿了顿：“他们姐弟现在平安无事，对你会有帮助。”

祝氏跟徐家还有合作，科盛所属子公司的收购，祝秋亭给了很高的价格。

祝秋亭“嗯”了声，笑了笑：“你跟徐教授喝咖啡，对我也有帮助？”

纪翘望天。

“纪翘，”祝秋亭低头把表解下，垂着眸，“你是觉得，你跟他还有在一起的可能？”

纪翘觉得这话觉得很刺耳。

他说过太多难听的话，但从来没有像这样直接。像是在问：你配吗？

她靠着墙，突然笑了笑：“为什么没可能？男未婚，女未嫁，我胆子大，想吃回头草，我就——”

一句话没能说完，就被堵了个彻底。

她被腾空抱起，失重时，两条长腿下意识地盘住男人腰际。

祝秋亭扳过她后脑勺，不容分说的强势，薄荷的清凉从唇齿间传递来，纪翘挣扎着试图扭过头，又被他狠扳回来，嘴角也被咬破。

“去吧。如果你不介意我把你那片草原烧了的话。”

耳鬓厮磨间，祝秋亭温柔万分道。

纪翘没吭声，任他动作。

直到祝秋亭肯放过她，不得不赴约前，纪翘才整理了下裙子，很专注地将裙角抚平，没有抬眸。

“比起徐教授，我跟你更不可能。

“可那又怎样？我们不是照样在一起吗？”

纪翘的语气非常平淡，手要很用力才能镇定地动作。

祝秋亭背影一顿。

“你也没有得到你爱的人，”纪翘撑起身，大步走到沙发旁，启了瓶酒，倒满一杯后一饮而尽，胸口不住地起伏，问得非常冷淡，“你是祝秋亭，你都得不到。我能吗？”

她话音一落，男人已经头也不回地摔门走人了。

纪翘独自沉默了很久，最后终于绷不住，用手臂盖住了眼。

这灯光太刺眼了。

她问徐修然，有没有喜欢过不可能的人，他毕竟是学心理学的，如果能给她一点建议——什么都好，把她这颗心脏停了都行，哪怕就短短一段时间。

纪翘自己选择了辛苦的童年，成日跟击靶做伴。纪钺也不反对，他工作那么忙，也抽出时间来陪她训练。

有一次，纪钺眉骨被她鞭腿开了个豁口，纪翘吓蒙了。纪钺安慰她，说：“傻不傻啊你——人最幸福的是什么？能洒尽自己的热血，就是幸福！继续！”

希望你洒尽胸中热血，为你所信的一切。

但纪钺和课本都没有教过她，如果终点并不是值得仰望的高塔，方向截然相反，还要继续吗？

更可笑的是，他明明知道，依然从容地继续往下走。

祝秋亭极少跟她交流祝氏的事，但纪翘看得清楚，他最近一年签的合同、谈的生意、让的所有利，都不像是求发展，倒像是为了毁灭铺路似的。

纪翘狠狠揉了揉眼，从沙发里猛然翻腾起身，动作大到有东西被震滑到她脚边，是一件大衣，他忘了带走。

纪翘在踩一脚和捡起来之间摇摆，最后选择了后者，随手捡起扔到了原位，反正他多一件不多，少一件不少。

钱包却从大衣兜内滑了出来，纪翘只好弯腰捡起。

是对折型的钱包，她单手掀开扫了眼，确定卡没掉出来，在要合上前一秒，突然觉得有点怪，里面只有四张信用卡，厚度不对吧。

她重新看了眼，钱包夹层中有好几张照片，有一张还露了个角出来。

真是好奇心害死猫。

纪翘发呆的间隙，耳边突然响起道偏冷男声。

“你确定要看？”

她扭头，看见祝秋亭去而复返。

祝秋亭垂眸，声线平淡：“如你所说，得不到，就放在里面了。”

纪翘身子一僵，很快又全然放松：“就那么想每天看着？”

祝秋亭抬手将黑衬衫最上面的两颗扣子解开。

“不是。”

他朝她走过来，顺手挽起袖子，从纪翘手里将钱包收回，又往她手里塞了个东西，声音低了两分：“是为了提醒自己，不要在一个坑里跌两次。”

纪翘低头，手心里躺了个项链盒。

“顺便买的。”

祝秋亭淡淡道：“最近辛苦你了。”

纪翘有点无语，但还是还了个公式化的甜美微笑：“应该的。”

她打开盒子，拿出来看了眼，一个白金戒指吊坠，嵌着极细小的碎钻。

还挺好看。

纪翘转着看了圈，忽然凑近了脑袋，看到戒指上面刻着一个英文单词，念得慢了些：“Be——lo——v——ed？”

祝秋亭难得愣住，看着她近在眼前的侧颜，冷不丁想起来，她双眼视力5.2，刻得再小也能一眼看清，而且会注意所有能看到的细节，这还是他逼着训出来的习惯。

“这什么意思？”

纪翘微微蹙着眉望向他。

“不知道。”

祝秋亭面色平静地甩了一句，转身离开了。

有一次，不知因为什么事，他们一起去了南方一个小镇。

黄昏时分，车从集市驶出，飞驰在刚修平的路上，田野从两边迅速退去。

那时纪翘来祝家不到一年，拜惨痛的训练记忆所赐，在祝秋亭面前，她选择尽量降低存在感。那天两人分坐后座两端，纪翘冷不丁听见祝秋亭问，他们刚见过的人，鞋子是什么颜色的。

纪翘答错了，于是那天她自己走回了镇上。

细节自有千钧之力，他比谁都深谙这点，会不知道戒指里写的什么？

昏暗房间里只开了一盏台灯，纪翘窝在懒人沙发椅里，在脑子里翻过许多画面，默片似的一帧一帧地放映。

祝秋亭的身影也就不断地出现。

从什么时候开始的呢？她的回忆里多了太多跟祝秋亭有关的痕迹。

最近跟原来也有点不同了，为了安全，祝秋亭不再允许她跟在左右，以前至少还有点用武之地。

现在……纪翘有种当金丝雀的不真实感。

这三天他基本在外面办事，忙起来他们连说句话的时间都没有。纪翘这才发现，同样的寂静空间，都有着天差地别。

手里轻晃着那条项链，纪翘凝视到眼睛都酸了，才抬腕看了眼表，刚下午四点半。

他应该正在望江阁，跟徐怀意他们谈收购科盛的事。

纪翘把项链放回盒子，收进柜子，决定去把地板拖上第五遍。

与此同时，望江阁。

各项条款尘埃落定后，有眼色的人及时离了场，只剩下两边的主心骨。

助理订的是景观位，徐怀意无心看风景，低头抿了口酒："祝总最近很忙吗？看你脸色不太好。"

祝秋亭笑了笑："有吗？"

徐怀意也笑："可能是原来太好了，给我一种……不管别人怎么变，你不会变的错觉。"

祝秋亭无声地转了转茶杯，脸上的笑意维持不变："休息少了，就会这样，以我为戒。"

徐怀意沉默片刻，在对方开口说离开前，率先夺过了话头，和平时有些不一样，花费了很大力气，才问出了口。

"有没有一点可能，我们会有以后？"

祝秋亭轻挑了挑眉，唇边笑意一淡："徐总，我喜欢跟聪明人打交道，彼此会节省很多时间，但仅限于公事。如果感情也是这样，人会很累。对了，你看新闻吗？"

徐怀意笑里掺了点苦涩无奈："有关纪小姐的？其实，我也有些媒体朋友，知道哪些是真……"

祝秋亭轻声截断："是真的。"

华丽的灯饰下，男人的脸色已经完全冷了下来。

那句话已经在他脑中盘旋纠缠了三天——比起他，我跟你更不可能。

祝秋亭好不容易淡忘了几个小时，徐怀意几句话又令他记起来。

一直到离开餐厅，他们之间都只余沉默。

祝秋亭依然绅士，为徐怀意拉开椅子，走在她身后两步。徐怀意不着痕迹地侧头，灯光照得很清晰，男人神色淡漠。

出了大门后，他却忽然与她擦肩而过，不发一言、大步流星地离开了。

徐怀意有些怔然，这不是他的风格。

她朝祝秋亭离开的方向望去，很快意识到了原因。

不远处，有个抱着头盔靠着机车的女人，正盯着路灯下的影子发呆。

路上有许多行人在看她。因为她只是站在那里，就足够吸睛。

她好像能意识到，又好像没有。她身上只有两种颜色，黑与白。米白的修身毛衣，黑色的飞行员外套，纯黑牛仔裤下一双长腿匀称笔直，蹬了双黑色骑士靴。

徐怀意望着他们。祝秋亭走过去站定，纪翘回过神，抬头跟他说了什么。下一秒，男人神色微微一变，一把拽过她拉走了。

男人的动作有点粗暴，她怀里的头盔都没抱稳，差点掉了。

很快，他们消失在徐怀意的视线中，徐怀意在原地站了很久。

方才他话里话外，都是表明自己在感情上无意选聪明、心思重的人。可现在他选的这个，一看就知道是脑筋心思活泛的聪明人。

他不是不喜欢聪明人，是不喜欢她以外的聪明人。

纪翘不觉得自己有多聪明，爱算计是真的。钱要算，人要算，唯独不算未来。她话不多，出口前都会斟酌。

只有今晚，祝秋亭问她在这儿干吗，她自己都不知道答案，却脱口而出。

——我在等你。

明明只是出来遛弯兜风，不知不觉就开过隧道，到了这儿。

短暂的死寂后，祝秋亭火了。

他表现得不太明显，但气压低了下来。

祝秋亭把纪翘拉到停车场，打开车门，塞进副驾驶位，人都没绕到主驾驶座上，就站在原地，修长的手扶着车门，居高临下地望着她，说了这几天以来的第二句话，几乎是从齿间挤出来的。

“纪翘，你什么意思？”

她抬起眼看着他。

纪翘眼睛形状生得勾人，平时有多生动鲜艳，现在就有多认真专注。

“我只说一遍，你听好了。”

纪翘从裤兜里摸出支烟咬着，火光从她指间飞快一闪，在昏暗中照亮彼此。

“我们试试吧。你还欠我挺多的。”

她拉过他右手，解开袖扣，往上推了推，冰凉指腹触到刺青下的疤。

“记得那个时候吗？你让我去告你。”

纪翘停住话头，掸掸烟灰，用脚尖碾开，声音低了几分：“过太久了，现在不太可能。但其他的补偿方法，你想试试吗？”

祝秋亭：“试什么？”

男人声线有些喑哑，大半张面孔潜藏在阴影中。

不过纪翘也没在看他，她望着别处，挠了挠头发：“也没别的，就是想体会一下，被人偶尔挂念着，是什么感觉。”

纪翘用手撑着脸颊，自嘲地轻笑了下：“本来他离开以后，我就忘了。”

这些年，纪翘从他那里学了太多，手、眼、脑子都快。在蓝屋那晚，在他进来之前，她把最底下的照片滑出来看过。

里面有三张风景照，还有一张莫名其妙的照片。

但纪翘能认出来。昏暗而熟悉的背景，还有她放松状态下的手……和照片角落轻搭着的修长手指。

祝秋亭教过她，等待再漫长，只要能命中目标，就有其意义。命运会奖赏那些最能熬的人。

这一向是纪翘的天赋。

可天赋如果意味着，是能用来对抗这残酷命运的武器。

那她的天赋，也许还有爱他。

第八章

是 祝 太 太

……… ✦ ………

今天晚上奖励你——梦见我。

✦

“你觉得她怎么样？”有一年苏校去老宅送东西，冷不丁地听见上司问道。

问的是给祝缃补课的家庭教师，破天荒地撑了三周的纪翘。

她们当时就在客厅。祝缃耷拉着脑袋，被纪姓家庭教师治得服服帖帖。

“看着挺聪明啊。”苏校看了几眼，下了结论。

那天正是黄昏时，现在想起来也是个奢侈而平静的下午。纪翘的影子落在地板上，镀了层很淡的金光。她正讲着题，偶尔会抬头扫一眼祝秋亭这边。

苏校说得挺对，她是聪明人，而且不好蒙骗。

纪翘喜欢观察祝秋亭，却不想让他发现。

这还是第一次，她大方地仰头望向他，眼神平静得像月光下的深湖，深处却燃烧着一团火。

祝秋亭很熟悉这眼神。

无数人在他身边来去，那些欲望或直白或迂回，就在眼底。无论藏不藏，他都能明晃晃地看清他们。

有些人要财，有些人借势，有些人看他是好风，只望好风凭借力，送己入青云。

她也是。

唯一的不同，是她要他。以前她的眼神，是要从他身上搜寻一些什么，今天却不是。

祝秋亭望着她，扶着车门的手背青筋根根分明。

“纪翘，你知道你在说什么吗？”

他语速比平时要慢一些。

“知道，”纪翘笑了笑，微屈起左腿，细长的手指夹着烟，眼睛一直盯着他，“意思就是，从现在开始——”

她在脑海里搜刮一番，找不到合适的语言，干脆略略后仰，挑开副驾驶座前的手套箱，从里面摸出把她常年贴身带的短匕。

“就算你想朝我开枪，我就当你走火了。”

纪翘怎么也没想到，初中时用过的非主流签名，有一天会从她嘴里说出来。

说得这么真情实感，大概是太傻了，男人脸色看上去……不大好。

因为很快，她听见祝秋亭说：“你要真想死，不用那么麻烦。”

纪翘盯了他半晌，失笑道：“你真来啊？那来吧。”

她摊开手，目光涌动着柔和颜色，低声道：“你说得没错，我是累。”

纪翘冲他笑了笑：“活着累，喜欢你也累。

“比跑武装越野累很多很多。所以我就想，跟你商量一下。”

“实在不行。以后，我们俩……”纪翘试探地看了他一眼，左右手的食指相碰点了点，提出了今夜最有建设性的一句话，“以后葬一起？地方你定。”

这话简直振聋发聩。

祝秋亭失语良久，他不喜欢从她的嘴里听见死字，以及相关的一切不吉利的誓言。但他现在什么也来不及想，只是把人按回副驾驶位，系好安全带，自己坐到驾驶位一脚油门轰了出去。

汽车蹿出去那一瞬间，纪翘脑海里仅存的想法是，车再好有什么用，不稳也没用啊！差点把她甩飞。

祝秋亭像到了爆发的临界点，纪翘望着窗外飞速倒退的夜景，决定奉行沉默是金的原则。

纪翘掰着指头，漫无目的地瞎想，人生中难得告白失败一次，真是值得纪念的一天；这条路不是回明樾的，他好像越开越偏了；不会真要灭口吧，男人怎么都这么反复无常；啊，好想开窗吹风；今天的月亮真弯；这车也不算一无是处，真跑起来还蛮舒服。

中途，祝秋亭的手机还响了一次，第一次没接，第二次他才扣上蓝牙耳机接起。

纪翘趁势瞟了他一眼。

不到三秒，就听见祝秋亭说：“滚。”

没等那边回答，他把蓝牙耳机摘了扔出窗外。

纪翘默默地贴紧了座椅：“你要去哪儿？”

他再开都能开到附近崇岛了，现在都快午夜了，整条街都见不到几辆车。

祝秋亭单手握着方向盘，腾出只手来点烟咬着，专注地盯着面前夜路，像没听见她说话。任沉默蔓延许久，他才在黑暗里扭头看了她一眼。

他什么都没说，但那个眼神已经足够构成答案，那是非常直白的掠夺……与火焰。

纪翘看明白了，抿着嘴把玩自己的手指，而后问得十分平淡："祝秋亭，承认有一点喜欢我，有那么不堪吗，还是世界末日？或者你想说，照片是别人塞到你钱包里的？那天你让我删的——"

她话音刚落，一个急促的刹车，差点给她甩出车窗外。

"哎？！"

纪翘头咣地磕在前头柜子上，发出清脆的声响。

祝秋亭抬手，扯松了衬衫领口，还没说什么，纪翘的手机就不要命地响起来。

她盯着他，没准备接，结果他松了安全带，俯身靠过来，从她裤兜里抽出手机，滑到了接听。他手肘搭在窗沿上，深深吸了口烟过肺，吐出来的烟很淡。

"小翘，你之前问我的事，我现在有答案了——"

是徐修然。

纪翘脸色微微一变。

早不来晚不来，怎么偏偏赶上现在。

"她没空。"

祝秋亭把电话拿过来，垂着眼，面无表情："有什么事下辈子再说。"

他摁断通话，直接关了机。

"我们是可以试试。试试看，我是喜欢你，还是喜欢……"

祝秋亭解开袖扣，笑了笑，没继续说下去。

这款黑色轿车的轴距比一般车长很多，后排空间也更宽敞。

纪翘被他拉去后座，近在咫尺的吻落下之前，她也望进他眼里，轻声开了口。

"好。那我也再试试，看是之前的人行，还是你行——"

她温热的气息灌进了他耳朵，祝秋亭也没被激怒，只是笑了笑。

他把车停在了人工湖附近，湖边月亮高悬，夜色浓得化不开。

纪翘刚要变换位置，后脑勺便被他牢牢扣紧了。

男人喉结动了动，于黑暗中无声吻住她，舌尖抵着齿间进去，她没作任何抵抗。

没有抵抗的心情，也没有抵抗的力气。

纪翘在拖地的时候，悟出了一件事。

她真正在意的，不是徐怀意跟祝秋亭在一起吃饭。而是他们能平等地坐下，那种可以随时并肩而立的姿态。

当时她烦躁得不知道该怎么办，就想像现在这样，迫切地抓住什么。

祝秋亭心硬，嘴唇和指尖却是软的。

他的手温度偏凉，顺着毛衣握住她腰，用力掐了一把，好像能掐出水。他没有多停留，很快沿线而上，轻柔地覆住她。

他好像要在她身上所有地方留下他的痕迹。她似要化在祝秋亭手心中的一团云，散成一缕一丝被抛向天际。两个人紧贴着彼此，好像这世上除了这片刻的温存，再没有任何值得眷恋的。

他以前总是衣冠楚楚，有时候到最后衣衫都是完整的，她元神都散掉了，压根腾不出意识和精力仔细观察他。

纪翘身上永久性的疤痕不在少数，遍布全身，有早年训练的痕迹，有后天造成的伤，只有腹部基本没有。在任何时候，保护脏器都是下意识的反应。

但他有更多痕迹，纵横交错，枪伤刀砍，五花八门。

纪翘愣住了。这男人身上最大的标签无非四个字，得天独厚。

祝绫的幼子，借其庇荫，早年不会缺保护他的人，后来他成了祝秋亭，更不会缺。能为他挡子弹的人不在少数，可这些伤，明显不是一朝一夕造成的。

“能不能专心点？”

男人似乎没察觉到她的心事，只沉声在她耳边问。

“不是想试试——”

祝秋亭嘴角挂着笑意，低声道：“那就好好记着。”

他能感觉到体内的血液奔腾。

这个人是他的咒与劫，也是他的爱与甜。

活色生香。他算是明白了这四个字的真正含义。五感都变得通明，在这一方狭小空间内觉察到，早春这才踏过山高水长，借温柔乡，在他命里降落了半宿。

纪翘在日出后二十分钟醒来，醒来时还是在后座，是晨风把她吹醒，醒来时发现身上裹着件大衣。

她听见驾驶座的人正低声同别人讲话。

“他有意见，你让他直接来找我。我从来不强人所难，只要债能两清，桥归桥，路归路，钱给他们就是——”

“祝秋亭。”

纪翘意识没回笼，小声叫了他名字。

男人迅速回头看她一眼，挂了电话。

“醒了？我要去一趟 A 市，你想去就近的酒店还是回市里的四季。”祝秋亭把腕表戴好，想了想又把之前她给的防身物件还给她，“拿上。”

纪翘轻松接住，抱在怀里，整个人还没完全清醒，说话都慢半拍："明樾为什么……不能回？"

祝秋亭看了她一眼。

纪翘想了想，抵着额笑了，拖长音："噢——对，你，把吴扉给惹了。"

他做事不会给人留后路。吴扉挽不回损失，自然会来找始作俑者。纪翘跟吴扉打过交道，他手段阴毒，她能避则避。这种时候，不回常住地也是为了安全。

祝秋亭望着她，似乎在透过她看着什么。

纪翘看看他，警惕地默默拢紧大衣："我没力气了。"

祝秋亭忽然问她："什么时候知道的？"

问得没头没尾，但她知道他在问什么。他们曾在那个酒吧里见过面，在她失去了全世界的那个晚上。

纪翘一顿，视线下意识落到他手腕上。

"有一次在酒吧包厢，中途你被人叫出去。"

在某些方面，纪翘跟祝秋亭很像。他们靠野兽般的直觉捕捉重点，在分析之前已经抵达终点。她当时只是觉得很熟悉，他压下来吻她时，动作的顺序，瞬间的感知。看到他手腕处的青色文身后，纪翘猜了个七七八八。

只不过，她永远都只盯着前方，不是喜欢回头看的人。所以她本来不打算问祝秋亭。

老实说，纪翘对当年他为什么出现在那个酒吧，半点兴趣都没有。

"行。"

祝秋亭说。

他硬朗的眉骨被晨曦金光细致勾勒，淡然的神态和昨夜判若两人。发动车的时候，他突然道："以前我也在 E 国待过。"

车驶入清晨的街道，后座的纪翘沉默良久，径直道："你想让我夸你什么？"

"口音很标准。可以吗？"

祝秋亭这是唱的哪一出，纪翘根本搞不懂。

"祝总，您不是要去 A 市吗？走好。"

车停在四季酒店门口，纪翘下车后探头彬彬有礼道。

祝秋亭瞥了眼门童，熄了火，下车，要笑不笑地上下扫她一遍："装不熟前，你要不要考虑，把那些痕迹遮一遮？"

纪翘闭了闭眼，默念气出病来无人替。

"先进去等我。"祝秋亭对她说，"我去办点事，飞机是下午的。"

纪翘颔首，转身飞快地闪人了。

进了大堂，纪翘还没来得及去办理入住，却被人一把拽住了。如果不是纪翘极快地稳住重心，她能给地板原地拜个早年。她抬头没看见人，低头垂眸，一张漂亮精致的小脸这才撞进视线。

“你叫什么名字啊？！”

对方穿着、首饰都价值不菲，整个人从里到外都写着三个大字，惯大的。

纪翘轻松地挣开她，挑眉：“你哪位？查户口的？不是的话，”纪翘右手在空中虚拨两下，“起开。”

“你……”

吴梁美刚起了个头，目光落到她胸口的吊坠上，如遭雷击地愣住了：“你——”

纪翘被对方挡住去路，周围已经有目光扫过来，搞得好像她欺负弱小一样。她的耐心很快见底：“妹妹，有话快说，你了半天，复读机成精了吗？”

吴梁美记得很清楚，上次在维港旁餐厅门口，祝秋亭夸她的项链好看，还说要给谁买。她父亲帮了他那么大的忙，难道……不该是回报给她的吗？定制的限量款怎么会在这人的脖子上？

这次从 K 城北上，吴梁美的目的很简单，就是找祝秋亭。

本来还觉得巧，到了没多久，隔着道玻璃看见祝秋亭的座驾，结果副驾竟然下来一个女人。

“你跟祝总是什么关系？”

吴梁美稳了稳心神，告诫自己，不能跟这种没有教养的人过不去。

面前小女生拿捏起来的高贵典雅姿态，还挺可爱，把纪翘都逗笑了。

“你猜。”

纪翘发现，逗这种喜怒哀乐都很明显的人，还挺有意思，勾唇笑开：“唉，算了，不逗你了。我就是他未来孩子的妈。”

吴梁美愣在当场。

纪翘不说这话还好，这么一发言，吴梁美悬着的心反而落下了。

祝秋亭绝不可能和这种浅薄的人有什么交集。

吴梁美正要说话，忽然敏感地回了头，杏眸里闪过惊喜，下意识地拉住男人：“祝——你来了？”

祝秋亭去了趟礼品店，刚进大堂就被人抓住袖口。他看到纪翘也在，便停住脚步，不动声色地移开手臂，礼貌淡漠地问道：“你哪位？”

吴梁美脸色骤变，慢慢瘪起了嘴，很快转身小跑着离开了。

纪翘一直抱臂看热闹，笑容还没浮出来，被祝秋亭扫了一眼，迅速收了回去。

“腿长那么长是用来乱跑的？”

祝秋亭蹙眉。

他语气不太好，但递过来的东西看着还挺像回事，是个暗蓝色的长方形礼盒。

纪翘自动屏蔽他说的话，接过东西看了眼，是一支钢笔。

祝秋亭说："不是对知识挺渴求的？我不在的时候，没事多用用。"

纪翘瞪眼："渴求？什么……时候？"

祝秋亭勾了勾嘴角，问她："徐先生A大本科、哥大硕博，你记得不挺清楚？"

纪翘反应了几秒："啊，徐修然吗——"

祝秋亭垂眸看着她。

纪翘及时收声，无奈道："好，那该写什么呢，您指导下？"

他拉过纪翘的手腕，食指指腹在她掌心中认真地写字，写的是三点水，一撇一横。

纪翘能感觉到，是非常清晰的两个字：活着。

累了也得活着。纪翘握了握手心，没说话。

祝秋亭率先放开她手腕，淡淡地发了话："滚吧。"

纪翘低头看着钢笔，不知道为什么，又多问了一句。

"那撑不住的人，掉到悬崖下了，他们也得继续吗——"

祝秋亭上前两步，抬手慢悠悠地扣住她深色大衣的扣子，一颗又一颗。

"我会接着。"

他用只有他们听得见的声音道。祝秋亭从来不需要任何人理解，但他好像——

需要她在身边。

纪翘弯了弯唇，胆子极大地勾过他脖子，亲了一口，极响亮的一声。她声音都清脆含笑："好。"

四月，春寒料峭。

在A市坐镇的苏校等了大半天，等来了老板误机的消息。

离会议开始只有一个小时，他的顶头上司发来短信，短短两行字，信息量致死。友情提示他，这次收麻烦债由苏校来完成，跟资方的会议他也先顶上。

私人飞机也能误？之前航线没批下来，坐红眼航班也没见他多耽误一秒……

苏校算是见识了，满嘴跑火车这事考验的就是脸皮厚度。林域从申城飞过来帮忙，落地后就一句，最近没事别去找祝秋亭。

苏校逼问半天，林域才瞥了他一眼："港口那边有点事，吴扉还在国内呢，这时候能乱走动？"

苏校已经麻木了："噢。"

想了想还是很无奈，他又问道：“哎，不是。祝缃现在不是在私立学校住宿吗？暗中多派点人手，不行吗？”

林域把行李箱一脚踢进办公室角落，面无表情道：“你真不知道还是装的？姓纪的还在他身边。”

现在是敏感期，明樾那边她不方便去住，以防吴扉搞偷袭。

纪翘虽然不在乎住哪儿，可也不喜欢住酒店，但祝秋亭这样安排，她也没再说什么。

而且明樾有一点不好，楼层太高，一层只有一户人，要是有什么动静，也没人听得见。

祝秋亭看上去随心所欲，实则万事都会在心里反复思索，前因后果推演明白了，细节都谨慎确认过，才会真正实施行动。

纪翘学来了他这一点，打开综艺节目当背景音，盘腿低头认真地看起酒店消防平面图。

时针跳过八点半，敲门声忽然响起。

纪翘走过去：“谁？”

门外没人回答。反正门上挂着安全链，她也没耐心再问，一把拉开，蹙眉：“聋了吗——”

纪翘的话头戛然而止。

祝秋亭黑眸平静地垂望：“你说什么？”

纪翘微笑：“刚看了纪录片，正在思考世界上到底有没有龙。”

祝秋亭嘴角轻牵了牵，垂眸扫了眼安全链。

纪翘赶紧拨开，急忙转移话题：“你不是晚上的航班吗？怎么回来了？”

祝秋亭道：“取消了。”

他脱下西装外套，视线落在她身上。全黑吊带丝绸睡衣，面料光滑，极贴曲线。

纪翘对他这个简单的回答明显不满意：“那改到什么时候了？明天吗？”

祝秋亭松了松领口，倚在墙沿，壁灯从侧面打过来，照得男人姿态散漫又性感。

“听你的意思，很遗憾我没有走成？”

纪翘站得笔直如松，正气凛然，目不斜视。

“我是担心你公事受影响。”

祝秋亭目光从床上的薯片、酸梅，扫过正热闹放综艺节目的电视里，最后又回到她身上。

她不开心他不爽，她开心了他还是不爽。这才几个小时，这么乐不思蜀？

纪翘当然知道他在想什么，大脑飞速运转，借口这个东西，要找得不露破绽，让人满意，也不容易啊。

祝秋亭说："过来。"

纪翘表面云淡风轻，实则小心谨慎。刚靠近他，就被拽着手腕拉了过去，他整个人俯下身去，轻靠在她肩窝。

"我走了多久？"

纪翘伸出手腕瞥了眼表："五个半小时。"

祝秋亭揽着她腰的手紧了紧，他手心偏凉，隔着薄薄一层布料抱着她，却渐渐生了温度。

那一声轻不可闻，但就在她耳边。所以她听见了。

"怎么能这么想。"

即使天天亲吻，日夜亲密，把你揉进骨血，也还嫌不够。哪怕你的爱只朝我倾斜一点，夺目秘境就铺天盖地地向我显现。

纪翘僵了一秒，下一刻立刻环住男人劲瘦有力的腰，淡定挑眉："日有所思，夜有所梦，今天晚上奖励你——梦见我。"

祝秋亭埋在她肩头，低沉地笑了笑。他忽然直起身，单手穿过她柔顺的长发，托着她后脑勺吻了下去。

这个吻不激烈，反倒温柔细致，磨人又缠绵。

纪翘还不够见多识广，所以目前为止，在所有碰到的美好的人事物里，这个吻能排前三，排到十七岁遇见的夏日玫瑰色晚霞之前。

祝秋亭半夜还有个视频会议，所以这个吻最后没有持续太久。

纪翘继续盘腿看综艺，把各种类型的艺人凑到一起，摸爬滚打地比谁体力更好。

祝秋亭洗完澡出来，换了深色浴袍，坐在单人沙发椅里，拿了把刀削苹果。苹果皮很久没断，薄薄的刀刃快速地划过，没多久一个完整的苹果就出来了。

"哇，削得漂亮。"纪翘真诚的感慨飘了过来。

祝秋亭没理她，小刀转了个方向，切起块来。

"刀功真好，不知道吃起来怎么样。"

祝秋亭嘴角一勾，抬眸看她："更好。"

纪翘脸唰地垮了："我饿了。"

祝秋亭："吃这个能饱？"

纪翘抱着枕头，看着坐在沙发椅上的男人，忽然意识到一个事实：

——他是她的。

她调整了个舒服的姿势，神态慵懒似是带着雾气，轻哼了声："再看看你，就饱了。”

祝秋亭难得噎住：“你还真是有出息。”

纪翘耸耸肩：“谁让我喜欢你。”

祝秋亭揉了揉太阳穴，这种直球砸得他头晕：“你以前——也是这样吗？”

中间有三个字，纪翘没听清：“以前什么？”

祝秋亭凝视了她几秒，而后垂下眸：“没什么。”

“过来吃，本来就是你的。”

他用纸巾擦了擦手，但还是有些黏黏的果汁留在指间。祝秋亭有轻度洁癖，等会儿他还有跨国视频会议，起身要去洗手间，却被人一把摁了回去。

“切都切了，一起尝尝。”

纪翘说。

她用银叉插了块苹果，咬了一半在齿间，俯身把另一半送到他唇边。

祝秋亭望着她，眼眸渐暗。

苹果是清甜的，汁水漫在唇齿间，充盈着果香味。

“我喜欢过很多人，”纪翘直起身来，把腕表解了放在圆桌上，弯着眸笑了笑，“但我不会跟谁分苹果吃——你开会吧。”

祝秋亭虽然早就知道自己完了，但望着她懒散修长的背影，突然意识到，其实他并没有做好准备，他会完得有多彻底。

屋里的灯要调得暗一些，才能看出来这间八十平方米套房的位置好，景观好。

房间里有一扇恢宏的落地窗，镀膜材质，看得见外面，窥不到里面。夜景流动变幻，云都比平时清朗些，车水马龙的景色像条飞舞灯带，钢筋铁骨的高楼大厦破空而立。

风景一好，人谈情说爱都有气氛。就算各坐一端，各忙各的，感觉也跟自己待着不一样。

“结束了？”

见祝秋亭点头，纪翘适时给出了提议：“那做点正事吧。”

她到底是看眼色的高手，又有情人伴侣间的默契。

祝秋亭悠悠地合上电脑，虽然桌面早就休眠。

“好。”

纪翘没想到他答应得这么干脆，有点诧异。

他非常讨厌休息时被人打搅。苏校曾有一次记带着紧急文件大半夜跑去祝宅，硬是把门敲开了。最后那个开发案是签了，苏校的年度奖金也飞了。

她没想太多，从床边一跃而起，冲到了隔壁，把什么东西拖了出来。长方形的，装在礼品袋里，有点分量。

纪翘蹲下，把袋子一扒，露出庐山真面目来。

火车轨道。

纪翘："这个很难买的。我下午在附近店里看到的，这个单元是最后一组，我抢到了。"

她语气相当自豪，姿态神情像是辛苦一年种出全乡最高葱王的老农，满是骄傲，让人看了都忍不住跟着欢喜。

祝秋亭沉吟几秒，问："你想让我夸你吗？"

纪翘愣了愣："不是。"

她是何等敏锐一个人，瞬间反应过来。这是祝秋亭，入夜时分游走于顶级会所，懂放松也舍得一掷千金的人。

他们对午夜正事的理解，肯定是分叉了。

纪翘发现的确难开口，该说陪我搭会儿吧，还是陪我玩玩吧？

把他当作小学生吗？而且上次她提到无聊时喜欢搭这个，他说她真是闲。

祝秋亭手肘撑着椅把，似乎短暂地陷入沉思。

"没。就……想给你看看……没什么。"纪翘说。

她埋头把袋子拉过来，给它重新套上。

祝秋亭起身，迈开长腿，从她身边径直走了过去。带起的细小风流让纪翘一瞬间耳根烧红，她明明不是心窄的人。怎么现在这种小事，都能让她难堪了。

"换个衣服，现在的不方便。"

祝秋亭脚步没顿，撂了一句。

他换好家居服，在纪翘身边盘腿坐下，把大盒子拉过来拆了，拆着拆着就笑了："配有积木，可以搭信号站。"

纪翘轻"嗯"了声。拼搭轨道没什么难度，就是需要点耐心。

她以前烦心的时候，孟景就会扔给她一套这个。纪翘能装了拆，拆了装弄一整晚。

建隧道，拼交叉路口，搭信号站、加油站，做路口指示，放小房子。这是她恢复平静的妙招，从没给任何人分享过。

拼到路口的时候，祝秋亭接过她手上一个零件，淡淡道："他以前陪你搭过很多次？"

纪翘判断出这是个问句，但还是确认了下："孟哥吗？"

祝秋亭低头铺着轨道，没说话。

纪翘嘴角轻勾："也没有，就偶尔，他不是工作忙吗，他们队长找他找得勤，我就一个人拼。但都是他买的。”

祝秋亭问她：“买了很多？”

纪翘想了想：“倒也没有，就五套。还有套塑胶的，是他跟小学生抢回来的。”

她想起那场景，忍不住笑了笑：“被人家妈妈骂了。”

祝秋亭没再继续追问，接下来只有两句话——这个给我，那个给我。

纪翘反应过来，视线在他身上游走，明目张胆。祝秋亭也没抬眼，任她观察。祝秋亭是心里能藏事的人，一般人根本没法从面上窥到他心情。但纪翘是谁，他心情是晴是阴都观察不出，她也不用混了。

纪翘递了块隧道主体零件，不经意道：“但我喜欢搭这个，跟孟哥没关系。”

祝秋亭依然没看她，好歹是答了一句：“嗯。”

纪翘：“是初中的时候，有个隔壁学校的学弟跟我说的，这好玩。”

祝秋亭这才抬头看了她一眼，纪翘回忆得颇有几分感慨：“当时我去比赛，受伤了，有段时间什么都看不清。老师安排人下课来照顾我，帮我念课文什么的。不过她们忙，把活推给外校朋友，中间有段时间来了个学弟，温柔，有耐心，教我玩了这个。”

祝秋亭笑了笑：“那他人呢？后来没陪你来搭？”

纪翘挑眉，笑得无辜又坦诚：“没联系了呗——不说这个，当时他跟我说，搭火车轨道就像造个新世界，你要对这个世界的一切负责，让它运行流畅，合你心意。要是随便放弃，看它断在半截，是不负责任的行为。”

祝秋亭沉默几秒，忽然轻笑了笑：“你好哥哥好弟弟挺多的。”

纪翘不好意思地摸了摸后脑勺，美滋滋的：“这倒是。我挺幸运的。”

祝秋亭简直要被她气笑了，他是在表扬她吗？他干脆把模块扔她怀里：“累了。自己搭吧。”

纪翘在不要脸这点上倒是积极向他学习，并且发扬光大了。

他从她身边走过时，被一把抱住了腿。纪翘仰着脸，抬了抬眼睛，无辜又耍赖，狡黠一划而过。

“运气不好也没有今晚呀。”

陪的人对了，才叫运气。纪翘的话有时要拐三个弯才能听懂，祝秋亭听懂了，可也没料到她会这么说。

他立在原地几秒，在她要放手的时候，忽然转身，又俯下身来，扣过她后脑勺吻住。

温热的触碰持续的时间很短，也含着眷恋。而且，划算得很。他最后还是坐下，陪她拼了整个下半夜，等纪翘筋疲力尽睡着后，他替她盖好毯子，便无声地出了门。

A 市是靠近晴江的三线城市，祝氏分部选址的时候，选到了郊外。

跟黎幺这种在刀尖上狂舞，时不时在 A 股飙一把过山车的不一样，苏校只喜欢投资安全的不动产。

苏校在 A 市的别墅离祝氏分部不远，开车十五分钟就能到。众所周知，办公室离家近是好事。

但也要看什么时候，苏校替无良老板工作了整个通宵后，还要被下属敲门吵醒，那就是两码事了。

苏校从床上咬牙切齿地爬起来，想杀人的心在点开屏幕那一秒碎了。

他低头看了眼表，六点四十五分。

怎么会……这时候对方根本不应该在这儿，最近祝秋亭恨不得把纪翘做成随身挂件携带。

门外的人突然抬了抬眼，望向监控摄像头。

——我数到三。

苏校会读唇语，这四个字配上和颜悦色的神态，简直就是死亡宣告，他赶紧把门打开。“怎么……”苏校打开门，看到男人活生生地站在眼前，确认不是做梦，舌头差点打结。

“您怎么这时候来——”

外界只道祝秋亭身边只是多了个女人，跟以前没什么差别。

只有祝家最早跟着他的人清楚，他在内部找人，确定了关系，还愿意昭告天下，意味着什么。这时候都能放弃软玉温香，千里迢迢赶来，苏校对祝秋亭油然生出一种敬佩：用这么顽强奋斗的精神做事业，反正他是做不到。

祝秋亭没跟着苏校进屋，倚着门框，开口第一句话，过问的并不是昨天他委托苏校跟资方的开会内容。

他问的是：“报警了没？”

苏校脚步微顿，满脸诧异地转过身来：“您知道了？”

祝秋亭说：“我不知道我给了你什么错觉，让你觉得这种事也可以瞒着我。苏校，你长本事了。”

他的语气听着并不重，甚至有些云淡风轻，但苏校后背还是出了一层细汗。

苏校两臂贴紧裤缝，站得笔直，垂首道：“没有。被绑的是明寥，本来要报警，但对方……我跟林域商量以后，觉得暂时没有必要，他们一旦发现明寥……我已经调了人手来 A 市，现金流还要周转几个小时。他们平均四个小时来一通电话。”

昨天半夜得知这件事，苏校只用了五分钟，就决定暂时不跟祝秋亭说，至少等这一天过去。

A 市的 HN 工厂被烧，当时的负责人就是明寥。他是年轻能干，但祝秋亭二十一岁时已经能顶起祝家。

祝秋亭没说过，但苏校清楚，那场大火里丢失的资料有多重要，那天以后苏校一个月没睡过整觉。

这事现在还没完全解决。明寥现在被绑架了，绑匪那边要赎金，要求是现金。

祝秋亭扫了他一眼："他们要的数字，你不觉得耳熟吗？"

祝秋亭没耐心耗下去，挥了挥手："去备车，结实点的。"

苏校站了几秒没动，脸色变化纷呈。数字分开一提，他突然觉得耳熟。电光石火间，他想起来了。

是港口那批货的数……

吴扉。

他想找的根本不是明寥，而是祝秋亭。

苏校开车，男人在后座开了录音给他听。是祝秋亭凌晨四点收到的东西。

背景音被清得很干净，明寥的声音很清晰。

一声叠过一声的惨叫，少年人年纪毕竟不大，间隙还腾得出嘴来把吴扉的祖宗十八代骂下来。

他收到的地址在东郊，而苏校的住处在西郊，开车得开一个多小时。

祝秋亭开了车窗，垂眸点了支烟，烟雾很快散出。

"吴扉能上位，是因为撬嘴厉害。除了不敢动 DEA，其他人在他那儿能撑过两天的很少。"

苏校没说话。

祝秋亭跟平时不太一样，他懒得解释那么多。苏校从后视镜里小心地望了一眼，正对上一双黑眸。

淡漠，寡言，漫不经心。

祝秋亭虽然嘴角常带笑意，眼睛却总是出卖立场。

"你觉得——"祝秋亭停顿一瞬，干脆地下了结论，"明寥不值得。"

所以拖一拖时间也没关系，无须为一个犯错的人打搅他。

"苏校，"祝秋亭靠着椅背，从后视镜里能望见他微抬的下颌，姿态疏离又凌厉，"如果那是你呢？"

他的人，再怎么样也容不得外人插手。

“抱歉——”

翌日九点半，纪翘终于睡醒，准备去吃早饭，结果出了房间不看路，跟路人撞个人仰马翻。

“没事没事……是您的吗？”

对方是推车经过的服务员，温和耐心，帮她捡起纸跟笔，无意瞥了眼纸上内容，挑了下眉：“Atopos？”

纪翘接过后道谢：“麻烦。你听过吗？我没查到。”

客房走廊光线很暗，服务生个子高，纪翘看不清他轮廓，但听见对方笑了笑：“小姐，这不是英文，是希腊文。”

纪翘捏着便笺：“噢，那是什么意思啊？”

不切实际？不可理喻？

不管是哪个意思，都有点出乎纪翘意料。祝秋亭后腰处的这个文身，她看了几遍才看清。早上起来，祝秋亭已经走了，纪翘坐那儿根据回忆写出来，还以为记错了。

但纪翘没再关心这个，她蹙了下眉，抬头试图看清服务生的脸：“谢谢——”

他的声音、语调，让纪翘莫名觉得熟悉。

但服务生推着餐车，掉头离开了。

走了几步，送这个人又停下，轻笑了笑：“如果是别人送你的，小姐您很幸福。

“有本书说，在希腊文里，它的意思是超越理智，独一无二，无法归类到任何范畴。”

说完，服务生头也不回地走了。

SA洲当地势力盘根错节，J.r能在麦林市站稳脚跟，触角伸及A洲，靠的从来不是运气。

吴扉这三十年来见识了太多聪明人，但无人能出灰狼其右。

这次回国前，灰狼提醒吴扉，避开祝秋亭。

被他盯上，你会吃亏。这八个字虽然有些轻描淡写，却代表他们对彼此了解颇深。

但吴扉并没往心里去。

除非毫无理由硬拦——

祝秋亭就做了。他不仅做了，一封信息还发双份，J.r总部和吴扉手机同时收到——

货在我这里。

三十年前，那港口势力被划分给了祝绫。

祝绫自底层打拼上来，既是笑面虎又是人精，这一秒笑吟吟的，下一秒也不忌惮翻脸。但他的根基打得牢，眼光很准，步步都踏对，没人敢跟他对着干。

祝秋亭与他截然不同。他要挡谁的道，一向简单、直白、凶恶。

吴扉憋了口气，终于能回敬：人在我这里。

祝氏和祝家是两个方向，生意方向和大本营选址迥然不同。但明寥是很特殊的存在，他两边儿都沾。

明寥从小就在祝家长大，脑子灵光好用，读完书就进了祝氏，没两年就在A市挑了大梁，HN工厂也在他手下。HN工厂在他手下发展壮大，也在他手下烧毁。

自那时起，明寥就不知所终。

没人过问，人们以为他死了，祝秋亭做得出。但他其实从来没出A市，一直忙于恢复从档案室里抢救出的资料。

明寥脑子好用，四肢却不大发达。吴扉当了十年雇佣兵，动他易如反掌。

吴扉带人在西郊的废弃仓库等祝秋亭，等到快正午，下属说人来了。

话音没落，仓库半掩的卷帘门被唰地拉了起来。

这地界是吴扉特意挑的，有两个好处：一是人少，二是视野开阔。仓库内部有两层，半包围的结构，二层已经埋伏好了人。

在门被拉起的瞬间，男人从逆光处大踏步走进来，如入无人之境。整个仓库一楼空之又空，水泥地粗粝，浮动的灰尘肉眼可见。

吴扉背在二楼，手肘侧撑着栏杆，点了支烟，看清后不屑地笑了一声。

他一个人来？谁信。

吴扉让下属去周围探清情况，没准备现在理他。反正已经把能叫的嘴封上，丢去房间关起来了。

祝秋亭站在那里，头也没抬，平静地问："不下来吗？"

吴扉转过来，身子前倾，吸了口烟问道："怎么？祝总今天那么急？"

声音不大，但他知道祝秋亭能听见。

吴扉掸了掸烟，烟灰簌簌落下，他又问："祝总，我一直想知道，你怎么就这么喜欢跟我们作对？非要抢生意，抢了又不做，你这样让我老板很难做啊。"

吴扉用唠嗑的语气，却抬起右手做了个手势。

灰狼说留着他，没说不能让他受伤啊。

男人在此时转过身，面容平静。

吴扉喉头紧了紧，很是兴奋，仿佛血雾已经在眼前绽开。

他能想象灰狼倒下吗？尽管永远也不会有那一天，但也太像了。

实在是像到——

吴扉完全能理解灰狼当年为什么会用他。

现在又为何有让他回来的执念，用他这样的聪明人太方便了。更何况当年匍匐在脚下的人，如今竟还妄想站起来。

祝秋亭打断了他的思绪，慢悠悠地开口，说了进来后的第二句话。

“我一直挺好奇的，丢了那么多东西，竟然也有脸站在这里。看来人和人的差距还是存在的。”

砰——

不知道有谁忍不住，让硝烟停留在男人脚边不过半米的位置。

吴扉脸色更黑，咬牙切齿地捻灭了烟：“谁？！”

祝秋亭站在原地一动不动，但总算抬起头了。

他的目光在吴扉面上游移，带着散漫的探究，那种眼神像要透过衣物看穿他骨头。

吴扉看懂了，那意思是，你哪位？

他懒得再忍。

在麦林市，这种圈起来的游戏，还是灰狼琢磨的。

三。

二。

一。

吴扉眯了眯左眼。

风被瞬间破开。

开春以后，纪翘遇见了两件烦心事——

一是有人不声不响地消失了大半个月，电话怎么打都打不通。

二是周舟长了嘴。眼看着他身上骇人的皮外伤渐渐愈合，枪伤也转好以后，逐渐变得聒噪。

纪翘第一次见他时，断定他不适合现在的职业。如今她也依旧抱以这个观点。

事情说起来有些复杂。

周舟本来跟在瞿然屁股后头跑，刚抽丝剥茧查出了点眉目，但 J. r 的线人还没揪出来，就栽了。周舟被人算计了，瞿然花了很多心思捞他。

从那帮人手里出来只剩半条命，周舟在本市独自打拼，无依无靠，瞿然本打算把人接到家里休养，这个节骨眼上，纪翘忽然冒出来，说呈海路附近有合适的房源，也有靠谱的上门医护资源，问需不需要。

对瞿然来说，这一刻生出的惊悚感，无异于看到外星人在麦当劳门口啃雪糕。

纪翘，他们的监控对象之一？怀疑对象的枕边人？怎么会来帮他们？

瞿然警惕地拒绝以后，纪翘也没再坚持，只说了句："随便，反正我话带到了，你师父问起来，也不要去找孟了奚的事。"

纪翘身边现在没剩几个人，孟景的姑姑算一个。

这次是孟了奚主动找她，说孟景原来警校结识的最亲近的师兄，他徒弟跑到外地工作，出事了。工作地正好是纪翘常住地，孟了奚问她在那儿能不能帮上忙。两人这才搭上线。

半个多月，足够周舟逐渐好转，从拿个小白板写字，到自己勉强开口说话。

纪翘偶尔会来，确保他还活着，好向孟了奚交差。

瞿然在这儿算是半住下了，看着周舟他放心点，也能消解点愧疚感。

好巧不巧，每次纪翘都卡着饭点来，扫一眼周舟，坐下吃一口才走。慢慢地，三个人间话也多了一点。绕着敏感话题走，总有能聊的。

瞿然跟纪翘都晓得挑不痛不痒的，呈海路附近新开的馄饨铺，哪场 live（现场）又有人闹事打架这类事。偏偏周舟，能说话了以后聊起来什么都敢问。

你在祝那什么身边待着感觉还好吗？有没有什么不对啊？他对你是真心的吗？他是哪儿人啊？老家真的是南边的吗？

简直把查户口写在脸上，恨不得从她嘴里套出直接证据。

周舟不仅问，还喜欢在网上看八卦，看完还要悄悄地给瞿然讲解，说这个被骂的心机上位女是同名还是——

祝氏一把手现在承认的女人，是蓄谋已久要上位的女人，连前未婚夫的信息都给扒了个干净。

集齐必火元素的八卦。在本地论坛找一找，纪翘早年的风评、照片，清清楚楚。

纪翘算是在网上小火一遭，所有的评语、指点横竖都汇成两个字，不配。

当事人倒没有半点感觉，逢周末过来晃一圈，吃瞿然做的菠萝炒饭，倒杯橙汁喝下肚，确认过周舟吊着一口气也不放弃八卦，等过段时间能活蹦乱跳了就撤。

只是瞿然没有忍太久，在她退出周舟的房间后，很快在走廊把人堵住。

"纪小姐……"

瞿然双臂抱胸，眉骨立体，眉眼如鹰隼般锐利地盯住她。

纪翘穿深色卫衣和牛仔裤，长发在脑后束成一个马尾，五官骨相亮眼，像大学生。

她靠着墙，笑了笑："怎么，你还是不信我真心想帮你们？"

瞿然耸耸肩："我信。"

但要说祝秋亭不知道，谁信谁脑子有问题。

纪翘抿着唇，眼睫垂了垂："跟他没什么关系。"

她抬起眼，语气淡淡："的确是熟人托我的，但我也想让你多承我个人情。"

瞿然蹙眉。

多？

纪翘说："我知道你在跟 J.r 的事，我也不关心你私自查案的原因，可如果你追查到杰森的信息——"

瞿然几乎失笑："跟你说一声吗？你是祝秋亭身边的人，你应该知道，严格来说，他也是跟 J.r 有关系的嫌疑人，我凭什么相信你？"

纪翘望了他一会儿，那个眼神让瞿然笑容渐收。

他仿佛并不是在看她，而是试图通过她黏合记忆碎片，警察的直觉让他想到了一件事，但那太荒谬了，那个名字浮现的一瞬，瞿然便压了下去。

不，纪并不是多么少见的姓氏。

瞿然勉力镇定着心神，下一秒却听见纪翘问："瞿警官，你听过纪铖这个名字吗？"

瞿然被这句话钉在原地。他怎么可能没听过，在晴江实习时遇见过几个月，就能压在他心头一辈子的人。

瞿然凝视着她，轻声道："纪翘。"

前辈口中引以为傲的那个漂亮女儿，竟然是……纪翘？

纪翘看着他，没说话，半晌才歪头笑了笑："谢礼我压在沙发底下了。"

呈海路周围种着许多梧桐树，夏天时一整排放眼望去，风吹得树叶鞠躬摇摆，阳光被切成碎金。

周舟休养的房子就靠近路边，瞿然站在窗户边往下望，看见她走在两侧栽了梧桐的道上，不急不慢，偶尔抬头望一眼清透的天空。

就像个普通的学生，他随时都能在大学城碰见的人。走着走着，她却点了支烟，抽了没两口又扔进垃圾桶，停下脚步，找了棵大树靠着，靠着靠着便滑坐下去。

纪翘跟瞿然说的都是实话，孟了奚确实托她帮了忙，帮到瞿然是个意外。

有一件事她当然不会跟瞿然讲。祝秋亭会不会知道？迟早会。他不会高兴她冒险，但纪翘还是冒了险。

这个想法的确疯狂，试图证伪的她更疯狂。

祝秋亭跟 J.r 的关系，是一开始纪翘主动走向他的原因。可现在，她发现她确实没分清，祝秋亭到底是跟 J.r 有关系，有过节，还是——

他们根本就是一体的？

原先在西源的训练场，纪翘一直住那边的宿舍。

祝秋亭一早告诉她，那训练场是政府征地的一部分，她存放的东西早都没了。

祝秋亭去A市办事后，纪翘住不惯酒店，第二天回了家。在整理书房时，她无意间推开暗格，发现他说烧掉的东西全都在里面——日记、奖状、评语册。那些是她以前留着，时刻提醒她活下去的东西。她把写着Atopos的纸片小心地放到里面。

她抱着那个盒子，就像抱着她被扔到身后的小半生。

纪翘想笑，又有点难过。

她还从最里面翻出一点胶片。纪翘对拍照不感兴趣，是纪钺总兴致勃勃。但这卷胶片什么时候放进来的，她竟然忘了。

纪翘把它洗出来，发现是废片。一团糊、一团灰融在一起，不知道拍的是什么。但毕竟是纪钺留下的，她也就收着了。

她躺在床上，来回翻看着，月光透过照片背面，纪翘突然愣住了。

从背面看，能勾勒出一个侧面剪影。

跟纪钺一起被绑架那年，她也见过这样一个侧影。

……

回忆太费神，纪翘不再多想。她口渴，但又懒得动，靠着树发了会儿呆，准备攒够力气再站起来，手机铃声却先响了起来。

她接起来，那头的男声音色低沉，语气虽淡，尾音的转圜却像是情人的叫法。

“纪翘，过来接我。”

只听得到她的呼吸声，那边似乎有了什么声响，等了几秒，电话那头的人接着又叫了她一声，这回正了很多，是祝秋亭的叫法。

“说话。”

纪翘轻咳了两声，微哑着嗓子开口：“上火。你先忙，我等会儿去找——”

“地址。”

他想做什么，谁也阻止不了。

不到二十分钟，一辆黑色宾利慕尚驶入梧桐道，停在了路边。

纪翘从坐在树下改成坐在路沿，闻声抬了抬眼。

男人今天一身休闲装，羊绒薄衫勾勒宽肩窄腰。她看到他时，他正下车，甩手关上车门，朝着她大步流星地走来。

等祝秋亭站定，纪翘只是仰头望着他，没站起来。

他今天心情看上去不错，她不说话，他也没生气，只微微俯身，用手掌捧住她脸颊，轻声道：“瘦了点。”

夏天快来了，午后的阳光落在他肩上，却刺疼了她眼睛。

纪翘想起黎幺在境外撬叛徒开口，最喜欢用水刑。

恍惚间，纪翘听见他轻笑，说："为了见你，我费了不少力气。"

"辛苦了。"

纪翘轻转开脸："下次别了。"

祝秋亭右手悬空，触了把空气。

纪翘侧过头，动作幅度很轻。

时间好像瞬间静止了。

那短暂的一瞬，纪翘的思绪纷杂。说谈恋爱，但十七天不联系，就离谱。

谁喜欢人是这么喜欢的？周舟那日在病床上，竖着耳朵听八卦，难得爆了粗。瞿然没说什么，光看表情是赞同的。

纪翘不觉得有什么。一是对恋爱没什么实感。以前虽有过，但他跟别人怎么会一样？二是纪翘对他没要求。不是不敢，就是没有。

这次林域和苏校都没接她电话，黎幺抽出空来知会她，明寥做人质，祝秋亭走一趟，是为了恢复在即的重要资料。

纪翘想，即使单单为人去这一趟，他也做得到。

祝秋亭是个矛盾的人，他有自己的一套处世哲学，不近人情的决绝，与帮扶一把的温情能同存，权衡利弊与肆意自由亦可共处。只要不越过他底线，一切都有商榷余地。对祝氏的人来说，他的存在意味着三个字，能靠住。危楼将倾，他也撑得起。

而对她来说，祝秋亭只要是他自己，就可以了。

她的底线就一条。只跟纪钺有关。

祝秋亭手在半空中一滞，黑眸望住她侧脸，弧度精巧饱满，眼下有些阴影，是疲累的证明。他视线落到她嘴角，微微下垂，将情绪泄露得很明白。

她在抗拒他。

男人的手指骨节修长分明，食指极细微一动，看着像要收回，却在下一秒将纪翘下巴扣住，不轻不重地用力转向了自己。

"你说什么？"他轻声道，"再说一遍。"

语气里听不出喜怒，但他向来如此，火越大，声调越低。

祝秋亭最近过的着实不是人过的日子，具体待了几个地方他已经不记得，只记得布局、蛰伏、周旋、交火。明寥这都算小事，对方跟当地势力勾结，把实验室与工厂规模扩大了三分之一，灰狼又铆足了劲儿想咬他，差点毁了之前的计划。

他分得清白天黑夜，只是分不清自己是谁。

唯一的想法是，快点，再快点，他想碰到陆地。为此，临回来前一天，他在淋浴室待了很久，希望血腥气能洗得再彻底一点。

几秒钟前，他着陆了，但也只有几秒。

纪翘一字一顿道："我说你需要休息，"她迎着他目光，非常平静，"以后多考虑你自己。"

"后悔了？"

祝秋亭凝视着她，问道。

纪翘转开目光："没。就是，"她认真地想了会儿，说，"我们也不一定能走到最后，别太费心了。"

祝秋亭看她一眼，抽开了手，起身转头就走。

他临上车前，纪翘突然想起什么，撑着膝盖站起来，喊了一声他的名字。

祝秋亭坐在后座，虽然不想听她鬼扯，但车窗还是漏了一道缝。

纪翘说："我不太会照顾人，不给你添乱了，你好好休息。"

祝秋亭以前能忍住麻药失效取子弹，现在隔着车窗回头看一眼，几乎忍不住把她丢进江里的冲动。

奇怪的是，绝尘而去的是他，被丢在原地的怎么好像也是他。

很多年了，真的久到许多事记忆都模糊了，祝秋亭还是记得很清楚，那个姓孟的警察出任务回来前，纪翘会逛很多店，拎着一大堆吃的、喝的回去给他办庆祝回家的聚会。当时向他报告她动向的下属只说到这儿，就被叫了停。他那时说，无聊的细节少提。

祝秋亭没奢求他回来后纪翘还会办个欢迎会，他只是希望她在那里。当他浑身上下都被灰尘血污沾染的时候，她靠得近一点就好，好像从前那些疯狂渴求过的时光也能被这样弥补。

纪翘。

这两个字如咒语一样，能送他上天堂，迟早也送他入地狱。

不过，哪来迟跟早，在这之上，尽是人间天堂。

他这半生，能享受自由的瞬间只有两个，一是梦里，二是她眼中。

醺桥是申城去年新开的高级夜店，金家二公子金裕安做生意头脑一流，拉来明星投资入股，大刀阔斧重新装修了一遍，一层分主厅、副厅、香槟房，二楼全部做成简单包厢，黑金蓝做底色，周末有活动时还搞限流，门口经常停满两排车。

最近半年已经不需要他亲自督店，但这周末金老板特地抽出空来，飞回来进店里待了一整天。

醺桥门口安检严，金老板从狭长通道入口畅通无阻地进去。自进店开始就有此起彼伏的人跟他打招呼，他嬉笑着一一应过，目光巡视了一大圈，最后飞快地掠过了二楼。

二楼包厢区域本来就只是用帷幔简单地隔出来，现在去除了，空间更显开阔。炫目灯光一打，跟震耳欲聋的声响混在一起，能把整个二楼气氛也点燃。金老板注意到，人群里有一位懒得起身的，卡座沙发深处窝着藏在暗影里的男人。

这是祝家那位，连着两天包场请客，买了所有人单的人。

金家跟祝家关系不错，从上一辈就不错，之前他哥办宴会，祝秋亭也去捧过场。现在又来捧他的，这人回夜场玩，纯属来帮他疯增业绩来了，随便拍个照片流出去，都知道醺桥有极品在。

但金裕安的嗅觉比野兽还敏锐，只觉得他状态不太对。

相当长一段时间里，祝秋亭对这类吵闹的夜生活都没兴趣了，怎么又来杀回马枪？

他翻了下娱乐八卦版，回过神来了。

不久前祝家这位多了个固定伴侣，虽然风评一般，但好歹是定下来了。现在他出来玩，也就明摆着没收心，打人脸呢。嘲女方的舆论已经甚嚣尘上了。有“前车之鉴”，婚史摆在那里，她攀上祝秋亭后的言论有多难听，可想而知。

当然，这还只是明面上的。

金裕安凑到祝秋亭身边，把周围人统统踢走，拎了瓶好酒笑眯眯地凑过去。

“来也不跟我说一声？”

祝秋亭双腿交叠，斜靠在沙发椅背里，没说话也没接酒。

金裕安四下扫了眼，压低声音道：“这些人里肯定没你瞧得上的，我给你介绍几个，那才叫绝了——”

噔。

一声清脆的响声。

祝秋亭从西裤兜里摸出什么，扬手往桌上一撂。

金裕安定睛一看，一枚白金素戒。

“这是……”

金裕安瞪大眼睛，他大概品出什么意思了，但还是想确认下。

祝秋亭没理他，用手拢风点了支烟，自顾自地淡淡道：“你这儿三个经理管事。那个杨经理再不收敛点，你这店就开不下去了。”

金裕安脸色微微一变。

“来散心，”祝秋亭仰头，深深吸了口烟，耀目光源里，脖颈喉结拉出一道锋利漂亮的弧线，声线懒散，“看见了，顺便提个醒。你找的渠道是东南边？能不换就别换了。最近会有新的供应方想找过来，把价格压到最低，你要为了那点利润换了，以后别哭着找金董给你善后。”

金裕安神色早已变换过几遍，他是聪明人，短短几句话就能听出窍道来，这下一身冷汗都给倒逼出来。

“祝总，谢了——你那边，”金裕安喝了大半杯龙舌兰下去，压惊，“有什么要我帮忙的，你尽管说。”

祝秋亭没跟他客气：“吴梁美，这名字你熟吗？”

金裕安回过神来，仔细地搜索了番：“海事那个会长的女儿？”

祝秋亭“嗯”了一声，眉间浮出几分不耐烦。

金裕安摇摇头，无奈道：“这位千金软硬不吃，什么也不缺，那个脾气，啧，要是看上谁，她爸再拗不过她，谁都逃不过……哦，你除外，你又不欠吴会长人情，他也不敢硬逼着你娶啊。”

他瞥了眼桌上的戒指，笑得别有深意：“再说了，这不位子已经满了？”

祝秋亭沉默了几秒，换了话题：“前湾那边，你手上还有商铺吗？”

金裕安：“啊，这个有，古雅二期那边，新楼盘，位置超好，你要吗？”

祝秋亭把酒一饮而尽，拿过桌上的腕表戴上：“再说。先留一层出来。”

金裕安：“好嘞！啊，对了，我手下的媒体公司跟那些娱乐公关交情不错，网上舆论那块，你要觉得碍眼……”

祝秋亭俯身拿过戒指：“什么舆论？”

金裕安沉默了几秒。

祝秋亭问：“跟我有关吗？”

金裕安说：“间接。”

祝秋亭懒得理，拔腿就走。

金裕安皱眉道：“但跟纪小姐有关。”

祝秋亭的脚步一顿。

现在都快后半夜了，在醺桥这种昏暗的灯光下，祝秋亭的神色变化，连金裕安这两百度的近视眼都瞧清楚了。

金裕安有些惊讶，没想到祝秋亭身边真没人跟他提过。

很明显，祝秋亭身边人并不认同她的存在，跟舆论想法很可能趋于一致，也就放任不管了。

至于当事人，看样子连枕边风都懒得吹，那些难听的话也就自己照单全收了。

评论里平和点的，说“捞女”“又当又立”“高级服务人员”“上位心得应该出书立传”，激进点的，几乎不堪入目。

祝秋亭把金裕安刚刚递来的手机扔还给他，大步流星地离开了。那天在街边闹了不愉快后，他休息了三天，出来了两天，纪翘依然一个电话也没打过。

黎幺说，她买吃的去私立学校看祝缃了，去呈海路附近逛街了，还去咨询了下租赁店铺的事，听说是想接孟了奚过来。纪翘很能规划，他知道。或者说，他比谁都清楚。

刚做祝缃的老师那段时间，他开的工资不低，纪翘两年存了七位数存款，学理财翻了倍，都是在为未来做打算的。即使未来可能结束在下一秒，她不会管那些，她永远是向前看的。

只是那些规划里，从来不会有他。

就算有……

祝秋亭踏出醺桥后门，初夏晚风吹得他心头火气更盛。

那也是划清界限。说不定下次见面，她就要跑来说，也许分开更好。

祝秋亭沿着小巷走了没几步，便停下来顺了顺气。想起她，他太阳穴都气得隐隐作痛。

昏黄路灯下，祝秋亭垂着头，摸出一支烟来，却找不到火，指间夹的这支烟，就好像他的处境。命运的伏线看似清晰，其实一早就定好了，一条笔直绝路，连火星儿都没有。他自己选的，现在却偏离了轨道，把她也拉了进来。

祝秋亭靠着墙，想着。从纪翘说“我们试试吧”开始想，这么短的日子里，他就像躲进了另一个星球，给她送个戒指吊坠，也要偷买个配套的，戒指里刻着“beloved”（深爱的）。他是疯了，在新的轨道里食髓知味地发了疯。这么多年，为了让她尽量置身事外，他什么都能做，那是因为害怕。现在把她拉到身边，不介意让所有人知道，也是因为害怕。

纪翘，纪翘，纪翘。

这两个字似刻在骨头里。

阴雨天会痛，艳阳天更痛。而痛才会让人觉得活着。

“你要在那里站多久啊——”一道声音渐弱，“我腿都没知觉了……”

祝秋亭脊背一僵，循声往下望去。

自醺桥后门出来的小路是个下坡道，两侧停了不少车。

对方从车后钻出来，手上捧着个圆圆的东西，抬眸盯着他，眉头蹙起来，嘟囔道：“都两天了，你应该差不多了吧？”

纪翘今天穿了条黑色的吊带长裙，手臂肩背线条很漂亮。她就着路灯的光，站在那里抬头看了他一眼。

祝秋亭倚在墙上，垂眸凝视着她。男人本来就身高腿长，黑衬衫黑西裤上身，整个人被夜色包裹起来了。

但是，平心而论，纪翘觉得，无论是换成谁站在这儿，被他望一望，都会有这种错觉——被爱了很久的错觉。这就是外壳太好的坏处。

纪翘清了清嗓子，掩盖住紧张："那个，我想了想，有些事想问你。但今天不合适，我改天再问。"

祝秋亭嘴角轻翘了翘，温声问道："那你今天想说什么？"

纪翘走近一些，举了举手里的圆盒："这个，我做的蛋糕，可能就是卖相不太好，但应该还是能吃的。"

她花了一千块，抽时间上了三节课，失败了五次。

纪翘单手捧着蛋糕，指了指半藏在云后的月亮。

"五月四号了，今天。"

"祝秋亭，"纪翘一字一句道，"生日快乐。"

他抬眸看向她。

"祝秋亭，"在男人扣过她腰压在墙上的一刹那，纪翘又开了口，声线不自觉地轻颤，"我不喜欢让别人失望。"

她看着他，手掌紧紧抓着他衬衫，一字一顿道："你也别让我失望。"

祝秋亭掌心在她发间摩挲，没有吻下去，忽然问她："你的户口本在哪里？"

四个小时后，纪翘蹲在明亮的民政局大厅。

脚软。

男人从后面拎起她，面容平静："平时不是挺能吗？子弹都敢吃，关键时刻胆子这么小——

"祝太太？"

第九章

阴 影 之 下

……… ✦ ………

我根本不会爱人。

✦

他曾从烈火中逃出生天。

门烧变了形，熊熊火焰吞没一切。以为到了尽头，反倒越发冷静。

那是项考核，出了点意外。祝秋亭从窄窗跳下时，指尖无意抚过胸口，内衬里有张照片，没被烧坏。他知道。但皮开肉绽的疼痛把他唤醒后，他发现照片没了。

他没问谁，也没去找过。

后来，祝秋亭忙着成为自己，忙着扩张、掠夺、愚弄、欺瞒。

祝秋亭知道总有一天，他会被架到审判台上。只是没料到，那时丢掉的照片主人，会比那年的大火更加猛烈地燃烧，在他心底燃烧。她会变成一个无法绕过的困境，将他的理智烧毁殆尽。

过了三十岁，在清楚地预料到未来的此刻，他还是向她发出了邀约。

或者，准确地说，那不是邀约，只是对命运的匍匐低首。

他想拥有她，瞬间也好。所以他就近折了花，就在街边，摘了野蔷薇，红得既不彻底也不热烈，但是在雾蒙蒙的黑暗里，总归是跟鲜艳沾点边。

他问她："你以后想跟我葬一起吗？"

对方显然被震住，第一反应是伸手探他额头。

纪翘想的显然要比他更实际："以后？我们会有以后吗？"

祝秋亭可能觉得也是，把花瓣在手里碾碎扔了，说算了。

"蛋糕。"

他微抬了抬下巴示意。

纪翘提着蛋糕没动，微蹙着眉，若有所思道："我年纪确实到了，过两年该找个人嫁了。其实，前几天认识的就不错——"

祝秋亭没说话，斜倚在那儿，黑眸落在她身上。

静了极短的片刻，纪翘又道："算了，我这种人不嫁人最好。"

祝秋亭饶有兴致地问："为什么？"

纪翘说："因为像我这么好看的不太多。如果一般般好看就算了，但我不是特别——噢，还比较聪明，逃命又快……啧，不单身真的浪费了。"

纪翘说得很认真，祝秋亭懒懒地笑了笑："真不去？不敢？"他看了眼表，"还有四个小时开门。"

纪翘拍了拍裙褶，长发优雅地拢到耳后："去。谁不敢谁是孙子。"

打从事实成定局后，她腿只软了一次，她发誓。

一直到纪翘坐到车上、系安全带时，她还是有种不真实的感觉。

他看上去倒是跟以前没什么区别，刚签完一个无关紧要的合同，中途离开一个冗长无趣的应酬，喜怒都不摆在面上。

装高冷谁不会啊?

纪翘把安全带扣紧，车一轰油门上了路，她才若无其事地问道："去干吗？回家吗？"

祝秋亭没回答，只有喉结极轻地滚了滚。

天刚刚亮，迎着金色朝阳，车在城际高速飞奔，抬眼望去，滚滚天际线上晨光刚破晓。

纪翘把副驾驶位的座椅稍微调下了一点，懒洋洋地道："祝秋亭，我知道你在想什么。"

祝秋亭扭头看了她一眼。

"什么？"

纪翘没正面回答他，只是撑着窗户，眼神往底下划了划，语气十分勾人心弦。

"你综合条件是最好的。在我认识的所有人里。真的，我不亏。"

有时候他怀疑纪翘上辈子修炼过相关技能——如何在最短的时间内惹人火大。要是有这门课，她大概率会高分通过。

纪翘其实还想说，开车这么不稳，小心点别撞了。因为懒，她还是没说出口。

他们回了明樾以后，门一落锁，纪翘躲过了他，闪身敏捷得很。

"我洗个澡，你……先休息。"

她的卧室和主卧都配有浴室，纪翘直接钻进了自己屋子，把门反锁。

等站在淋浴头底下，被热水包围起来时，纪翘才没忍住，轻笑起来。

她当然想象得到他是什么表情。

就是想扳回一局。怎么都觉得，今天出了民政局腿软那一下，太丢人了，会被一辈子拿出来嘲笑的程度——

纪翘被这个想法猛地一惊，笑又缓缓收起。

一辈子这词那么重，没个几十年，都没法开口。

纪翘冲掉长发上的泡沫，闭眼任热水流过脸庞。她总觉得，只有这时世界才完全属于自己。

突然间，她听到了极轻的声响。

专心至极时，纪翘的耳朵和警惕心都非常好用。但明显不是现在，愣神的间隙，对方已经推门而入。

浴室的磨砂玻璃门被拉开，纪翘动作比大脑快，下意识地拧身发力，砸出去的一拳被接个正着。对方单用掌心，几乎完全承受住了重击。就这个工夫，祝秋亭已经抬腿进了淋浴间，把门一带，空间顿时显得逼仄起来。她险些滑倒，祝秋亭一把将她捞进怀中，带着点闲情逸致地笑了笑："一起？"

祝秋亭很少有纯问句，他是话出口就不太想听拒绝的那类人。

问题是，她现在不着寸缕，可他回来时那身还没脱，穿着正装的黑色修身衬衫和西裤，正跟她一起站在淋浴头底下，浇湿得很彻底。

纪翘倒不是害羞，他们彼此哪儿没看过。但这样……很怪。

"我——"

她被按在冰冷的瓷砖上，男人双手从她湿发下穿过，手臂肌肉在衬衫布料下绷起。

似乎只想让纪翘更靠近他一些，再近些。连吻都乱了章法，交缠深入，非要她的呼吸轻喘与他一样急促难耐不可。

最后的最后，纪翘感觉持续的眩晕腿软。等稍微平息一些，她被抱到床上，裹了件睡袍。在黑暗里，她轻声问："为什么是我？"

"喜欢。"

纪翘微微一震，扭过头去看他。

"有多喜欢？"

她问的时候眯了下眼，明显不信。即使这个答案是那么理所当然，官方得不能再官方。

祝秋亭说："我不知道。"

他起身拧开床边的灯："如果我知道就好了。"

祝秋亭咬了支烟，垂着眼，迟迟没点着：“我很早就认识你。”

灯光很暗，照得他背影也晕在光影里，像月融进了湖面。

有本书里说，这世界上的事，就像眼目的情欲，并今生的骄傲。

他不太相信好运会降落在他头上，但偶尔想起书里讲的话，脑海里闪过一道人影，又觉得自己的运气也不算太坏。

这个人将是他今生的情欲、骄傲，与过不去的存在。

纪翘没说话，祝秋亭也没管，修长手指夹着烟，沉默了会儿，坐在床边轻笑了笑：“别想了。蛋糕呢？”

纪翘被提醒，和衣跑下床去，把蛋糕抱进来，拆了，给他切了一小块，眼里有明晃晃的期待：“尝尝。”

祝秋亭舀了一勺，吃相很优雅。

几秒后，他朝纪翘招了招手。

“干吗？”纪翘警惕机敏地悄悄后退一步。

“来，给你尝一口。”祝秋亭把她一把拽过来，扣着她后脑勺，以不死不休的深吻架势，分享这一块差点把他送走的蛋糕。

“你家糖不要钱？”

祝秋亭贴着她的唇低声问，语毕还从她唇边抢走了一团奶油。

“啊，是有点……”

纪翘咽下后，也有几分为难。

要不是自己做的，她能立马吐出来。

祝秋亭在她走神时无声地抬眼，瞟向窗外，黑眸懒懒一抬，比见血封喉的薄刃更锋利无声。

刚刚拽了她一把，那红点才从她胸口处消失。

嘉成拍卖行在业界赫赫有名，可惜去年经济下行，秋拍的成交总价创了新低。

今年五月在申城的春拍，嘉成那边传出风声，祝氏一把手和吴氏千金会同时到场，引发了不少舆论。

这个消息按理说没什么稀奇。但近来关于两人的小道新闻甚嚣尘上，说是港城吴氏，那位海事商会会长，有意和祝家联姻。

前段时间，祝秋亭去K市时，跟会长与吴梁美同时会了次面，媒体都留下了照片。

照片上，黑夜中雨势渐微，男人正俯身去拉吴梁美，帮她躲过了疾驰而过的轿车。女方看起来娇俏动人，除了慌乱，耳尖那点红不作假。画面和谐得像一帧电影截图，祝氏公关最终还是回应了。

在一干问题里，挑了个最无足轻重的：会不会出席嘉成春拍？

答案简单无爆点：会。

祝氏内部远没这么云淡风轻。

一把手的绯闻虽然没断过，但被承认的，这么久也就一个纪翘，应了个近水楼台先得月，艳羡的人一抓一大把。毕竟论背景家世学历，没有任何一项拿得出手，只占个脸。而美是他圈子里最不稀缺的资源。

现在出来个吴氏千金，几乎算全方位碾压。最重要的是，祝氏在港口的势力能跟吴家的资源完美结合。

祝秋亭最后会选择哪方，成为内部短期内的热门赌局。

有公关高层胆子大好奇心重，去苏校那儿不经意地提一嘴，问到最近需不需要再准备出面解释什么，春拍要不要给祝总的女伴安排位置——

苏校忙得头也不抬："纪翘吗？不用，她最近都不在申城。"

看来那群八卦的下属还是有点东西，姓纪的真的快出局了。

高层有点欣慰，他押的是吴粱美，说多不多，整一个月收入呢。

苏校把文件分类完，忽然想起这是公关那块的，抬头正要补充完下句："他们最近……"

结婚了。

话没说完，他发现人已经带着些微喜悦与满足离开。

苏校无语。

纪翘不在，她一走，祝秋亭也出国忙了，SN 洲那边出了问题，他跟黎幺一起过去了。

这叫什么，新婚就异国吗？

想起刚知道这消息时屁股差点没坐稳，苏校决定不提前告诉任何人。

包括一心想把女儿嫁进来的吴会长，以及三天两头来祝氏踩点的吴粱美。

上次祝秋亭去港城，押货的事借了吴会长的手帮忙，当时就给了单大合同，把人情还清了。

现在还要道德绑架，把两人往一起凑，话里话外那个意思，祝秋亭这情非得承不可了。

苏校想起祝秋亭这次出差前，听说了吴会长的"安排"，答应下来时的神态，心里已为他们点起了蜡。

也许真像黎幺说的，两人这么突然把婚结了，不像纪翘稳扎稳打算计人的作风，急的是谁，还真不一定。

五月的天，孩子的脸，火车经过上一段隧道时，太阳还在云层中若隐若现，等驶入下一个隧道，又开始下起雨。

雨丝打在火车窗上，车厢里也弥漫着股潮气。

有人不喜欢这股味，走到车厢连接处去抽烟，结果看见有个女人已经占了位。她穿得普通，一身黑，T恤前摆随手塞了点在牛仔裤里，松松垮垮，长发随手低盘起来。长得却异常打眼，唇色殷红，眉目出挑。

他还没踩到连接处，对方却很快发现了他。一眼瞥过来，她便直起了身，掐灭了没怎么抽的烟，转头离开。

“您好，介不介意留个微信？”

他下意识拉住对方，刚碰到她小臂，被人瞧了一眼，又悻悻地缩回手。

女人笑了笑：“介意。”

纪翘这趟回晴江，是坐火车晃回去的。

过隧道的时候，她晃得头晕，盯着那红本看久了，感觉更晕了。

登记日期，十天前。

她盘算着，二十八岁，婚结了两次，第一次是意外，没结成，第二次竟然也是意外。意外多起来，撞在轨道上凑成了命运。

五月是晴江的雨季，灰色的天接着青色的田，能闻到泥土与植物的味道。

纪翘直奔主题，去孟了奚店里找她。店是湘菜馆，纪翘站在门外看了几秒，掀开门帘。

她记得孟景喜欢吃辣，说小学时总去姑姑孟了奚那儿蹭饭，孟了奚做的擂辣椒皮蛋一绝。湘菜下饭，看着没那么精巧，吃着满口余香。

午后三四点，客人很少，孟了奚闻讯出来看到纪翘，很是吃惊。

孟了奚招呼她：“这里坐，这边有风扇。”

孟了奚问：“柠檬水还是茶？”

纪翘像只小狗一样吐着舌头：“水——”

孟了奚失笑，起身去了后厨：“等着。”

孟了奚喝的是茶，她吹了口气，并没有急着喝，问：“怎么了，突然想起来找我？”

纪翘本来就很少跟人客套，更何况面对的是孟了奚。

纪翘从兜里掏出个红本，拍在桌上：“有两个事。一是……我结婚了。二是，我想接你去城里住。你要想的话，可以继续开店。店铺我看好了，在前湾，地段很好，古雅二期，挺新的，钱的事你别操心……”

孟了奚全程没插话，柔和地凝视她，神态跟孟景很像。

纪翘讲店铺的细节讲到口都干了。

“大概就是这样。”

孟了奚笑了笑：“就这个？没别的了？”

纪翘“啊”了一声。

孟了奚右手撑着下巴：“最该说的事，只有四个字？”

孟了奚笑了笑：“结婚了是吧，至少说说跟谁吧，”她顿了顿，语气温柔，“让我也高兴高兴。”

纪翘抿唇，视线沿着玻璃窗望出去，街道被雨冲刷得很干净，投目望向远处，群山沉默。

“上司，我之前……提过那个。”

孟了奚嘴角挂着笑意：“你喜欢他。”

这不是个问句。

纪翘转了转塑料杯子，没说话。

过了几秒，纪翘转开话题：“那提议，你怎么想的？这边的店你想要，也可以留着。想了就回来。”

孟了奚笑着：“去申城吗？我没有认识的人。”

她又反问：“你觉得我该去吗？”

挂在墙上的电风扇一圈圈地转着，发出单调的噪音。

纪翘道：“你担心什么？有我在呢。”

给孟了奚实现心愿，是她一直想做的事，现在的存款允许她这么做了。

而且她不想孟了奚继续待在晴江，不管安全不安全，不在她眼皮底下，她总归不放心。

孟了奚没拒绝，但说需要几天想一想。

纪翘：“好。还有个事，孟姨你看看，能不能给帮个忙？”

还没说完，纪翘抬头瞥见钟，起身道：“我有点急事……到时候给你发语音，我先走了。”

孟了奚：“行。欸，对了，你忙完了来找我，给你个结婚礼物。还有小景的师兄，托我交给你一个东西，说你帮了他徒弟一把，要谢谢你。”

纪翘回忆了两秒，想起来了。周舟，那个小警察虎得很，一直跟着瞿然查事，还因此受了伤，后来出了院没地方住，她帮忙找过住处养伤。

纪翘笑了笑：“孟哥的人，我肯定要帮的。结婚礼物就免了，心意我收下了。我们……也不一定会在一起很久。”

孟了奚轻叹了句："别那么悲观。"

也不知道纪翘听到没，她目送纪翘的背影消失在门外，转了转手上的茶杯，热气早就散光了。

纪翘要去山上看孟景，出了孟了奚的店，发现雨还变大了。

整条街上人烟寥寥，雨季的午后，云幕低垂。走了一阵，她停下来望了望天，对面突然传来一阵风铃声。纪翘循声望去，发现是一家咖啡馆门口挂的风铃。

纪翘本来想着，回家拿个外套再上山，但朝街对面无意地抬眼一望，怔住了。

有人正低头跨出咖啡馆，上身一件灰蓝薄羊绒衫，纯黑休闲长裤，气质出挑。

没想到他也来了。

祝秋亭看起来也有些意外，目光晦暗不明，当即停在原地，对着她无声地做了个口型——过来。

纪翘拔腿朝他走去。

过了街，祝秋亭一把扣住她小臂，将人带进了咖啡馆。

他没说话，显得格外沉默清冷，只是轻轻拂去她身上的雨迹。

纪翘一直不太喜欢打伞。

他们找了个靠窗的位置坐下，纪翘抱臂看了他一会儿，又换了个手托下巴的姿势继续定定地凝视着他，眼眸幽深。

男人这才有些无奈，合手盖了下她的眼睛，声线偏低："别这样看我。"

纪翘往沙发椅背靠了靠，笑了下。

"你怎么突然来了啊？"

她从来不撒娇，也许是小别又新婚，嗓音也带上了几分甜腻。

祝秋亭笑了笑，双手交叠，也往后调整了个舒服的姿势，轻声道："你来看孟景的吧。我来看你。"

纪翘垂眸想了几秒，忽然勾了唇，笑得很深。

"你是不是很介意？"

祝秋亭没有很快回答，他侧过头从窗外看向远方山峦，这里是她长大的地方。

"但现在在你身边的人……是我。"

祝秋亭望向她，好像整个宇宙里值得挂念的存在只有面前这一个人。

"这是你长大的地方，我想了解你的全部。"

纪翘看着他，忽然笑出声，端起柠檬水啜饮了口："是，你基本没来过晴江。我这样跟你正常对话的时候，也挺少的。"

祝秋亭没说话，只用目光描绘着她，目光沉默深然。

他也伸手握住柠檬水杯，但并没喝，只是转了转杯身。

纪翘："你知道我为什么会在晴江长大？"

纪翘撑着下巴，蘸了点杯里的水，在桌子上轻画了画："因为我爸，追我妈追得不行。"

纪翘："她从南方一路跑过来，我爸也过来了。"

祝秋亭喉结微动："后来呢。"

纪翘耸耸肩："后来都把我丢下了。"

纪翘掏出一支烟，想起这是室内，只是叼住没点燃，挑眉笑了笑："我长大了，他们谁也没看到，可惜吗……哎，也不怎么可惜，是他们的损失。"

祝秋亭起身，绕过来坐下。

"以后我会看着你。"

他说。

纪翘靠在他肩上，轻轻笑了下："希望如此。不过，这取决于我吧？"

"您好，请问二位想好喝什么了吗？我们的季节特色有云朵拿铁、樱花拿铁，需要一份吗？"

咖啡馆的服务生这时走上前来询问，纪翘抬眸懒洋洋地看了他一眼。

"我以为你们这是鬼店呢，这么半天才来点单，怪不得这么冷清。"

服务生点单的手微微一僵。

眼前的这一对养眼，但气氛又说不出的怪异。女方还挺黏男方的，靠着肩还要环着腰。

环着环着，纪翘突然又来了句："祝秋亭，你疯了？"

她蓦然瞪大眼睛，手下的触感无比熟悉。

男人沉默片刻，突然俯身轻吻了吻她发间。

"纪翘，你很好。如果你不是纪钺的女儿……就更好了。"

那东西顶到她腰间的前一秒，纪翘猛地起身，双手一把扣住沙发背沿，借着腰力一顶，弹出去后稳稳落地！

她惊愕地望着神态淡然的男人："祝秋亭——"

男人嘴角划过极淡的冷意，眉宇间闪过的一丝哀伤很能让人信服。他确实是表演系毕业的吧，还是荣誉毕业生的等级。

"祝家不会接受你的。你应该不是今天才知道。"

纪翘冷笑，"呸"了一声。

"我今天才知道，有人脸这么大，你说你要模仿他，能不能学得走心点——"

她猝然发难，踩着右侧的圆木桌腾身而起，抓过那服务生做遮挡的同时，盯准男人的手，旋身一个飞踢正中他手腕！

他捂着几乎变形的手腕，还有闲心笑了笑，好整以暇地望着纪翘，语气阴柔：“你什么时候发现的？”

纪翘冷笑一声：“一、祝秋亭永远不会被我踢中；二、虽然他挺喜欢说滚过来……”顿了顿，她说，“但如果我们中间有一条街，他永远会先走过来。”

纪翘话音刚落，便听见身后传来枪栓上膛的声音。那动作又快又轻，但她耳朵灵敏，要想发现不了，除非五十米开外就做好准备。

可惜的是，等她回身时，已经晚了。

肩上一阵麻胀，纪翘想……

她什么都没来得及想。

最后合上眼睛前，她无声地说了几个字，尽管对方并没听见，但他看见了她的口型——

你死定了。

灰狼只是觉得好笑，死到临头了还要嘴硬。他正要俯身，还没碰到纪翘，忽然听到窗外一阵警笛声，他的动作猛地顿住了。

等警察和孟了奚冲进来的时候，只看到了倒在地上的人。

M 国北部地区 KA 市，处于高原地带，夹在国内边境和 M 国之间，南临 W 邦，北临 N 省。

这里长年战事不断，游客的足迹大多不涉及于此。但身处丘陵地带，在北回归线边缘的 KA 市，无论是资源还是天气，都非常符合需求。

杨家强是来自 T 省的负责人，他一早起来就接到电话，说大老板突然来了，来了以后直接去东山区的工厂了。

他一般只跟大老板的下属来往，那人是个脾气不太好的寸头，姓吴。

这次怎么搞突然袭击呢？

杨家强心里嘀咕着，驶着车飞快地冲往东山区最偏僻的腹地。等他匆忙下车后，手下人又匆匆来报：杰森已经走了。

杨家强问：“老板一个人来的吗？”

手下想了想：“不是，老板车上好像还有一个，在后座。”

杨家强“嗯”了声，转身往车上走，突然又想起什么：“指纹验证，他通过了吗？”

手下面露难色：“可老板指纹都已经很难测出来了，总不能拦着他，又不是不认识……阿财跟我说，可能老板奔波太辛苦了，磨得模糊了吧。”

杨家强皱了皱眉，上车后给吴扉去了个电话。

对方成了空号。但销号也是正常的，通常有需要的时候，他们总会自己找过来。

二十多年了，杨家强出国打拼这么久，吴扉上头的那个老板，他还没见过第二个类似的。他好像有股魔力，麾下的人对他的言听计从和绝对信任，都是浸到骨子里的本能反应，那种掌控力是独一份的。他的作风也不像其他人，温和明理，情商奇高。他们压根儿不怎么见面，但逢年过节，对方竟然记得给自己的妻女寄礼物。杨家强心里感慨，也不怪人家能呼风唤雨。

杨家强拿了钥匙重新下了车，进工厂前随口一问："他这次还是去制作线那边看的吧？"

手下一愣："啊？……去了C区的办公室。"

杨家强脚步顿住，脸色有些发白："拿什么了吗？"

手下："没有，很多双眼睛看着呢，他就看了一圈。"

杨家强险些晕倒，C区是最重要的办公区域之一，杰森很少去那边，要是文件泄露了，他也不用活了。

他没注意，在他来时的路上，有辆改装过的吉普曾与他擦身而过。

此时黑色吉普已开到了路边，一头扎进了半人高的荒草地。

主驾驶室的男人从车上跳下来，开了后车门，把上面的人拖下来，像拖着一个面袋。

"瞿总，看清楚了？"

祝秋亭穿着束口军靴，风灌满他衣衫，他倚着车点了支烟，但没有抽，俯下身来塞进瞿辉耀嘴里，亲昵地拍了拍瞿辉耀的脸。

"你从'我的人'那儿得到的承诺和好处，我也可以直接给你。他们让你动HN工厂，让你拿走资料，你就拿，"祝秋亭笑了笑，"太鲁莽了。"

瞿辉耀的身形已经畏缩，和原来比大幅度缩水。

瞿辉耀趴在地上，紧紧靠着车轮，脸色惨白。

对HN的工厂下手，是他这辈子做过的最后悔的决定，没有之一。

之前觉得祝秋亭是商人，到底怎么会有那么大的能量，他在病床上这半年怎么都没想通。

而原先说得好好的，指使他做这些、许了他大好光明未来的人，一夜之间又消失了。那下属说，他上面是那个恶名远扬的杰森，只要瞿辉耀帮忙，无论从哪方面都不用担心，地位、安全、金钱，未来还多一条路。

"你就是那些人的上级——"

刚刚祝秋亭取回来的章，已经证明了一切。

要对付祝秋亭的人，是杰森的下属。可现在，如果他们只是演戏骗他，那他苦苦撑着的一切都没有意义了。

瞿辉耀嘴唇翕动："你们、你们是一起的？你……祝总，有意思吗？"

祝秋亭若有所思，而后嘴角勾起："有意思啊。"

祝秋亭说："瞿总，我不太喜欢说废话，你当时从我那儿取走的资料，回国后，我要它原模原样，完璧归赵。"

他单膝跪下，手臂搭在膝上，瞿辉耀能从他平静的黑眸倒影里看到自己："希望你认识到一点：为一群撒谎的叛徒保守秘密，不值得。吴扉许给你的是泡沫幻影，你想要的只有我能给你。"

办完了瞿辉耀的事，祝秋亭在M国逗留了两天，晚上参加了个酒局，推杯换盏间没人挡酒，怪没意思的，他没多久便提早离开了。

回到酒店里，他打开电脑，却没有忙其他的，只是点开了一个软件，在地图上自动定位了红点。

晴江市。

纪翘走的时候只说要走，没说去哪儿。祝秋亭也就没问。

当年他把人带回来，治了许久，还让覃远成给打了麻醉，顺便植了GPS芯片定位，够有耐心的话，历史行踪也能看得清清楚楚。

新婚燕尔的那位，这几天压根儿没给他打过电话。

不过想想，这也是当初他自己提的——没事别烦他。

纪翘贯彻落实得倒是到位，说不找就不找。这种时候她怎么就这么听话呢？

祝秋亭心绪复杂，盯着屏幕半天，脸色阴晴不定。

其实他偶尔会觉得目前的人生尚有些可取之处。比如说，常人选择隐藏的阴暗面，他并不避讳曝于日光之下。普通人的欲望无非是那些，可供挥洒的权力与金钱，不必摸索找寻也能握在手里的未来，选择什么的自由，不选择什么的自由。

祝秋亭想，这些他都有，除了最后一项。他可以……成为自己以外的任何人。

他靠在椅子里，漫无目的地点画着地图上纪翘走过的路线。

晴江市他待过，整个市的区域街道路线，几乎全印在了脑子里。

记忆清晰地翻涌上来。

纪翘喜欢逛街，但又不喜欢买东西。从鸭脖店到家居店，她晃一圈，从山脚下绕过去，就到她以前的小学了。她喜欢的六家餐馆，在地图上能连成斜线。

这次去，九成是去看孟了奚。

祝秋亭忽然觉得哪里不对。他笔尖猛地一顿，白纸上一道歪斜的痕迹。从扬行街道，到卢新，再到树平……这些位置绕一圈，画出来就像——

一颗爱心。

祝秋亭抄起那张纸，看了半天，抿了抿唇。半晌，他还是起了身，拉开窗户，任夜风涌进来，没忍住嘴角上翘。电话不打，人还是挺会的。

祝秋亭忽然不计较了。反正这些年，她见到的、碰到的、亲吻的，都是他。

今天的月亮真圆。

他难得坐在窗沿上，觉得宇宙里能有它真好。他们抬头能共同看到的存在。同时间看到了同一轮月亮，就算一起看过了。

嘉成的春拍如期举行。

会议中心，下午四点，拍卖准时开始，这次是珠宝专场。拍卖目录里最便宜的一项，预估价也有以往的三四倍。拍卖师上场前环顾四周，正要开始，见人群中出现了一小阵骚动。他定睛一看，是侧门处有人正往里走。

看来传闻并非捕风捉影，一前一后两个人，正是吴家千金跟祝秋亭。

吴梁美穿了象牙白的雪纺裙，肩膀到锁骨的线条优美瘦削。她挽着男人的小臂，面上挂着轻淡的微笑。

她从小就在爱里长大，够星得月，于她来说都是顺手而已。

之前在祝秋亭那里吃的瘪，她只当没发生过。男人哪有能长久定性的？身居高位的人比一无所有的人好拿捏，他们绝对不会舍得自己的位子，永远要往更高的地方爬。

她父亲只不过稍微拜托了下，让祝秋亭为她送一回东西，算是帮忙给她找回场子。

而之前在港城他帮祝秋亭截货的人情，也就一笔勾销。最后拍卖下多少钱，再拿回吴家报销就是了。祝秋亭的人情，只为抵掉千金一笑，她爸确实做得出来。

他们在后排坐下，吴梁美的掌心拢在他耳边，馨香随耳语送去。

“秋亭，我就要那颗，这个粉钻做成吊坠很漂亮的。其他的你看着来，有喜欢的就举，到时候让爸爸报销。”

祝秋亭看她一眼，又垂眸扫了下被她挽住的手臂，微俯身在她耳边回道：“可以。随你。可是，吴小姐，你不觉得热吗？”

吴梁美一僵，手指一根根地松开来，剪水秋眸里含着几分委屈。

祝秋亭没再看她，很快，拍卖开始了。

拍卖师按照报价单的序号一一过下来，只在中间的祖母绿上胶着停留了会儿，以高于预估价两倍的价格成交。

接着，就到了吴梁美点名要的一颗钻石。这颗粉钻跟去年在名行拍出天价的宝曼兰是同时期钻石，据说都是从十七世纪法国王室传下来的。

但这颗粉钻克拉要小一些，所以预估价并不是很贵。

叫了三次价以后，祝秋亭才举了举27号牌。

“四百万。”

半个场的人都回头看了眼，见是祝家这位叫的，才抱着“应该的应该的”心思转了回去。不讨美人一笑，这趟不是白来了？

拍卖师敲槌：“四百万一次。四百万两次。”

“四百八十万。”

最右侧忽然有36号牌叫起来。

对方也是个挺年轻的男人，叫完回头看了眼祝秋亭，像是某种宣示，宣示自己为何而来，但攻击性并不是很强。

祝秋亭原本看都懒得看，正要举牌时，无意间瞥了一眼对方。

那张干净清秀的面孔却意外熟悉……熟悉到让人有点不爽。

很快，他就想起来了。

是徐修然。

纪翘的前任。他没记错的话，这男人在纪翘那里的评价很特殊。如果不是太高攀他们那种书香世家，徐修然是她理想里完美的结婚对象。

祝秋亭沉默几秒，吴梁美又撒娇似的拽了拽他袖口。他举牌的同时，把她轻拂开了。

那个数字一出来，这下别说全场其他人了，吴梁美都吃惊地捂住了嘴，又忍不住道：“不用这么……”

祝秋亭面上没什么表情，只瞥了眼徐修然的方向。他坐在右侧角落，边上倒数第二个位置。最边上——

祝秋亭忽然蹙眉。

那个熟悉的后脑勺……怎么是缩着的？长发扎成低低的马尾，整个人头往外偏，好像放弃人生一样。徐修然那边继续往上抬。最右边的人猛然侧身，狠戳了下他，徐修然对着她做了个安抚手势。

祝秋亭淡着脸色抬价，谁也看不出他在想什么。

徐修然像跟他杠上了一样，接连举牌。

数字跳得人心发慌。

祝秋亭已经不太看台上了，举牌时有点散漫，神情却又势在必得的样子。

吴梁美脸色都有点发白了，她爸真的会报销吗？虽然说没有严格预算，但玩一趟而已，花这个价——

她会被赶出家门吧？

祝秋亭看穿她的心思，头也没回地道："不用你报销，别担心。"

吴梁美："啊……"

她满眼震惊，感动得泪眼汪汪。

这能把她家买下来，怎么说都不是个小数目了。

拍卖师："一千二百万一次。一千二百万两次。一千二百万——"

徐修然又举了一次牌。

这数已经超过今天其他展品的最贵预估价。

其他竞买人的窃窃私语已经称不上"私"了。

"吴家这次真是会选……"

"祝氏也太重视了，啧啧，看来吴总明年就能有喜事了。"

"唉，也算是强强联合，这礼物也太有诚意，不过之前那个……"

"之前那个怎么可能认真，你没听说过她什么背景吗……"

"谁不知道啊？祝总还真是不挑，早知道让我家那小祖宗也去祝氏工作了，说不定呢……"

祝秋亭说："一千五百万。"

拍卖师激动道："好，还有出价的吗？！一千五百万一次！一千五百万两次！一千五百万——三次！成交！"

很快，有人上来跟拍卖师耳语。

拍卖师："好的，这个粉钻成交确认书我们可以稍后补，现在竞价成功的买家想要现场验下货。"

祝秋亭接过丝绒盒子，打开看了眼，十二克拉的粉钻光芒柔和地折射着。

吴梁美不安地绞着裙角，之前暗流涌动的阵势，让她又慌又喜，他要是就在这儿求婚可怎么办……总得把之前的新闻解决了，他们交往一阵子再说吧！而且，她今天穿得也不怎么隆重，早知道就把上个月买的高定穿来了。

他忽然起身，吴梁美轻轻"啊"了一声，慌忙闭上眼睛。

祝秋亭声线温和："借过。"

吴梁美有点呆住了。

众目睽睽之下，祝秋亭走到东边区域，从前面绕到了座位最边缘。徐修然身旁，有位侧坐的女士。

这个拍卖会，纪翘本来没打算进来。

那一天，她一下火车就觉得不对，后来提前托孟了奚帮忙，好在警察及时赶到，救下现场狼狈的她。纪翘处理完手臂伤口后，“失神害怕发抖”地做完笔录。等警察走了以后，她让帮忙的祝家下属保守秘密。事情没明朗前，她不想跟祝秋亭说太多。

但休养没几天，伤口能遮好就又跑回来了。

拍卖会这事，她就是不想知道，都被周舟的信息轰炸到头晕——祝秋亭似乎有新欢了，这事她的确该第一时间看个热闹，往后说不定还能当个把柄。

本来只是准备在外围看看，身体情况和经济条件都不允许纪翘搞太高调的剧情。谁知道徐修然家就是办这个的，偏偏又在会馆门口看到了她。

纪翘没来得及解释，徐修然却像了然一切似的，双眸沉沉地望着她，满是怜悯和痛惜。

纪翘无奈地说：“我希望你不要脑补太多，我真的还好，行吧？”

徐修然严肃道：“就算变了心，也要让他大出血，痛一回。”

纪翘实在没想到，徐修然就是这么让人“痛一回”的。

她从头到尾都捂着额头，不忍多看。

要不是她不太在乎，心能被这护花场景戳出个窟窿。祝秋亭在乎过钱？不缺又不怕花，怎么可能会感觉大出血啊？

祝秋亭把纪翘从座椅上揪起来，拉到身边，对着徐修然礼貌道：“辛苦你照顾我太太。不过，她喜欢的东西——还是我来买单比较好。”

人到了一定年纪，过于任性的棱角总会被削去些。有人叫打磨，有人叫妥协，其实一个意思。

纪翘不知道祝秋亭算哪种人。他是熟谙规则，并乐于遵守的那类人。该低头时温煦顺服，但利要取，仇照记。资本利益金钱地位，想要这些，就不能活得太出格。

可有时候，人世间那些规则，于他来说又像空气。既不放在眼里，也不搁在心上。

祝秋亭虽然看着徐修然，但压根懒得管他。

准确地说，他谁也没打算管，只把盒子顺手塞到了纪翘手里。

“结婚礼物。”

他稍稍俯下身来，平视着她说道。他的音量不大不小，周围的看客恰好能听清。

纪翘扫了祝秋亭一眼，又望向不远处的吴梁美。

她面色苍白地站在那里，就像废弃庄园内被遗忘的美丽雕塑，当被人凝视，被阳光照拂时，存在才有意义。反之什么也不是。

不知道为什么，纪翘在一瞬间觉得，她们的角色其实随时都可以调换。

全看当下那刻，价值更大的是哪一方。

“前段时间你忙的事，是她父亲帮的忙吧？”

纪翘的手指摩挲着小巧的盒子，用只有他们能听见的声音说道。

十二克拉的粉钻，每个切割面都美得反光。

让吴扉他们栽了个大跟头，这颗钻配得上吴梁美。

祝秋亭看着纪翘，没说话。

全场仿佛也陷在这秒的静默内，短暂地按下了暂停键。

“给她吧，我不喜欢欠人。”

纪翘把盒子塞还到祝秋亭手里，头也不回地从侧门走了。

她没有耍小脾气，也没有摆脸色，平淡而沉静地离开。室内吊灯下，艳色较钻石更甚。

有靠近侧门的客人，忍不住拿出手机来，摁下视频拍摄键。

很快，有人紧跟着她步伐追上，经过时瞥了眼拍摄者，那双黑眸望得人心惊。

他什么也没说，拍视频的人依然飞速地按下了删除键，赔了一个珍惜生命的笑容。

祝秋亭在纪翘上车前，把车门砰地关上。纪翘背紧贴着车门，她想从左边离开，他手臂却横亘着，撑出空间圈着她。

“回了趟家，人都不认了？”祝秋亭轻笑了笑，“想我吗？”

纪翘的车停在东门，空旷偏僻，四周没什么人。初夏的夜风已经燥热起来，吹得她碎发飘起。

祝秋亭帮她把碎发别到耳后，是个完全下意识的动作，自然至极。

纪翘也下意识地缩了缩肩膀，忍住了偏头的冲动，虽然是皮肉伤，但还是火烧火燎地疼。

祝秋亭眼睫微垂，嘴角弧度也渐渐淡了。

“纪翘。”

他像以前一样叫她。但很快，祝秋亭竟然双手捧着她脸，使她微昂起下巴，漂亮的黑眸透出些柔和无奈来，连语气都服软。

他低头，用鼻尖蹭了蹭她的：“我错了。我不该带外人去公共场合……下次不会了。”

纪翘垂眸，久久沉默，半晌才道：“上车吧。我累了，想休息。”

她调匀呼吸，嗓音有些哑。刚才在场内她还撑着一口气，现在整个人连站直都要费一番力气。她心里藏着事。纪翘清楚，也清楚迟早瞒不过他。

他既然装作若无其事，她又何必打破这种平静。

回去的路上，竟然下起了不大不小的雨。雨刮器发出轻响，窗外的雨幕笼罩着整个世界，霓虹灯在她眼里反射出倒影来。

纪翘意识渐渐模糊，朝祝秋亭的方向滑去。

其实还差着一点距离，如果全倒下去，她会直接滑到座椅上。但最后靠下去时，她还是被宽阔的肩膀接住。她神经本来就紧绷着，靠在他肩头时，人迅速清醒了。

但她警觉了两秒，又飞快意识到，这是车内，还是有祝秋亭在的车内。

纪翘的头已经离开一点点了，可以说动作尴尬地僵在空中，要直接起来吧，肩又使不上力。

祝秋亭头也不抬地在看文件，仿佛全然未觉。

纪翘完全是下意识地自动坐直，钟摆一样。

祝秋亭忽然问她："跟阿姨说了吗？"

纪翘有点蒙："啊？"

她很快意识到，他说的是店铺的事。这信息还是他帮忙打听的，之前她明明也没主动提过，纪翘回老家前，他把一份资料摆在餐桌上，全都是价格位置合适、人流量适中的商铺。

祝秋亭办事一向都是这个风格，他能在对方开口之前做好一切只要有这个必要。在这一点上，他生来就有洞悉人心的天赋，办事妥帖得几乎无懈可击。

纪翘："她说要再想想，"她垂下头，看见无名指上有个很小的倒刺，虽然小也扎得慌，"我说好好想，等我……等我下次过去，再做决定都行。"

祝秋亭"嗯"了声，又问她："去看他了吗？"

纪翘抿了抿唇，没有马上回答。

孟景当年是受她牵连，才出的意外，本来不用搅到这蹚浑水里的。是那天晚上，他收留了跌跌撞撞逃命的自己。刚刚得罪了 J.r 的她，把孟景的大好人生变成了八个字：一着不慎，满盘皆输。

孟了奚都知道，不但没怪在她身上，甚至一个字都没提过。

她毫不怀疑，祝秋亭都知道，可也装作不知道，还能若无其事地，云淡风轻地问出：去看他了吗？

这心理素质她真是佩服。

纪翘低头，专心地把无名指上的倒刺拔掉，有点刺痛。

"没来得及，还要爬山——"

话音刚落，车突然一个急刹，司机又猛地往右打了方向盘。今天开的是纪翘的车，轮胎不抓地，车在雨地里狼狈地打滑！

他们俩都没系安全带,注意力都没在这上面,被惯性带得往椅背上猛然撞去!

祝秋亭反应还是比她快得多，纪翘头撞在了他掌心，还没来得及趔趄，就被他推回椅背。纪翘疼得默默倒吸一口凉气。

祝秋亭沉声问：“怎么回事？”

司机慌忙道：“抱歉，有车突然变道又掉头……”

没等他说完，祝秋亭扭头看了眼，黑色轿车早已经开远了。

他回过头，把纪翘的安全带先系上了：“不用去明樾，就近停吧。”

祝秋亭头也不抬。

司机在祝家很久了，对他本市的住处都清楚，应了声：“离呈海路不远了，去您那边的住处吧。”

祝秋亭没回答，正俯下身给纪翘扣安全带。现在的角度，纪翘只要一低头，就能碰到他发梢。她也确实那么做了，接近亲吻的姿势。

“祝秋亭。”纪翘声线很低，“我试过了。好像……不太合适。”

纪翘脸上扬起一个很轻的笑：“你觉得呢？”

“不觉得。”

祝秋亭一顿，淡淡道。

他直起身来，右手掌心轻抚了抚她脸颊，温声道：“下次我不想听见这种话。”

纪翘往左边靠了靠，倚在车窗上，嘴角翘得高了些，眼半合着，望向外面。

“就当我是个浑蛋吧。”

她说得懒散，声音虽然轻，也能让人听得清清楚楚。

“我根本不会爱人……尤其是你。”

最后四个字像一片缓缓降落的羽毛，轻飘飘的。

纪翘做好了他会发火的准备，但直到车开到家里，祝秋亭都没有再说什么。

沉默好像成了他唯一的武器。

司机将车停在花园里，没开进车库。

祝秋亭下了车，他关车门的声音像砸在她心上。

纪翘闭上眼，重重地吐出口气来。他这次那么轻易地放了她，自然不是为了做慈善。

他说，近水楼台先得月。那种和煦、轻巧的姿态，确实举重若轻。卸了伪装，对方看上去就不是一比一复制了，只有七八分像。

神态举止动作倒是十成的相似，可……纪翘在脑海里过了一遍，想不出哪里不对，但奇怪的是，她就是能轻易地分辨他们。

对方说，这是一笔稳赚不赔的买卖，纪翘，反正你迟早会要他的命，早一点晚一点，不是一样吗？

纪翘正心烦意乱着，这边的车门忽然被打开了。

祝秋亭探头进来，脸色有些冷："你在坐禅吗？"

没等她回答，祝秋亭一手探到她脖颈下，一手绕过她膝窝，把人抱出来，踹上车门。

距离正门还有两百多米，青石板铺的格子。他身高腿长，一次能跨两格。纪翘窝在他怀里，觉得自己都娇小了不少。

祝秋亭边走边说："你刚刚说的，是你的自由。"

进了里屋，自动感应灯亮了起来。

把她放在主卧的大床上，祝秋亭帮她把鞋脱了，头也不抬道："没有我，也没有别人，可以。"

"以后要是有了别人——"祝秋亭冲纪翘笑了笑，"他的后事你来办。"

"覃医生二十分钟后来，"祝秋亭直起身来，眼神在她肩上转了圈，黑眸暗了暗，"听他的就行。"

说完，他转身离开。

纪翘下意识想拉住他问：你呢？手刚伸出去，僵在空中半晌，还是收了回来。

祝秋亭在大门口跟覃远成打了个照面。

"大哥你看看时间，你们又干什么——"

覃远成脚步停下，哀怨的语气也缓缓刹车。

"你……你要去哪儿？"

一大把年纪的覃医生难得结巴，他正努力在词库里搜寻符合当下语境的话。

祝秋亭眼里全是血丝，几个晚上没合过眼似的，他的黑眸里覆着层极淡的水膜，是干燥过度还是太久没合眼……覃远成也不能确定。

唯一能确定的，是祝秋亭看起来情绪不太好。

不知道为什么，覃远成莫名觉得自己像做战后修复的人员，在他们两个之间活得好辛苦。

"吵架了？"他小心翼翼地猜，"人呢？你下手没太重吧？"

以覃远成的经验来看，祝秋亭要是气狠了，话都懒得说。

没气到极致，就是冷冷三个字：不知道。

但这次，祝秋亭什么都没说，只抬了抬手，用掌心覆住了双眸。

"帮她看看，她肩上有伤，小心着点。我有事，可能下半夜回来。"

片刻后，祝秋亭如常道。

“什么事这么急？怎么受伤的？唉，算了算了，等我看完再说吧。”覃远成有些焦虑地摆摆手。

祝秋亭情绪都波动成这样了，还不知道里面是什么惨状，要是纪翘情绪也崩了，自己去哪儿说理。

“肩上……”祝秋亭顿了顿，“估计是刀或者枪伤。”

“怎么弄的？！”

覃远成大惊失色：“你俩不至于吧——”

祝秋亭无声地凝视着他。

“好好，我知道，”覃远成做了个投降的手势，“您老人家连她一根手指都舍不得动，那她在哪儿受的伤总知道吧？”

祝秋亭抿唇：“不知道。”

覃远成疑惑得眉头深深蹙起：“不是……”

祝秋亭说：“我现在准备去解决，如果你不在这儿废话，我已经到了。”

祝秋亭往覃远成身后扫了一眼：“车借我。”

覃远成今天开了辆大G，他喜欢车，自己又动手改装过，把保险杠、轮胎都重新换了，还加了扰流尾翼。覃远成很想说不，但是今天的祝秋亭看起来不太对……权衡利弊之下，他含泪递出钥匙。

“路上当心着点。小心啊！一定要小心！”

祝秋亭走了两步，又回了头，蹙起眉心：“你一个人？”

覃远成：啊？

啊，不然呢？这大晚上的他这种级别的医生能随叫随到就不错了，还挑？

祝秋亭说：“找个女助手吧。”

覃远成无语道：“我一个人就可以。”

工作的时候没有性别，更别说只是看个肩，看肩还分男女吗？

祝秋亭眉心蹙起：“你忙得过来吗？”

但他也不打算多说什么，转头就要离开，还是覃远成忽然又叫住他，声线低了些：“瞿辉耀那边怎么样？”

祝秋亭没回答。覃远成也知道这是敏感问题，他没有回复也是应该的，只是思虑再三，还是嘱咐道：“救他回来挺费劲的，你要问就悠着点。他是很重要的人证。现在光靠那份资料不可能把……他，完全扳倒的。”

祝秋亭侧目看他一眼，声音低了些，透着散漫。

“招不招都不影响他的下场。都已经同时见过他和我了……你觉得要让灰狼再见他，灰狼会允许他留下？”

覃远成看着他上车，绝尘而去，站在原地轻叹了声。今晚他看到网上有风声，文字版的爆料，评价纪翘的那段是不太好听，而且比起不解，嫉妒的情绪更多。

祝秋亭直接承认已婚，意义远超过那几句话本身。覃远成以为他们能安生一阵子，结果……

他转身进了别墅，在客厅里就见到了纪翘。

“小纪。”覃远成笑眯眯地冲她打招呼，说明了来意。

纪翘点头示意，给他倒了杯水。

“哎，对了，祝秋亭让我再找个助手来，你需要的话我现在叫？”

纪翘摇头：“不用。”

她边说边解开衬衫扣子，把衣服褪到肩头。包扎的手法……可以说非常糟糕。而且那么厚的纱布，竟然已经透出血迹来。

覃远成脸色变了。

“手臂也受伤了？”

纪翘“嗯”了声：“小意外，已经处理过了。”

覃远成：“他知道吗？”

纪翘耸了耸肩，疼得牵动了面部肌肉，缓了好一会儿才道：“可能吧……我也不知道，估计他看出来了，不然也不会叫你。”

覃远成有很多想吐槽的，最后还是挑了最要紧的说：“走吧，穿上外套，去我医院一趟，做个检查。”

开车到医院只有十几分钟，这么短一点路，纪翘已经累得昏睡过去了。

覃远成等红灯的间隙探了下她额头，烫手。

车停到医院后门时，担架已经等着了。人抬上去的时候，兜里滑下一个小锦囊。

覃远成注意到了，替纪翘捡起来收好。看着是手工制的，缝制手法有点糙，但上面绣了个歪歪扭扭的字……他仔细辨认了下，是祝。覃远成无奈地失笑，摇了摇头。

这一对绝了，互相撕咬，互相舔伤口，互相挡雨觅食，嘴硬得要死。

他跟在担架后面走了两步，忽然停住了。

覃远成把锦囊上的细绳解开，倒出一个硬币大小的封口袋，他解开袋口闻了闻，面色骤变。

纪翘做体检的时候，覃远成给祝秋亭打了个电话。

电话通了，但是没人接。

他又给林域和苏校打，想问他们人在哪里，大概要多久能联系到。可苏校也不接，林域的声音冷冷地从听筒里传来，回答他的只有四个字：无可奉告。

呈海路是条纵向主干道，沿着西边一路下去，十字路口逐渐增多。

接近午夜，路上车逐渐少了起来。凌晨时分，一辆宾利在绿灯亮起时起步，这个路口只有这一辆车。

雨还在下，似乎誓要将一切灰尘污浊洗去。

纯黑色的轿车飞驰而过，溅起水花要冲过下个绿灯时，变故发生了。一辆越野车鬼魅一样斜蹿出，快要交集时不仅没有踩刹车避让，反而拉了速度上来，干脆利落地撞上了黑色轿车，整个车前盖都被它撞凹了进去。

越野车摆尾停车，主驾驶上跳下来个男人。

他走到那轿车后座，抬腿一脚狠踹上车门。这一腿加了腰的力量，力度大得可怕，本想下车发火的司机又缩了回去，犹疑间，他的雇主已经轻柔地发话："在车上等我，不用报警。"

"是。"

杰森下了车。

祝秋亭盯着他，过了几秒，冲他轻笑了笑："好久不见。"

杰森卷了卷袖子，温和地笑弯了眼睛："好久不见。我好不容易回一次国，你也不来跟我聚一聚吃个饭。我说了你可能不信，这段时间，我挺想你的。"

杰森望着他的眼神流露出几分喟叹，像在欣赏完美的艺术品："我们合作的时候，一切多完美啊。"

他靠近祝秋亭，抬手想碰祝秋亭，却又在靠得极近时收回手，自顾自地笑了笑："你说，我还能遇到这么像你……噢，不，是像我的人吗？"

祝秋亭面色极淡地看着他，一言不发。

杰森在雨幕里退后两步，打量着祝秋亭，目光转向那辆撞他的黑色大G，笑得很顽皮："你喜欢越野，讨厌正装，讨厌酒类，讨厌我喜欢的一切——"

他看着祝秋亭，笑容不变，语气变轻："除了我，谁也不知道。"

"你为了变成我，费了那么大的力气，"杰森遗憾道，"可你也只是成为祝秋亭而已。除了帮我，你的人生还有什么价值吗？"

杰森的嘴角弧度渐渐放平，眼里带着极深的漠然："背叛我，你就能够成功吗？"

祝秋亭听到这儿才笑了笑，嘴角勾了下："那你为什么要回国？在C国待着不舒服吗？"

祝秋亭道："对于我来说，这就算成功了。"

成为一个人的分身，协助他爬过巅峰，知晓他的全部秘密，又头也不回地与自己撕裂，在杰森看来，原因再简单不过。

因为眼前这个人，明明是外室的私生子，却渴望成为祝绫真正的小儿子——那个备受宠爱的、万众瞩目的"祝秋亭"，祝绫把自己的英文名约书亚都送给了他。

幸运的是，私生子长了张跟小儿子极像的脸。

在祝绫去世前，他出现了。没人知道，在床前守着的、领遗嘱的其实都是这个私生子。

那时，杰森其实在 SN 洲，那是他第一笔大生意，也是他第一次明明白白地踩上那条线，再无回头路。

等他回过神来，才意识到不对。自己怎么会在 K 市？他分明是在——

杰森早知道了他的存在，尽管旁人劝杰森除去这个危险，但杰森清楚地意识到，这个男人意味着什么。自己在国外，他在国内。这是一个活的"不在场证明"。

从什么时候开始，这个人妄想成为真正的祝秋亭，这道分界线，连杰森自己也分不清楚了。

明明是自己的影子，他却在国内借着祝家的庇荫，创立了祝氏。在他们彻底分道扬镳后，杰森放弃了约书亚那个名字，改成杰森。

杰森要建立的帝国，没有赝品的帮助也可以完成。但祝秋亭头也不回地离开了他，竟还敢处处与他作对。

可杰森自己长期在国外，从主动变成了被动，回国有极大的风险。

杰森面上闪过一瞬的阴鸷，忽然又笑了。

"那你呢？我的好弟弟，选今天来找我，是因为闲着无聊吗？你那位新婚妻子，现在怎么样了？"

看见祝秋亭眼中狠戾的光突显，杰森柔和地歪头："让我想想，我们是在……她老家见的。哦，这个你应该知道。你猜她看到我，怎么说？"

祝秋亭每一根神经都绷到了最紧。

他预想过的最坏结果，还是出现了。

纪翘认得出杰森不是他吗？他不想让她认出……可也不想她认不出。就像希望她爱他，又希望她不要爱他。他连喜好也不能决定的人生，却那么奢侈地爱了一个人。

祝秋亭不知道该如何把自己从那样的煎熬里捞出来，一直以来，他都是走一步看一步，陷入短暂的梦里，把她在身边的每一秒，当一生那样过。

他跟杰森第一次见面前，就知道杰森是怎样的人了。

他没有怕过什么。甚至也不怕成为这个人，只要能让对方折戟在他手里——这个道德感稀薄的人，仿佛天生的恶魔。

可现在，他望着杰森轻松张合的嘴，像遭遇了审判。

“她一点也不意外。你以为你瞒得住多少？”

杰森耸肩，拉开车门，坐上去之前，冲着祝秋亭勾起嘴角：“在她眼里，杀了她最重要的人，是你或是我，没有区别。我们是一体的，你还不明白吗？”

世上祝家幼子，有两个。

在他们彻底分道扬镳之前，祝秋亭是他的替身。

杰森最后说：“祝秋亭，你要记住，你永远都要活在我的阴影底下，永远。”

半夜三点，覃远成终于联系到了祝秋亭。祝秋亭驱车赶来，从一楼赶到五楼，都没有理过他。

“外伤加高烧！有没有搞错？！”覃远成提高声音，见他没有反应，又嘟囔道，“也是，原来也不是没有过，也不差这一次——”

他边说边推开 VIP 病房门，结果里头空空如也。

覃远成傻眼了：“哎？！刚刚人还在呢？”

祝秋亭扫了一眼，转身就走。覃远成叫他没叫住，神色复杂地望着他背影，眉宇间忧愁难消。

祝秋亭直接开回了呈海路的别墅，一进室内见灯光全亮，但没有人。

一楼房间，每间都没人。到二楼的时候，祝秋亭动作粗暴了些，一间间地踢开。第三间锁上了，他把锁击得变形，踹门进去。

屋里很黑，窗帘全拉起来了。坐在床边的人正在扣睡衣，动静那么大都没吵到她。

她只抬头看他一眼，又继续扣，问了句：“怎么了？”

祝秋亭没说话，大步走过来，扣过她后脑勺，不由分说地吻下去，唇舌蛮横地挤进她口腔。

“祝秋亭……”

纪翘被扣得动弹不得，肩上的伤口虽然重新包扎过了，但动一动还是扯着疼。

她被这个疯狂的吻点燃了怒火，一脚横踢踹在他小腿胫骨上，把人一把推开：“滚啊！”

祝秋亭被她推到桌角，狠狠撞到了腰。

纪翘抹掉嘴角的血，刚咬他咬的，冷笑一声：“一把年纪了，当心着点，别把自己磕坏了。”

话音没落，她被他一把打横抱起来，扔到软床上，还弹了两下。那两下让纪翘备感屈辱，她整个人从床上一个鲤鱼打挺，什么高烧、肩伤都忘了，直拳又快又狠地冲他脸上就过去了——祝秋亭竟然在这儿朝她发脾气？她一肚子火还没地方发呢！她有多少次解决他的机会，都从眼前生生地放走了，就是抱有那么一点侥幸心理。也许跟当年的人只是长得像，没什么关系；也许——

在晴江那天，另一个人竟敢直接找上门，简直在啪啪扇她耳光，提醒她，他们之间当然有关系。面前这个人，不管曾经动没动手，都跟杀纪钺的男人有着千丝万缕的联系。又或者，他们……根本是同一个人。

他才是来找死。

祝秋亭没躲，生生挨了一拳，嘴角除了血丝，迅速青了一块。

纪翘跪坐在床上，也僵住了。

“我只是想问……”祝秋亭望着她，不知道过了多久，下半句怎么也问不出来。

他又说：“算了。”

祝秋亭翻身下床，顺手解开衬衫，反正刚刚扣子也被她扯得七七八八了。

他从衣柜里随便拿出件短袖，后裤腰忽然被人拉住。

纪翘的指尖冰凉，他下意识想去握，手伸到半空中又忍住了。

“你等会儿。”

纪翘语气很硬：“过来。”他后腰处有个 Atopos（阿特洛波斯）的文身，这个她一直知道。

但她才发现，那下面还有几个字母。

纪翘抱着一点希望，希望这是代表跟她无关的某个人。这样她也不必再抱着执念，他们之间所谓的爱，只是由彼此欲望和日夜相处产生的幻觉。

祝秋亭站着没动，任她动作。纪翘看清，那是四个字母——

J、A、D、E。

的确是女生名字，与她无关。

纪翘整个人脱力般靠回床上，既感到解脱，又觉得胸口某处，丝丝拉拉扯得生疼。

Jade。

祝秋亭走到门口要离开时，纪翘问：“我在 M 国遇到过一个华人老板，开刺青店的。他设计过的图，有一张后面写着……美梦如期光顾。”

走廊的灯照出明暗分界线，祝秋亭的侧脸被灯光寸寸吻过。

“是给她的。”他语气有些淡漠，最后关门前又道，“你说得没错，可能我们是不合适。”

纪翘靠在床边很久，呆坐在那里，也不知道该干些什么。她应该想着怎么除了他，可竟然下意识地想着 Jade，越想越抓心挠肝。到底是什么样的人？高吗？漂亮吗？是会唱歌、会跳舞、会撒娇求他买项链的类型吗？外国人吗？他对她也是特别的吗？

也？

纪翘想着想着，觉得自己有点可笑。

笑着笑着，她抬起手背抹了下脸，有一小片凉。她跟他真有缘，连一个陌生英文名都耳熟——

纪翘忽然坐直。不对啊，这个名字她好像真的在哪里听过！

就是太久远了，她……她完全记不起来有哪个朋友用过。她本来也没有多少朋友啊——

在记忆里搜寻没多久，纪翘就找到了答案。初中的时候，初二还是初三，记不得了，有一个学期来了外教，给每个人起了个英文名。

分给她的英文名字是……Jade。

纪翘不喜欢雨天。早年她脚踝受过伤，每逢阴雨天会隐隐作痛。她从纪钺那里没继承来什么好品质，倒霉的运气倒是一脉相承。

纪翘靠坐在床边，不愿一直发呆，撑了把床沿想站起来，不料扯到肩上的伤，没站稳又跌坐回了地上。她抬眼望出去，窗沿上雨滴的痕迹绵延不绝，整个世界被一片蒙蒙的雨雾笼住。

雨声好像滴滴落在她心上，砸得人烦躁不安。

室内早就安静下来了，祝秋亭离开时关门的声音，却在她耳边一遍又一遍地响起。他并没有把门甩得震天响，那不轻不重的一声，在她心间撞出回音。

纪翘坐在冰冷的地板上，就算想破脑袋，也无法从中学时代提炼出跟祝秋亭相似的人影。越想越生气，她心头火气怎么压都压不住。

他本来就像个谜团，她再怎么努力也窥不到尽头。那个英文名并不算生僻。但要说是巧合，傻子才信。

她不喜欢雨夜的，更不喜欢在雨夜里胡思乱想。

纪翘扶着墙慢慢站起来，走出卧室去找他。

这幢别墅是庭院式加二层的结构，不在郊外，整体面积并不夸张，要找个人不是什么难事。

她刚走到楼梯口，就闻到股浓郁的香味，是方便面。很不健康的食物，可此时勾得她肚子咕咕直叫。先吃还是先吵？是个问题。

除此以外，纪翘心头浮上一点疑惑。别说他以前住的地方都有人做饭，就是没人，他也从来不会吃方便面，一次都没有。

她在思考的过程里，脚不受控制地移动到了餐厅区域。

厨房是半开放式的，推拉门大开，祝秋亭站在灶台前，随便套了件黑色短袖，换了条松垮的灰色运动裤，肩背肌肉线条流畅漂亮，布料在腰窝处微凹下去，背影修长。

男人转身，在门口与纪翘撞个正着。

他眉骨生得高，本来就自带压迫感，那双眼好似深湖，站在暗处随意一瞥，都让人莫名不安。

她脚趾不自觉地动了动，面上岿然不动，依然一副老子路过看看立马就走的神态。

祝秋亭心情只要不是差到极点，都会留着点基本人性。比如说问一句要不要吃。他们以前经常一起吃夜宵，各干各的事。

可现在他只说了句——“让让。”

纪翘侧身让开路，祝秋亭看也没看一眼便离开了。

纪翘在他身后问：“面在哪儿？”

祝秋亭把那碗面放到了桌上，拉开椅子坐下：“没了。”

纪翘气得头晕。

她看到面上明明还卧了个煎蛋。

说不饿是假的，她去会场前就没吃东西，徐修然当时给了她一个面包垫了垫，回来后还去医院折腾了一趟，打了退烧针，现在饥肠辘辘。

纪翘站在旁边看了两分钟，在自尊和食欲间摇摆。

怎么说都是，自尊比天大。她之前确实不想见到他。

面热气腾腾的，餐桌上方的吊灯是暖色调的，黄澄澄的，跟落地窗外的雨夜形成鲜明对比。

祝秋亭没听见她声音，也知道她没走，一直站在那儿。

间隙时，他无意地抬头，侧目扫了眼，手中动作顿住。

纪翘在哭。

她眼睛本来就大，眼尾天生带点上挑，厉意狠劲妖艳全在那双眸里。只有眼泪，并不常驻。

以前她偶尔也哭过，动静都挺大，哭得上气不接下气那种。但这次不是，是眼眶盛不住泪滴才落下来，很快又被她用手背抹掉。祝秋亭把筷子放下，坐在那儿片刻，轻不可闻地叹了口气。

他拉开椅子站起来，走过去。

“你哭什么？”

祝秋亭用指腹擦掉她眼泪，低声道：“我没说过吗，我讨厌哭哭啼啼的人。”

纪翘的声音很小，两腮鼓得圆圆的，像受了委屈的小动物。

“我肩疼，胃也好疼。”她甩开他的手，用手背盖着眼睛，肩膀一抽一抽的，“随便你，爱讨厌就讨厌，反正不合适。”

她大概不知道自己的演技有多拙劣。

祝秋亭把人拉到餐桌前，筷子塞到她手里。

“吃。”

纪翘两只眼本来闭着，闻言小心翼翼地睁开一条眼缝。整碗面竟然都未动。

她小声哭泣的动静随着观察这碗面骤停了，祝秋亭则懒懒地扶着额，安安静静地看她。纪翘很快意识到戏不连贯，又恢复了悲伤中带着一丝委屈，委屈中带着一丝脆弱的神情。

纪翘程都保持着这个状态。

摸着良心说，蛋煎得不错。

但祝秋亭没等她吃完，就回书房办公了。

纪翘埋头吃面的动作这才停下，神色复杂地扭头，目送着他的背影消失在楼梯上。

人们好像都很担心爱里那些美好轻快的部分，变成日常生活中的柴米油盐，被消磨折损，在一场又一场争执中，往日的一切都化成天际一丝云翳，抬抬头能看见，但永远够不到。

纪翘却很羡慕。她羡慕得要命，羡慕得她不愿多看也不去想。

他们两个人，并不是配谈爱的人生。结婚也不能解决任何问题，她只是装作……装作能像其他人一样，奢侈地拥有片刻。

在正常的柴米油盐生活里，在安稳的轨道上携手的片刻。

彼此都藏着沉重秘密，连开口问一句都不可能，因为知道无法得到答案——没有哪对爱人能这样长久地持续下去。

他为什么那么早就认识她，到底知道多少又参与多少，如果他不提，纪翘知道，自己也许一辈子都不会问。答案真的是她能承受的吗？

好在她的一辈子，应该也不会太长。

纪翘早在晴江的福乐园墓园里，花了二十万订好了个位子。那地方风水很好，坐南望山，北边傍水。本来差点没抢上，还好她慧眼如炬，提前交了订金，十年内有效。

当时负责人问她："父母都生病了吗，需要两个？"

纪翘说："备着，怕以后涨价。"

这夜宵吃着吃着，纪翘就咽不下了。面条闻着香，吃着也就那样，太咸了。

祝秋亭在书房接了覃远成的电话，对方还发了很多信息过来，让他有空一定要回电。

祝秋亭倚着书桌而立，拨通后，覃远成劈头盖脸砸过来一句："你的遗嘱公证过了吗？有她的份额吗？"

祝秋亭的遗嘱立得挺早。覃远成也能理解，某种程度上，祝秋亭算是脑袋拴在裤腰带上过活的人，提前分配资产也是正常的，遑论他早年根本是要事业不要命的人。祝氏只挂了祝字，经营的生意跟祝家灰色产业做了明确切割。

祝秋亭笑了下，语气有些冷："喝多了？"

覃远成道："我不跟你绕弯子，她有东西掉在我这儿，你到时候取回去自己看看就知道了——"

覃远成本来还不能确定，又回去做了检验，那小巧的锦囊里装的，就是他猜想的东西。

祝秋亭说："没时间。"

覃远成有点恼了："你这人……难道我会害你吗？！"

祝秋亭拉开抽屉，从烟盒里磕了一支烟出来。

他有阵子没抽了，拢着火两次才点燃，淡声道："跟她有关的就不用了。"

覃远成深呼吸了好几次，才开了口："这话我就说一次，如果你在枪林弹雨里出意外……我救不回来的话，那就认命了，你那些手下也不会说什么！但你要是死在自己人手里，还是暗算，就算你不追究，苏校他们会放过她吗？他们的手段都是你教的，你想最后全用到她身上？"

祝秋亭低头深吸了一口烟，过了很久才抬头，轻声他："覃哥，我住哪儿都是住，也没什么爱好。就是喜欢挣钱，挣些跟祝家无关，跟海外那些……也无关的，我自己的钱。你猜为什么？你刚才问，份额？没什么份额，从来都没有其他名字。"

他抬头望着雪白的天花板，指间的烟持续燃烧。

"不想让她跟过一个烂人，最后走了都留不下分文。

"我跟他，你知道的，我们中只能活一个。如果真有什么意外，是在她手里，那我没接受。”

“也许这是……”祝秋亭沉吟几秒，从书桌绕到前面，朝门口走去，冷不丁地把推拉门一把推到了底。

门外，纪翘惊愕的眸倒映在他眼中。

窗外，雨淅淅沥沥地下着，背景音是泠泠的雨声。

“……是命运选择了我。”

他凝视着她，低声道。

第十章

分　开　渡　河

……… ✦ ………

我的心上人，给星星都加温。

✦

纪翘有拔腿就走的冲动，她也确实这么做了。

“你现在习惯这样吗？”祝秋亭道，“习惯躲避。”

纪翘背对着祝秋亭也能想象得出，男人是如何倚着门框，神态轻淡地问话。

她呼吸都有点急促，虽然幅度很小，他也能看出来。

祝秋亭凝视着她的背影，视线垂落，望见她攥起的拳紧了又松。

他能判断出纪翘情绪不佳。一般为了避免失控，她通常会及时离开。

但这次她没有，纪翘转过身，大步流星地走过来，右手猛地抓起他领口，手肘一横，小臂用力发狠地卡住他脖颈，步步逼近，将祝秋亭径直推到了墙上！

她紧紧盯着他，一字一句，只问了两句话，目光尖锐。

“你到底什么时候认识我的？

“那次黑赛，到底为什么要救我？”

纪翘语气沉沉，但问出口时她知道她已经败了。

祝秋亭刚才讲电话，并不是讲给对面的人听，是给她听的。

如果她是普通人，或许会悸动到找不着北，她多想那么做。只是纪翘早就习惯了，习惯从信息里提取核心，辨出弦外之音。

“在她手里的意外”这一句，让纪翘刚刚几乎脸色惨白，血从头凉到底，像被剥光。

这是明白白在说，她在他面前，没有藏住一丝一毫。连那些中途放弃的计划，他都极其清楚。

不过三秒内，她又迅速全副武装了。干吗被剥光，知道又如何？她当着他面也敢承认，是动过杀心。

纪翘怎么会记不得那个人长什么样？那个人化成灰她都记得。

对方的姿态、侧影、步伐的距离，所有的动作细节，被绑架那次，都深深刻在纪翘心里。

祝秋亭的侧面轮廓，跟他很像，动作习惯、细节，几乎相差不离。

必须说，这样招眼的深刻轮廓，帮了她大忙，太好记了。

但又有一点不同。具体哪里，她很难说清。只是这点本质上的让纪翘有种强烈的违和感，阻止她动手。

他们对彼此隐藏的秘密有无数，可纪翘被他一句话激到气血上头时，能问的那么多，晴江市的“他”是怎么回事，绑架案发生那一年他在哪儿……

她却问了两个最无关紧要的问题。

无关仇恨，无关前路，无关纠葛，只问心。

出口那一刻，她在自己这里，已经输了。

对不起纪钺，也对不起她这么些年。

“挺早的。”

祝秋亭轻昂了昂下巴，调整了下姿势，虽然调整完还是任人鱼肉的样子。

他脖颈喉结处被她凶恶地卡着，嘴角却扬起极淡的弧度：“救你？可能因为我不喜欢看美人狼狈。”

“你——”

纪翘气得不轻，右臂下意识使力，扯到已经裂开的肩上伤口，手臂便倏然滑落，摆动时不知碰到墙壁哪处，听到了“嘀”的一声。

她朝那个极小的按钮望去，沉默了片刻：“是什么？”

祝秋亭说：“安保警告系统。”

她还没来得及反应，只听见身后的门被暴力破开。纪翘吓了一跳，但一秒也没耽搁，飞速地在腰上摸武器，摸上的一瞬心里暗叫不好，为了换药方便，她回来就换了睡裙，腰间空空如也！

一回头，她傻了。

这人数，她带什么也没用。

纪翘正从左到右默默扫视这群下属，腰就被人从后面揽过去。

祝秋亭把人圈在怀里，眉头懒懒一挑，语气却有些冷：“来参观？”

为首的保镖是祝家的人，恭敬地鞠了一躬，礼貌话要说，要求该提还是要提，很是执着。

“抱歉。但为保险起见，纪小姐，请您先出——”

祝秋亭说：“滚。”

“是。”

其实偶尔不用执着也行的。

保镖队长07号退出时安慰自己，人生在于勇于放弃。他家服务了祝家三代，这位发火时声量不高，却让人更怵得慌。

一切恢复平静后，纪翘立刻要挣扎跳开，但没成功。下一秒，她手就被人握住了。对方伸出双手将她一只手合在手心，男人垂首，额际轻贴在她……他们的手上。

“别动。”

纪翘不认真听，会漏了这句话，太轻了。

她手有点冰，比平时还要凉些。他的掌心又暖和。纪翘没有抽出来，心里又在想，现在不是夏天吗，何必贪恋这点温度。

但鬼使神差地，她还是任他去了。

重抬起头来时，祝秋亭望向她：“你能安分地待十天吗？”他柔和地抚了抚她的发，“安分，别老离开了。”

纪翘反问他：“你觉得呢？”

祝秋亭难得失笑，点头：“也是，不可能。”

纪翘也勾了勾唇：“知道为什么还要问呢？”

祝秋亭随手执起她一绺发，捏在指间摩挲把玩，闻言笑意更深了些，黑眸垂着，情绪藏得很好。

“侥幸吧。”

有一分钟，他们之间都没人说话。

祝秋亭说：“有个年假，”他顿了顿，“第一次休假。”

纪翘把头发从他手里抢出来，站直身子，扯了个官方微笑：“想让我陪吗？理由？报酬？”

祝秋亭说：“因为喜欢。”他的眼神叫她想起月色下的水影，轻描淡写，想想又俯下身，放轻了音量，尾音带着点低沉的勾人，“我很惜命。但如果是你来结束，我可以勉强放弃它。我没有开玩笑。”

纪翘在他面上扫视，最后忍不住扭头笑了。

“不是我不信，只是你自己觉得呢？可信吗？”

只要她脑子还没坏，就准能记得起祝秋亭以前那个脾气，啧。

纪翘越发谨慎的性子，就是被他的阴晴不定磨出来的。

祝秋亭听她语气这么彬彬有礼，又带点阴阳怪气，也不火大，只觉得人很可爱。

“休息吧。”祝秋亭往前两步，自然地单腿下蹲，“上来。”

纪翘垂眸，有些呆愣地望着他，等反应过来后，手脚并用地飞快爬了上去，单手攀着他臂膀，毫不客气地拍了拍他结实的腰，“驾”到了嘴边又迅速地收了回去。

有便宜不占是傻蛋，但作死得有限度。

祝秋亭没有站直，只是平静道：“纪翘，你可以再多动几下。我不介意多试次书房。”

纪翘唰地拉开他们上身的距离。贴得太紧，她气都捋不顺了。

“试呗。”认输从来不在她字典里，只是这两个字，怎么听都有咬牙切齿的意味。

刚才动作拉扯间，肩上的伤口已经开裂，只是覃医生给她绑的纱布厚，血还没渗出来。

祝秋亭没再说什么，把她背回了房间。路不长，他走得也挺稳，她没有颠得生疼的感觉。进屋时，他顺手想开灯，却被纪翘一把摁住了。

她的指腹有些凉，声音也低了许多。

“不用。”

祝秋亭没开，把她放到床上，转身离开。

房间里没有灯，纪翘只瞥到他侧影，神态藏在阴影里，晦暗不明。

她小幅度地活动了下臂膀，顺手拿起了床头柜上的手机，屏幕的光照得她眼睛刺痛。

门无声地合上了。

在关上门之前，纪翘忽然开口，轻声问道：“你的真名到底叫什么？”

走廊灯柔柔地亮着，屋里一片漆黑。

他停在中间地带，轮廓一半藏在黑暗中，一半显在光亮处，低眉垂目，像是在考虑如何回答这个问题。毕竟她是很认真地在问。

到最后，祝秋亭只是笑了笑，握着门把手，退出门口前说：“睡吧。”

接下来整整一周，纪翘十分安分，能躺着绝不坐着。那个休假从来不超过三天的人，也难得地把手机关机，休起所谓的年假来。纪翘无聊之际，想起祝缃放暑假了，问祝秋亭人什么时候能过来，虽然她肩动不了，但还是可以陪祝缃玩的。祝秋亭说已经送去国外参加夏令营了。

她在家就只剩三件事，吃饭、睡觉、换药。祝秋亭闲着也是闲着，没事就在她跟前晃，看她换药，看她吃饭，还有心情嫌弃她缠的新纱布太丑。纪翘忍住翻白眼的冲动，直接把纱布卷砸过去，他也乐意上手代劳。

消毒换药这种事，祝秋亭做起来比她熟练很多。

他绑起纪翘的长发，指尖偶尔会划过她脖颈。轻微的触碰，让她心尖蓦地收缩。

他们坐在餐台旁，面对着一整面落地窗，晨光照射在地板上，镀了一层淡淡的金光。那一刻的宁静让纪翘有种错觉，好像人生的某个阶段会永远停留在这里。那一刻，就像小学的时候，纪钺心血来潮地给她扎拳击辫，答应周日带她训练，然后一起去吃汉堡，那时她晃着腿，享受被扎辫子的感觉，享受着期待七天之内都是闪光美好的感觉，再往后的未来也因此而值得期待。

她单方面决定，真的安分几天，也许这一刻的安宁一辈子也只有一次。

他们翻了很多电影出来看，纪翘不想去家庭影院，祝秋亭陪她在客厅沙发上，拉紧窗帘，用投影仪投在墙上看。

很多老电影，动作片、黑帮片，她最多看三分之二，然后就倒在他肩上就睡了。

等醒来已经是夕阳西下。

纪翘身下那一块躺热了，她自动滚到右边凉快的区域，抬脚蹬一下他，懒懒地道："饿了。"

这个家里，除了暗处的安保，只有他们。食材是有，得自己动手丰衣足食。他厨艺竟然还不错，至少比她炸厨房的技术好得多。

她也是仗着伤员的身份，从试探性地提要求，到肆无忌惮地提要求，转变不超过一天。

吃完饭，纪翘又翻出一部正宗冷门催睡片。之前她睡着了，祝秋亭看完了电影，在晚饭时漫不经心地夸了她选片的品位。

他说这种电影看一部是倒霉，连看数部就是自找的，能在一堆经典里精准挑出，她也算反向选片天才。

纪翘挑了部动漫，画面粗糙的哲学动画片。

主角在梦境中醒不过来，只能在梦中遇到一个个角色，冗长大段的伦理哲学说教。为了睡得舒服点，她准备好了毯子——单人的，嫌她品位差的人不配盖毯子。

但她看电影时没睡着，难得清醒到了结尾。

倒不是电影变有趣了，是开头讲，青年主角从朋友那儿得到一个预言，梦即命运。

纪翘本来就是倚着祝秋亭睡，稍一抬眼，就能看清他神态的每一个细节。

祝秋亭本来也有一搭没一搭地看，看了开头后，却专注沉默地看了下去。她也就没睡，转头跟着看了全程。

之前几天，电影放完了，他都会摁下遥控打开窗帘。

这次却没有。祝秋亭坐在沙发上，她枕在他腿上躺平身体。

整个空间像被深河般的暗色包裹起来，两个人坐在那儿，不拉窗帘不放光，就可以与整个世界隔离。

纪翘沉默了会儿，问他：“你喜欢？”

祝秋亭没说话，手在她发间有一下没一下地轻抚着，好像身上趴了只慵懒娇气的小猫。

“不。”

他说，然后从玻璃茶几上摸了两颗薄荷糖，塞给她一颗，自己一颗。

“有时候，”祝秋亭昂头，靠在沙发靠背上，望着天花板，声音不高，“我也分不清。”

他没有说完，也不用说完，她知道他要说什么。

梦境和现实的分界点，她又何尝分得清。纪翘也知道，安分一点的意思。像其他人一样，像中间没有深渊一样，平淡地待在一起，哪怕只有十天。

她望进他眼里，忽然抬手拽住祝秋亭衣领，就着枕他腿的姿势，把人拽得弯下腰来，吻住他。

男人只愣了一瞬，很快反客为主，吻着吻着，把她拉了起来，唇舌交缠，无声又激烈，恨不得将她吞吃入腹。

吻得难舍难分之际，祝秋亭稍稍离开了些，唇却依然贴着她的。

“换我了吧。”

说这话时，他又极主动，慢条斯理地耐心吻她，这句低沉的话便融进了彼此的唇齿间。

她今天穿的睡裙是浅色软缎，最后的理智绷着一根弦，她下意识抓住他。

“我的肩——”

其实她的伤口已经好了不少，只要不特意去碰。

但万一又裂开了呢？

祝秋亭停下动作。

过了几秒，他将已褪到她大腿的睡裙耐心地捋下来，语气温和道：“等你好了再说。”

纪翘完全没料到，她甚至下意识地“啊”了一声。

她也就客气客气，他竟然能做出来打退堂鼓这种事，纪翘着实惊讶了一会儿。

“你说实话，”纪翘虽然声音不大，但可以称得上字字千钧，“男人是不是……

年纪一上来——”

祝秋亭本来想找毯子裹她，把人抱回房间，闻言便不动了，缓缓扭头看她，黑眸深不见底。

纪翘抿了抿唇。

好像问错话了。男人最需要什么？尊严。

她准备迅速逃离案发现场，可惜两步都没迈出去，就被揽着腰压回了沙发上。

纪翘也懒得忍了，抬手环住他脖颈。黑发散在腰间，亲吻时的呼吸落在祝秋亭耳中。他轻扳过她下巴，吻住她嘴角，在最后时刻，他低声道：“叫我什么都行，我能听见。”

早晨起来时，她整个人都趴在他身上。她一抬眼，差点吻住男人下颌的位置。祝秋亭眼内含着一点笑意，垂眸瞥她一眼。纪翘盯了他一会儿，出其不意地一口咬住他喉结，小兽一样发狠用了力。好一会儿她才离开，气喘吁吁地拉开了距离。祝秋亭微微皱眉，望向她的黑眸里情欲意味极浓，他掌心环住她腰肢，把人往前扣了扣，纪翘却侧头一躲。

祝秋亭动作顿住。纪翘却又折回来，垂首用鼻尖轻蹭了蹭他的。

“我们去看海吧。”

她用只有他们才能听得见的音量说。

是个正经的请求，柔软又带着憧憬。

“我想看海。”

申城有江，最后汇入长江再到东海，开车四十分钟就到，但要去海滩，得开将近一个半小时。

让祝秋亭花钱花精力不难，让他花时间并不简单。连祝秋亭也不能保证，他的时间是完全属于他个人的。

但他想都没想：“好。”

纪翘笑得眉眼弯起来，不想让他看到，又翻了个身转过去。但还是被他抱进怀里，他怀抱能收进整个她，契合得像天生如此。

直到祝秋亭进了淋浴间，她嘴角的笑意才渐渐淡了。

纪翘从床头柜摸出手机，给信息栏最上面的人回了一条信息。是个未备注的号码。

——我会把他带到的。先让我看看孟了奚的视频。

他们中午出发，开车去的，但没去市内的海滩。

十分钟不到，纪翘就发现了，他去了她最后磨蹭很久，临时决定改的地址。但她让他自己选，之前想好的地方要近很多。

她打开车窗，探出头看了眼深绿的指示牌，省际高速，继续往下开两个小时，会过跨海大桥。

她什么也没问，又把车窗关上，摸出瓶水来喝了几口，盖上盖才想起来他。

纪翘晃了下水瓶："喝吗？"

祝秋亭开着车，抽空瞥了她一眼，额角有细小汗珠。

"不用了，"他把空调温度调低，"你昨天缺水，多喝点。"

他语气很是悠然，纪翘反应过来后翻了个白眼，哼笑一声："滚。"

车窗外，滚着金边的云翳从视野内飞闪而过。他们是去哪里，她没有问。

没一会儿，她歪着头，靠在车窗沿上睡了过去。祝秋亭手扶着方向盘下端，松散地靠在椅背上，扭头看她，又很快收回视线。

纪翘侧着头倚在车窗上，喉咙那一侧完全朝着他，是大忌，按常理，她不会犯这种错误。

任何时候都不会暴露致命弱点——这应该是她刻入骨髓的习惯。如果是以前，祝秋亭会直接把她叫起来，让她自己注意，但这次他没有。

祝秋亭越往前开，道路上的车辆也渐渐少起来，快下跨海大桥的时候，公用手机开始响起来。

响了一次他没接，但铃声继续响。

祝秋亭扣上蓝牙接起："说。"

那头是林域，他只问了一句："您前段时间有去 KA 市……"

他没问完，就听见祝秋亭应了："嗯。"

也不知道天生还是后天，光看他的态度，仿佛永远也不会走到任何绝境的地步。无论事态如何，有利或不利于他，那股漫不经心，置身事外的镇定，永远清晰可见。

林域只沉默了不到一秒，声音很快压到最低："您不方便？"

祝秋亭跳过了这个问题："谁找的你？"

林域说："杨家强。"

那个工厂的负责人，从人到地，都在杰森的管辖范围内。祝秋亭前段时间在 M 国，没跟他们任何人提过，自己只身去了北部的 KA 市。

姓杨的老板在制造线上待了多年，还没被人这么明晃晃地耍过，对方就那么大摇大摆地进去了？！连人都分辨错，他也不用再多混了——杰森没有多做吩咐，杨家强就已使尽浑身解数，想要将功补过，毕竟一家老小还在杰森手下。

很快，祝氏在M国的驻地被偷袭，三个负责人失踪了。

林域本意也不是问那三个祝家人该怎么办，在这个地界，自人失踪那一刻起，就要做好找不回来的准备。

林域说：“我会负责善后。但这边的形势有变，杰森应该也在专注国内了，前段时间维港那批货被查了，您要不要重新考虑布局。她还要继续留着……留在身边吗？”

祝秋亭没说话，油门踩到底，车驶下了大桥，午后的光直刺入眼。

他是千方百计，匍匐前行，也必须达到目的的人。

无论是以前还是现在，祝秋亭知道如何熬过考核，获得杰森的青睐，如何假意帮助他，成为他……直至毁灭他。

祝绫当年下过死命令，有些生意主场永远不能放在国内。

杰森聪明至极，也贪心至极。他哪边都不想放弃。

在那个时候出现的“私生子”，踏准了时间点。

祝绫三任妻子，十个孩子，在外面蹦出来这么个私生子来，并不叫人惊讶。

叫人惊讶的是，他的模仿能力。

任何事物细节过一遍他眼睛，所有秘密无所遁形，纪翘的一切也不例外。

何况他从以前开始就知道，她的决绝、狠心与细腻。能从当年的杰森手底下逃出生天，来年春天就摸清动向，蛰伏后偷袭了还是新人的吴扉，那次在晴江附近的谈判，一行四人，只有吴扉捡回了一条命。

这样的人不久前帮了瞿然他们，却连瞒都懒得瞒他。

纪翘知道了多少，他没去想。

他不用想也知道，在她心里，杰森和他是何种关系，也许她不关心。在纪钺的事上，他们也许都参与过，他们就是一丘之貉。对她来说，大概知道这点就够了。开过一段路口，天色骤然变得温柔许多，祝秋亭给了林域答案：“厂不用留，把姓杨的拉出来，让他看着。”

他的火看来不小。

林域沉默几秒：“好，我让黎幺回来办。”

黎幺擅长这事。

“您自己小心。她不安分。”

最后挂电话前，林域说。

祝秋亭把蓝牙取掉，随手扔开。

还有十分钟就到了，是舟市附近的小岛，他找了个游客少的地方，浅滩海深，海鲜不好吃，看海景日出日落是极好选择。

“怎么，担心我要你的命？”

车速慢下来，贴着护栏开，纪翘不知道什么时候醒了，将座椅角度放低了些，似笑非笑地问道。

“有时候的确会这么想。你可能不太清楚，祝秋亭，”纪翘摸出自己那瓶水，指甲在瓶盖上轻敲着画圈，叫他的名字时，声音很轻，“有时候看着你身边的人来来去去，我觉得怪没意思的。”

祝秋亭好像没听见，只是径直往前开。

纪翘见他没答，也不介意，把车里音乐音量调大了些，本来就是连着她手机蓝牙。

正好放到一首老歌——

若我可再活多一次千次
我都盼面前仍是你 我要他生都有
今生的暖意 没什么可给你 但求凭这阙歌
……
暂别今天的你 但求凭我爱火 活在你心内 分开也像同渡过——

忽然间，车子一个急刹，在道路尽头停了下来。一望无际的海平面就在眼前，纪翘却无心欣赏。

祝秋亭拉了手刹，右手扣住副驾驶椅背，冷不丁俯下身来，吻住了她。这个吮吻并不深，但是很漫长，他耐心极了。

她余光扫到暮色四合的海景，不知为什么，突然想起很早以前，照顾她的学弟给她写过的情书。当时她拿回家拜读，读到某一句时笑得前仰后合。那封情书写得太幼稚了，幼稚得狗屁不通。

现在却觉得不无道理。

她仍记得信里有一句话：我的心上人，给星星都加温。

通常来说，如果纪翘愿意回应，她完全可以被划到吻技高的分类里。

没有其他，唯手熟尔。但他们亲密那么多次，心无旁骛的亲吻次数并不多。

永远是他在黑暗里追逐，她若有似无地躲避。

纪翘难得主动还回去。这是个无关情欲的吻，触感热度与心跳并行。在狭小的空间里，一切感官被无限放大。吻从绵长变疯狂，他们谁也不打算放过对方，只顾着交换杀意、爱意与永恒。

直到祝秋亭的手无意识地从她背上滑下，落在她腰间。最后落下之前，被她扣住了手腕。

今天要来海边，纪翘穿得非常轻便，短袖外套搭一件挡风的长薄衫，黑色牛仔裤。

裤腰很窄，他根本不用碰就知道是什么。

纪翘没什么安全感，睡觉时也不会卸掉这层保护。这个习惯还是从他那里学过去的。

"别动了。"纪翘稍稍离开他一些，红唇翕动，接吻也耗体力，她声线不太稳，"我不习惯。"

"今天只有我们，"祝秋亭左手没进她发间，拇指轻轻摩挲着她眼角，声音低了些，"你也带着？"

纪翘顿了顿，轻哼一声："你没带？"

祝秋亭道："没有。"

纪翘难得被噎，嘴角不由得抽动了下。

她一直倾斜着身子，还挺累。现在亲完了，她便重新回副驾驶位瘫坐着，额头抵在车窗上。

事到如今，纪翘冷静下来想，就算动了他，杰森真会放过孟了奚吗？她当年也对 J.r 抱着一丝"不能这么疯吧"的幻想。事实是，他们抓到孟景的第一时间，就没打算留下他。

如果要捞孟了奚，真听他们的话，恐怕什么用也没有。

何况，他在她出发前，提供的两个目的地之间选择了这个，或许就是天意。

另一处的海滩有 J.r 的人。而这里，只是她年少无知时，想跟重要的人来的地方。

"祝秋亭，我想问你个事。"

她没回头，眼里倒映着的海浪前撞后涌，在岩壁上打出浪花，不远处的天际还有丝极淡的粉，在太阳掉下去之前，跟天鹅绒般的墨蓝混在一起。

"你的真名到底叫什么？

"我很想知道。"

不知道过了多久，她才听见祝秋亭开口，但对她的问题避而不答。

"你有想过，我为什么没带它吗？"

他说得很轻淡，语气似乎跟平时没什么不一样，就是话题转移得太过生硬。

纪翘本来不想回答，越想越觉得不对。

今天只有她带了吧？

等她猛然扭头时，电光石火间，腰间已然一空。

祝秋亭很少自己动手，但整个祝家身手比他好的人，纪翘还没见过。其中当然也包括她自己。

不是没有被人威胁过，这种情形对她来说很常见。

只是从前在她身后被保护的人，是现在面前这个人。这么一想，显得这一刻很魔幻。

他的神态有些漫不经心的冷漠，黑眸凝视着她，像很早以前，每一次她扭过头时看到的祝秋亭。

她很快镇静下来，本来想试着开口，却发现嗓子有些干，干脆又闭上了嘴。

祝秋亭没有要跟她废话的意思，说得也很简短："覃远成给我看过一个东西，你随身带的。但你没有用，真可惜。"

纪翘嘴角勾了勾，眼皮轻轻一合："是啊，怕效果不及时，就没用。不过，你教过我的第一条，不要心软——还挺对的。"

"纪翘，"祝秋亭轻声道，"我确实挺喜欢你。不过，也就那样吧。我有太多更重要的事。至于以前那些话……"

纪翘盯着他，没有慌乱和恐惧，只是目不转睛地专注看着。

祝秋亭话头一顿："就那么一说。"

纪翘不知道该说些什么，就说："这样啊……但我还是想知道，你叫什么？"

纪翘笑了笑，斜靠在窗上，下巴微昂起来，额头往前送了送，顶上那硬物。

她手臂不小心碰到按钮，窗户稍微落了点下来，海风强劲地涌进，她的发丝被吹起，声线却慵懒得像调情。

"我叫纪翘，你呢？"

"我没改过名字，只是不姓祝。"

祝秋亭沉默几秒后，给了她确切答案的同时，手指微动。

黑暗来袭前的最后一秒，纪翘用只有自己听得见的声音说："好。"

挺好。

纪钺从前完全没有文艺细胞，整天风里来雨里去，闲时却喜欢上背诗，逼着上中学的她也一起课外"加餐"。

她背得不情不愿，大部分却也进了脑子。

第一次知道他时，纪翘莫名就想起背过的《止庵》。当时没有见过他，她就觉得，单是名字，便挺好了。

杖藜不到闲亭上，恐有秋声在树头。

秋亭。

据说对付杨家强这类人，有种杀鸡儆猴的法子，把他"奋斗"的成果在他眼前付之一炬。人心气一散，也就很难再起来了。

J.r 的主要厂区在 KA 市，总负责人杨家强最近彻底体会了一把这滋味。

不过，他倒霉了些。拜祝秋亭所赐，家和事业一起烟消云散了。

这消息吴扉第一时间告诉了杰森。不过杰森听完，也没什么特别的反应，本来穿着浴袍窝在沙发里喝酒，吴扉说完，他换了个姿势，望着落地窗外滚滚的江水，饶有兴致地问道：“这里景色好看吗？”

总统套房的景色怎么可能不好，但现在是看景的时候吗？

吴扉僵着一张脸：“都，还行。”

杰森晃了晃酒杯，扭过头看了他一眼，笑了笑：“你那是什么表情？没了就再建啊。不过，姓杨的事还用问我吗？”

吴扉不敢相信他是这个反应，但服从早已成了习惯，只能低声问道：“就这样？那人一而再再而三——”

杰森：“但他一直这样啊。”

男人笑得眼睛微眯起来：“他不止断了杨家强所有后路，他把最近娶的人也解决了。”

杰森抿了口酒，心旷神怡地望着远方。过了许久，他轻声道：“他离开太久，也该回来了。完美的赝品，也只是赝品罢了。”

吴扉能看出来，提到那个女的被解决以后，杰森心情都好了不少。

退出房间时，吴扉有点恍惚。

跟祝秋亭打交道以来，他认为纪翘算是那人的弱点和突破口，一旦撕裂这个口子，就能抓住那人的命脉。

但他完全看走眼了。

一是错估了祝秋亭，为了自身利益，他什么都可以牺牲。

二是错估了杰森，他这次回国，似乎并不是为了报复，而是为了拉拢。

杰森确实挺愉快，不过跟纪翘无关。换作陈翘、李翘也是一样，他确定了一件事：祝秋亭本质上并没有任何变化。这样的人才适合做一个完美的搭档，有利益驱动力，才适合当他称心如意的工具。

纪翘也许还有取悦祝秋亭的价值，但她的心思昭然若揭，那点过往大概率已经被苏校或其他下属发现了。这事传出去，祝秋亭现在的位子也别想坐了。让一个这么危险的女人待在身边，对外，祝氏股票得跳水；对内，祝家人也不会善罢甘休。

如果祝秋亭坚持不处理纪翘，杰森不介意用孟了奚作饵，把她引过来。到时候，她离开的过程恐怕会比较煎熬。

但祝秋亭这次没有手软。对于这点，杰森非常满意。剩下的唯一麻烦，就是找到瞿辉耀了。

毕竟，祝秋亭对于找他把柄这件事，似乎格外感兴趣。而瞿辉耀和HN工厂，刚好有他难得忌惮的一点东西。

与祝氏合作的公司总觉得，祝氏最近有一股山雨欲来风满楼的低气压，但看看股价和财务状况，也没什么大的异常。

只有公司内部的人，知道问题出在哪儿。苏校最近情绪非常不对，接连开除了三位高管，只要在公司坐镇，整个人阴沉得像快要原地爆炸。

过了快一周，忽然上了娱乐八卦头条的男人让大家恍然大悟——万能苏总解决不了的事和人，还能是谁？

在夜场跟美女喝酒，没什么稀奇的。老板跟美女喝酒，也没什么稀奇的。

但祝氏刚结婚不久的老板被拍，妻子也明显不在，这就很有猫腻了。

第一个拍到照片和视频的记者被奖励了。

当时他还没摁下摄像按钮，氤氲迷幻的灯色下，男人懒懒地抬起眼，仿佛透过了无数身影，隔着十几米的距离，准确地望进他镜头里。

那道目光望得他背上冷汗冒起，勉强稳住了心神，才继续下去。

而且他还有个惊天独家，并没有爆出来。

当时他跟着祝秋亭，去了二楼室外天台吹风，烟还没点上，就被人拦下了。

对方叫周舟，称自己是警察，简短自证后，冷着面孔单刀直入："祝总，有点事想问您。请问，您的妻子纪翘，现在人在哪里？"

祝秋亭修长的手指夹着烟，还没来得及打火。

闻言，他眉头微挑，盯了周舟几秒，忽地笑了："我能问下，周警官是以什么立场发问吗？警察、正义路人，还是受她帮忙的……朋友？"

周舟磨了磨后槽牙，声调不高，语气里满是对这种道德败坏男人的不齿与鄙视："祝总，您既然已经结了婚，就请对家庭负起责任。就算外面的女人再漂亮，这种行为也是——"

祝秋亭拢了把风，火光一闪把烟点燃，直接截断了他话头。

"说这话，周警官不觉得可笑吗？"

周舟怒目而视："你？！"

祝秋亭转身，靠着栏杆，低头吸了口烟，声调懒散到有些性感。如果周舟是女的，甚至会错觉这男人在调情。

“刚刚你也从下面上来的。那里面的人，有一个算一个，你觉得哪一个比她漂亮？”

对于周舟这种正常人来说，一个人的脸皮厚度上限参照基本就是纪翘。

看来是他错了。人外有人，山外有山。

祝秋亭根本没有管他什么反应，上句话音刚落，下句已经好整以暇地出口：“没记错的话，周警官，你受伤那阵子，没敢去医院，住处和护工都是她找的吧？”

“做人呢，”祝秋亭微微一笑，“要讲点儿良心。”

周舟站在原地，被气得脸一阵红一阵白，怒火如果能杀人，祝秋亭已经消失一万遍了。

“我们虽然是夫妻，但也不会每个小时都跟对方报备行踪。”

祝秋亭说：“我很忙。”

周舟差点被气晕。

他出过意外，但不敢让上司知道，那时就是在调查祝秋亭，却被一伙人绑架打伤了。最后瞿然托人在呈海路给他找了休养的地方，那人刚好就是纪翘。

他养伤那段时间，跟纪翘来往还算紧密。周舟那时每天除了瞿然也没其他人能交流，有事没事给纪翘发短信，报自己位置。

周舟知道，从祝秋亭嘴里不可能套出任何话了，他甩手走人，却在临下楼前被叫住。

“周、舟？”

祝秋亭大概是在确认他名字，见周舟没回头，也没否认，道：“你不适合这个职业。”

这句话好耳熟。

当晚，周舟拉瞿然去大排档吃烤串喝酒，瞿然负责烤串他负责喝酒。

周舟的眼睛很圆，长得确实显小，他平时都会故意眯起显得凶一点成熟一点。

现在也不眯了，他睁大眼睛边喝边喃喃自语：“一颗心可以碎两次吗？”

瞿然恨不得跟每一个路过的人解释，他不认识周舟。

“等纪翘再出现，我一定要问清楚，”周舟喝得脸都红了，话里话外听着都很委屈，“我怎么不适合了？！

“还有！她帮忙就帮忙，过后干吗装作不认识也不联系？！”

咣！

人摔地上了。

周围食客都注目，瞿然赶紧把他扶正：“我都忘记问你了，你去查了没啊，她人最近在哪里？”

不提还好，一提周舟火更大：“谁知道啊？估计就当缩头乌龟闷在家里呗！外面都把她看成什么了，她也不知道管管那浑蛋……”

瞿然皱了皱眉。

他下意识觉得不对，但现在也没有确切证据。

十二天，任何眼线、监控，都没有出现纪翘的身影。

他们对祝秋亭的调查，其实有了些眉目。但纪翘到底在其中起什么样的作用，知不知情，知情多少，瞿然现在都不敢确定，这让他有些烦躁。

如果有任何牵扯，她是逃不掉的。可深挖下去，他烦躁什么呢？也许是希望，她只是单纯地看上他的地位和财产，做个花瓶美女，在最外圈晃荡吧。

因为他的猜测若属实，祝秋亭麻烦就大了。

但很快，瞿然发现，他的所有烦躁，其实没有任何意义。纪翘早在那之前，跟祝秋亭驾车去了舟市的海边，就再也没回来过。

而监控捕捉到她跟祝秋亭那天离开的车，副驾驶座位上，鲁米诺反应检出了血迹，DNA 验出来，正是纪翘的。

申城七月的夏天已经很难熬，祝秋亭被传唤这天，他下午六点四十分以后才到的警局，毒辣的太阳开始渐落西山。

瞿然早早就在那里等着，但还是没拦住周舟。本来今天周舟休假的。

周舟一把抓住祝秋亭的领子，把男人掼在外墙上，他眼里带着血丝，一字一句道：“你到底为了什么？怕她揭露你的罪行，还是怕你做的那些脏事都被抖出来——”

瞿然象征性地拽了两把，也就冷着脸随他去了。

祝秋亭面色平静，任他动作，并没有上手拨开他。

“周警官，有句话还是要劝你。”

稍微靠近了周舟一些，祝秋亭用只有彼此能听到的声音说。

“不该你惦记的，就不要惦记。”

祝秋亭扣住他小臂，硬生生地掰开。转身离开前，祝秋亭又转头看了眼在原地的周舟，语气淡淡：“我脾气不怎么好，希望我们没有再见面的机会。”

周舟眼睛猩红地打断他：“闭嘴——我跟你……没什么好说的。”

他不是第一次处理意外，但他是第一次碰到认识的人成了刑事案中的被害人，而且他本可以……本可以阻止的。

或者哪怕，他能早一点发现。现在距离他们出游那天，已经十六天了。

祝秋亭却连一个眼神都没给他，转身消失在了墙角。

瞿然跟周舟都没有离开警局，等到半夜，传来了拘传讯问的结果。负责的警员出来后，看到他俩轻声叹了口气，很是无奈。

虽然答案已经写在脸上，瞿然还是问了：“怎么样？”

“没用，他好像对审讯非常熟悉……黄哥亲自去了，反正人油盐不进，一点儿破绽都没有。

“而且你们也知道，主驾驶位确实处理得半点痕迹都没有，做得太干净了。”

瞿然问：“他都说了什么？”

警员苦笑：“姓名，年龄。主要是现在尸体确实还没找到，等打捞那边出了结果，才能最后定……”

警员突然想起什么，对着瞿然和周舟道：“但是鉴定科那边说，血迹远远不到致死量。就算有意外，肯定跟失血过多无关。”

周舟一直没吭声，此时冷不丁开口问道：“是不是他再过 17 个小时就能出来了？”

瞿然拍了拍他的肩：“先回去洗洗吧，后面工作有你做的，不急这一时——”

事实上，并没有 17 个小时。

瞿然拐回家刚洗完澡，就被徐怀意的夺命连环电话催得不得不接。

另一边，徐怀意的声音听起来状态也不好，沙哑又焦急：“瞿然，他在你们警局？”

瞿然擦着头发上的水珠，叹了口气：“我是不是给你提过醒，跟他合作要谨慎谨慎再谨慎……算了，不说了。你要说祝氏股价跳水了？这我知道，你那儿还好吧？”

徐怀意语气很坚决：“我不是来问合作对象的，我是来问朋友的。”

瞿然轻叹了口气道：“我现在不知道怎么开口，你明白吗？如果你只是担心他的安危，那大可不用担心，我们不可能虐待他。估计再过一会儿，他律师要来了。如果你是担心其他……姐，你要擦亮眼睛。”

徐怀意说：“他不是这样的人。瞿然，你跟我说他杀了谁，我都没法说什么，也许他们之间有什么过节，我也不能打包票。但那个姓纪的女孩儿，我一千个一万个肯定，绝对不可能。”

他刚要说什么，有个实习警员的电话插进来：“瞿哥，那个人已经放走了。”

瞿然脸色有些难看：“还没满 24 小时，他律师这么迫不及待？”

“是成副局领来的一个中年人，感觉……不太像是律师，年纪挺大的。单独跟嫌疑人聊了会儿，就把他带走了。”

瞿然挂了电话，换好了警服等待。他本来以为到早上才会被叫去，但成副局的电话十分钟内就打来了。

瞿然在成副局办公室坐下的时候，态度恭敬冰冷。

“瞿然啊，”成思国叹了口很长的气，“我是不是说过，不要再调查这件事了，你跟小周私底下打着配合，要是追究起来，你知道……”

瞿然的目光清亮坦然：“我愿意接受一切惩罚。成局，只要你还是我认识的局长。为了一个案子查了十二年的人，我一定会给你一个交代。”

瞿然已经点得非常明白，而成思国如果真的跟他们一伙，他这话无异于把自己置于死地。

成思国神色复杂地望着他，沉默半晌后，起身去把门关紧上锁。

瞿然不自觉地握紧了拳头。

成思国回到座位上：“刚才接他走的人，你不好奇是谁吗？”

瞿然脸上浮现出讽刺混着厌恶的神情，但语言仍然克制。

“我不太想知道。”

以祝秋亭的人脉，谁来保释他都不奇怪。

成思国继续道：“是他们的人。他还让我……转告你一句话。他们知道自己在做什么。之前已经失败过一次，这次，他们不想功败垂成，有人为此赌上了所有青春和未来岁月。他说希望你停手，不要再偷查这次的嫌疑人了。你安的设备他们撤下了。”

瞿然保持原姿势很久很久，才眨了一下眼睛，整个人泄了气，靠坐在椅子里。

他只说了一个字，好。

这个局得有多大，祝秋亭这种分量的人，才能只是其中的一小环。

整座城市还在极深的夜里沉睡，主干道上，一辆不起眼的猎豹黑色吉普车穿过夜色，向着远处疾驰。

后座的男人仰头闭目休息，似乎已经陷入了沉睡。

只是耳朵上的蓝牙耳机里还有清清楚楚的声音。对方犹豫了几秒，还是嘱咐道：“这次明着告诉那位警员了，他应该不会再阻碍你。但你自己也要小心，留给你的时间也不多了。J 好不容易到了国内，如果得知半点风声再逃回 C 国，也许这辈子……都等不到他再踏进来了。”

虽然没得到回复，但对方显然习以为常，只是道了句：“注意安全。”

挂电话前，那边传来了男人的声音，还带着两分低沉困倦。

“报下位置。”

"人家安全着呢，你放心吧。"

对面有点无奈地叹了口气。

"我要具体位置。"

昏暗的车内，祝秋亭睁开眼，语气放缓，重音却清晰得很。

那边也不含糊，很快道："发你手机了。"

这样互相有联系的对话，有时候一年也不会有一次。

祝秋亭好像不需要任何帮助，从他决定为了这个任务踏进来那一刻起，他就做好了成为一座孤岛的全部准备。

三年暗无天日的训练，六年漫无止境的蛰伏。

最开始，为了得到杰森的信任，他可以在雨林里待上两天两夜不动，蛇从他小腿蜿蜒爬上，渐渐地缠紧，更紧。祝秋亭可以看都不看，枪口无声掉转朝下，膝盖和蛇同时报废。在他看来，这是一个不需要思考的选择。膝盖治好还能用，蛇要是送他一程，他可不会复活。

杰森以为，自己得到一个好用的影子，能帮他在国内处理事务，更能在危险时代替他入狱。国内这块饼他从来都不想放弃，只是才开始彻底信任他，这人竟敢猝不及防地离开。在杰森看来，祝秋亭为了自立门户，不惜一切代价跟自己对着干。

杰森不知道的是，祝秋亭做什么都好，从踏出二十岁开始，他活着的每一天，从头到尾，都只有一个目的——让杰森回到国内，为自己做的一切付出代价。

如果说祝秋亭的人生除了这个目标，还有什么别的盼头。

那就只有……

祝秋亭扫了眼屏幕，人却定住了。

"你等一下挂。谁想的？把她……"祝秋亭几乎是笑了，"送到那个洲去避？"

"怎么了？担心安全啊？那边官方有接应的人，放心吧。"

祝秋亭直接摁断了电话，把蓝牙耳机碾碎在手心。

一天后，飞到大洋彼岸找人的黎幺，根据指示，轻松地在一家极火的俱乐部里扒出了纪翘的行踪。

她买了帅哥走秀全展示的前排票，正对着台上的一个金发小哥吹口哨。对方不仅身材好，还邀请她上台互动，纪翘欣然蹦了上去。

看上去……相当乐不思蜀。

第十一章

一　片　茫　茫

……… ✦ ………

他们会如何相逢，如何相爱。

✦

黎幺十分确信，如果此刻来找人的是祝秋亭，纪翘已经端坐在酒店里，喝了三碗醒酒汤了。

但来的是他，他只能得到敷衍的一句“好的，知道了，马上”。

黎幺很想直接上手，但是这场子太拥挤，纪翘又灵活，他连她领子都抓不到。

“在外面等我！”

环境太嘈杂，黎幺什么都听不清，但看懂了她的手势和唇语。

还没走到门口，他手机收到一条纪翘发的消息。

——车停在哪里？

黎幺边走边顺手回。

——停车场。这么早舍得出来？

很快，纪翘回复。

——停到维萨大道西边。我等会儿找你。

这边好点的酒店，基本集中在维萨大道上，从现在的地点开过去十五分钟左右，走过去至少要一小时。

但黎幺没问那么多，反正现在他时间最多，纪翘也是被扔过来躲风头的，比他还闲。

他没估算错，纪翘过来找他，已经是两个小时以后的事了。当然，她没蠢到真走过去。纪翘飙着银黑色的摩托过来，一个潇洒的甩尾，停在黎幺车前。

纪翘摘下头盔，一头蓝绿混染的及肩长发被风吹起，跟她身上这身蹦迪装凑到一起，很搭。

黎幺战术性闭眼，土气有时候也是能伤害人的。

她现在的装扮，特像他以前养过的那只鹦鹉。

黎幺深吸了口气："抽空去做了个造型？"

她一上车就听见黎幺问。

"没。"纪翘关上车门，把假发扯了下来，"去埃利亚，我订了两间房，用你 ID 订的。"

黎幺眉尖一挑，没发动车。

"纪翘，你这次来是一个人，"黎幺把椅背往下调了调，"没人给你兜底了，你把他们甩掉，还要换酒店，想干什么？"

埃利亚是市中心新开的一家酒店。但她今晚本来要住凯撒酒店的，跟着她的那些保护人员早就订好了凯撒。

纪翘说："想趁有时间好好玩一趟。他最近不是挺忙吗？应该没空管我。"

她解开手腕和脖颈上叮叮当当的装饰，反问道："除了过年那几天，我都没放过假。你呢？"

祝秋亭这段时间在国内，何止是忙。

算一算，这个时间他应该已经跟杰森谈好了，重回 J.r。黎幺并不愿意看到这一幕，但不得不承认这一环虽冒险，却很有必要。

黎幺轻笑了声，发动了引擎："纪翘，你还真没良心。"

祝秋亭用什么筹码给她换的顶级安保待遇，她是不清楚，理所当然地甩掉了。

当然，黎幺觉得，就算知道，她可能也会这么做。

纪翘说："酒店你去不去？钱我都付了。"

黎幺咬牙切齿："你不看路啊？这不就是？要不你来开？"

纪翘无辜地眨了眨眼："我瞎了。"

黎幺忍住吐血的冲动。

无论如何，他现在是代替着祝秋亭的位置。

这意味着，纪翘说的话，他得当话。而有关她的原则是，有求必应。

祝家真正为祝秋亭所用的人，全都知道这一点。

纪翘在埃利亚订了两间套房，她的在黎幺楼下。

但黎幺坚持要先去她那儿看看，说要帮她检查，这里毕竟不太安全，如果 J.r 的人出没在附近，并不奇怪。纪翘也没有拒绝。

黎幺是为了她的安全，还是怕她跑了，他们彼此都清楚。

“这36层呢，我要跑也不能走窗户。”纪翘开门时道，“而且我能跑哪儿啊，到哪儿也没有他，有什么区别。”

黎幺站在她身后，那一点欣慰还没浮上心头，下一秒就见纪翘转过头，语重心长道：“刚刚那句听清了吧？一定要转达到。”

黎幺停住了脚步。

她把门推开，抱胸抬下巴示意：“愣着干吗？”

黎幺一进去，发现整个房间的自动窗帘全是合上的，地上零星散着几个棕色行李袋，里面东西已经空了。

刚才他们一起上来的，中间没有任何时间差。也就是说，纪翘在去看脱衣舞男之前，已经来这里放过行李了。

在没甩掉随行人员之前，躲开了他们。

黎幺不动声色地扫了一圈，心底一凛。

她甩尾和反侦察能力越发强了。

穿过客厅，黎幺推开卧室的门，他没打算细看里面。

但门推到一半，他手顿住了。面前的场景让黎幺几乎有昏厥的冲动，这装备，数量怎么会如此齐全——

黎幺侧身让出视野范围，食指示意了下：“解释一下。”

纪翘回答得眼都不眨，从善如流道：“你要有喜欢的，可以挑一个，我常用的你别动啊。”

黎幺抽了抽嘴角：“我说的是这个吗？”

他略显狭长的桃花眼微眯，冷厉之意，瞬间让她回到了第一天被带训的日子。

纪翘倚着墙的身子站直，直视着黎幺的双眸，语调温和：“我有些事要做，得找点称手的用。”

她越来越像祝秋亭了。

这点让黎幺有些烦躁，那颗明显平静下来的心，是因为认定了一件事，就必定会咬牙坚持到底，不会被动摇半分的平静。

黎幺揉了揉眉心，下颌绷得死紧。这就是他宁愿蹲海外线，时刻盯紧J.r动向面对危险，也不愿意回国帮祝秋亭的原因。纪翘就是个定时炸弹，变数极大。

钱和利益都拴不住她，只有人可以。

“我——”黎幺往窗边走，踢开了地上的零件，“我不知道他说了多少，跟你怎么说的。但他希望你怎么做，你应该清楚。”

纪翘蹲下，把他踢走的零件都捡回来，低低“嗯”了一声。

“我知道。”

她埋头道："待在这儿多玩玩，等一切结束。"

纪翘的动作始终不紧不慢："然后把他捡回去——如果有机会的话。"

"黎哥，你们怎么接的任务我不管。你也知道，这都三年多了，他把我当傻子耍呢。"纪翘把弹夹装进去，语气不轻不重，神色冷淡，"什么都不告诉我，我可以理解。但是，我只有一点要求。"

纪翘把组装完的东西扔到床上，一字一顿："就算死，他也得死在我眼前。"

黎幺觉得嗓子眼有些发干。

"你到底想……"

纪翘轻笑了笑："他在国内，杰森在国内，吴扉也在——那SA洲三角地区那块，谁在负责啊？"

黎幺瞬间明白了她的意图，不可置信地问道："你……你是不是疯了？就凭你一个人？"

纪翘耸了耸肩："又不是要捣老巢，就是去找点东西……瞿辉耀那儿证据不够啊。"

黎幺无言以对，纪翘坐到床上，嘴角一勾，视线在黎幺身上扫了一圈："而且，这不是有你吗？黎哥，幺哥，你想当我爸也可以——你手底下的人，帮我凑齐一个战斗小组不难吧？"

祝秋亭跟黎幺再联系上，已经是一周以后了。

这周杰森把他身上的通信设备都断了，让他为自己最近在忙的计划出力，来检验他是不是真心想回头。

祝秋亭没提其他要求，只有一点，要提高分成比例。

杰森非常乐意，约他晚上在常驻酒店的顶楼谈事。

还差三个小时，祝秋亭接到黎幺电话，只"嗯"了一声，剩下的时间都在听他说。

黎幺汇报到一半，纪翘这周的行程还没报完，就被打断了。

"你在哪里？"

祝秋亭干脆利落地打断黎幺。

他那边的背景音很嘈杂，一听就是在酒吧附近。

黎幺答了个名字，尾音还没落，就听见祝秋亭轻笑一声，冷淡得没什么温度。

"是吗？今天真是开眼界了，那么密集的枪声，你们没人跑吗？"

祝秋亭是很难感知到时间流动的人。大部分时候，那种感觉就像，事情有很多，他也应该做，最后也做了，但它们并不能在他身上留下任何印记。只有这样，那些悲伤、哀恸、愤懑、恨意，才会像穿堂风一样，过了就过了。

只有坐在飞机上，航线有穿过山脉的时刻，那时候他从上往下望，雪峰山川极高地耸立，山尖之上云层以下，风卷过山脉，白茫茫一片，只是看着那些风景，也像被卷入了自然与时间的洪流中，能让人短暂地忘掉许多痛苦。

还有一些零碎的夜晚。这些年来，唯一能睡在他身边的那个人，也能带他感觉到时间的流动。

偶尔，祝秋亭会想，其实换一个人也可以。为什么非得是他？

当那些人找上门来，请求他加入他们，打乱对方的步伐时，他并不知道，那是一个新身份的开始，也是一段旧时光的结束。

但看着她沉静的睡颜，不可推卸的答案就显现在眼前。

杰森是个天生的犯罪者，缜密，圆滑，冷血，举重若轻。某种意义上来说，杰森认为自己是无懈可击的。而这个人，很长一段时间里需要他。

——来帮我分担一些吧，你做得更好。

杰森幽然的声音，像是从地狱深处伸出的一只手。而杰森语气里的虚虚实实，他不探也知，让人恶心。

所以祝秋亭压根儿不想，也不会让她靠近。即使分析的人一条条列给他看，纪翘入了局，会是多么得力的帮手，她的能力中有天赋的部分，更有纪钺和他在其中培养的作用。当年她独自一人，潜入了靠近 J.r 当年设立的 301 分点，给刚加入 J.r 的吴扉留下了多年的噩梦。

但祝秋亭这边一丝商讨的余地也没有，他说“不行，让她入局，我会退出”。

他是从这条路上走过来的，比谁都清楚这是怎样一道能冲垮人的洪流。跟杰森那样的人交手，学习成为杰森，装作为杰森所用，几乎要耗尽他的能量。接近恶本身的人，自己也容易被斩杀得片甲不留。

而纪翘，他最珍惜她的部分就是热烈的生命力。前期他们相处时，她那看似温顺乖巧，带着三分讨好的目光下，藏着冷淡锐利的审视。她的视线时不时游走在他身上，试图剥开他的外壳一样。没人敢怀疑他，但她会，她怀疑他到底是谁。

这种怀疑让祝秋亭得以呼吸，像在水里窒息前握住了一线生机。

他让黎幺带她，是为了让她有自保的能力，他对她的期待，从来就只有三个字，活下去。

三年多她也只是在外圈做点力所能及的事：给祝细教教课，在他视线所及范围内活动。

这一个月，他的期待已经被打破过。

杰森直接去晴江堵了纪翘，给她留下肩伤，又放回他身边，不过是想试探，她到底是不是他的弱点。

他费力气牵好线，想把人丢到最安全的范围。

现在电话一响全泡汤。

黎幺那边，嘈杂的背景音中有明显的被掩盖的枪声，而且听扫射的子弹声，火力不轻。

就像在贴近话筒的地方，放了录好的音乐，为了遮住其他的动静。

黎幺听他撂了这么一句，呼吸都下意识慢了半拍。在他脑子飞速转动想对策的时候，又听见对面的男声，没什么情绪起伏地响起：

“报你的位置，或者滚回来，选一个。”

“我——”

“祝总，”安全通道外，有人敲了敲厚重的门，礼貌地提醒道，“您要上去吗？人已经来了，在餐厅等您。”

里面没声，于是报信的下属又敲了两下，还没开口，安全门被人一把拉开了。

祝秋亭问得还算礼貌。

“他多坐几分钟，人会坐没吗？”

“不……不会。”

祝秋亭握着电话，笑了笑，语气温和：“能滚了吗？”

重新接听电话，那头却已经换了人，换了他想听到的人。

“祝秋亭。”

纪翘的声音比平时更哑也更低，带着点劳累过度的慵懒劲儿。

“前几天蹦迪蹦得太晚了，找帅哥过夜也无聊，今天黎幺找到个游戏厅，就音效太吵了。你对他瞎发什么火？”

纪翘把电话拉近了一些，枪声的效果听得更清楚，点射和游戏提示音效也更大了。

那边没发出声音，但纪翘知道他在听着，就自顾自地往下说。

“我最近过得挺爽的，这几年还没这么爽过。可能是因为离你远了。”

纪翘笑了笑，话语一顿，呼吸随之一停。她右手垫在左臂上，眯起一只眼睛，动作极其稳定。

“但你要是想找我……”

纪翘倏地勾唇，笑得有几分不怀好意，好像他就在眼前一样。

“也不是不可以。我这边提供情景扮演服务，剧本客人您挑，按分钟计——”

“纪翘。”

他忽然打断她。

“干吗？”

纪翘声音低了一点。

“没什么，叫一下你。”

祝秋亭说：“挂了。”

纪翘话还没来得及说完，电话就被挂断了。

她骂了一句，恨恨地把蓝牙耳机扯下来，咬牙切齿地嚼着口香糖。

“去死吧！”

过了几秒，她迅速抬头看了眼中美洲大陆刺眼毒辣的太阳。

“就那么一说。要下雷记得劈准点，别看错了。两个人是有点像，没有真的要他死的意思。”

纪翘轻声嘟囔道。

很快，耳机里响起一道不耐烦的男声提醒她。

“C6C6，能消停会儿吗？请保持频道清洁，谢绝打情骂俏，谢谢啊。”

理查德没见过这样奇怪的女人。从雇佣兵队伍退下来后，他接过很多活，赚了不少钱，胆子大，手里又有两把刷子，这次的金主开价阔绰他不意外，他值这个价。

但头一次，委托方的要求这么冒险，跟着一起去的……还是个美女。

她第一天跟着黎幺进这间改造过的废弃仓库时，理查德手下几个人眼睛都快黏到她身上。

理查德觉得好笑又离谱，他本来就是移民二代，她跟黎幺的对话他听得明明白白，干脆切了中文跟她摊牌，核心就三个字，不可能。

人出事了是其次，免责协议对这种情况不适用，到时候找麻烦找到他头上，他跟谁说理去？

“不用你负责。”

离开前，纪翘从随身裤兜里摸出盒薄荷糖，拇指撬开盖子，倒出一颗来含在嘴里，转身看着理查德道。

“我们约的是18到20号。在那之前，你随时可以叫我。试试看，我行不行。”

“东西我自备，”纪翘抬眼扫了下二楼，那是他武器库的位置，神情漫不经心到有点欠打，“应该不会比你的差。位置……看你需要，通信我不懂，其他勉强可以顶上。”

行动小组最小编制是五人，可以适当增减，狙击手也不是所有时候都需要。

理查德手下哪种能人都不缺，全看客户的需要。

客户自己要求顶个空位的，也就她一位。而她需要他们潜入的地方，是麦林市山里的庄园。

理查德搬来 C 国的第一年，就知道那里。

位于远离市中心的南边，被山谷环绕，风景优美，安葬圣地。

那是麦林市那位大人物的老宅。

C 国跟其他地方不一样，局势混乱，经常出现各据一方的情况。本来理查德敢冒这个险，是因为纪翘钱出得多。但这不代表他同意她一切无理的要求。

纪翘不用等他回答，答案全写在理查德脸上，即使只是细微的、一闪而过的不耐烦。

她扭头就走，转身在门口的拐角叫了黎幺。

理查德转身往仓库里走。

突然，有人在他身后开口。

“哎，妖精，二楼门口挂黑牌的是你房间？旁边柜子上那瓶啤酒，你还要吗？”

理查德没回头，额头青筋凸起：“我叫卓耀京。”

他是脑子进水了告诉她中文名。

“要不要？”

“要什么要，想喝就取——”

理查德在哪儿都能保持英俊锐利冷静的形象，但客户太过难缠，他的形象也是会垮一会儿的。

他话音没落，敏锐地察觉到背后的危险，脸色骤变，就地翻滚进掩体，还没来得及拿枪，就听到什么东西打碎了，发出极清脆的响声。

砰——

理查德应声抬头，看见十数米外的二楼，靠近拐角的地方，他改造过的办公室，门口柜子上的啤酒瓶已经粉身碎骨。

他有些僵硬地转身。罪魁祸首已经放下手中的东西，对着他轻松地耸了耸肩。

“可以吗？”

为了确定纪翘至少有自保的能力，卓耀京选了个相对轻松低调的任务让她试水，但纪翘的解决风格非常不低调。

望着这酒瓶，卓耀京跟她一起出任务时的记忆瞬间回来了。

他暗骂了声疯子。

卓耀京：“C6C6，能消停会儿吗？”

C6是纪翘的代号。她自己选的，说是自己的幸运数字。

纪翘明显不熟悉他们的频道，私底下跟别人的通话，让他听全了。

当然，跟他一起出任务的其他人虽然也能听见，可惜语言不通，能听懂的就卓耀京一个。

他本来盘算着，结束后好好跟她算账，占她那个位置的人，最忌讳的就是分神，她未免太大摇大摆了一点。结果她两边不耽误，完成质量无可指摘。

回去的路上，卓耀京让别人开车，自己坐到了后面。

纪翘只要坐上这悍马，别的事没有，除了睡觉就是睡觉。

车经过一段没修好的路，颠簸得很。

纪翘却坐得很稳，鸭舌帽盖着头，头倚在窗上，偶尔随着颠簸幅度晃两下。

“打电话太危险了。”卓耀京坐在她旁边，似是无意道，分贝控制得很好，基本只有他们俩能听见。

“下次注意点。你想去的地方，没有那么轻松。”

纪翘好像在睡觉，但他知道她没有。

因为帽檐底下的唇抿了抿。

“嗯。”

她应了声。

也是只有他们听得见的声音。

卓耀京挺满意，因为超出他意料，她竟然答应得干脆。

“外人也不知道你在干什么，要是影响……”

卓耀京的话头戛然而止。

纪翘侧过头，鸭舌帽自然滑了下来，她抬起眼皮盯着他。他自认长得已经算压迫性十足，五官生得锐利，鼻梁眉骨都高，对视威慑还没输过，但现下，他竟然生出避开的心思。

“不是外人。”

“什么？”

纪翘道：“你下属不是问，为什么要去他的庄园给自己找事吗？”

她顿了顿。

“因为我要去帮人取点东西，只有那里有。那人跟我说说话，能让我集中精神，他不是外人。”

卓耀京没说话，一直到快下车时，才打破沉默开了口。

“谁？”

纪翘好像没听到，轻巧地跳下车。

走出两步，她还是回了头，一昂下巴，嘴角挑着点笑意。

“你就当我们是一个人吧。”

夏季烈阳照拂在女人面庞上，侧脸像画，眼角上翘，微笑时，热风也在她身上停驻。

那个姿态，像为享受光才来世上走一遭，自豪又骄傲。

这座城的江边夜景是一绝，这里是绝佳观景地点。

祝秋亭晚到了二十分钟。当他坐到杰森对面时，有那么一瞬，强烈的不真实感扑过来，淹没他。

不是因为他们像。

或者说，不只是因为他们像。

当初他被说服参与这个计划时，副队把整件事切割为三个阶段：隐忍蛰伏在杰森身边是首要任务，然后就是取得信任，最后要切割出来，引蛇出洞，在这个过程中要不停地搜集证据。而利用祝氏的壳子做事，是最方便的。

他以为自己早就离开第二个阶段了，最漫长……也是最痛苦的阶段。

有很多个瞬间，他会错觉自己真的是杰森分出来的一部分。当然，这个计划刚提出来时，它的庞大，遭到了不少人反对，这是疯子才能想出来的主意。

而所有的所有，都寄托在一个前提上。

得真的像他。

杰森，祝家的小儿子，中文名祝秋亭。他从小性子乖张任性，智商奇高，祝绫把人宠得无法无天。即使祝绫心爱的宠物边牧出了意外，大发雷霆的男人发现罪魁祸首是自己小儿子后，惩罚也不过是关三小时禁闭。不到十六岁，他的反社会人格特点也越发明显。他开始尝试做药物实验，优渥的家境给他提供了挥霍的本钱。

在祝绫背后的祝家没落之前，他带着可以带走的所有资源，去了国外，中间只回了国内一次，待了不到一周，剩下的所有时间，都是用不同的身份，在各国间肆意游走。

把常住地换到麦林市，是他做过的最正确的决定之一。C 国于他这样的人来说是自由的天堂，何况他有那个能力，辟出一条自己的路。

他最麻烦的地方，是情商太高，该笼络的人一个也不会落。愿意帮他顶罪的人太多，他用过以后随意丢弃的人更多。

需要模仿他，成为他，靠近他。

直到旁人分不清真假，许多事就可以打一个时间差，搅乱人们的判断。

也多亏杰森的人都忠心至极，无条件地信任着他。这让计划可行性又高了一点。只要那个模仿他的人，够像就行。

祝秋亭——他现在早已经习惯了这个名字。曾经他是连烟都不抽的人，被人叫去谈的时候，觉得这个故事跟天方夜谭一样。

长着眼睛的人都看得出来，他有大好前程。

警校拔尖的苗子，父亲虽然去世得早，但留给了他精神遗产——江湖一条正道走到底。那劲头有点类似于，老子是干这个的，儿子也得干这个。他父亲是在升大校那一年去世的，他也是那一年被找上的。

从某种程度上来说，这块硬骨头比正主也不差，难啃得很。他张扬肆意地过惯了，随便过过，都是光芒万丈的人生。

就算只需要三年，他当时也真诚地回绝了。所以谁也不知道，他的工作到底是怎么做通的。

最方便的一件事，是他本来的名字，好死不死凑了巧。

他姓秋，父亲叫秋昱赭，难读，但不难听。他父亲贪方便，给儿子起了单字一个亭，秀气得过分。

他们的名字冥冥之中都是巧合，也不知道，这是不是命运压着他走了这条路。

剩下所有的事，没有一件是简单的。

一切都要与目标人物保持统一。那意思就像是……他之前的人生，统统不算数。训练要从当狗一样开始。绝对拼命，绝对服从，绝对麻木。绝食训练四天是极限，他硬是在暗无天日的训练室里找到老鼠，从窗沿上扣住它，当了一天的口粮，延长了时间。

这些甚至还算是相对轻松的事。

复盘杰森的做事逻辑和手段，那个训练持续了快两年，差一点失败。

当时国际刑警那边已经互相通过气，都知道到时候会有个人来配合他们的计划。对于把他招进来的人来说，为了尊严也好承诺也好，这件事只能成功。

那次却险些出事。

他身上没有任何武器。监视器后面，等察觉不对的上峰冲进去时，教官险些丢了命。

所有人都忙着看顾教官，查看状况、大吼着呼叫医疗，另一边他一个人靠坐在墙边。

有人想起他了，走过去把人拽起来，免不了惊怒和埋怨："到底怎么回事？！"

男人身上都是旧伤，这次教官没有伤到他分毫。

从前的抗审讯训练他都闷声不吭，打到骨折也只是护着头，反正他确定自己不会丢了命，也从不开口说什么，痛叫都没有。

他脸色平静得要命，眼里却一片血色。

“我能是人吗？”

祝秋亭被揪着衣领，垂下睫羽，整个人安静得像一道影子。

“你们一遍遍地说，让我不要学，不要模仿，我就是他——我算什么？”

他把上峰的指关节一根根掰开，轻声道。

“你知道，我为什么答应你。你不能把我骗到这里走这条路，又把桥撤了。

“你总得让我是个人，不是牲畜，我才能回去见她。要么就放我走吧，当我弃权。”

这场风波后三天，传来纪钺死亡的消息，在他想要彻底离开前。

请了两天假，他在酒吧里偶遇了一个人，看清她的一瞬，他错觉听到了血液冻结的声音。

对方好像想要一夜情，又想要反悔。他没有给她那个机会。

那种环境下，按理说，什么都看不清。但他都看清了，她的痛苦不是因为当下，沉迷不是因为酒精。

只是单纯地想要淹没在痛里，恨不得在下一秒钟死去的沉迷。

痛苦是此刻的高潮，摩肩接踵的人潮作庞杂背景，把死亡的绚丽抹去，只剩下荒诞的余音。

因为他也一样。

其实他曾幻想过无数次，他们会如何相逢，如何相爱，如何融入彼此的人生。他能开口说，纪翘，我知道你。

一切都成了泡沫幻影，只融入了彼此的无数第一次。第一次，在接触彼此时，就想着亲吻终点，好像那一晚是世界末日。

他的人生，从那晚起，往前看，是已经离得好远的茫茫一片，往后看，是离得更远的一片茫茫。

他本来想着，全部结束后，也许还能回到秋昱赭的儿子这个身份。如果他能成功，就能保护好她，但她也不知道那个渣滓长什么样。他到时候再回来，认认真真地认识她。

但从那一秒开始，就断绝了任何可能。他竟然还极力想抗拒，觉得自己还能活在阳光下，能堂堂正正地见她。

他都忘了，如果做着一样的事，抱着一样的心态，造成了一样糟糕的后果，那不就是同一种人吗？

可笑就可笑在，他本来想尽全力让她远离地狱的。

结果自己掉了进去，还不小心把她拽了进来。

看到她躲在车底下那晚，祝秋亭的心情很微妙，微妙的平静，没什么大波澜，又觉得有点隐约的可笑。

命运，就是这么个好笑的存在。每当你以为这就是最坏的时刻时，它不介意用现实抽醒你，说恭喜你，猜错啦。

一点也不值得意外。

第十二章

爱 意 永 恒

……… ✦ ………

这样的眷顾，一生只需要一次。

✦

“金色雪松木，这儿的特色，尝尝。”

杰森两只腿交叠，搭在面前的矮桌上，头也不抬道。名字起得玄乎，其实就是海曼金酒加咖啡，在盛满了冰块的杯壁内呈现复合偏橙的颜色。

观景天台的吧台位即使到午夜，也是人满为患。今天被清场了，只有一个人落座。

祝秋亭是第二个，迟到了二十分钟。

站在那里，祝秋亭垂眸望了杰森几秒，没人知道他在想什么。

祝秋亭没碰那杯酒，在他侧边的单人灰色沙发落座。

“顺风顺水”四个字，就是杰森这小半生的注脚。手段毒辣，却总笑眯眯的。耐心不多，也不太爱发火。他的情绪很自由，来去如阵风，不留痕迹，更不受制约。

只有这一点，他们不像。

祝秋亭从前帮他时，就是操纵情绪的高手，极少发脾气，收敛沉默是底色。杰森清楚，咬人的狗不叫。

杰森只是错在太自信了，从没有人敢头也不回地甩他而去。

如果落在他手里，要让对方下辈子都不敢再背叛他，那样做才合理——杰森自己也觉得奇怪，祝秋亭明目张胆地跟他对着干，他的兴奋竟然比愤怒更多。

反正，他相信只要祝秋亭活着，总有一天得回来。主动也好，被迫也好。

他们是同类。

“昨天吴扉给我打电话了，东西到了，很顺利。”

杰森笑时黑眸微微眯起，和善又慵懒。见祝秋亭只是靠在单人沙发深处没说话，他从桌上小食盘里拿了两颗坚果，自己吃一颗，砸他一颗，小孩儿玩闹一样。

“怎么还不开心？”杰森张开大拇指和食指，虚晃地比了个数字，带点嬉笑。

“这么多款。下半年不用忙原料了。”

之前祝秋亭把吴扉狠狠摆了一道。

杰森早都猜到了，吴扉在祝秋亭这儿半分好处也讨不到。唯一算点意外之喜的是，吴扉带回非常重要的信息。

祝秋亭眼里，终于装了个人。他长出了阿喀琉斯之踵。

她不死，他也不会这么快回头。

“上半年的利润不行。”祝秋亭把玩着打火机，火光一闪一闪，短暂耀目地映出他的面容。

“所以你哪边的市场都不想放弃。怎么，买的庄园太大，养不起了？”

祝秋亭语气很平静，好像已经困倦了。

杰森也不在意，笑了笑，俯身捞起面前的酒杯：“差点忘了，你这几年在乖乖做生意，钱赚了不少。”

祝秋亭没回答，目光无意中往旁边一瞥，便顿住了。

杰森有几个贴身下属，常年站在三米以内。此时也是，分散着把守住他所有侧位和背后的位置。

见祝秋亭盯着一个方向没动，杰森眼神也跟了过去，一看就笑了：“怎么，喜欢？这个确实挺厉害的，待五年了，一直跟着我。”

那个下属站在花坛左边，强壮挺拔，目光阴鸷，右手小臂上有个狼头文身，狼眼是红色的。

祝秋亭说：“名字？”

对方没回答。

杰森余光扫过去，懒懒道：“卡尔，说话。”

祝秋亭抬手示意了下，意思是不用。

他摩挲了下沙发扶手，若有所思地望着那个叫卡尔的保镖。

杰森一直盯着祝秋亭，那眼神好像能穿透他的太阳穴一样。

直到他再次开口。

“我会回来，但你提了那么多条件，下半年做的事也挺危险的，我有两个要求，希望你做到。”

“我听听。”

杰森笑了笑，啜饮了口酒液。

“一，放了孟了奚，你本来就是拿那人抓纪翘，现在她对你应该没什么用了。”祝秋亭指了指卡尔，“二，这人给我。”

不出所料，杰森答应得非常爽快，这些对他来说，连动动手指头的力气都不用。硬要说，他还觉得祝秋亭有点可疑，要求提得这么简单。

得到肯定回答后，祝秋亭也没看他，径直站起来朝卡尔走去。

从杰森的角度，能清楚看见男人站定，掸了掸卡尔身上的灰，又问了句什么。

下一秒，杰森脸色变得很微妙，目光陡然锐利阴狠起来。

本来还有下属心吊起来，不知道他为什么神态变化这么快。

很快，他们在一道声响中明白了。

祝秋亭像是……在向卡尔讨债。

尽管有无数枪口瞬间对准了他，但祝秋亭连眼皮都懒得抬，只是朝自己的位置走去。

杰森让人把受伤的卡尔拉下去，目光死死地盯着他，最后忽然哂笑一声。

“噢，对了，卡尔跟我一起去过晴江，把那个女人肩膀打穿了。那是我的错。

“本来该打头的。”

祝秋亭没被激怒，倒像是觉得好笑，慢慢悠悠道：“我能把你打死吗？可以的话我把枪捡回来。”

死一样的静默在空气中流淌，他却完全不在意。

“那次，这事脱离我的掌控了。”祝秋亭仰头靠在沙发里，闭上眼轻叹了口气，“我烦。如果一直烦，会影响我做事的效率。影响我效率，就影响你赚钱。这么简单的道理，应该不难懂吧。”

杰森勾了下嘴角，烟盒在桌角一磕磕出支烟，眼里很冷：“你是不是觉得我拿你没有办法？”

祝秋亭侧头，姿势一点没变。

“会吗？你那么聪明，应该知道的。”

祝秋亭的语气柔和得像情人低语：“一般来说，心愿达成后，我别无所求。”

杰森沉默片刻，随手捞起面前的酒杯砸了出去，朝着祝秋亭的方向。料他也会躲，杰森手上也没留力，速度力道都快得可怕，那又是个材质坚硬的酒杯。

但祝秋亭没躲，于是引发一声闷响。

杰森也有一瞬间愣怔，忽然想起来，祝秋亭选择重新回来以后，试验期这段时间，人已经遇到过几次车祸。不过祝秋亭没跟他提，他也当不知道。以前杰森做了就不介意承认，眼线太多，盯祝秋亭的人从不间断。如果祝秋亭确实不回来，那可能就是被人暗算了。

可这几次意外未免都太过巧合。想也知道，想制造意外的这些人，把祝秋亭看成是他们的眼中钉肉中刺。

祝秋亭随手抽了两张纸，摁住伤口，起身淡淡道：“没什么事，我先走了。”

临到拐角转弯前，听到杰森叫他一声，似是试探，又冷淡至极。

“如果当年祝绫要你回家——”

祝秋亭没转头，直接打断了他。

“没什么如果。”

“如果有如果，”祝秋亭抬头望了望江上的夜景，“从小生活在一起，我们三个里总会疯一个。”

说完，他头也不回地离开。

杰森点了一支烟，垂着眼。

祝秋亭说得没错。疯都算顺利的，死一个都正常。毕竟有的秘密，最好是永远埋入地底的意外。

祝绫早早抛弃的小儿子，不过是一夜春宵的结果。

直到祝绫和家人在海外遇到了一次爆炸意外，身边少了子嗣，祝绫又想起来他，想要接回来，却阻力重重。对方在内地早被军人收养，活在一个幸福的三口之家，跟祝家的世界格格不入，更何况，对方的养父母也不会轻易交出孩子。

曾经叱咤风云的祝家话事人，老了老了，竟也开始怀念起一个七年不见的幼子来。就算手上有那孩子全部的信息，但无论是生活照片还是入学证件照，都半点用没有。那时祝家已开始走下坡路，自顾不暇，更别说要回孩子了。

过了半年，祝绫秘密收养了一个男孩。

收养男孩的原因很简单，男孩跟他的小儿子长得很像。

在福利院里，大家都叫男孩的英文名，杰森。但是没人待见他，福利院里因为有他，一只活的动物都没有。

所有工作人员都默认，没人会收养他，也没人敢接近他。

后来他却天降大运，成了祝家养子。但只有他自己知道，自己是为了另一个人的存在而存在。就因为对方叫秋亭，祝绫给他也起了这个名字。恶心得要命。

为了获得祝绫的宠爱与身后资产，杰森一直留意着在内地生活的幼子，搜集对方的所有照片，他知道那人的名字，秋亭。

十七岁相貌基本定型时，他们只有六成像了。那一年，杰森找了整形医生。

他们必须相像。

这是祝绫在乎他的全部理由。

只是，杰森没想到风水轮流转这五个字这样灵准。

在他自己的帝国初见雏形时，祝秋亭出现了。他们的位置对调。祝秋亭对七七八八的不感兴趣，只想要钱，所以来给他做事。

从选择的路来看，那个养父对祝秋亭的影响近乎零，什么正义，都是狗屁。

杰森那时候想起来，都觉得好笑。遗传，真是要命的东西。

怀疑和恨意当然持续了一段时间，杰森骨子里本来就是睚眦必报的人，刚开始的一年，他以为，祝秋亭要么死，要么逃。没想到祝秋亭没死，也没逃，撑下来了，在一场意外的工厂爆炸中，还拼死保下了自己。

祝秋亭是可为他所用的。

这个事实本身就足够让他兴奋了。

祝秋亭在，才能提醒杰森，被背弃、被流放、拼命挣扎的那个人，不是自己，是祝秋亭。

人生这场游戏里，祝秋亭比他更可笑，更被动。这一点让杰森感觉兴奋，就算他们起点不同，可人生中路，他们终究是对调了位置，赢家是他。何况，杰森不能否认的是，祝秋亭确实太好用了。

敏锐又决绝，狠厉知分寸，守镇跟他打配合，祝秋亭大方地把所有风险背到肩上。

杰森越想越想得开。怎么看，这都是件利好的事。相处的时候总是给巴掌也不行，多少得给点甜枣。

反正，他这趟敢放心回国，也是因为瞿家那个废物瞿辉耀，祝秋亭手上握着那些能威胁到他的证据，也跟着烟消云散了。

他盘算着，是时候把祝秋亭稳一稳，不能再给祝秋亭离开的机会了。

比起杰森，祝秋亭回想起蹚过的这小半生，感觉总是很复杂。一个人在成年世界里浸染太久，容易忘却很多，模糊很多。就像人伸手想去触玻璃上的雨雾，一切都面目全非，他不可能透过玻璃分得清雨幕里的所有。

唯一一点痕迹是她，他不想去碰。于是远远看着，却一遍又一遍地发现自己只是凡人。凡人就是时光倒流多少遍，历史便会重来多少遍。凡人就是会受伤，有感觉，苦起来被很长的夜淹没与包裹，痛别离，憎爱恨。回首望一望，二十岁以前那样明亮到极致的时光，仿佛是个梦。之前和之后的日子，中间像存着一道跨不过去的鸿沟深崖。唯一存留下来的印记，是她。

为什么是纪翘？这问题很多人问过他，他只回答过一个长辈。在进入这个计划之前，对方就用她的名字作为最后的筹码，说服他加入。

“因为很容易。你见过她，就知道为什么。”

这是很笼统的回答，但也是真的。感知到她的妙处不需要很久，相处半小时足够。她天生的性格是自来熟、人来疯类型的，或者说，看上去自来熟的人。祝秋亭该跟谁说，又该怎么说呢？他很早很早就认识了她。在纪翘中学阶段的时候，他们那时候相识，就像这大千世界里所有的美好相遇一样，因为一些阴差阳错的误会，他莫名其妙地成了“学弟”。

遇见那个时候的纪翘，会发现喜欢她是件很简单的事，被她喜欢也很简单。本来都快了。他离开的时候，决定每个假期回去看她，每天最急的事是看她有没有回复邮件。那时候他父亲去世没多久，看她那些语无伦次的生活记录和照片，已经是生活里难得的慰藉。

他幻想了很多次。等再晚一点，等她上了大学，他就去找她。直到这件事找上了门。命运如密云，不出声时就是在酝酿风暴。每每回看他都觉得无奈，在那个当口，并不知道等着他的是什么，曾经他也离喜欢的人那么近。

几个假期的距离，一段飞机的距离，一个邮箱的距离。但在那些暗无天日的年月里，遍体鳞伤被人一脚踩在泥水里的时候，被恶狗在训练场追到角落撕咬搏斗的时候，他都会留一丝理智庆幸，还留了一点属于她的东西，材质优良不易沾水的照片，裁剪成很小的部分反贴在胸口的位置。最后把他激到发疯的，也是那些照片被发现烧掉。他们要他不是他，要他无限地贴近他需要模仿的人。从那以后，属于她的最后一点东西消失了，物理性质的消失，却让她的面目越发清晰起来。

一点一点地清楚展现在他面前的，是那样深的鸿沟。她早已不是她本身，是他所有可望而不可得的幻梦集合。

祝秋亭也没说过，在她身边出现的所有人他都羡慕。她经过的那些地方，他在屏幕上的地图上标上标记，坐在那里一看就是大半夜。到早上五点半天色将亮，他看着窗外，知道她快去菜市场固定的摊位买早餐了，两个油饼两份鸡蛋灌饼，给孟景也会带一份。那种感觉他一辈子也不会忘记，羡慕到像心脏被密密麻麻的小虫啃咬，想用一切去换。查完孟景，他甚至产生了嫉妒到极致的感觉。为什么他不行，受了这样的苦，连这一点都得不到吗？

所以没有人知道，也不会有人知道。那一晚，当她在车下出现，投奔而来的时候，他是什么心情。烟灰在抖，抖在她手背，因为他的手在抖。

“留着呗。去查查她是谁。”

九个字，他轻飘飘地出口，其实根本不知道自己在说什么。

她是谁，他再清楚不过了。有时穷尽一切创作者的想象，也描绘不出一个最普通人的心思意念。人性之幽微复杂，远不是人所能及可一探到底的。他头脑清楚明白地活了很久，那晚跟她同车同路，却难得一片空白。

命运还是把她送到了他面前，是好运，还是厄运，他那时并不清楚。

他只是迫切地需要，需要这一点光。他的黑夜太长太久，半点星光也没有，再继续下去，他怀疑自己会跟那黑暗永远融为一物。

祝秋亭帮杰森把事办成后，杰森在醺桥包了三天全场庆祝。

凌晨一点半，全黑的宾利慕尚停在醺桥门口。

门口站着一位刚被经理骂过，出来透气的女人，一身贴合曲线的红裙，靠在玻璃门上，眼睛发酸，烟点到一半，看见豪车徐徐停下，心里一股逆反气蹿上来。

打火机上火星倏地一闪。

微弱火光后，车门打开，后座下来个人，看得她连烟也忘记点。

那人一身黑，黑色衬衫和西裤。

男人显得冷淡又自我，他不看谁，谁也不在他眼里。

她注意到，他睫羽很长，黑眸抬起，压迫感极重，是类似上位者的施压气质。

这些都不太重要。

重要的是，他明明跟这个世界有层屏障，却又能轻易地改变周遭环境氛围，把普通的触目所及都盘活，让经过的人相信，自己是大幕开场的主角，因为自己正在另一位主角旁边。

她心念微动，有种遇见命定之人的激动，看见他离玻璃门越来越近，理好头发迎上去：“您也是叶总邀请的吗，还是楚总？我是阿铃，不是阿琳……”

可惜在抱住他手臂之前，她就被挡开了。

“让一让，谢谢。”

他很礼貌，但一眼也没落在她身上。

不过幸运的是，一个小时后，阿铃在轮房的过程中，又在最大的包厢里看到他了。

这次她知道他的名字了，祝秋亭。

他还有个双胞胎哥哥，在一楼。

他们长得很像，但气质很不同。刚才她特意去送酒，另一位被簇拥着，要随和些，常挂着笑，祝秋亭身边冷清很多，但她就是觉得，他更特别。

这人长着一张不会被世俗征服的脸，冷淡漠然低气压，压迫感反倒激得人浑身过电。

她端着酒盘进去，却发现里面簇拥了一大堆人。

其中一个最过分的，装醉挂趴在他身上，求他照顾一下自己的业绩。

阿铃站的地方，能看清女人装可怜的所有细节，女人还说……

她跟着轻声读出来，脸唰地黑了。

我想跟你……

阿铃稍微了解了下，这个祝秋亭脾气阴晴不定，今天情绪又明显不太好，这种行为其实很危险的。

她一边在心里咬牙切齿，等会儿被暴力对待了怎么办——事实告诉她，越是人模狗样的越变态，一边又觉得，非要代替同行承受这一切，也不是不行……

砰——

忽然间，玻璃碎裂的清脆声响砸醒了所有人。

“滚出去。”

祝秋亭轻声说：“谁还要留下来？”

他指了指地上。本来得了临时性软骨病的人们，忽然间可以直立行走了，从包厢门鱼贯而出。

包括之前装醉的女人，也乖乖爬了下来，准备贴边溜了，可惜没成功。

她领子被揪住，让人抓了回去。

“滚回来。”

男人的语气怎么听都有点咬牙切齿的意味。

阿铃关门前，特意慢了半拍，看到被留下的那个脸皮最厚的女人，嬉笑着就凑过去亲他了。

她捶胸顿足，刚刚在大门口应该再主动点的！

这辈子到目前为止，纪翘没有见过祝秋亭这样糟糕的脸色。

包厢的灯光很暗，她望着他，在门被合上的刹那，像是望见一个人神经崩开断裂的瞬间。那个人还是祝秋亭。

像遍体鳞伤后的疲惫，突然落空的茫然脆弱，失去焦点后决定放弃的那一秒。

他俯下身来，将说出“业绩”两个字的尾音还没完全消失的纪翘拥进怀里。

就好像他们是上辈子的爱人，攒了许多许多年后，第一次拥抱。

纪翘的手下意识地在他背上摸了两下，能感觉出来，人瘦了，瘦得能摸到突出的肩胛骨。

她的确快一周没联系他了，跟黎幺和卓耀京定路线都花了三天，具体花了多少力气就更不用说了，她两次差点回不来。而且要提前搞定麦林市庄园里那套复杂的安全系统，负责技术的人说，最多只能黑掉两个半小时。

纪翘在最后定行动日子时，忽然想起来，让黎幺联系一下祝秋亭。

没联系上。

花了好一番力气，绕了圈从苏校那边联系上以后，纪翘一听到电话里男人的声音，直接跟卓耀京说："理查德，我要先回国一趟。过四天这一批安保精锐刚好放年假，至少五天吧？那期间行动最合适，那之前我肯定回来。"

其实祝秋亭也没跟黎幺说什么，只是黎幺问了一大堆，他只回答了状况怎么样这问题，不痛不痒两个字，还行。

反正一切快结束了。

挂电话前，祝秋亭说，让瞿辉耀活着，就是因为一份最重要的资料。关于杰森个人，把他抓回来要想定罪，证据链条上必须要有那份资料，那是杰森难得亲自参与并留下痕迹的案子。

他太谨慎，游走在边界上，总有人帮他办事。

黎幺理解，如果把人引到国内来，抓住了，却被迫放走，那比任他逍遥更痛苦。

现在瞿辉耀被 J.r 那边抓到，可以说一切都功亏一篑。

祝秋亭没有疯，都算好的。

黎幺总觉得，祝秋亭最近两年就是靠一口气吊着，告诉自己快到终点了，快到终点了。

在临近终点时，裁判按了铃，提示你下一程即将开始，咣又回到了起始状态，搁谁谁都得弃权。可惜他走的不是条能弃权的路。

纪翘也不知道为什么这个关头飞回来一趟，她没空分析，全凭直觉。

这几年来，无论有意无意，她痛苦到撑不下去的时候，他基本都在身边，用各种各样的方法，伸手够她一把。

既然现在位置对调，那就换成她来拉他。

而且她的私心是，如果她运气不好，他们连最后一次正经通话都没有，太可惜了。她还不知道收了骨灰给他放到哪个墓园呢。她花了大价钱找人帮忙买的，可不能白费了。

算一算，纪翘攒的全部身家，都花在了同一个人身上，怎么也不能白花了。

纪翘本来有些话想说，适当卖卖惨——她第二次去调查周围环境，弄了一身伤回来，低调地提一下她跟黎幺要去做什么，风险多大什么的。

一看见他的脸色，她什么都说不出口了。

半天，她摸着他背，也不调侃了，倒是有点像惹怒了伴侣的男人，手足无措："怎么了嘛……不行就算了，我知道你累，不要逞强，我也不是那么想做那个，开个玩笑啊——"

俯在她肩膀上的人终于开了口。

"闭嘴。"

纪翘从善如流："哦哦。"

他确定了，她还活着，没怎么着，活蹦乱跳。

这个事实足以把他从虚浮的空中拽下来，摁在地上。

这也是一股力，能撑住他再走那么一段。这段时间跟杰森打交道，已经到了他的极限。当初从 J.r 离开，他发誓，发誓再也不回头了，要一把将杰森摁到底。

现在却要接着演。这么多年，为了安全考虑，他保持着几个月联系上面一次的频率，大部分时候要做什么，细节全是他自己定的，那边只负责收取他交出去的情报。这一次，他被误抓，从警局被保出来时，算是今年来第二次跟他们联系。第一次是跟纪翘在 M 国那次，他跟对接人之一成严在刺青店见面。

祝秋亭首次有了二十岁时的冲动——

他不想干了，想弃权。

祝秋亭的家换了很多个，独浴的洗手台上从不装镜子。他不想看见镜子里的那张脸，可是对于从纪翘的瞳孔倒影里看自己这事，又上瘾得很。

他好像只有在那个时候，才算脚踏实地地活着。

她气急败坏地看着也好，冷然地冲他烧着怒火也好，怎么都行，会让他觉得……自己活着。

祝秋亭记得有很多次，她目送着自己的车远去。他会在适当时候回头，反正车窗不透明，能放肆地望着停留在街边的人，直到那身影越变越小，而后消失。接着期待下一次这样的时刻到来。

这一次，有八天又九小时，他失去了跟她的所有联系。

定位器失灵，黎幺失联，上面那群跟她的安保，早被纪翘甩飞了。

祝秋亭大概能猜出来，她可能想干点什么，一定要避着他，大概是他绝对不会同意的一些事。联系不上她的每一秒，那种感觉像钝器在凌迟折磨着他。

纪翘安静地抱着他，能感觉到怀里的人极轻微地颤抖。

如果是平时，她肯定觉得，完了，癫痫了，赶紧找覃医生来。

但此时此刻，他这个状态，纪翘觉得，给什么反应她都不奇怪。

从知道祝秋亭"回"J.r 灰狼手下那刻，纪翘就希望他能有这么一刻。

有些东西憋着出不来，心理防线再一倒，整个人就算废了。

"别担心。我们能赢。"

纪翘小声说。

"但是得换个地方，这里不太方便。"

杰森就在一楼，一旦听到任何关于她相貌的描述，都麻烦至极。

纪翘带着祝秋亭开了房。刷掉钱的那一刻，她若有所思地盯着余额。

在前台礼貌地注视下，纪翘感慨道："原来这就是找帅哥的感觉，好爽啊——"

前台怔了片刻，眼神在面无表情的帅哥和一脸满足的美女之间静默地转换，最后扯出一抹职业的微笑："祝二位今晚愉快。"

"会的。对了，这附近有药店吗？"

纪翘潇洒地挥了挥手，末了又问一句。

在车上她才注意到，他身上烫得可怕。

"有的，您在网上下单预约就可以。早上就会送来。"

"太晚了，"纪翘揽过祝秋亭的腰，满不在乎道，"还是我来焐热吧。"

前台微笑着目送他们离开，然后立刻跟小姐妹发了消息，大帅哥里还有受用土味情话的，以后要多加复习背诵！哪天说不定就能碰上眼瞎的帅哥呢！

纪翘把人拖回套房的大床，扔麻袋一样放下他，累得气喘吁吁。

"看着那么瘦，怎么这么重。"

纪翘叉着腰看了会儿祝秋亭，他今天难得地乖。

是的，乖。

能对他用上这个字，纪翘确实也觉得自己出息了，人生了无遗憾。

当然跟常人的乖还是不太一样，他只是话更少，目光几乎不动，就在她身上黏着，安安静静地看，虽然他眼睛都烧红了。

纪翘喂他水，他也咽下。喂他吃的，他也吃。

这段时间她虽然也累，其实也不能确定，他们需要的证据是不是在定位的地窖里，在极度的焦虑中一遍遍推着方案，路线图重新定了无数次。

但是祝秋亭这个样子，消瘦了少说有十斤，五官轮廓显得更深，眼下的青色，眼底的血丝，脖颈和手臂的青筋，手腕、十指都修长得过分。

就像是会随时蒸发的雪山一角，飘落到海平线尽头，一点点融化消失。唯一托住它的，只有无边无际的深蓝海洋。

他一直盯着她，好像她是那片海。

纪翘受不了了，把他衣衫解开："走了，洗澡。我放热水了。"

在黑暗中一无所获是什么滋味，她清楚。

说给祝秋亭听，他大概也不会信。其实她从来没怎么怀疑过他——在一开始偶尔会——后来就完全没有了。她无时无刻不在观察，在对比，找到她最初始的直觉。当年被绑架时，那个男人跟他是有极相似的侧脸，但他们给她的感觉完全不同。

后来在纪钺死后，遇见孟景之前，她独自行动过，摸到 J.r 的临时住处，吴扉手下三人都折在她手里。她差点出不去，周围的警报系统已经启动，她力气用尽了，差点逃不出侧方的墙头，同时后面有人追了上来，在千钧一发之际，追击者忽然就没了声响。有人撑住了她的腰，轻松托一把，把纪翘扔到外面，给了她逃跑机会。

她的直觉让她待在祝秋亭身边。

尽管恨得让人牙痒，但是没有一次，纪翘身陷囹圄、要丢小命时，他选择放弃她的。

一次也没有。

她是务实派，小命在，万事好商量。

祝秋亭最后还是没去泡热水澡，她只是解了他上衣，给他耐心地擦着。

她也忘了，怎么就擦着擦着擦到了一起……

不过这不是很正常吗？

她被他索吻，那种索要和纠缠的疯劲，似乎要烧灼掉她骨髓。

纪翘被他从上吻到下，好像宇宙的中心都落在这一件事上：跟她在一起。

他让她看着，对着镜子，仔仔细细地看，那样温柔，过一会儿又扭过她的头，去寻她的嘴角，亲得绵长。

昏昏沉沉，纪翘实在不知道纵容了这个发烧的人几次，只记得在意识消弭前，她记得自己抱着他脖颈说："祝秋亭，我好想你。"

有一滴温热的水滴落在她锁骨上。是汗水吗，还是在浴室里，太潮湿了，才会有水？水滴那么重，滴在她锁骨上，连她心脏都扯着疼。

纪翘做了一个梦，梦到一段过往。

第一次去酒吧买醉后，她晃过凌晨的街道，找了个夜宵摊坐着，手里攥着张字条。

她刚刚经历完人生两件大事。纪钺死了，她在酒吧买醉，跟撞到的人接了吻。

字条是那个接过吻的人塞在她手里的，字迹匆忙而凌乱。

那几句话就写在酒吧活动宣传单背面，像个笑话。

写这个的人说——

"我要你看到我，有一天你会的。不因我的渺小远离我，不因我的怯懦放弃我。就算跌入最深的地狱，我也会爬上来，干干净净地来找你。请相信我。"

梦醒了，纪翘坐在晨光熹微的酒店套房里，床头有一套干净的新衣服，身上酸痛，不过那不值一提。她拿起手机，看到了机票信息。今天去C国。

想了会儿，纪翘给祝秋亭发了条信息。

"等我。我会回来找你。"

“纪翘。”

纪翘听到有人叫她名字，声音从很远的地方传来。

纪翘应了一声，对方没听到，仍然叫她。

“我在这儿。”

她又应了一声。没有用，她的声音就好像被四面不透风的墙壁打了回来。

接着，她发现了很要命的一点：是谁在叫她？

她分辨不出是谁的声音，下意识地却回应了。

纪翘慌了，这一声声越来越模糊，离她越来越远。她像是在水下，不，冰川之下的人，她努力地向上浮动，什么都推不开，费尽力气，徒劳无功。

“C6！”

有一声怒吼突然把冰层砸烂，她被一股力从下往上推起来，在水面冒了头。

纪翘眼皮子动了动，率先回笼的意识先帮她找回了痛觉。

第二秒她醒过了神，频道通信恢复了。可惜她刚应了一声，那边的声音很快变得断断续续，不到半分钟，又再次断了线。

她试着动了动腿，也不知道过了多久，胫骨处一开始肿得老高，被她草草处理后，现在存在感最弱。倒是背上和胳膊上的皮肉伤，虽然没有再淌血，但是一阵阵扯着，火烧火燎地疼，闹心。

有那么短暂几秒，纪翘觉得，睁眼就不得不往下走的话，还不如一直闭着算了。

在这鬼地方待三天了，要回想起全部过程并不难，难的是许多琐碎事还等着她去办。在开始之前，理查德搞到了庄园以西，也是靠近山脉那一侧，地窖所在地的施工地形图。前期最麻烦的工作还是关于人，杰森谨慎到骨子里，这是他的常驻住所，安全设施加大量精锐都放在四周，守着自己这块一亩三分地。

三个最重要的大方向：一是摸清人员分布，二是确定把守位置，三是看东边区域支援最快多久能来。但实际行动时，黎幺从摸进去探路开始，第一时间就跟他们说了，情况跟他们预测的不一样，明面上看，主宅少了整整三分之一的安保。

理查德的态度是这次放弃，择日再说。像这样的情况，要么他们自己内部有紧急情况，人都被调走了，要么就是有诈。第二个可能性非常高。但怎么说，都是纪翘花了大价钱请了他，卓耀京还是切了中文低声问纪翘：“你要继续吗，考虑清楚？”

她的反应快得像是没有经过大脑思考，就做了回答。

“不变。”纪翘说，“如果你不放心，可以把C2、C4放在外面，如果有意外，也不至于缺少支援，至于我和……”

她顿了顿，不确定这句不吉利的话，带上黎幺合不合适。在短暂的犹豫间隙中，黎幺及时在频道里补道："我跟 C6 一起。"

别说她是为了帮祝秋亭才冒这个险，就算不是，他既然跟来了，就得保证她全须全尾地回去。

纪翘的位置只比黎幺落后四百米左右，在跌进仿地窖的密室前，她已经发现不对，目标物有极相似的两处，可图纸上只标了一处。

还没来得及出声，她就被人从后面卡住脖颈，虽然逃脱了，但搏斗之际，不知道谁的拳脚碰到了什么，他们从缓缓张开的暗格中掉了下去。

纪翘目测这里的挑高在三米以上，如果后颈直接落地，很可能瘫痪。跟她一起掉下来的人摔得人事不省，纪翘也借地窖里昏暗的光勉强确认，对方跟自己一样，应该不是庄园内部的人。

地窖底下左转，接了几百米的长廊暗道，只有两侧幽幽点着灯火。这个构造，虽然她没有刻意联想，但跟祝秋亭在国内钟意的类型好像，至少有三处的家，地下暗室是这个地形。

而且这里没有改造成酒窖——认识到这点后，纪翘确认，这个地方不对，不会有她要找的那份资料。幸好黎幺和理查德位置摸对了，他们听到她这边情况不对，本来想找人支援她，纪翘让他们别管，她自己可以出去。

当然，进都进来了，想出去没有那么容易。

里面到底有多少人，她都没有确切记忆了，只记得从那一秒开始，她非常庆幸她带了足够的子弹，以及理查德手下的通信员够强，他们对讲都叫烂了，频道愣是没半点回应。

其中有两个极难解决的男人堵在半路，金发蓝眼的那个只专心对付她，几发子弹打在她脚边，封掉她躲避的方向。纪翘在掩体后一动不动，只顾盯准对面位置，后面摸上来的人大概以为她无暇顾及，谁知道纪翘背后像长眼睛一样，右手肘击顺势拉下他偷袭的武器，拖着对方一起滚到了明处。

最后撑着一点力气，找到现在的角落躲起来时，纪翘手边没有任何医疗用品，幸好外伤不至于见骨，只有小腿胫骨被踹得有点变形，麻烦到会影响后续行动。只是天要助她，这个角落像是以前的值班人员废弃的地方，铁栅都被拆了。

她在席子底下摸到一本杂志，厚度足够，用这个做固定，撕下一条上衣布料，在小腿处缠了两圈，总算处理过了。

她试图联系过其他人很多次，全然没有回音。纪翘累到极点，靠在墙角时，本来只想闭目小憩，结果直接睡了过去。

闭眼之前一片寂静，睁眼以后依然一片寂静，这种安静让纪翘头皮发麻，她很不喜欢。

她撑着墙站了起来，清点了下身上剩余的装备。

有一把是祝秋亭常用的，纪翘顺了过来。握着刀柄，她莫名而起的烦躁情绪也被压下去些，就像人在身边一样。

再者，也是真的更好用。他把刀身重新打磨改装，刀刃处做了涂层。

纪翘无声地贴着墙边往外移，像一道影子。整个地下密室的暗道走向，她虽然没法画出全景图，但到目前为止走过的路，在脑海中勾勒出个东西南北，还是没有问题的。

这里没有人，也没有风，连光都很暗。

纪翘现在的行动已经比之前缓慢不少，再遇到一两个人，她可能就撑不住了。但维持着现在这种境况，纪翘又觉得发毛，甚至暗自期待，还不如一次性来了，结果是生是死都好，别再吊着她了。

这时候才发现，疼痛真是好辅助，能让她保持清醒。

纪翘走了两百米，脚步忽然停了下来。

这个地方的用处是什么呢？

关人？布局有点像，但这里连一个像样的单间也没有。把路做成迷宫，是为了好玩儿吗？纪翘刚才进来时一路都很混乱，她只顾着解除阻碍，根本没空观察。

现在她定下心来，看清了，连暗道两旁的烛火都做得精巧，周边甚至还镶嵌着两颗宝石。这片区域的墙壁上有连绵不绝的图案，摸上去凹凸不平，这感觉熟悉得有点像……

墓室？

以杰森的自恋程度，他当然不会是给自己做的。

那是——

没有任何意外，纪翘想起一个名字。她脸色在极短的时间内变了变，接着恢复了沉静，那沉静中有极扎人的锐利。没有任何犹豫，纪翘回头往刚刚的尽头走。那里绝对不会是尽头。

想给他造墓室？再等一百年吧。

纪翘紧咬牙关，气得连拖着走的伤腿都快了些。

她猜对了。

不到十五分钟，纪翘就找到了暗室开关。那道门从右手边的墙壁处轰然一声，缓缓地在她面前开启。

纪翘在门口站了三分钟。

面前的空间足有四百平方米以上，格局方正，修建得精美又粗犷，挑高惊人，墙体有三面，两侧还有阶梯各自通向二楼，在中间栏杆处会合，是非常漂亮的标本展览。

如果单独拍下来，她会认为这是哪个有品位的博物馆的一角。

这些标本做得也很细心，但并不属于哪种动物。

纪翘走进去，看了两处，就知道这些东西不是模型。

杰森做得出来。

旁边甚至有标签标着昵称或代号，就像胜利者的无声展示，那些让他费过心血的敌人、挡路的人，最终都会留下自己的一部分。

她稳下心神，开始极快地挑选，最好能跟黎幺再回来一趟，找到合适的、跟国内案件有关联的带走。如果补上这部分的证据，现在抓他应该也够了……

下一秒，纪翘目光倏然停留，停在了某一排，这个玻璃框里放着一张证件照。

轰——

实实在在的，她能感觉脑子里混沌一片，接着就没有了任何接收、解构信息的能力。

像是被一张巨大的网捕获了，随之砸下来的火焰弹将所有的一切化为乌有，任何目之所及的，能够触碰的，惧怕的，在乎的，都失去了意义。

纪翘感觉耳边嗡嗡作响，很吵，但又很安静。

很多标签都标着代号、符号或是两个简单的字母，这个框下方则写着全名，中文字体，手写——

纪钺。

她没有哭，也没有发抖，只是她伸手去抚那块框，想把框外的灰抹掉时，指尖忽然失去了力气。

纪翘不打算等出去后，再跟着黎幺再回来。

这是她唯一会带出去的东西。

接下来很久，纪翘都没有什么记忆了。直到上飞机回去前，黎幺在整理行李时，解释了半小时后，小心翼翼地要把她抱着的东西抽走——从四天前在庄园里找到她那刻起，纪翘就没有放下过。

不出所料，纹丝不动。

黎幺有些无奈，更多的是庆幸，庆幸祝秋亭现在在国内。

从前他是祝秋亭身边唯一知情的人，他们彼此都清楚，这个秘密即使到任务完成那天，也不一定能大白天下。所以祝秋亭眼里不放人，也不放事。

但从黎幺在祝家看到纪翘那刻起，就清楚地知道，祝秋亭已经打破了理智的一角，未来只会有更多次——他不具备任何抵抗她的力量。

飞蛾因为向光，总会扑火，总要扑火。

祝秋亭现在要是在这里，纪翘开口，要求就不再是要求，是会被无限应允的承诺，只要她要。

“我已经打过申请了，这个可以托运回去，总不能这样抱着带上飞机吧？”黎幺观察了一眼她的表情，继续道，“等回去以后，可能局里那边还要借用一阵子，到时候事情解决完，我保证立马给你拿回来，你想抱一辈子都行。”

纪翘的目光垂落在地板上，没有动静。

她身上的外伤都没处理，只拿石膏包裹了小腿，整个人就好像一座雕像。

黎幺话音落了后，很久很久，客厅里都只有沉默。

“他联系你了吗？”

在黎幺准备放弃离开的当口，纪翘突然这样问。

黎幺愣了下。

“有，当然，他们那边有消息。”

说是重新调整了计划，加速处理，以免再让杰森听到风声，逃回老巢。具体的黎幺也不清楚，这种任务不可能告诉他所有细节。

这次黎幺把杰森C国的老巢摸索了一遍，得出两个结论：一是，杰森真是个老狐狸，光逃生出口，每幢都有，而且不止一个；二是，纪翘的预判准了，带他指纹的那份文件真的藏在酒窖内。

纪翘问道：“他们的消息，还是他的消息？”

撒谎是黎幺与生俱来的天赋，他大可以随口搪塞，但纪翘这么一问，他却很难开口。

情况恐怕比他们这边更乱，国内已经是一片狼藉，祝秋亭才会一个电话都没有。他们这次出来得这么容易，整个安保系统跟半瘫了一样，庄园混乱成一团，听说很多人都去麦林市的制造厂支援了。

黎幺的信心也不够了，说话气势都散了：“回去看吧。”他看了眼纪翘怀里的玻璃框和照片，“你要把那个给我吗？我在装箱。”

纪翘低头看了看，“嗯”了一声。

将东西递给他的当口，纪翘道：“还有个事。”

黎幺拉开箱子：“怎么？看上这里的帅哥了？”

纪翘说：“我托理查德帮了个忙，他们这段时间不是刚好挺乱吗，基本全去东边了，我就让他帮我在庄园那儿收个尾。”

黎幺拉链子的手一顿：“收尾的意思是？”

纪翘的声音轻不可闻：“你猜的意思。”

黎幺头疼："我阻止你，你会听吗？"

纪翘淡声道："我没有别的意思，就是得多出一笔钱，大概 70 万，我手头上没那么多现金了，只交了一半给他，你那边……"

黎幺虽然花天酒地造得多，但也会理财，手头比她要活。

不过合着她也不是来问意见的，黎幺头都大了，手一挥："知道了，去去去，一边去，烦死了！"

纪翘说："行，我回去马上还你，利息按 1.5 个点给，不会亏你的。"

她说完回房，快要转弯时，听见黎幺的声音从身后悠悠地传来："利息就不用了，你们办酒席的时候，我就不交份子钱了，OK ？"

纪翘站在阴影处，过了好一会儿，才笑了笑。

"成交。"

天气预报显示，雨天要持续一周。

飞机落地的时候，却是难得的艳阳天。云层薄而明亮地飘在天上，天也是澄蓝的。

黎幺下飞机的时候，看了眼最上面的信息，笑了下："哎，不用叫车了，有人会来接我们。"

纪翘回头："谁？"

黎幺："不是他，是我一个朋友。他哪有时间啊现在，你最近也躲好点，让杰森那边发现你活蹦乱跳，他也不用继续待了，等于自爆……"

注意到纪翘的眼神，黎幺自知失言，硬是把后半句咽了回去："换一般人肯定不行，他……你比我更清楚。"

接机人是黎幺的朋友，很多年没见了。自从黎幺跟着祝秋亭进了这个局，跟很多人都被迫断了联系。这个算是例外，对方是负责前期收集信息的工作人员，祝秋亭闭关训练那段时间，他可以把控细节，也算是清楚大部分环节的人。

"老方，以前的酒友。"

黎幺勉强压住兴奋，见到人先拍了拍他肩膀，给纪翘介绍，具体的没多说。

"纪翘，呃，是……"

黎幺卡在介绍她这一步上。

纪翘示意了下："你要不……先看下你朋友。"

她拄着拐杖，勉强单脚站立着，用手肘捅了下黎幺，他是过于兴奋了，压根儿没注意到对方情绪不对。

老方长得很周正，头发剪得很短，能看出来一身的疲惫，眼圈也是通红，但眼泪被死死地压在眼眶里。

黎幺这才注意到，嘴角的笑意渐渐消失，脸色也跟着沉下来。

“走。去车上说。”

纪翘指了指不远处的厕所：“你们先聊，我等会儿——”

“他不会有告别仪式。”

老方盯着黎幺，语气很轻，却像费尽了全身力气，才能完整说完这八个字。

黎幺蹙眉，太久没听到这个词，陌生到有些荒诞好笑：“告什么——”

他的话头戛然而止。牺牲的人都会有，牺牲的人才会有的。

“你说什么，说清楚点。”

黎幺眼神阴郁，语调也冷了下来。

老方没有看他，只盯着他们的行李看，或者说只是找个地方死死盯着：“我不知道。我不知道他怎么想的……”

有人一把抓住了他的小臂，手指冰凉。

“方先生，”对方语气非常冷静，“你慢慢想，组织好语言再说。别在这儿。”

纪翘拿拐杖敲了下双眼冒火的黎幺：“行李。”

车开上了高速，到达目的地之前，方余已经把一切勉强说清楚了。

既然抓不到杰森动过手的把柄，证据链不完整，那就让他亲手犯一次罪。只有在紧急情况下，才能击毙他，这个紧急程度，也许要一条命来换。

杰森当时在等一个大单完成，尾货应该是吴扉和麦林市的人一起负责，但他让祝秋亭替了吴扉的位置。他们之间的信任打破过一次，要想拼起来，得靠一次次的利益交错，在血与火中再拼凑，没有十次八次他都不会完全相信，祝秋亭心甘情愿地回了头。祝秋亭确实回了头，只不过是在杰森山边的别墅里，他靠在能看清山林景色的地方，捅破了一切。

周围埋伏着的杰森手下，早就替换成了特警。

杰森在朝祝秋亭开枪后，便启动了别墅内部的摧毁装置，把自己和祝秋亭一起留在了那座坍塌的别墅里。

“当时我在频道里，”老方苦笑了下，比哭还难看，“他靠在那里边抽烟边说，每多说一句，灰狼都觉得他神经搭错了。最后阿秦他们被看见了……灰狼才相信。灰狼这辈子没有发过疯，那天真是眼看着疯了。”

杰森那扭曲的骄傲让他根本不愿去想，祝秋亭完完全全是站在他对面的人，是站在光亮里的人——怎么可能，就为了毁灭他，花这么多年伪装、匍匐、步步为营？

“我这几天睡不着，就一直想，是不是非得同归于尽。可灰狼那个性格，被抓了也会想办法脱罪，到时候一个环节出差错，死刑改死缓，死缓改有期。没法接受的，只有这一件事。他可以接受秋亭是他的敌人，只是永远不会接受自己猜错了，从一开始就错得彻底。要他承认输了，他死也不会认。”

“司机，”一直沉默的人忽然开口了，“麻烦停下车。”

司机从后视镜里看了眼后座，又转头观察了下方余的神情，才道：“这里是高速，要不您——”

纪翘的语气很冷：“下高速。”

黎幺接着她话头，直接道：“老方，下去。”黑色轿车在第一个路口停下，纪翘甩门就走。

走了几步，她又折回来，从后备厢里翻出行李，在侧面方格处拿了个相框出来。

方余本来想拉住人劝一劝，看到纪翘取的东西，傻了，无措地看向黎幺。

黎幺正低头给烟点火：“人家的东西，打过报告的。”

纪翘取完，走到方余面前：“我有最后一个问题，确认一下。”

方余嗓音有些沙哑：“你……你说。”

纪翘一字一句地问道：“人没了，这事你确定吗？一点都没留？”

黎幺也跟着纪翘看向方余。

“确定。我们当时已经封山了，爆炸前就封了，”方余苦笑道，“肯定在找，前两天的事。”

纪翘“啊”了一声，笑了笑。

“提前就封了，听你说的，真没人料到他想怎么做吗？他想这么做，所以这结果……算了。”

纪翘这一句都说不完，笑容也撑不住了，眼里很淡：“我不想再看见你，后会无期。”

她头也不回地走了。

方余望着她背影，说不出来的憋屈：“我……我理解她心情，可她这个态度也太……”

黎幺靠在车身上，深深地吸了一口烟，定定地望着远得像望不到尽头的林荫路：“你知道祝秋亭是什么人。你跟我加起来，脑子也不一定抵得上他的。他看上的人，你觉得会是什么样的？”

黎幺伸手，虚点了下没走多远的纪翘。

“比他更聪明，比他更会演，比他更能不达目的誓不罢休。我一直在想，这事她能猜出来多少，待在跟灰狼那么像的人身边，不怀疑不担心，有可能吗？唯一的可能，就是她一开始……一开始就能认定这个，再多假的都不会扰乱她。她等的就是结束的这一天，他们都可以不用再向对方说谎了。你知道，这次回来之前，她拿到了父亲的遗物，但精神还行，也没崩溃，就是靠这个撑到现在的。现在让她怎么办？”

方余张了张嘴，神色黯淡：“认识他的不止你，我也……”

黎幺很轻地牵了牵嘴角：“你什么都不知道？像她说的，他要做什么，你们真的一点也猜不到吗？只是大家都觉得，这是最好的结果，不是吗？”

黎幺最后吸了口烟，抬手扔到垃圾桶里，声音淡了很多：“老方，如果不是找到他的痕迹，最近你也别找我了。”

“唉——”

老方喊住他，挫败又低落：“我知道你怎么想的。这个，我不好意思见人家姑娘了，你到时候转交吧。他拜托我的事情，就这一件。”

黎幺在道路尽头找到了纪翘，也没多留，就戳了戳她肩，把信封递过去，又递给她一个方方正正的小收纳箱，透明的。

“他给你的。”

纪翘头从膝盖里抬起，直直地看着黎幺。

黎幺：“是……很早之前留的。”

黎幺心里暗叹了口气，她暗藏期待的眼神像刀一样能伤人。

纪翘垂眼望着路灯照着的地面。

“孩子能安顿好吗？”

黎幺愣了愣，小心道：“祝缃啊？你放心。”

纪翘垂下眸，语调很轻：“我不放心。她夏令营也快结束了，如果送福利院的话，不如让我带。”

黎幺烦躁地来回踱步，又走到她跟前：“不是，纪翘，你能不能给点属于人类的反应？你要哭要闹，要发泄要花钱都行，你……”

纪翘捏着那封信，双手搭在膝上，晃了晃小臂，信差点掉在地上。

“给谁看？

“你先走吧。给我点空间行吗？”

黎幺：“可以，你保证你不会做傻事，把老方抓回来，掐死泄愤什么的。”

纪翘没说话，她已经失去了回复任何话语的力气。

黎幺转身走了以后，在快消失的地方，回头看了眼她。纪翘靠着棵大树，头在树干上有一下没一下地磕着。

路灯照在地上，像太阳。

纪翘拎起那小收纳箱看了眼，笑出了声。他说烧掉了的东西，完好地待在她怀里。她放在训练基地宿舍的奖状证书，叠得很整齐。她翻开盒子，还看到了不属于她的东西。那是一张酒吧宣传单，已经泛黄。

原来不是梦。那时候，她在长凳上看完就扔下了，又被人捡回去了吗？

“我要你看到我，有一天你会的。不因我的渺小远离我，不因我的怯懦放弃我。就算跌入最深的地狱，我也会爬上来，干干净净地来找你。请相信我。”

她捏着信沉默了很久，久到云层把月亮重新遮住，她才打开那封信，很短，只有几行，短得她都觉得可笑。

“死都死了，不留点值钱的，”纪翘喃喃自语，“等我看完就烧了，烧完明天就去找新男人，帅的那么多，谁要在你这一棵树上吊死。”

她展开信纸，压在抱着的相框和小收纳箱上，看见了熟悉的字迹，笔力遒劲有力。

纪翘：

我很早就知道，有一天我会被架到审判台上，愚弄、欺瞒、毁坏、颠倒黑白，都是我的罪名。我觉得，我并不是在假装他，那些也是我的一部分。

只是人活着，总要有点念想。

我大海捞针，从这样的人生里，捞了点光上来。借着爱你，我相信神有时眷顾我。

这样的眷顾，一生只需要一次。

一次就够了。

我没有别的想说，纪翘，这是我最后一次叫你名字。我已经完成了我该做的。

希望你好好活着。

纪翘盯着这些字，泪也砸在字上面，墨迹已经干了，没有影响，但纸被打湿了。

她知道他在说什么。完成这件事对他来说，是彻底的解脱。人往黑暗的地底钻，身上怎么会干净如初。

纪翘把信贴在额头上，耳边好像听到了声音。

她好像听到了清朗不羁的男声，不停地重复着“成功了，成功了”，接着一个箭步冲到她病床前，正要说什么，对方大概才意识到她纱布没拆，叹了口气，又走近了她一些，说：“真为你感到可惜，没有看到我刚才的比赛，亏大发了！”

那是照顾过她半年的人。那时，纪翘打比赛眼睛受伤，作业卷子学习资料，都得学校安排人送来。她以为他是学校安排来的“学弟”，不知道对方只是学弟派来帮忙的人，那学弟从头到尾都没来过。来帮她的男生声线很有磁性，度过了一开始的尴尬期后，他们发现每天都过得飞快。在那段时间里，他们说过太多太多话，搭过很多完整的火车轨道，有时候他放学早，当天天气好，他就把她推到阳台上，让她感觉夕阳的余温，给她详细描述光线的颜色与变化。纪翘就没见过那么自信的人，他就好像从小到大没受过毒打，简直就是团兀自燃烧的火焰，像是一路被光照耀长大的人。他说自己的未来，肯定会是十年横刀立马，十年火树银花。他会在给她兴致勃勃地削完苹果后，问她：“你看过最近播的那个剧吗？一千年的晚上，如果有一天出现星星，那所有的人就会相信天堂。”

纪翘那时仅存的乐趣，就是跟他斗嘴。

她说：“你语文好差，上九十分了吗？火树银花不是这么用的；那剧是去年的了，我也看过，你真看懂这台词了吗？”

对方当时笑了笑，声音清亮又懒散，说：“爱默生啊。”他把切好的苹果塞她嘴里，顺口背道，“如果繁星在一千年中，只在一个晚上出现，那么人们将会怎样相信，并崇拜和长久地记住天堂。”

纪翘沉默了一会儿，咬住苹果，问：“那你相信吗？”

他的答案让纪翘记了很多年。

——我不相信。但我信命运，如果我一辈子都见不到星星，那就是命，说明……我不需要它的光也可以活得很好。

拆线摘纱布那天，她才得知，那个被学校派来照顾她的学弟，忙着集训，一天都没来过。

而真正来干活的人，早就出发去了外地读大学。那天晚上她气得晚饭都没吃，纪钺还特地给她加了两个大鸡腿。

那是在医院的最后一天，她关了灯望着天花板，还是气。气到一半，她发现天花板上都是星星——

一颗颗粘上去，金色的，会反光，一共一百七十九颗。转眼这么多年过去了，这一天晚上，纪翘终于再次抬起了头。

城市里早就没有星光了，她也不会再相信天堂。

八月的S国西边，沿海公路上，凯撒宫是最显眼的地标之一。这家酒店建得很早，是希腊罗马风格的建筑，放到现在来看，风格似乎有些古板了，不过仍然能吸引很多顾客。酒店的圆形大厅处有战士驾驭着马车的雕塑，纪翘很喜欢。

所以她每过三个月都会来一次，到今天为止，已经第四次了。

黎幺笑话她，手里钱太多，没地方花就多买点祝氏股票，别全让徐怀意接手帮忙，徐怀意花高价请了经理人来打理，公司整体结构没变，业务范围也没缩小。

纪翘也没说什么，她现在话越来越少了。刚回国那阵子，前几个月她过得不人不鬼，瘦到九十斤以下，眼看着快要瘦没了，过了某个节点，她像是突然翻过杠来了。纪翘把祝缃接到身旁，给她重新找了所国际学校读，之前不闻不问的事也接过来了。他留下的不动产和个人存款，全都转到了纪翘名下。

“你们是夫妻。”那时候律师笑着说，“您不想要，他能给谁？而且我的客户把这几份保险受益人全填成了您，祝太太，您还是坚持说你们不熟吗？”

纪翘看了眼，基本都是死了以后能兑现的。她想骂都没有对象了。只有在被人群包围的时候，纪翘才觉得，挺好的。

这个地方好，吵吵闹闹的，所有人都在干一件很纯粹的事情：玩游戏。忘掉门外的真实世界，是很纯粹的快乐。

没有他的气息，没有跟他有关的所有，他好像从来没有出现过。

纪翘这次玩得比以前久，到最后一天，她又去买了很多东西，小女生爱用的，包、香水、衣服、皮带、首饰……花了不少。

买完，她去吃了一顿好的，然后去了顶楼看夜景。

这里的星星要亮好多。

一年。

她用了一年，把一切都安顿好了，祝氏剥离出来正常业务那部分，她给了徐怀意不小一笔钱，拜托徐怀意找个经理人管起来。

钱也分好了，捐出去的，分给不同人的，包括以后得管祝缃的黎幺，她多划了不少。

纪翘掰着指头算，算到最后迎着夜风满意地收起了手。

“差不多了。”

“差一点。您还差 379 的房费没付。”

身后传来一道懒散的男声，最近听多了，挺熟悉的当地英语口音。

但这道尾音上挑的男声，纪翘本来已经快忘了，这下听得她气血上涌，又不敢转过身来。

“没钱付了吗？我来还也行。”

对方换了中文，轻笑了笑：“就是得麻烦您转个身。”

她没有动，他就主动走向了她，在月夜下，把人拥住，拥入了骨血，也拥入了未来的长梦。

"纪翘，好久不见。"

祝秋亭从来都能抖落一身雨，再临风雪。

纪翘唯一希望的，是雨幕雪地里，从此能有两个人。

她终于，在八月末的夏夜，重新住进了这双眼睛。

（正文完 ）

番外一

前　尘　往　事

繁星都如约而至。

骆常宁在八中读书，学校离她家很近，直线八百米的距离。但她最近总绕道走，从东边的小路直直下去，会路过一个街球场。

每周五，这里都挤满来看球的女生。

因为八中的男生经常在这儿打篮球，围观他们的人最多。

围观的人多了，自然招不痛快。

根本原因是他们那个前锋。

“宁宁，你知道关之琳的别称吗？靓绝全港！”骆常宁的同桌是那个前锋的头号粉丝，曾经兴奋不已地转着笔评价，“他的话，靓绝Z省有点困难，绝个晴江还是没问题的！唉，算了，你眼里除了学习还有什么啊？不跟你说了！”

骆常宁是学习委员，常年排在年级前十。

她在学校见过那个前锋，他是高三的风云人物，高二时随父亲工作调动，来到这个小镇读书，据说高考前就会离开。

她在百名榜上见过他，语文成绩疯狂拖后腿，但还是万年不变的前三。

她在街球场也见过他。

骆常宁虽然没说过，但她是服气的。那些女生特地绕两条街，跟他上一辆公交车，到底是为了什么？

亲自见一眼就知道。

这个世界确实不太公平，给了一个人绝佳外貌，怕他生活得不好，还要给他智商、人缘和完美的家庭——她见过他父亲，偶然一次。晚自习后，那个高挑英气的中年男人大步流星地走来，一把揽过他的肩，开怀地笑着，跟他分享着什么好消息。

那时正值傍晚，夕阳的光像烈焰，云层翻滚无声。

少年俊美修长，侧脸被镀上一层光，他抱着个篮球，有一下没一下地往空中抛，笑嘻嘻的，夜色好像提前降落在他身上。

星光也会温柔地落在他肩上，好像命运提早就指定过了：这是我选的那个人。

骆常宁甚至分不清，她是喜欢还是嫉妒。

她还见过少年“多管闲事”的瞬间。

“哎，同学，干吗呢？”

他把书包一卸，大大咧咧地往里面走，懒散地问道：“加我一个？”

然后十分钟都没出来。

骆常宁担心，不知道要不要插手管闲事，最后发现他一个人出来了，背后是一连串呻吟痛叫，他连皮都没擦破。

如果要用几个词概括这个人——

骆常宁写情书时，心跳如擂鼓，但还是写下了这句话。

“……锐意进取，明亮善意。人生无常，有时都像巨大的垃圾场，但你的存在，是对这种悲观看法的干脆否定。”

篮球场上，替他拆信的李茗一口脉动喷出来。

“哎，秋总，你看看这写的啥呀？”

对方单肩挎过书包，路过时随意瞥了眼，就把内容扫进了眼睛：“就是说，我适合干垃圾场清理的工作。”

“是这样吗？”李茗挠了挠自己的寸头，总感觉被忽悠了，但是……

“哎哎，今晚有比赛，你去哪儿啊？！”

秋亭，这个拥有优雅名字及相反气质的少年——他停下脚步，回过头温柔道：“拯救地球。”

“我干得来吗？”

他爆了句粗口：“滚回去做你的卷子！”

火气大得冲天。

李茗“呸”了声，篮球砸向他：“滚滚滚，不就是去做好人好事赚社会实践分吗！”

对方不发一言，在挨砸之前，单手接住篮球，猛地砸了回来，但并没有冲着李茗，只是在空中划了一道弧线，然后稳稳当当地进了筐。

欠小鬼头人情，真是这世界上最烦的事。

那初中的小朋友，在周末时借过他一次篮球场地，递过他两瓶水，这人情就算欠下了。当时他信誓旦旦地保证，小朋友有什么麻烦来找他。

现在还真是麻烦了。

想骗吧，已经过了那个好骗的年纪了；毁约吧，看着他们亮闪闪的期待眼神又不好意思。

但是班主任让他去照顾病号，送饭送作业，那初中小朋友不想去——

任务就落到了他这个不相干人士头上。

他走进二院，问了具体病房，在敲门进去之前，听见里面传来中气十足的怒吼。

“那你就别回来好了！永远都别回来！我生日就给自己在门口刨个坑，就地掩埋，你哪天路过浇点水就行！反正我也不是你女儿！”

一般人可能会尴尬。

但他不会。

他抬手轻抚了下耳郭，懒洋洋地猜着下一句。对面肯定要哄，女生肯定说“我不听我不听我不听”……

“我现在去买土。你等着。”

里面的声音陡然平静了下来。

他微微诧异。

还没诧异完，里面的人像旋风炮弹一样拉门冲了出来，跟没有防备的男生撞了个满怀——

这个住在单人病房的女生，眼睛被厚厚的白布蒙上了。

一时之间，他脑海里一片空白。

那初一的小鬼头根本没细说，甚至没提过，对方是个盲人。或者说，在即将盲的路上飞奔了一阵子了。

三天后，秋亭才从主治医生那儿知道，还不到致残的程度，虽然在比赛场上流了不少血，角膜受损，但视力还是能恢复的，只是要好好休息，还得接受一次以上的手术。

他没打算跟对方产生过多交流，对方……

显然也不太好交流。

问她名字的时候，一问三不知，躺平不说话。

“我叫……”

他试图介绍自己，犹疑了一下，他觉得这种麻烦能少就少，小屁孩万一知道他名字，以后好了去八中找他怎么办。

“陈以然。”

“哼。”

像虾米一样窝在床上的女生，不知道什么时候坐了起来，双手环胸，虽然眼睛看不清，但依然一股舍我其谁的架势。

“许老师让你给我送作业？因为我们都是各自班级的老鼠屎吗？”

听到对面传来毫不留情的一声嘲笑，纪翘瞬间被点燃了怒火：“陈以然你什么意思？我还帮你辅导过五次作业——不过你声音怎么这样？念课文念哑了？”

这点那小屁孩倒提过，那个语气怨念冲天。

“嗯，五次里面四次都是十分以下，还不如我自己拿脚做。我嗓子就是被罚哑的。”

对方很快哑火。

“行了，我知道了。你在这儿的伙食我包了，可以吧？”

让纪翘说句对不起很难，但看她坐立不安，耳垂微红，明显理亏的样子，还挺好玩。

“可以。提前谢谢您。”

纪翘怀疑自己耳背了，这一本正经的道谢里，好像藏着许多笑意。

刚开始的半个月简直就是灾难。

纪翘时常觉得，自己要被这学弟气到心梗。偷藏的浪味仙统统阵亡，被医生批评就不说了。她辛辛苦苦搞的资源，下载到英语学习机上的有声小说，也英勇牺牲。

“陈以然，你要不要脸，我今天就做了你替天行道！”

纪翘气成了一点就炸的河豚，在对方推门进来的瞬间，像颗炮弹一样冲过去，却被对方下意识接住。

对方身形高她不少，胸膛坚硬温暖，身上有很淡的茉莉花香，是某个牌子洗衣粉的味道。

纪翘只愣了一秒，下一秒给了非常干脆的一拳。

“咝——”

她这拳是收了力，但毕竟是盛怒之下。男生低低地痛呼了声，人当即蹲了下去。

纪翘没想到这么近、这么慢的一拳，对方完全不躲。

“哎……不是，你没事吧……我……我也不是，那你干吗删我小说啊，那是我唯一的娱乐了嘛！你……你吱一声。别吓我啊，我去叫医生了——”

她摸索着墙要往门外走，被人一把拽了回去。

“我好了。”

对方声线低沉悦耳，带着淡淡的笑意，跟平时念课文、念卷子题目的时候完全不一样。

纪翘甚至有错觉，好像在模糊的黑暗里，感觉到了凝视的目光。

“医生说了你要多休息，你就算每天听修真小说、练口诀，眼睛也不能好得快一点——”

“嗯。”纪翘蔫了，出于本能回击，“你每天没事一个无球幻想空投，投到你仙逝也变不成艾弗森。”

对方难得语塞。

过了两秒，他又在她肩头弹了个暴栗，语气听起来平静，细品有种威胁感：“等你好了再算账。”

“我还能好吗？”

纪翘没什么反应，沉默了很久很久，才轻笑了下：“百分之一的概率也是概率。下次手术的成功率是百分之八十，我总是那么倒霉，遇到小概率也正常。毕竟克完我妈又克我自己，不过老头没事就行……”

“什么玩意儿。”

纪翘没说完，对方话头就堵了上来，语气里一丝调笑意味也无。

“你真的活在二十一世纪吗？还是什么垃圾往你脑子里倒，你都照单全收？你是垃圾回收中转站？”

纪翘坐在床上，头耷拉着，收起平日张牙舞爪的翅膀，瘦削的肩膀也垂下来。

他有些无措，没有哄过女生，这种外强中干的更没有——

却见她掉头，爬到枕头旁边，从白色的枕头里掏了半天，从里面摸出一个小玩意儿，又爬回去，递了出去。

“给。”

护身符是棕色的，四分之一个手掌大小。

“什么？”

纪翘说：“我的传家宝。”

对面沉默片刻，没接茬。

现在的小女生，一个个都在想什么。这个年纪就想着私订终身了，可怕。

纪翘：“我绣的，材料是半成品，盲绣，牛吧？不用夸。放了点特殊材料，能保佑你，不被我影响，继续前程似锦，还有……叔叔能平安。”

他猛地抬头。

纪翘："我知道。你不是陈以然，是他同学，对吧？他都告诉我了。他说你爸跟我爸一样，也是干差不多的工作，人又忙，很少回家的。"

纪翘："总之，还是很谢谢你。如果我真的打扰到你的学业了，你不用来也可以的。"

她低低地笑了声："不过东西你接一下吧，算是离别礼物？我手都酸了。"

他接过，转身离开了。

纪翘坐在那儿，病房陡然安静下来，她还有些不适应。

她有轻微的光感，有时候纱布绕得不多，纪翘能感觉到夕阳到黑夜间的变化。

这人虽然脾气有点儿欠，但意外的还挺对胃口。

他这一走，她心里竟然有一点……空落落的。本来想说，如果哪天她出院了，勉为其难地请他去家里，让纪钺给他做点粉蒸肉吃。粉蒸肉没了，纪翘这晚失眠了。

另一边也没好到哪儿去。

他就着台灯，盯了一晚上的护身符。

护身符非常普通，走线也很粗糙，上面绣着歪歪扭扭的"平安"。

两个字，看得他轻笑起来。

好吧。就算是一个还不错的祝福。

今天到底为什么……差点碰了下她头发？掌心已经离得很近，最后又猛地收了回来，心跳几乎骤停。

然后，他头也不回地离开了。

这一切像默片倒带，总在他眼前出现。

"纪翘。"

他默念着这个名字，两个字那么简单，从齿间流淌出来，好像带着某种让人平静，又让人慌乱的魔力。

夜色里有难以取舍的一瞬，途径少年人的愚钝。

也不知道从哪天开始，李茗发现他下晚自习的时间越来越早。

有时候打球也不去了，人无声无息地就不见了。

"哎，姓秋的！今天你一定要说清……"

下课后，李茗眼疾手快，想拉住人，结果还是赶不上他速度快，他还差点撞上六班门口的人。

对方鼓起勇气来的，手里捏着情书，却只得到少年一句匆忙的："抱歉借过——"

尾音几乎是飘在风中的。

他们待一起的时间越来越多，纪翘还是会跟他拌嘴，但是第二次手术还算成功，她心态平和了些，也能安静下来跟他玩游戏了——

有时候玩骰子，有时候拼轨道。

暮色四合的时候，纪翘会接过他递过来的零件，摸索着拼。

刚开始觉得很无聊，她不太理解他为什么喜欢。

“你性格太闹了。”对方笑了笑，“做这个对你有好处。”

要不是物理受限，纪翘真想翻个巨大的白眼。

“我哪里闹了，无理取闹？”

她不服气，坐在地上的姿势像大爷，空荡荡的病号服小了。女生身高在长，体重却在下降。

他望着，觉得这画面仿佛一根刺，莫名其妙地扎在心口。

“这个像……搭新世界。

“你拼第一块开始，它就是你的了。你要对它负责，要想让它正常运行，就得……得花时间，还有心血。张嘴。”

纪翘下意识“啊”了一声。

是红薯干。她嚼了嚼，给予高度肯定：“好甜。”

“是吧。”

少年也笑笑：“多吃点，我教你。”

他们肩上落了数不清的星月夜。他们聊了很多远到看不清的未来，她知道他其实上了高中，是极有远识的一个人，他拿着两个积木小人给她示范军演战术。他跟她说，我们还有很长的路要走，还需要很多基石——希望我会是其中一员。

他的陪伴固定得好像会持续很久，流淌的水一样，缓缓地将她包围起来，托住了。

她的心愿也从让纪钺做顿好的，变成我自己来吧。

他会分享自己最近喜欢的歌，还带了蓝牙音箱来。

有一次放了首《有心人》。

> 但愿我可以没成长 完全凭直觉觅对象
> 模糊地迷恋你一场 就当风雨下潮涨

“隔壁班体育课代表很喜欢。”

他吹着小米粥，有一搭没一搭地道：“她说这首是专辑里最好的，我听着还行。你觉得怎么样？”

“他有喜欢的姑娘了？”

纪翘问。

少年短促低沉地笑了笑。

“她本来就是女的。”

纪翘：“哦。”

她低头接过饭碗，喝了口粥。

他盯着她黑色的发旋、柔顺的长发，顾左右而言他：“她跟我挺像的，家庭……之类的。”

这个秘密未曾宣之于口过。

但不知道为什么，她不知道这件事，会让他总是担心。

好像这会成为什么大坎，斩断他们的友情。

她也确实嫌弃，虽然没表现出来。

“她也是……被领养的，跟我差不多。我们都是，五六岁吧，从……”

他手里捏着一块积木碎片，捏得指尖有点泛白。

纪翘却道：“我困了。以后再说吧。”

她这晚没再听他唱睡前歌，自己就侧对着他睡着了。

“晚安。”

他把那块积木轻之又轻地放到了她的枕边，好像这东西可以帮她安眠。

门轻合上的瞬间，纪翘睁开了眼睛。

气得她头疼。

体育课代表，体育课代表……找人家去好了，他还来费时间照顾她干吗。

“生气？”

隔壁班躺枪的体育课代表张大的嘴巴可以装下一个鸡蛋。

接着，她猛地一拍男生的肩膀，自信万分道：“折纸星星！折上一千个，我不信好不了！”

全年级闻名的男神看上去整个人都不好了，满脑袋都是省略号。

“她……”他试图用简短的语言解释，“不是普通的那种……那种女生。她喜欢的东西比较奇怪，而且不是你想的——”

体育课代表把自己挂到单杠上，笑得璀璨自信：“行了，别说了，我知道了。简单得要死！她喜欢什么？”

“图坦卡蒙的面具，就埃及那个。”

“我知道。秋神，我建议你还是折星星吧。”

他蹙了蹙好看的眉头，看着对方，突然想起一个严峻的问题：“喂，你谈过恋爱吗？”

体育课代表是假小子，长得还挺好，就是一头短发，跑得比闪电还快，运动会就看见她一个人在女生组一骑绝尘。

她撑起一个灿烂的笑容：“当然！没有。”

笑容瞬间垮了，他转身就走。

那一周周末晚上，纪翘收到一整瓶彩色星星。她看不清有些什么颜色，还是对方解释的。

“你是不是快高考了？”

纪翘握着玻璃瓶，沉默片刻后问道。

她记得清楚，对方说过，高考前会回原籍考试。现在离高考都不到五个月了，八成是要回去的。对方似乎想说什么，最后却还是陷入沉默。

“你什么时候走？”

房间里像只装了他们两个人的深谷。

“等你生日后吧。”

会说得这么清楚，票肯定已经订好了，纪翘短促地轻笑一声，没说话。

对方沉默了几秒，低声道：“你可以，给我打电话。还有……网上也可以——”

“我都快拆线了。你说过的，我们可以一起庆祝。”

纪翘的声音很低很低。她最最期待的事，已经没有任何意义。

“对不起。”

静默片刻后，他坐在床边，用只有她听得见的声音说：“可能除了你跟叔叔，我是最希望你早点拆线的人。可能，我们只是要等一个更好的时机。你记得吗？我说过的，命运安排好了一切。相信我，等高考结束——”

“你去你该去的地方吧。”纪翘忽然笑了笑，“我想，大学应该很好。具体有多好，你到时候记得告诉我。”

纪翘叹了口气：“我太笨了，又很懒，要很多鼓励才能考得上吧。”

对方没说话，良久，她头顶被温热的掌心抚过，然后被很轻地拥抱了一下。

“好好学习，保持通信。”

这是他这晚离开前说的最后一句话。

在纪翘拆线后，能接触光亮的第一天，她提出了个很奇怪的要求，出院前要多躺一会儿。

纪铖以为她气得不吃饭，是因为学弟没来。

只有她知道，她是为了躺在那儿，多看一会儿天花板。

那里贴满了星星，大概粘了金箔，在黑暗里会反光。

一共一百七十九颗。他在这里待过的时间。

纪翘想，我那么年轻，年轻到所有感情都应该浅得像水一样，只有学习和纪铖是最重要的。

但她又那么清楚地记得，记得他说，他喜欢的名人说过的话。

如果繁星在一千年中，只在一个夜晚出现，那么人们将会怎样相信、崇拜，并长久地记住天堂。

他的告别语没有亲口说，但纪翘看清了。

和你共度的所有时光，繁星都如约而至。

与后来的时光比起来，这一段插曲好像放了慢速一般。

她刚开始给他写信，对方还会回。听说他家出了事，纪翘花了一个月，做了份礼物寄去。从那以后，对方反而音信全无。

那是织出来的小独角兽，用了三种颜色。

她没有附任何字条，她觉得他应该能明白。

是轻盈，唯一，灵性。

纪翘也不知道，他回晴江时，远远地看过她几眼。

她已经上了高中，纪铖参与到了一件大案里，越发忙得不沾家。她经常一个人在街上百无聊赖地走，磨很久都不回家。

纪翘拿着相机在街上走走拍拍，最后选几张，发到一个永远也不会回复的邮箱。她发邮件，持续了很多个 179 天。

他想着，等她上大学。

等看着她上了大学，他应该也能从父亲的意外中走出来。

到时候，再说。

可惜也没有到时候了。

封闭训练开始时，能带三件随身物品。

他带了两张照片，一个护身符。

最后都没有了。教官组发现，他就算回击也只是点到为止，更多时候只是护着头任打任踢，保证自己基本的安全。

后来不知道谁出的主意，把照片和护身符当着他面毁坏。

他的世界在那刻好像突然静止。

那天是第一次，他像链子被解开的受伤野兽。

“行了。”

幕后的人拍板说：“以后问题不大。他疯起来，比 J 有过之无不及。”

后来又过了很多年，已婚的祝秋亭偶然看见一则专题报道，作者全然没有写他的私人生活，但是质量很高，把最近一段时间，公司的行动得失都分析得犀利又细致。

署名还有点眼熟。

在一个意外的场合，他遇到了撰稿的记者。

是那时候出主意折星星的隔壁班同学。

他们在酒店的咖啡厅就近喝了一杯。

“秋总……哦不，”对方笑了笑，“现在该叫你祝总了。”

“唉，你当年就很出挑，现在真是风姿不减当年。”

“嗯。”祝秋亭笑了笑，“你也差不多。”

“哪里，”体育课代表一挥手，有点无奈，“生活压垮了我。”

话是这么说，但她眼里的无奈笑意也还是透着幸福的光。

“你现在呢？老婆孩子热炕头，生活不错啊？”

她笑嘻嘻地：“我虽然不喜欢八卦，但是，你追女生的手段的确比以前送星星高超了不少。”

她在八卦新闻里没少看，祝秋亭送东西的架势，就好像转移遗产一样疯。

“不过，人还是……那个吗？”

抱着万一呢的想法，体育课代表挑眉问道。

祝秋亭低头喝了口咖啡，嘴角勾了勾，姿态难得松弛：“一个。”

他话音刚落，她就看见有个风姿绰约的大美人进了旋转门。大美人嚼着口香糖，屁股后面跟着个会跑的崽。

“哇——”她吹了声口哨，笑得很感慨，“你当年可没说过，聊得来的朋友长这样。”

“喝完就走吧。”

祝秋亭看了眼，眼角含笑，又对老同学道。

“祝总可以，不过我能理解。”

当记者这些年风里来雨里去，非常懂得人情世故，了然地笑了笑：“你这样比较好，有助于家庭平和幸福。”

“不是，”祝秋亭把先跑过来的祝霄尔抱了个满怀，懒懒地望了对面老同学一眼，“我最近在跟你家家属合作，你们最近好像有点摩擦，如果跟你聊太久，影响了报价，我会吃亏。”

纪翘赶来，刚好听见他这一句，刚望向对面，就见那短发记者圆溜溜的眼睛瞪大：“——忘了你们有合作了！那不好意思，美女，我先走了！下次咱们一起蹦迪。”

纪翘手举到一半，还没来得及挥，对方一阵风似的旋走了。

“她怎么了？”纪翘失笑，“看着有点眼熟。”

祝秋亭笑着低应了声，老同学挂过八中的校友榜。视线扫到她松了的鞋带，他把祝霄尔放到一旁，俯身帮她系好：“怎么突然想起过来了？”

“她闹着找你，”纪翘叹了口气，“哭得好像我死了。”

祝秋亭两手捏了捏她脸颊，微眯着黑眸：“说点儿好听的。”

纪翘嘴角勾起一个大大的笑容：“她也快三岁了，可以送幼儿园了吧——”

祝秋亭一手牵她，一手抱祝霄尔。祝霄尔乖乖地含着小胖手指，眨巴着黑葡萄似的大眼睛趴在他肩头。

“不要。”

“你再考虑考虑？你说你还得带她去办公室，累不累——”

“不累。”

“那……”

“你有这么空的话，好好考虑一下今天想在哪里。”

“在天上。”

“可以考虑。”

“祝秋亭你能不能要点脸！”

“不能。”

黑夜里，他们走向月色和星辰，霜白的月光曾照过千年的夜，万物存在过又逐渐消逝，像水消失于水。

只有彼此，会在风里永恒。

番外二

新的生命

……… ✦ ………

吹过的一阵风，就像答案。

✦

思德学校在本市一向名声很好。赵羽文是负责咨询工作的老师，今年她觉得挺幸运，新来的同事太合她心意了。

外形招人喜欢不说，性格脾气又好，事情做得漂亮，有几次赵羽文遇到难缠的家长，对方还主动出头帮她处理了。赵羽文经常从她那儿搜刮不少零食，失恋也能多一个地方倒苦水。

只是最近，她发现了对方一个秘密。

“翘姐，”思虑再三，赵羽文还是挑了午休时间，悄悄地问了她。

“你是不是……有孩子了？”

她们在写字楼附近吃湘菜，赵羽文观察到她表情，赶紧解释道：“我不小心碰到的，上次我迟到了，抄近道停在咱们学校门口的，看见一个女生叫……”

“叫我妈。”

纪翘拿手指梳理了下长发，用手腕上的黑色皮筋迅速扎起，从容地接下话：“是啊。”

赵羽文惊讶得嘴都合不上了。

纪翘看着好笑，夹了块小炒黄牛肉给她：“我年纪又不小了，吃饭吃饭。”

纪翘是个大美女，还是个没有任何故事的大美女——

或者说，她从来不会分享自己生活那一部分。

朋友圈干干净净，连三天可见都没有，压根儿没开。几乎没见她身边出现过什么男人，连狂轰滥炸的追求者都没有，小学部和初中部来找她的学生倒是不少。

想打听她家庭情况，帮她张罗相亲的同事有不少，但纪翘每次都会自然地回避这个话题。

有孩子倒也没问题……

赵羽文纠结地送了块牛肉到嘴里。

问题是那女生，少说也是十二三岁的小少女了，翘姐也才三十吧？！

很快，遇见纪翘女儿的同事多了起来，虽然明着没说，但是这个情况非常明晰：单身带崽！

要不然这么漂亮的女儿和老婆，谁不会想来宣示一下主权呢？

如果说身家背景太强不方便露面，那更说不通了——连个接人的司机都没有，纪翘上次跟女孩儿一起离开，还是骑自行车走的。迎着初秋微风，金色阳光透过翠绿的树叶，两个人优哉游哉地骑走了。

半个月后，纪翘在周末被叫出去加班，一个有意向的客户，约她在四季酒店的咖啡厅咨询——本来是找赵羽文的，她忙着去相亲，就让纪翘帮忙。

纪翘到了以后，对方还没来。

坐下五分钟后，她一个电话打给了赵羽文。

“小羽，”纪翘慢悠悠地叫她名字，端起橙汁喝了口，“要相亲的除了你，难道还有我吗？”

赵羽文干笑了两声，又赶忙解释道：“这是我电视台表姐的关系，她单位特别好，这个同事算她下属，真的很厉害，硕士毕业，一表人才！头发也很茂密，唯一的缺点就是……”

她有点支支吾吾。

纪翘友好地帮她补上：“离异？”

赵羽文不好意思地“嗯”了一声。

纪翘笑了笑：“那倒没什么。但我应该不需要。”她一边叫来服务生结橙汁的账，一边道，“我有点事，先走了。”

她话音还没落，有人试探性地叫了声：“纪翘？”

纪翘回头看了眼，对方明显一愣。

她保持着拿电话的姿势，眉头微微一挑：“找我？”

陈启没想到，真人比照片还美。

本来碍着女上司的那一层关系，当然，对方还是带孩子的，他本想直接拒绝，可看了照片以后都半信半疑，又好奇地想看看到底有几分像。

相亲对象确实不秃头，浓眉大眼，戴着眼镜，斯斯文文的样子，放在他这个年龄，已经是非常不错的外形条件了。

对这一点，陈启还是有信心的。

所以虽然纪翘极力推辞，但还是被拉去了六楼的粤式餐厅。

人均1500元以上，陈启不经意地强调了这一点，顺便偷偷观察了下她的表情。

听说经济条件一般，接女儿还在用自行车。

纪翘没什么表情，只是在落座时淡淡地问道："您觉得我怎么样？"

陈启："啊？"

他端起水杯喝了一口，脑子转得飞快。

没想到她这么快就看上自己了。

陈启心定了下来，多了一份老神在在，坐姿都调整得更自信了："纪小姐，我实话实说了，你别介意啊。你外形条件还不错，但是综合来看，你对自己的职业生涯太没有规划了，三十岁还在做这种技术含量不太高的工作。这样你看看，连孩子也要跟着你受苦，对你来说，找一个合适的、愿意接受你和孩子的另一半，非常非常重——"

正说着，陈启手机响了。

他看了眼屏幕，说了声抱歉，赶紧接起。

"西姐，哎哎，我正跟您表妹的……朋友，对对，见面呢，在四季，你也在？噢，对，差点忘了，是之前B组联系的那个采访吗？对方同意加五分钟？！太好了，太好了！"

电话一挂断，纪翘道："您去忙吧。我们没有可能的，不要再浪费彼此的时间了。"

一直到电梯口，陈启都在试图说服，虽然纪翘忙着嚼口香糖，他只好改成追问："你对我还有什么不满意吗？"

纪翘这才转头看了他一眼，从上到下地打量。

"没有啊。"她慢吞吞地道。

"但是我有对象啊。"纪翘笑了笑，"各方面都还行，我没什么挑的，也不准备找新的。"

陈启："你——"

他有些轻蔑地蹙眉："你说的还行，是指让你骑自行车下班吗？"

纪翘笑眯眯地道："不啊，我每天坐几亿的交通工具，爽得很。"

陈启知道这个哏，95后的实习生老这么开玩笑。

陈启："你坐地铁要坐多少年？明年等我摇到号，我要去订宝马5系了……"

纪翘："哇，厉害。"

一个毫无灵魂的捧哏。

最右边的电梯此时刚巧开了，陈启目光被吸引过去：上司西姐正好在里面，不过她也愣了下的样子，视线在他和纪翘身上转了圈，不太满意地皱了皱眉，摁下了关门键，冲着身旁的采访对象致歉道："抱歉，我没摁，不知道为什么在这一层停了……"

陈启二人要下楼，他们要上楼，完全是相反的方向。

陈启知道，这是西姐努力了半年的机会，终于有了十五分钟。对方从不接受外界的任何采访，这次算是破例。

电梯里的男人，如果同意专访带照片的话，确实是值得年终奖金翻倍的水平。

男人抬起上目线，只看了陈启一眼。

陈启下意识退了半步，头一次感受到令人生寒的气质是如何具象化的。这人能在商场做出那种耀目的成绩，非刀山火海蹚过来不行。

如果不是确定自己没见过对方，陈启差点以为自己哪里得罪了人家。

电梯门合到一半，又缓缓打开了。

对方径直走出了电梯。

在西姐和陈启的注视下，他站在陈启面前。

"让让。"

接着，男人如愿代替了陈启的站位，跟纪翘并肩等电梯。

"玩得开心吗？"

男人问纪翘。

纪翘看了他一眼，没说话。

"回家了。"祝秋亭捉过她左手，把她过长的衣袖往上挽了挽，自然地扣住她手腕，把人拉进了电梯。

他在门关上前拦了一把，问西姐："林记，这是你的下属？"

西姐全身僵硬，冒着冷汗点了此生最艰难的一个头。

祝秋亭笑了笑："一表人才。不过没事的话，还是不要跟别人的太太相亲比较好，你说呢？"

有老婆是很不错的体验。

祝秋亭有一个，捧在手上都怕化了。

什么都好，就是不想公开他。

她说太麻烦，会让工作变得复杂很多。接送也不让，祝缃周末会回来，纪翘带她带得多，她就常跑到纪翘学校里去，两个人习惯骑共享单车去附近吃饭，也算是锻炼身体了。

纪翘总往外跑，他成了在家里待得多的人。

其实刚开始的半年，纪翘也很习惯成天和他黏在一起。

那时候，她一醒来如果在枕边摸不到人，就会下意识心慌，拖鞋也不穿满屋子找人。

纪翘总做梦，在人回来前。梦见他回来了，一睁眼什么都没有。纪翘做怕了这种梦，这种梦还不如噩梦。

祝秋亭起得比她早，大部分时间都在厨房给她弄早餐。纪翘找到人，也不会多说什么，最多不发一言地挂到他身上。

他不会拒绝她，本来就不擅长，现在更不擅长。

两个人一般在厨房就把早餐解决了，都不用等到端上桌，切火腿她吃两片，切番茄也要吃两片，吃完了赤着脚跑去开电视打游戏，但大多数时候，所有的交流都会变为无声。他们像两个干涸地渴求生命之水的人，拼命地在对方身上汲取着能量。

要随时随地看得到，碰得到。

前半年，祝秋亭会出去的唯一契机，是处理繁重如山的后续事宜。

有时候最长要出去一周。那次回来的时候，纪翘抓着一盒薯条，在沙发上等睡着了。

艰难地睁开眼看到人，她一把搂住他脖子埋头进去，闷闷地也不说话。等祝秋亭把她抱到床上，纪翘才快速地抹了一把发红的眼尾。

“下次别去这么长时间了。”

明明一年也过来了，但现在就不行。

这种生活就是，很像天堂。

祝秋亭有时候也能理解炫耀这种心态存在的理由。

就是有些东西，它满得快要溢出来了，晃晃荡荡的，飘得找不着北。承受不住，总得往外倒一倒。

半年以后，纪翘心态稳了，开始出去找事做。他在家办公多，也是为了不错过回家的人。

话是这么说，不够黏他，也要看跟什么时候比。跟刚开始半年比不了，跟最开始比已经是牛车跟火箭。

祝氏没有改名，徐怀意来找他谈过几次，劝他如果解决完手头上的事，休息一阵子还是回去比较好。毕竟，职业经理人完全比不上他对公司的了解。

而且苏校也离开了——他是长久待在祝家的人，自祝绫那时候开始就在。对祝秋亭尽心，很大程度上是因为祝秋亭姓祝。背后混乱的一切让苏校对自己做过的一切也有了怀疑。

祝秋亭办公的时候，偶尔会被打扰。

纪翘痛经厉害的时候，刚吃止痛药药效没上来那段时间，就是窝在他怀里。

她发尾的触感毛茸茸的，像某种小动物，他总有忍不住吻她的冲动。

生活的平衡被一个突如其来的意外打破。

纪翘怀孕了。

怀孕这事的确在计划之外，也引发了两人长达半个月的冷战。

纪翘想要，祝秋亭不想。

每次都小心，但也不知道哪个环节出了问题，过了生理期一周，她觉得不太对，下班路上顺手买了测孕的，回家后就测出了两道杠。

纪翘在卫生间待了很久，坐在马桶盖上思考人生。

祝秋亭不太提这个话题。

关于孩子。

即使她偶尔提到，他也只是笑笑，说两个人还不够吗？

不够。

纪翘觉得，远远不够。

他们都不是需要纽带维系一段感情的人，但是每次想起在赌城的那晚，他叫她，她回头的那晚，纪翘都庆幸，那一天决定多待一会儿，看看风景和这个世界。

如果有一个孩子，无论哪天谁先离开，至少也会有个念想。

她回了趟晴江，看孟景和纪钺的时候，也跟他们聊起过。

吹过的一阵风，就像答案。

对生命有所期待，是觉得纵使痛苦更多，快乐也真实存在。

爱一个人，或者被人爱着，不需要发掘什么意义，也值得来一趟。

可祝秋亭不愿意。

这一年多，无论纪翘有什么要求，无理或过分的，他都没有二话，只有这次，他非常斩钉截铁。

纪翘也是吃软不吃硬的主，她说我自己可以决定，这是我的身体。

“你当然能决定，”祝秋亭轻声道，“但我的意见是，不要。你可以不听。”

纪翘平静下来，想了几分钟：“行。我能理解。你不想担这个责任，但我能担。钱和力气，你出一样就行。”

祝秋亭站在她对面，望了她很久，笑了笑。

“你这么觉得吗？”

没等她的回答，祝秋亭便离开了。

临走前，他从衣架上拎了件大衣，往她肩上一扔，关门走人。

纪翘气得刚想把衣服扔了，抬眼看到了窗外纷扬飘落的雪花。

已经是冬天了。

指尖触到风衣领子，纪翘低头看了看，是内衬她刺绣过的那件。

她觉得很委屈。

以前委屈，是正常的，且让它出现，反正总会消失。现在它出现得少了，每次来，都气势汹汹的，好像多大一件事，要眼泪，要长久地静默来证明它的存在。

因为有人能接住了。这事，不说多喜悦多期待，她以为至少他不会排斥。

更没有提及任何不要的理由，那就是纯粹的不喜欢。

纪翘反正就是这么理解的。

整整十五天，除了必要的让让、开门、筷子，多余的话她一句也没有。

直到有一天起夜，纪翘第一次孕吐。起来后床边没人，她自己去卫生间解决完，出来后想了半天，还是披了件羊毛外套，在家里转了转——这也不是找人，就是胃里难受，到处走走。

她告诉自己。

转到三楼露天阳台，那道人影才出现。

他背对着玻璃，坐在那里抽烟。衬衫挽到小臂处，垂下的手腕处青筋微突，那上面早就又添了疤。

那一年祝秋亭从来一语带过，没有细说过。她知道的只有一件事，他们当下都没有死透，但是从哪里逃生，如何追踪那个人，他都没提，只说解决了。解决以后，因为受了点伤，不方便行动，所以一直没能回来。

她安静地看了没多久，突然一阵反胃。

祝秋亭回头，飞快地掐灭了烟，拉开阳台门，一阵凉意挟着风雪扑面而来。

他把门关上，眉头微拧：“这么晚出来干什么？不舒服吗？”

祝秋亭上前两步，下意识要把人拥在怀里顺气，但手伸到一半，又停下了动作，后退了一步。

纪翘恶心的劲还没过去，看到他这个动作，整个人都震住了。

行嘛，现在连抱她都不愿意了。

祝秋亭说：“烟味……还没散完。”

他站在那里解释，甚至带着两分无措。

像刚回来那段时间。

那时，纪翘发现他状态不对劲，后来心理干预介入了很久。

但他状态转换不过来，成夜地失眠、焦虑、发冷，他给她的感觉是，连做自己都不会了。人经常坐在那里，一坐一下午。那时候不是他不想接手祝氏，那毕竟是他的心血，一份可以称得上干净的事业，是他不行。

他不想再保留属于暗色的那部分，可他不知道怎么剥离。

死一部分的自己，是可以做到，最多痛一阵子。

但连痛的途径都找不到，他没有方向，血液里已经被刻上了最厌恶的印记。

严重一点的时候，纪翘拉着他就干三件事：拼图，亲吻，看电影。

她爱上了网购，又绑了祝秋亭那张卡，每次买到停下，都是手酸了点不动了。

衣服全堆满了，纪翘没事在家一套套地换，跟要走T台似的，换完还要去他面前转悠，让他选好看的。

这件显胸大，这件显腿长，这件露肩，该留的留，该退的退。

纪翘总能在家把自己折腾得忙忙碌碌，并且声称，无意义的忙碌和瘫倒，就是人类生活的基本构成。

有好几次她转悠完，祝秋亭不发一言地抱紧她，头深埋进她肩胛，很久都不动。

纪翘像大爷一样拥着他，把衣服踢开："你什么都别担心。

"我在的。"

"就算你不想赚钱也没关系，我可以挣。"顿了顿，纪翘小声道，"你最好还是好好理财，房子我是买不起的。除非出卖美——"

"色"字还没有出口，就被人吻住。

每次的深吻都持续很久，交缠不休，绵长又安静。而且，好像无论怎么嵌进对方怀里，都是最契合的角度。

慢慢地，最开始的糟糕状态终于像潮汐一样退去。

他坦然地接受了这么多年来，漫长时间给他带来的改变。

今晚却又卷土重来。

祝秋亭靠着阳台门，抑制着身体不自觉地微抖，在纪翘抱住他的时候，牙齿都在极轻地打战。

他说不是不喜欢，是不敢。

太危险了。

真的，太危险了。

任何一个环节的失误，会让一切不可挽回。大出血，难产，都不是多鲜见的事。世界上每天都近一千个产妇为此丧命。

祝秋亭没有这样的信心，幸运会连续两次降到他头上。

“如果你出了意外，”祝秋亭把她头发轻别到耳后，低声道，“他一出生就没了父母，以后要怎么办？”

纪翘刚想问，你是要跟我一起进手术室还是怎么的，脑子一下转过来了。

她卡壳了。

“也不用……”纪翘被这话惊住了，赶紧苦口婆心地安抚，“就算，我是说就算啊，出了什么意外，都没必要的。生命很重要，真的，不活下来啥也没有。我那次是脑子搭错弦了，但是你要干这种蠢事，就……蠢两次！你为了什么？啊？而且原来，就那几年，那么多危险呢，我要挂了，你也不会就做傻事吧？我也一样啊，对吧，因为有事要做，只要你有个长远的目标，什么都能过去！”

祝秋亭听完她的发言，在黑暗里静静看着她。

“如果真有什么，等事完了，就去找你。”

他仰起头，冲着天花板笑了笑：“那时候我是这么想的。”

纪翘沉默了几秒，突然扑过去，在男人喉结处狠狠咬了一口，恨恨道：“你就是故意的。”

故意把她绑着，往一生绑。

“纪翘，你好像不太清楚，”祝秋亭平静道，“我的所有，你有一切支配权。”

纪翘的声音都小了点：“人家都说了，爱没有自我是不完整的——”

祝秋亭说：“我不要完整。”

他能为爱而活，也会为它而死。

如果可以为了终结黑暗而献祭，沉到最深的地底，那为了爱与牵挂结束一切，并不是什么说不出口的事。

所以，祝霄尔从小就知道，他们家的金字塔顶端是纪翘。别管她爸在外面是什么样的，到哪儿都像跟纪翘绑着无形的线。工作签单可以晚，给她妈买礼物不会晚。别的爸爸买礼物都是什么珠宝啊，衣服啊，最多就是车，但他挣了钱，攒够了就喜欢给纪翘买楼。

不是房，是楼，一栋的那种。

她爸第一次去接纪翘下班，她的同事都以为这是纪翘包养的男人。纪翘那天开心地多喝了好几杯酒，一副心愿达成的满意。

祝霄尔也清楚，任何一方出什么事，她能秒变孤儿。

为此，圆脸小尔替父母的安全操碎了心。她背着小书包去幼儿园前，泪汪汪地嘱咐祝缃姐姐和黎叔叔，一定看好他俩，别一个不小心在浴室里滑倒了、被抢劫了、被入室的小偷咔嚓了。祝缃敷衍得很，总说她倒要看看，哪家小偷嫌命长。

她快三岁时，弟弟纪遇出世，她便盼心切切，赶紧会走路会说话吧！会了以后就能跟她一起盯着了！

年纪轻轻的，头发都要操心没了。

不过没事，弟弟还会长，可以借他的！

番外三

佳 期 如 梦

········ ✦ ········

他也不必再害怕从梦里醒来。

✦

纪遇随妈妈姓，性格安静得不像纪翘，他的姐姐祝霄尔跟他则是两个极端。

霄尔的名字是纪翘随机抽签选的，她父母都是打死也不开口叫苦的性格，再难挨也打掉牙往肚子里咽的人，从某种程度上说，弟弟纪遇遗传了这一点，但祝霄尔同志完全不一样。她从小到大的撒手锏就是抱着大腿哭，哭起来眼泪啪嗒啪嗒掉，可怜巴巴的。

随着年龄的增长，祝霄尔到五岁时哭技已经有了长足的精进。随着事件、要求的不同而调整哭声分贝，祝霄尔通过这项技术成功地忽悠到了无数根冰棍，三套高达模型，半房间的模型，主要来源还是祝秋亭。大女儿长得可爱漂亮，五官神态都像极了纪翘，他心软是常态。

纪翘每次看着缩小版的自己在那儿装哭，心情都非常复杂，真想给自己默默点支华子。她从小到大都没这么㞞过，这张小脸怎么可以这么自然地做出这种表情——所以祝霄尔在妈妈面前哭，经常被邀请进洗手间，纪翘会给她充分的时间和空间让她哭个够。

等再大一点，祝霄尔很少哭了，但惹祸的初心不改，小她两岁的纪遇自打上学第一天起，就知道自己肩上的任务很重，要在学校尽量保护姐姐。家离学校不远，他们俩也就一起上下学，纪翘和祝秋亭本来也不是多细心的家长，从小就给他们灌输两人在外面要互相罩着点，尤其是纪遇，多盯着点姐姐，别让她惹出点什么事来。

祝霄尔有一个父母都没有的优点，会示弱，会装傻。平时喜好打扮倒跟其他女生没什么不同，喜欢白、蓝、粉，尤爱粉色，拳击绷带都选的浅粉。

——但纪翘跟祝秋亭都能看出来，祝霄尔骨子里的那股嚣张的野劲狠劲，就像前一秒还在你怀里打滚的小狼，湿漉漉的眼睛亮晶晶的，转瞬间就能亮利爪和尖牙。

性格这方面，纪遇要稳得多，尤其擅长给祝霄尔善后。毕竟他跳了级以后，跟祝霄尔就是一个年级了，比以前还方便。

祝霄尔六年级开学第三天，纪翘破天荒地接到了学校打来的电话，班主任的语气让她有些意外，祝霄尔跟纪遇竟然同时惹事了？！还是跟高年级的打架！

纪翘终于找到了点做家长的存在感，骑着摩托车风风火火地就去了。刚好这两天祝秋亭在外省出差，今晚十一二点才到家，她直接把这事忘到了脑后。

祝霄尔和纪遇读的这所学校，是小初高一体的。今年小学搬了新校区，跟初中部也就合并到了一起，祝霄尔这次惹事的对象，是个初二的男生，品行嚣张恶劣，暗地里带头欺负别人不是一次两次了，这次刚好欺负到了祝霄尔同伴的姐姐头上。祝霄尔看得火大，也没管体型差距，捋了袖子就冲上去了。

等纪遇闻讯赶到，两个人早就打得不可开交了。祝霄尔从小学巴柔的启蒙老师是她爸，祝秋亭教她的技术细腻又狠辣，能把人缠死，但初二的男生的力量也不可小觑，小霸王从小家境好，被宠坏了，压根儿没有不能打女生这根弦，拼尽了全力跟祝霄尔打了个平手，一拳擦过祝霄尔眉骨，一肘扫到祝霄尔嘴角，但祝霄尔挂彩了也没吭声。纪遇拨过人群一看就愣住了，他本来是要拉架的，但看见祝霄尔脸上的伤，他沉默了几秒，上去轻拍了拍小霸王的肩，对方不耐烦地回头的时候，纪遇一拳上去了。

二打一，结局不用多说。

对方家长先到了教导主任办公室，看到宝贝儿子受伤就开始发癫，骂了一圈后终于想起了始作俑者。

“两个小兔崽子，现在就敢这样，以后还得了？！”

小霸王的妈妈身高体型都能压制住教导主任，刚刚精心烫过的卷发都乱了。

祝霄尔和纪遇的站姿出奇一致，都是背手微微分开腿站得笔直，类似军姿的站法，只不过祝霄尔顶着满脸青紫一脸冷漠，而纪遇面无表情，看不出什么情绪。他们两个人长得微妙地相像，骨骼走向立体精致，但细节处又完全不像。纪遇是标准意义上的俊美漂亮，相比起来，祝霄尔的眉骨更深，精巧里带了两分英气。

初二的小霸王在他妈面前装死哭闹，不停喊疼的时候，祝霄尔直勾勾地盯着他，嘴角忽然翘了翘，那个笑莫名瘆人，小霸王往沙发深处又缩了缩。

“那么大了还只知道叫妈，以后还得了？”

纪遇冷不丁道。

小霸王的妈当场就奓毛了，正要上去揪过纪遇，那边办公室的门开了。

进来的女人极亮眼，高挑，黑发柔顺地披在肩上，穿了一条鹅黄色的长裙，剪裁讲究，衬得她更夺目白皙，那夺人心魄的美里还包裹着锋利强大的气场。

在场所有人都愣了一会儿，直到听见两道声音此起彼伏地喊了声——妈。

纪翘大步流星地走进来，没应他们俩，先扫视了一圈，目光在祝霄尔脸上停留了几秒，眉头微蹙了蹙。

纪遇注意到她的目光，下意识愧疚地看向地板。

小霸王的妈反应过来了，冲上来指着纪翘的鼻子冷笑：“你就是这两个没家教的孩子的妈啊？你在家没好好教过他们啊？！”

祝霄尔猛地抬头，一个箭步要冲上来，可惜被班主任拦下了，但也挡不住祝霄尔爆发时的嗓门：“你说什么呢你？你在家不管好你儿子，在学校欺负女孩子算怎么回事？！”

对方没理她，把自家儿子拉过来，推到纪翘面前，指着她愤愤道：“看看你两个孩子，以多欺少，把我儿子打成什么样了，不给个说法，我绝对不会放过你们的，学校是有摄像头的，你别想——”

纪翘抬起右手，用手背缓缓地把她的食指推开一点，笑着看向教导主任：“老师，是这样吗？”

教导主任苦笑了下：“三位同学确实发生了肢体冲突，大家还是尽量和平点解决，你们看……”

“和平？！”

小霸王的妈夸张地笑了两声，很快收了笑意，冷冷道：“我现在就要带我儿子去医院检查，你们跟着一起吧！”

拉着儿子雄赳赳气昂昂地走出几步，她发现没人跟上来，一回头，纪翘理都没理她，正在查看纪遇和祝霄尔的伤势呢。

“祝霄尔、纪……纪遇是吧？”打扮贵气的中年女人冷笑一声，“怪不得你俩能干得出这种事，俗话说上梁不正下梁歪！还不是一个姓，你们还有两个糟心爹呢？！”

“肖澎宇妈妈——话不能这么说！”

教导主任也没想到事情会这么发展，尴尬地制止了她，虽然也没什么用，说都说完了。

这下连纪遇都没忍住，差点想冲上去，不过被纪翘拦了下来。

“是啊，没有你们家那么统一。”

纪翘温声回了一句，笑了笑，抬眸扫了眼对方家长，又瞥了眼她儿子：“从上到下，都写着欠揍两个字。我嘛，教育他们与人为善，但是也要看对象的。”

肖澎宇的妈妈没见过这么嚣张的，气得差点一口气背过去，没忍住冲上来想动手，在所有人急着要拦的时候，祝霄尔和纪遇齐齐往后默契地退了一步，纪翘顺势反剪住对方双臂，把人贴脸摁在了教导主任的办公桌上。

祝秋亭把航班提前，不到下午五点就到家了。

但家里一个人也没有。

他在玻璃茶几上发现了一张字条，是住在隔壁别墅的好邻居黎幺留的。

——日常帮忙检查水电煤关了没。来的时候碰见纪女士被叫家长了，回来要是没人，他们应该都在学校。

祝秋亭眉心微皱了皱，纪翘……被叫到学校去，别到时候惹事的人从两个变成三个。

——事实证明，他是对的。

祝秋亭连西装都来不及脱，直接开车去了学校，在校门口撞上最近在争取合作的肖钧。

他们在商宴上碰过面，对方没想到在这儿碰到他，热情地跟他打了招呼，祝秋亭淡淡颔首，礼貌地喊了声肖总。

很快，他们在教导主任的办公室门口又见面了。

祝秋亭没猜错，他不是来接两个惹事的人。

是三个。

肖钧了解原委以后，差点没站稳，拉着不成器的儿子和哭哭啼啼的老婆道了歉，贴边溜了。

教导主任也没敢多说什么，面前这个男人，让人有种请神容易送神难的不好预感，便把门赶紧打开，请他们一家早点回去休息了。

祝秋亭领着三个人散步回家的，给他们时间好好冷静反省。纪翘跟在他身旁，祝霄尔跟纪遇落在后面一些。

祝霄尔扯了扯弟弟的袖子，小声问道：“爸爸是不是生气了？”

纪遇也低声道：“不会的。爸不是说过吗，家里大事听他的，小事听咱妈的。”

祝霄尔了然，又有点奇怪：“那怎么大事一直没发生啊？”

纪遇想了想：“世界末日才算大事。”

祝霄尔沉默了一秒：“那是什么时候啊？”

纪遇语塞：“谁知道呢。”

前面的两个人步速不快不慢，刚好是两个孩子能悠然跟上的速度。

祝秋亭只问了纪翘一个问题，是给她披西装外套的时候低声问的：“他们赢了，输了？”

纪翘理所当然道：“当然赢了。”

祝秋亭笑了笑：“行。那就行。但以后霄尔要再加练点吗，我看她——”

纪翘点点头：“同意。强身健体不能偷懒。她眉毛那儿都蹭破皮了，回家擦点儿药。”

夕阳把他们的影子拉得很长很长，交叠在一起的影子好像镀了一层金边。

祝秋亭年轻的时候，总是做一些舍不得醒来的梦。醒来后，还是一个人活在世间，有很多事等着他去做。他想有一天，会不会梦里的场景能成真呢？他也不再害怕从梦里醒来。

他确实没有想到，老天待他不薄，梦以最美的形式照入了他的现实。

这个世界上有一盏灯火为他而亮，他为一个人而来，最终他融入了一整个宇宙也换不走的美梦，期限是永远。